MIDDERNACHTDAGEN

WITTE NACHTEN DUET: BOEK 2

ANNA ZAIRES
CHARMAINE PAULS

GREY EAGLE
PUBLICATIONS

Uitgegeven door Grey Eagle Publications
greyeaglepublications.com

Ontwerp cover: Coverluv
www.coverluv.com

Fotografie van Regina Wamba
www.reginawamba.com

Vertaling: Missy Veerhuis

ISBN: 978-1-64366-585-6
Print ISBN-13: 978-1-64366-587-0

1

KATE

*D*e volledige impact van de laatste twaalf uur komt pas bij me binnen als het privévliegtuig van Alex Volkov de landing inzet boven Sint-Petersburg, Rusland. Ik zit rechtop in het tweepersoonsbed waar ik heb geslapen en kijk uit het ronde raam naast het bed. De lucht is prachtig winterblauw. Ver beneden is een stad op de grond te zien. Te oordelen naar de verhoogde druk in mijn oren, dalen we in hoogte.

Ik kijk op mijn horloge. Het is in New York City zeven uur 's ochtends. Dat maakt het twee uur 's middags in Sint-Petersburg.

De plek naast me is niet verstoord, de lakens ongeroerd en het kussen onaangetast. Er is geen teken van Alex te bekennen. Toen hij me beval naar bed te gaan, zat hij midden in een gedempte, intense discussie met de bewakers die met ons aan boord van het vliegtuig gingen. De gebruikelijke jongens, Igor,

Leonid, Dimitri en Yuri, waren er, evenals een paar nieuwe gezichten. Heeft hij de hele nacht gewerkt?

Er wordt op de deur geklopt, waardoor ik uit mijn gedachten schrik.

"Kate?" roept een brute stem van de andere kant. "We gaan zo landen."

Igor.

Ik heb zin om tegen hem te zeggen dat hij naar de hel kan lopen, maar het is niet zijn schuld dat ik hier opgesloten zit. Het zal niet helpen om mijn woede op de bewaker af te reageren.

Hij klopt weer. "Heb je me gehoord? Je moet gaan zitten en je gordel omdoen."

Ik wrijf in mijn ogen in een poging om de slepende vermoeidheid te verdrijven. "Geef me een paar minuten om me aan te kleden."

"Je hebt er tien."

Ik vermoed dat Alex iets in het sap heeft gedaan waarvan hij erop stond dat ik het bij mijn avondeten op moest drinken. Mijn slaap was bijna als een coma. Onder normale omstandigheden zou ik te bang zijn geweest om na de gebeurtenissen van gisteravond in slaap te vallen.

Gisteravond.

Een rilling kruipt langs mijn rug bij de herinnering.

Nadat iemand mijn toegangspas van het ziekenhuis bij Alex thuis had afgeleverd, had hij snel onze koffers ingepakt. Ondanks mijn protesten, had hij me in zijn vliegtuig gezet en me van mijn huis, mijn baan, mijn moeder en mijn vrienden weggehaald. Voor misschien wel *een paar maanden*. Hij bracht de klap met terughoudende spijt, maar onstuitbare vastberadenheid, en hij had me in niet mis te verstane bewoordingen verteld dat ik geen keuze meer heb.

Het is niets minder dan een ontvoering.

Maar dat is niet de meest verontrustende gedachte die door mijn hoofd gaat. Het is de wetenschap dat iemand Alex dood wil hebben. Na de mislukte aanslag in New York, is zijn leven nog steeds in gevaar. Ik dacht — had gehoopt — dat degene die Igor neerschoot het op had gegeven toen het niet lukte, maar de bezorging van de pas geeft iets anders aan. Wie er ook achter Alex aanzit, gaat het opnieuw proberen en is bereid om alles te doen wat nodig is, inclusief mij gebruiken om Alex te pakken te krijgen.

Ik ben nu niet alleen een risico voor hem, maar mijn leven kan ook in gevaar zijn — en Alex weigert naar de politie te gaan. Hij denkt dat ze niet kunnen helpen, en misschien heeft hij gelijk. Naast het feit dat mijn pas een paar uur kwijt is geweest, hebben we geen bewijs van een misdrijf. Er is ook de mogelijkheid van corruptie. Dat heb ik niet eerder overwogen, maar het is niet ongewoon, vooral niet als het om de Russische maffia gaat. De zakelijke transacties van Alex zijn niet bepaald schoon.

Wat een puinhoop.

Ik gooi de dekens opzij en zwaai mijn benen over de rand van het bed. Zonder de warmte van de zachte deken, krijg ik kippenvel op mijn armen. Ik ben naakt.

Ik herinner me vaag dat Alex me uitkleedde en vroeg of ik een slokje water wilde. Daarna weet ik niks meer.

Ik kijk om me heen op zoek naar kleren en zie een tas op de bodem van een kast staan. Ik heb nog nooit zo'n vliegtuig gezien. De kamer heeft zelfs een kaptafel en een eigen badkamer.

Na mijn dienst op de SEH gisteravond, had ik geen tijd om te douchen. Alles gebeurde in een wervelwind van actie. Dus nu neem ik een snelle douche en kleed me in de kleren die Marusya, de huishoudster van Alex, voor me heeft ingepakt. Het zijn niet mijn eigen kleren — wat mijn standaard casual kleding van comfortabele jeans, een trui en Uggs zou hebben betekend — maar de nieuwe die Alex voor me heeft gekocht. De gebroken witte broek en bijpassende kasjmier trui zijn formeler dan mijn gebruikelijke stijl, net als de effengekleurde laarzen met hoge hakken.

Ik borstel m'n haar uit als de deur opengaat. Alex staat in de deuropening, nog steeds in de zwarte broek en shirt van gisteren gekleed. Stoppels verduisteren zijn kaak, en zijn haar is rommelig, de korte lokken staan alle kanten op alsof hij zijn vingers er meerdere keren doorheen heeft gehaald. Ondanks de tekenen die op een slapeloze nacht wijzen, is zijn blik alert, evenals zijn houding. Zijn lange, krachtige gestalte vult de ruimte en sluit me op als een konijn in een kooi.

Moedig behoud ik oogcontact. Ik ben niet boos op hem omdat hij ons probeert te beschermen. Wat me van streek maakt, is hoe hij het aanpakt. Hij heeft me al mijn keuzes ontnomen en me naar dit vliegtuig gesleept. Zijn vastberadenheid is niet anders dan eng. Maar ik ga hem niet de voldoening geven hem te laten weten dat hij me intimideert. Normaal gesproken ben ik er trots op een zelfverzekerde vrouw te zijn, maar Alex zit in een andere klasse dan iedereen die ik ken. Hoe anders, ben ik nog steeds aan het ontdekken.

Het koude blauw van zijn ogen komt overeen met de kleur buiten het raam van de kamer, maar waardering verwarmt die ijzige blauwe kleur als hij me van top tot teen in zich opneemt. "Goed geslapen?"

Mijn gewonde trots maakt me immuun voor het onuitgesproken compliment. Ik kan het niet helpen dat ik snauw. "Waarom de moeite nemen om het te vragen als je het antwoord al weet? Wat heb je me gegeven?"

Een glimlach vormt zich op zijn gezicht, alsof hij mijn sarcasme grappig vindt, maar de spanning blijft op zijn gezicht te zien. "Gewoon iets om je te helpen ontspannen. Je had een lange dienst gedraaid en had je rust nodig."

Ik leg de borstel weg. "Wat attent. Ik veronderstel dat ik mijn kracht nodig heb voor wat me te wachten staat."

Hij erkent de niet zo subtiele hint niet. Hij biedt me zijn hand aan en zegt, "Kom. We staan op het punt om te landen."

Ik negeer zijn aangeboden hand en wring me langs hem heen om in de hoofdcabine te komen. Het vliegtuig daalt, waardoor ik mijn evenwicht verlies. Wanneer Alex mijn elleboog vastpakt om me te stabiliseren, trek ik mijn arm weg en gebruik ik de achterkant van de stoelen als ondersteuning.

"Katerina," zegt hij achter me, met een hint van een waarschuwing in zijn stem. "Ik wil niet dat je valt en jezelf verwondt."

"Ik kan lopen, heel erg bedankt," zeg ik zonder naar hem te kijken.

De bewakers zitten vooraan en er staat een leeg stel pluche leren banken met een opklapbare tafel tussen hen in. Ik plof naast het raam neer en probeer Alex niet aan te kijken terwijl hij de tafel opklapt.

Hij reikt over me heen, pakt de veiligheidsgordel en zet de clip vast.

"Dat had ik kunnen doen," zeg ik, en ik ontmoet eindelijk zijn blik.

"Ja." Hij gaat naast me zitten en maakt zijn eigen veiligheidsgordel vast. "Maar ik wil graag voor je zorgen."

Ik pak de armleuningen van mijn stoel vast en graaf mijn nagels in het leer om te voorkomen dat ik iets walgelijk gewelddadigs doe, zoals hem slaan. "Betekent deze zorg ontvoering en drogeren? Want dat is wat dit is."

Zijn glimlach strekt zich uit, het gebaar is geduldig ook al fonkelt er ongenoegen in zijn ogen. "Na verloop van tijd zul je begrijpen dat ik in je eigen belang handel."

"In mijn belang?" fluister ik. Ik praat zachtjes zodat de bewakers het niet horen. Ze weten dat Alex me ontvoerd heeft en ze zullen geen vinger uitsteken om te helpen. Ze hoeven geen getuige te zijn van mijn vernederende, hulpeloze woede. "Je doet dit tegen mijn wil. Leg me eens uit hoe me dwingen om mijn baan en huis te verlaten in mijn eigen belang is. Je dwingt me om mijn *moeder* in de steek te laten." Mijn stem breekt. "Ze is *ziek*. Je weet dat ze alleen mij heeft."

"Je moeder is in goede handen." Hij pakt mijn hand vast waar ik de armleuning vasthoud, zijn grote handpalm warm en droog op mijn koude huid. "Ik verwacht niet dat je mijn wereld volledig begrijpt. Dat wil ik ook niet. Het is veel te lelijk voor iemand die zo puur en mooi is als jij." Zijn ogen raken gespannen, de vonk van ongenoegen bloedt in iets donkerders. "Weet alleen dat ongehoorzaamheid geen optie is, niet waar het jouw veiligheid betreft. Je kunt rebelleren als je je daardoor beter gaat voelen, maar het zal niets veranderen. Is dat duidelijk?"

Ik staar hem aan terwijl pijnlijke emoties in mijn borst branden. Hij heeft me net met niet zoveel woorden verteld dat ik niets meer te zeggen heb in mijn leven, dat hij mijn vrijheid en recht om beslissingen te nemen weg heeft genomen. Hoe verwacht hij dat ik reageer? Met dankbaarheid? Ik ben boos en gekwetst. Ik voel me vooral verraden.

Tranen prikken aan de achterkant van mijn ogen. Voordat hij die zwakte kan zien, draai ik mijn gezicht weg.

Alleen staat hij me de gratie van wat privacy niet toe. Ook al dwingt hij me niet om naar hem te kijken, de woorden die hij in mijn oor fluistert vertellen me dat hij het niet laat gaan. "Ik heb je een vraag gesteld, Katerina."

Ik haal diep adem, vind een schijn van kalmte en dwing mijn stem niet te trillen met de tranen die ik wanhopig probeer tegen te houden. "Ja."

"Ja wat?" vraagt hij, terwijl hij met zijn lippen langs mijn slaap strijkt.

Ik leun weg van de aanraking. "Je bent glashelder geweest."

Deze keer laat hij me ontsnappen. Niet dat ik me ergens kan verstoppen. Er is geen plek om mijn wonden te likken waar de vele ogen in het vliegtuig het niet zullen zien. Het enige wat ik kan doen is me in mezelf terugtrekken.

Nietsziend kijk ik uit het raam. Dit is niet de toekomst die ik voor ogen had toen ik hem vertelde dat ik verliefd op hem werd. Ik heb artikelen over vrouwen gelezen die werden verleid en met liefde, mooie beloftes, en luxe, naar het buitenland werden gelokt, om uiteindelijk gevangenen te worden van de mannen die verondersteld werden hen te redden. Degene die het geluk hadden om te ontsnappen, mochten hun verhaal vertellen.

Je bent zo'n idioot, Kate. Je had het moeten weten.

Ja, dat had ik gemoeten. Ik had het moeten weten na die interviews die de vrouwen aan de pers hadden gegeven en ik had de tekens moeten herkennen. Ik wist vanaf het begin dat Alex gevaarlijk zou kunnen zijn, maar ik had nooit gedacht dat dit mijn lot zou zijn, voor nog geen minuut.

Ik kan niemand anders dan mezelf de schuld geven van de puinhoop waarin ik zit. Zal ik een van de gelukkigen zijn die haar verhaal mag vertellen? Of zal ik zoals duizenden anderen verdwijnen, door de scheuren van een Russische stad glippend?

De stem van Alex dringt door de mist van mijn tumultueuze gedachten. "Heb je honger?"

"Nee, bedankt."

Het is niet alsof ik in staat zal zijn om te eten. Niet dat het uitmaakt. Hij zal waarschijnlijk dreigen om me met de hand te voeren als ik niet alles op mijn bord opeet, net zoals hij dat gisteravond had gedaan.

"Het is in Rusland al lunchtijd en je hebt nog niet ontbeten", zegt hij. "Ik zal ervoor zorgen dat er een maaltijd klaarstaat als we aankomen."

Ik antwoord niet. Wat is het punt? Hij heeft me duidelijk gemaakt dat mijn mening er niet toe doet.

Na een tijdje laat hij mijn hand los om iets op zijn telefoon te controleren, en ik adem gemakkelijker. De woede en zorgen nemen niet af, maar ik kan die emoties niet ventileren. Ik heb geen andere keuze dan ze van binnen op te kroppen.

De gebouwen worden groter tot grijze, grauwe blokken het uitzicht door mijn raam domineren. Een verkeerstoren en een start- en landingsbaan worden zichtbaar. Alex slaat een arm om mijn schouders, ook al is de landing soepel. Zodra het vliegtuig landt, staat hij op en blaft hij orders in het Russisch.

De mannen trekken hun jassen aan en pakken hun wapens. Alex leunt met een arm op het bagagecompartiment boven het raam en scant onze omgeving met bijzondere aandacht terwijl het vliegtuig naar een hangar aan de rand van de luchthaven rijdt.

Leonid, die een computerscherm bekijkt, zegt, "Geen verstoring gedetecteerd."

Alex haalt zijn ogen niet van het raam. "Houd de satellietbewaking actief."

Een konvooi van zwarte auto's met getinte ramen staat op het asfalt geparkeerd. Mannen in donkere pakken met automatische geweren staan in een cirkel rond het gebied gestationeerd. De overduidelijke weergave van vuurkracht laat mijn mond droog worden.

Het lijkt op een oorlogsgebied of dat er een drugsdeal plaats gaat vinden.

Wanneer het vliegtuig tot stilstand komt, verschijnt Igor met een gebroken witte jas die hij aan Alex overhandigt. Alex zegt iets tegen hem in het Russisch terwijl hij de jas aanneemt, waarbij Igor haastig de deur opendoet.

"Wat heb je tegen hem gezegd?" vraag ik, benieuwd wat er aan de hand is.

Alex houdt de jas open als in een stille instructie voor mij. "Ik heb tegen hem gezegd er zeker van te zijn dat het veilig is voordat we naar buiten gaan."

Mijn maag verkrampt zich met bezorgdheid. Terwijl hij me in de jas helpt kijk ik door het raam naar de gewapende mannen. "Waarom zou het niet veilig zijn? Wie zijn die mannen?"

"Maak je geen zorgen," zegt hij en draait me naar

hem toe. "Ze werken voor mij." Hij past de revers van de jas aan voordat hij hem dichtknoopt. "Dingen controleren is gewoon een voorzorgsmaatregel. Ik neem liever niets voor lief."

"Wat betekent dat?" Ik probeer zijn uitdrukking te lezen, maar hij is goed in het behouden van een pokergezicht. "Dat ze je zullen verraden?"

Hij pakt een sjaal uit het hoofdcompartiment en wikkelt die om mijn nek. "Onwaarschijnlijk, maar een man als ik moet geen risico nemen. Stop nu met jezelf bezig te houden met deze zaken. Ik heb alles onder controle."

Igor steekt zijn hoofd om de hoek van de deur. "Alles is veilig. We kunnen gaan."

"Kom," zegt Alex, terwijl hij naar voren loopt.

"Alex," roep ik hem na.

Hij stopt om naar me te kijken.

"Je moet alle kaarten op tafel leggen. Dit is ook mijn leven."

Er is in zijn glimlach geen amusement of geduld meer te zien. "Ik heb je al gezegd dat ik je zal beschermen. Je zult moeten leren om me te vertrouwen."

Ja, natuurlijk. Me als een gevangene behandelen heeft ons vertrouwen vernietigd, en me in het ongewisse laten helpt niet om te herstellen wat hij heeft beschadigd. Dat wil ik graag zeggen, maar hij pakt al een muts met een wollen voering uit een garderobekast naast de deur. Hij wacht tot ik hem heb ingehaald en geeft me de muts. Als ik hem over mijn oren heb getrokken, geeft hij me een paar leren handschoenen in dezelfde kleur als mijn laarzen.

Ik kijk naar hem van onder mijn wimpers terwijl ik de handschoenen aantrek. Zijn houding is star. Ik heb hem nog nooit zo gespannen gezien, zelfs niet toen Igor voor de schotwond werd behandeld.

Zijn stress wrijft op mij af. Wat hij ook verwacht is niet goed, en zijn weigering om het uit te leggen maakt mijn angst alleen maar erger.

Een vlaag van ijzige lucht raakt me in het gezicht als hij me naar buiten leidt. De winter voelt hier anders aan dan in New York City. Deze kou dringt door in de lagen wol van mijn dure kleren tot aan mijn botten.

Alex gooit een arm om mijn schouders en beschermt me tegen zijn zij terwijl hij me naar een van de auto's leidt. Het is alsof er niets mis is tussen ons. Ik probeer los te komen, maar hij verstrakt zijn greep.

Een man die in de houding naast de auto staat, opent de passagiersdeur achterin. Alex helpt me naar binnen en gaat naast me zitten. Ik schuif helemaal naar het raam en laat ruimte tussen ons vrij. Met hoe ik me door zijn acties voel, word ik liever aan de temperatuur onder nul blootgesteld dan me tegen hem aan te drukken.

We wachten in het koude interieur van de auto terwijl de mannen de bagage uit het vliegtuig dragen en in de kofferbakken laden. Het lijkt erop dat Marusya inderdaad voor enkele maanden heeft ingepakt. Wanneer de laatste koffer is ingeladen, neemt Igor op de voorste passagiersstoel van onze auto plaats, terwijl Yuri het stuur neemt.

De motor start. Terwijl de auto soepel naar voren rijdt, dringt de finaliteit van de situatie tot me door, gevolgd door een golf van misselijkmakende angst.

We zijn er.

Er is geen weg meer terug.

De auto begint sneller te rijden en brengt me naar een onbekende toekomst.

2

KATE

*D*e rit gaat in stilte voorbij. Ik staar door het getinte raam naar het landschap en neem de flatgebouwen in me op die uiteindelijk plaats maken voor statige gebouwen. We volgen enkele kilometers een brede rivier voordat we een brug oversteken. De wegwijzers zijn in het Russisch. Ik heb geen idee waar we heen gaan, en de onzekerheid draagt bij aan mijn angst.

Alsof hij mijn gedachten leest, zegt Alex, "We gaan naar Krestovsky-eiland."

Ik heb geen zin om naar hem te kijken, maar het geluid van zijn stem trekt mijn blik in een reflexieve reactie naar hem toe.

"Ik besef dat dit allemaal nieuw en vreemd voor je is," vervolgt hij. "Als je iets wilt weten, hoef je het alleen maar te vragen."

Eén vraag herhaalt zich in mijn gedachten. "Hoelang duurt het voordat je me naar huis laat gaan?"

De hoge gebouwen werpen schaduwen over de weg die met de heldere wintermiddagzon afwisselt. Ze spelen over zijn gezicht terwijl we snel verder rijden, waardoor de lachrimpels die van zijn neus tot zijn mond lopen dieper lijken te zijn.

"Katyusha," zegt hij na een gespannen stilte. "Ik probeer geduldig te zijn, maar duw me niet te ver. Niet met dit."

"Prima." Ik haal mijn schouders op. "Waarom vertel je me niet gewoon wat je wilt dat ik zeg? Het zal de weg vooruit voor ons beiden aanzienlijk soepeler maken."

Hij klemt zijn kaak. "Dit hoeft niet moeilijk voor je te zijn."

"Meen je dat serieus?" Ik draai me om in mijn stoel en kijk hem recht aan. "Wat had je dan verwacht? Dat ik enthousiast zou zijn over deze reis?"

"Dat zou je kunnen zijn." Hij legt zijn arm op de rugleuning achter me en wrijft met een vinger over de ronding van mijn schouder. "Zie dit onvoorziene uitje als een vakantie."

Ik verschuif naar de rand van mijn stoel en ontsnap aan zijn aanraking. "Dit is *geen* vakantie en ik heb niet de gewoonte om tegen mezelf te liegen."

Hij laat zijn arm naar zijn zij zakken. "Je houding maakt het alleen maar erger."

Mijn houding? En die van hem dan? Mijn nagels drukken zich in mijn handpalmen. "Wat ik denk en voel, maakt niet uit, toch? Dus wat maakt het jou eigenlijk uit of het nieuw, vreemd of eng voor me is?"

Zijn ogen krijgen rimpeltjes in de hoeken. "Dat is niet waar, kiska, en dat weet je. Als je een herinnering wilt dat ik om je geef, dan hoef je niet heel hard te zoeken. Het feit dat we hier zijn, zegt het in vetgedrukte letters, vind je niet? Stop nu met zo moeilijk doen. Je bent op zoek naar een ruzie om je woede te sussen en dat gaat niet gebeuren."

Ik bijt in machteloze woede en boze frustratie op mijn tanden. Dit gaat niet over ruzie maken, maar het is onmogelijk om deze ruzie met hem te winnen. Er is geen manier om hem de situatie vanuit mijn standpunt te laten zien.

Als hij naar mijn hand reikt, sla ik mijn armen om mijn lichaam. Hem afwijzen doet me pijn, vooral als ik meer voor zijn leven vrees dan voor mijn eigen leven, maar ik weet niet of ik hem kan vergeven voor wat hij heeft gedaan, niet als hij geen steek van wroeging toont.

Hij laat zijn hand zakken en laat hem op de stoel tussen ons rusten, dichtbij genoeg om met zijn knokkels langs mijn dij te strijken. "We gaan naar een huis dat ik op het eiland bezit. Het is een van de beste buurten in Sint-Petersburg."

Ik wil vragen of dat me gelukkig moet maken, maar ik bijt op mijn tong. De dingen zijn al erg genoeg, en verdere conflicten zullen niet helpen. We praten in cirkels. Een plotseling gevoel van uitputting overspoelt me. Deze bizarre omstandigheden zijn emotioneel uitputtend. Ik ben zelfs te moe om na te denken.

Achterover leunend zak ik dieper in mijn stoel en

ontsnap aan mijn gedachten door me door het raam op de bezienswaardigheden te concentreren. We steken een andere brug over en rijden verder langs de rivier. Mijn mond valt open als ik de herenhuizen in me opneem die in royale, besneeuwde tuinen met uitzicht op de rivier staan. Hoe dieper we het eiland binnenrijden, hoe luxer de woningen worden.

Dit zijn geen huizen. Het zijn paleizen en hun tuinen zijn parken.

Eén eigendom is zo groot dat het het hele blok in beslag neemt. Een groen metalen dak, misschien geoxideerd koper, is zichtbaar door de boomtoppen heen van achter een hoge muur. De bestuurder rijdt naar de twee meter hoge ijzeren poorten die openzwaaien als we naderen. De tuin waar we doorheen gaan is een winterlandschap bezaaid met kale bomen. In het midden staat een indrukwekkend zandstenen paleis van vier verdiepingen met een torentje op elke hoek en decoratieve balkonrails voor de ramen.

De banden kraken op de onverharde oprit die sneeuwvrij is gemaakt. De auto komt langzaam tot stilstand voor de woning. Twee auto's van ons konvooi staan al buiten geparkeerd en de mannen dragen onze bagage het huis in.

Ik draai me om om door het achterraam te kijken. Er komen nog twee auto's achter ons aan. Beweging in de tuin trekt mijn aandacht. Mannen gekleed in een witte gevechtsbroek, bijpassende sneeuwjassen, mutsen en een geel getinte zonnebril lopen langs de omtrek van de muur die het terrein omringt. Ze zijn gewapend met automatische geweren en messen aan hun dijen. Ze zijn zo goed gecamoufleerd, vermengd met het witte landschap en de scherpe, houtskoollijnen van de winterbomen, dat ik ze niet had opgemerkt totdat ze bewogen. Het moeten er minstens twee dozijn zijn. Bij twintig stop ik met tellen.

Als ik me in mijn stoel omdraai, zit Alex me te bestuderen. Yuri en Igor stappen uit. Igor gaat naar de achterkant van het landhuis terwijl Yuri de deur van Alex opent. IJskoude lucht komt de auto in, maar Alex beweegt zich niet om uit te stappen.

"Vraag het me," zegt hij.

Ik knipper. "Je wat vragen?"

Hij richt zijn blik op het landschap achter mijn raam. "Over de mannen."

Ik heb hem gevraagd om zijn kaarten op tafel te leggen, en ik ga geen kans verspillen om een beter begrip van mijn situatie te krijgen. "Wat zijn ze? Soldaten? Bewakers?"

"Ze zijn hier voor onze bescherming."

Nog een vaag antwoord. Tot zover de hoop dat hij me eindelijk iets zou geven. "Juist." Ik kijk door mijn raam. "Ik veronderstel dat een functietitel dan niet van toepassing is."

"Ik geef ze geen label zoals soldaat of bewaker."

"Of maffia," zeg ik binnensmonds.

"Kijk me aan." Als ik met tegenzin gehoorzaam, gaat hij verder. "Ze zijn goed opgeleid en ze zijn loyaal. Dat is wat telt."

Als hij het zegt. "Hoeveel van hen zijn er hier?"

"Ongeveer dertig. De rest wordt in een basiskamp aan de rand van de stad getraind. Ik wil dat mijn mannen in vorm blijven en up-to-date blijven met hun wapens."

"Dertig?" roep ik uit. "Hoeveel zijn er in totaal?"

"Ik heb op elk moment tweehonderd mannen in dit specifieke soort werk in dienst. Ze rouleren tussen hier en mijn kantoor, ze patrouilleren, trainen en rusten om de beurt."

Rillend van de kou die de auto is binnengedrongen, kijk ik omhoog naar de gevel van het huis. Het gebouw is enorm, groot genoeg om twintig mensen te huisvesten. "Verblijven ze allemaal hier?"

Hij pakt mijn gehandschoende handen en wrijft ze tussen de zijne en verwarmt ze door het boterzachte leer. "Ze wonen in de kazerne aan de achterkant van het terrein."

Ik staar hem aan. "Heb je een kazerne?"

"Vroeger was het een schuuropslagplaats voor gebladerte en een stal voor paarden. Ik heb het tot een slaapzaal voor de mannen om laten bouwen." Hij pakt mijn arm. "Kom mee. Je hebt het koud. We praten in het huis verder. Ik wilde je alleen geruststellen over de aanwezigheid van de mannen voordat we naar binnen gingen."

Ik heb geen keus, ik volg hem naar de voordeur, maar ik weiger zijn arm als hij die aanbiedt voor hulp. Mijn hart doet nog steeds te veel pijn.

Een lange, blonde vrouw, van wie ik schat dat ze in

de vijftig is, begroet ons bij de deur. Zodra ze het achter ons heeft gesloten, biedt ze Alex een vrolijke glimlach aan en start ze een snelvuur in het Russisch.

Hij steekt een hand op. "Engels, alsjeblieft. We willen niet dat Katerina zich buitengesloten voelt."

De glimlach van de vrouw is veel terughoudender als ze mij erkent. "Je vriendin spreekt geen Russisch?"

"Nog niet," zegt Alex, terwijl hij zijn jas uittrekt. "Katyusha, dit is Lena, mijn huishoudster." Hij opent een gangkast en hangt zijn jas aan een hanger. "Ze zal voor al je behoeften zorgen."

Beleefdheid dwingt me om te zeggen, "Aangenaam kennis te maken."

Op haar beurt bekijkt ze me koel van top tot teen als Alex met zijn rug naar haar is toegekeerd.

Aangezien ik aan de grond genageld sta, overweldigd door de grandeur om me heen, neemt Alex de leiding om mijn sjaal af te doen en mijn jas open te maken. Ik kom enigszins tot bezinning, duw mijn jas weg, doe de muts af en kam met mijn vingers door mijn haar.

Terwijl Lena zich bezighoudt met het in de kast opbergen van mijn kleren, kijk ik om me heen in de foyer. De weelde is overweldigend. Downtown Abbey kan niet eens in de schaduw ervan staan. Het hoge plafond met een koepel lijkt op de foto's die ik van Michelangelo's schilderij op het plafond van de Sixtijnse Kapel heb gezien, deze stelt alleen een tsaar en zijn hof voor. Een dubbele trap met een gouden balustrade loopt van beide uiteinden van de foyer naar de overloop. Dure tapijten bedekken de marmeren vloeren en een rode loper versiert de trap. Kroonluchters werpen zacht geel licht over mosgroene muren versierd met Russische barokke kunst. Ik ben geen kenner, maar ik heb in gesprekken met Ricky, een kunstenaar die met mijn beste vriendin, Joanne, uitgaat, stukjes en beetjes opgepikt — genoeg om te weten dat als deze schilderijen origineel zijn, wat ik vermoed dat ze zijn, ze van onschatbare waarde moeten zijn.

De huishoudster verdwijnt in een gang, haar sneakers maken geen geluid op de vloer.

"Je ziet eruit alsof je mijlenver weg bent," zegt Alex. "Waar zit je aan te denken?"

Ik zwaai met een hand door de ruimte. "Dit is erg indrukwekkend."

"Dit paleis was van een tsaar. Later, tijdens het communistische tijdperk, werd het gebruikt om militaire officieren te huisvesten. Toen het kapitalisme werd hersteld, is het door een van de eerste oligarchen gekocht en is het in zijn oude glorie hersteld. Het kwam terug op de markt na de dood van de eigenaar, toen heb ik het gekocht." Zijn stem bevat een toon van trots.

Ik wandel naar de voet van de trap en staar naar de patronen op het geperste plafond. "Dit is heel anders dan de stijl van je huis in New York City."

"Om eerlijk te zijn," zegt hij, zijn voetstappen komen achter me aan, "heb ik liever het minimalisme en de eenvoud van het huis in New York, maar deze heeft de beste locatie in de stad."

Ik draai me naar hem toe. "En de locatie is belangrijk?"

Hij haalt zijn schouders op. "Ik verkies Krestovsky boven de stad. Wil je een rondleiding door het huis? Als je liever gaat rusten, kan ik je later rondleiden."

Ondanks mijn onrust, kan ik niet anders dan nieuwsgierig zijn. Trouwens, als ik hier in de nabije toekomst logeer, kan ik maar beter mijn omgeving leren kennen.

"Ik zou het graag zien," zeg ik.

Alex leidt me de trap op en glimlacht over zijn schouder naar me. "Dan zal ik je graag ter wille zijn."

Terwijl ik hem door gangen en trappen volg, groeit mijn verbazing. Elke kamer is luxueus ingericht met een eigen thema, het meubilair is geschikt voor een koning. Afgezien van tien slaapkamers, elk met een en-suite lounge en badkamer, bezoeken we formele en informele lounges, leeszalen, een bibliotheek, een studeerkamer, en een overdekt verwarmd zwembad met een dakraam. Naast het zwembad kijkt een fitnessruimte uit op de tuin. Een sauna is in de hoek genesteld. Trainen lijkt op Alex zijn prioriteitenlijst te staan. Net als in zijn huis in New York, is er alle denkbare apparatuur die je in een sportschool zou verwachten.

We eindigen onze rondleiding in een modern gerenoveerde keuken met roestvrijstalen planken, waar een man groenten aan het snijden is op een aanrecht van het kookeiland.

"Dit is mijn kok, Timofey," zegt Alex. "Tima, dit is juffrouw Morrell. Ze heeft nog niet geluncht. Aangezien het in New York nu tijd is voor het ontbijt, bereid voor haar maar een lichte maaltijd en laat Lena het naar de kamer brengen."

Timofey salueert. "Ja meneer. Een lichte maaltijd komt eraan."

"Zijn vaardigheid is te vergelijken met die van een Michelin-sterrenchef," zegt Alex. "Er staat je een traktatie te wachten."

Timofey klakt met zijn tong. "Michelin? Die sterren betekenen niets. Ik?" Hij trekt de kraag van zijn shirt weg en wijst met zijn mes naar een tatoeage van een ster op de ronding van zijn schouder. "Dit heb ik verdiend."

Alex grinnikt. "Let niet op Tima. Hij kan overdreven dramatisch zijn."

Ik mag de kok meteen. "Het is me een genoegen je te ontmoeten, Timofey. Ik kijk ernaar uit om je eten te proberen."

"Het genoegen is geheel aan mijn kant, juffrouw Morrell."

"Alsjeblieft," zeg ik, "noem me Kate."

"Alleen als je mij Tima noemt." Hij zwaait met het mes en splijt een wortel doormidden. "Wil je iets speciaals? Vraag het maar aan Tima. Ik zal alles wat je wil voor je koken."

Zijn enthousiasme laat me glimlachen. "Dat waardeer ik."

Alex legt een hand op mijn onderrug en duwt me verder.

"Spreken al je medewerkers Engels?" vraag ik, terwijl ik zijn aanraking omzeil.

Hij stuurt me naar een voorraadkast ter grootte van mijn studio in New York. "Ik sta erop dat ze lessen nemen. Het is goed om talenkennis te hebben. Maar ik kan niet met de eer strijken dat ik Tima heb geleerd om Engels te spreken. Hij was chef-kok in een duur restaurant voordat hij voor mij kwam werken. Engels spreken was verplicht, niet alleen voor de training, maar ook voor de conversatie met de klanten."

Geuren van dille en dragon komen mijn neus binnen. Knoflook en gedroogde kruiden hangen aan touwtjes aan een balk die langs het plafond loopt. "Zijn chef-koks normaal gesproken niet aan de keuken gebonden?"

"In dat soort restaurants worden koks vaak naar de tafel geroepen om een compliment te krijgen. Het is de hoogste eer die een restaurant een chef-kok kan schenken. Het zal negatieve gevolgen hebben voor de restauranthouder als een chef-kok een belangrijke Engelssprekende klant niet in zijn eigen taal kan bedanken."

"Dat is een beetje hard." Ik duik weg om onder een bosje peterselie door te gaan dat ondersteboven aan de balk hangt. "Betekent dit dat top-end Russische chef-koks meertalig zoals jij moeten zijn?"

Hij erkent het onbedoelde compliment met een scheve glimlach. "De meeste mensen kunnen zich in het Engels behelpen."

Ik kijk rond in de goed gevulde ruimte. De planken zijn gevuld met potten met geconserveerd fruit, ingelegde groenten en honing. Een rauwe ham, gedeeltelijk bedekt met een linnen doek, staat op een hakblok. Manden gevuld met verse groenten en fruit hangen aan haken aan de muren. Een grotere op de vloer stroomt over met broodjes.

"Je loopt hier niet het risico op een voedseltekort," zeg ik.

"Tima kookt voor de mannen die in de kazerne wonen." Hij kruist zijn handen achter zijn rug. "In hun soort werk hebben ze hoge calorie-eisen."

Ik knik alsof het voeden van een leger van mannen een normale huishoudelijke gebeurtenis is. "Ik begrijp het."

Hij stapt opzij en laat me voor hem naar buiten stappen. "Laten we onze rondleiding afronden. Ik moet zaken afhandelen en jij moet rusten."

We gaan door de gang en door een eetkamer met een tafel die plaats biedt aan twintig personen. Tot nu toe had ik niet echt door hoe rijk Alex is. Zijn huis in New York zit aan de bovengrens van de schaal, maar het is een stuk bescheidener dan dit paleis in Sint-Petersburg. Het lijkt erop dat hij in elk huis dat hij bezit een fulltime huishoudster heeft, en er staan tweehonderd mannen op zijn loonlijst. Ik wil niet eens weten hoeveel mensen zijn verschillende bedrijven in dienst hebben. En hij heeft me met zijn *privévliegtuig* zonder paspoort of visum Rusland in gesmokkeld. Wie kan dat?

Wie is de man voor wie ik in New York City ben gevallen? Hij is zo veel machtiger dan ik me had voor kunnen stellen, en het beangstigt me. Ik ben volledig aan zijn genade overgeleverd. We zijn op zijn eigen grondgebied, en hij heeft alle controle. Het zou moeilijk, zo niet onmogelijk, zijn voor een vrouw zonder middelen, paspoort, telefoon of geld, en zeer beperkte kennis van het Russisch om aan zo'n machtige man te ontsnappen.

Bovenaan de overloop op de eerste verdieping pauzeert hij. "Je bent erg stil."

"Het is veel om te verwerken." En ik bedoel niet alleen dit huis of paleis of hoe je het ook noemt.

Zijn uitdrukking wordt zachter. "Je hebt wat tijd nodig om je aan te passen, dat begrijp ik."

Het zal veel meer dan tijd kosten, maar ik slik mijn antwoord in terwijl hij een bewerkte houten deur opent en me naar een ruime slaapkamer leidt met een groot raam dat op de voortuin uitkijkt. In het midden van de kamer staat een hemelbed. De bordeauxrode fluwelen bedgordijnen omzoomd met gouden koorden zien eruit als iets uit een middeleeuwse scène.

Zijn stem zakt een octaaf, het diepe timbre laat een rilling over mijn rug lopen. "Dit is waar we slapen."

Bij het woord *we* slaat mijn hart een slag over. Denkt hij dat onze relatie onveranderd zal blijven nu hij me zijn gevangene heeft gemaakt? Ik weet niet eens hoe ik mijn verdwijning aan mijn moeder of mijn baas, June, uit moet leggen.

Beneden in de tuin verkennen de mannen in hun witte camouflage-gevechtsuitrusting het pand. De gigantische ijzeren poorten zijn gesloten. Vanaf deze verdieping kan ik de punten op de bovenkant van de muur zien die er overheen klimmen onmogelijk maken. Om de paar meter is een bewakingscamera bevestigd. Net als griezelige robots draaien ze voortdurend hun hoofd om en scannen ze met elektronische ogen de omgeving. Er moet ergens een controlekamer zijn.

Het is alsof je in een gevangenis opgesloten zit. Ik kan niet met de buitenwereld communiceren. Maar als ik mijn moeder en mijn werkgever niet over mijn geïmproviseerde reis informeer, zullen ze zich doodongerust maken. Ze kunnen me zelfs als vermist opgeven. Met hoe nauwgezet Alex is in alles wat hij doet, moet hij al een plan hebben bedacht om mijn afwezigheid uit te leggen, maar ik wil niet verdwijnen zonder mijn moeder een soort uitleg te geven.

Wat ik haar ook vertel, ik kan de waarheid niet toegeven. Ik zal die last niet op haar schouders leggen. Trouwens, als ze erachter komt wat Alex heeft gedaan, dan zal ze de kliniek willen verlaten waar ze voor reumatoïde artritis wordt behandeld. Het is een belachelijk duur programma waar Alex voor betaalt, en ze zal weigeren om van de liefdadigheid van een man te profiteren die haar dochter heeft ontvoerd. Dit is haar enige kans op een betere kwaliteit van leven, en ik wil het niet voor haar verpesten. Ze heeft al zo lang pijn, en ze verdient dit meer dan wie dan ook die ik ken.

Ik haat het om Alex om iets te vragen, maar ik heb geen keus.

Mijn gezicht in de plooi trekkend, wend ik me van de verontrustende aanblik van de onbreekbare vesting muur af. "Alex?"

Hij fronst. "Je ziet er moe uit. Heb ik je uitgeput met de rondleiding na onze lange vlucht?"

"Waar is mijn handtas?"

De blik in zijn ogen raakt gesloten. "Die heb je voorlopig niet nodig."

Vernieuwde woede verhit mijn bloed, verontwaardiging brandt als een vlam in het midden van mijn maag. In het belang van mijn moeder slik ik het door en zeg gelijkmatig, "Ik heb mijn telefoon nodig." De man tegenover me is gevaarlijk. Meedogenloos. Ik herinner mezelf aan dat feit terwijl ik zorgvuldig mijn woorden kies. "Ik kan niet zomaar zonder een verklaring verdwijnen. Ik moet het ziekenhuis en mijn moeder bellen. Ze zal zich zorgen maken als ik verdwijn. Je moet me met hen laten praten."

Zijn instemming verbaast me als hij zegt, "Tuurlijk," en hij zijn telefoon uit zijn zak pakt. Hij opent het scherm met zijn duimafdruk en geeft me het apparaat. "Ik was van plan om je later te laten bellen."

Ik neem het behoedzaam aan en kijk hem van onder mijn wimpers aan terwijl ik mijn moeders nummer intoets. In plaats van me privacy te geven, luistert hij ongegeneerd mee.

"Zet het op de luidspreker," instrueert hij en hij negeert de scherpe blik die ik hem geef.

Ik wil niet dat hij de telefoon wegpakt, dus doe ik wat hij zegt.

De oproep verbindt en de beltoon klinkt.

Mijn moeder antwoordt met een onzekere, "Hallo?"

"Hoi mam." Het is een strijd om mijn stem normaal te houden. "Met Kate."

"Katie!" Ze klinkt vrolijk. "Wat een verrassing. Ik herkende dit nummer niet."

"Ik bel met de telefoon van Alex."

Ik ontmoet kort zijn ogen. Zijn intense blik is zenuwslopend.

"Ben je niet op het werk?" Bezorgdheid klinkt in haar stem. "Is er iets aan de hand?"

"Nee." Ik forceer een glimlach op mijn gezicht, in de hoop dat ze het in mijn stem hoort. "Maak je geen zorgen, er is niets aan de hand." Ineenkrimpend zet ik me schrap voor de leugen. "Integendeel zelfs. We zijn spontaan op vakantie gegaan." Ik heb nog nooit tegen mijn moeder gelogen, en ik haat zowel mezelf als Alex om nu te moeten beginnen. "Een reis naar Rusland."

"Rusland?" roept ze uit. "Waar in Rusland?"

"Sint-Petersburg," zeg ik vrolijk, terwijl ik als een opgewonden toerist probeer te klinken. "Alex heeft hier een huis."

Hij steekt een vinger op en schudt zijn hoofd, wat aangeeft dat ik niet meer moet zeggen.

"Hoe zit het met je werk?" vraagt mam.

Ik kan me de verwarring op haar gezicht voorstellen. "Ik had deze vakantie echt nodig."

Haar stem wordt zachter. "Ja, schat. Je hebt gelijk. Je hebt te hard gewerkt."

"Als je me nodig hebt..." Ik slik en bijt ongewenste tranen terug. "Ik heb de roaming op mijn telefoon niet geactiveerd." Ik geef Alex een onderzoekende blik.

Hij knikt.

"Je kunt me op dit nummer bereiken," ga ik verder.

"Oké," zegt ze langzaam. "Maar waarom activeert Alex de roaming niet voor je?"

De leugens stapelen zich op en trekken zich als een web strakker om me heen. Ik kijk zenuwachtig naar Alex, die stoïcijns terugkijkt. Mijn hersenen werken niet meer, en ik kan geen plausibele verklaring vinden.

"Je wilt geen telefoontjes van het werk," fluistert Alex.

"I-ik wil niet dat het ziekenhuis me tijdens onze vakantie stoort," zeg ik.

"Oh." Mijn moeder is even stil. "Dat is logisch, maar het klinkt niet als jou, schat. Je bent normaal gesproken zo toegewijd aan je werk, dat je zelfs in je vrije weekenden gaat werken als ze erom vragen."

Ik stop een haarlok achter mijn oor. "Dat is precies waarom ik niet wil dat ze me kunnen bellen. Ik neem een lange, broodnodige vakantie met Alex om op te laden en ik wil geen werkproblemen in mijn achterhoofd hebben zitten."

"Dat is zeker een wijze houding." Mam klinkt

beduidend meer op haar gemak. "Ik ben blij dat Alex zo'n positieve invloed op je heeft. Ik zeur al jaren tegen je om een goede vakantie te nemen."

"Genoeg over mij." Ik keer Alex de rug toe en kijk naar het raam. "Hoe gaat het met je?"

"Heel goed. Ik voel me al zoveel beter, en met het nieuwe dieet ben ik aan het afvallen."

"Dat is geweldig," zeg ik, mijn borst warmt op van dankbaarheid. Des te meer reden om de poppenkast vol te houden. Als de behandeling werkt, kan ik haar deze kans niet ontnemen. "Ik ben zo blij dat te horen."

Alex legt een hand op mijn schouder en spant zijn vingers lichtjes aan. In de reflectie van het glas zie ik hem zijn andere hand uitstrekken en om de telefoon vragen.

"Luister," zeg ik, terwijl ik een nieuwe golf van tranen tegenhoud, "ik moet gaan. Beloof me dat je me belt als je iets nodig hebt of als je je niet goed voelt."

"Maak je om mij maar geen zorgen. Ik heb de tijd van mijn leven. Geniet van je vakantie met die genereuze en geweldige man van je. Je hebt het verdiend."

Ik haal diep adem en blaas het langzaam uit. "Ik hou van je."

"Ik hou ook van jou, schat. Doe Alex de groeten van me."

Ik klamp me vast aan de telefoon en kan het gesprek niet beëindigen.

Alex draait me naar hem toe, pakt de telefoon voorzichtig af en drukt op de rode knop. Zijn blik is niet helemaal zonder sympathie als hij vraagt, "Wie is de volgende? Je leidinggevende?"

Niet in staat om met de brok in mijn keel te praten, knik ik.

Hij veegt met een duim over het scherm en selecteert een nummer. Het verbaast me niets dat hij June's contactgegevens in zijn telefoon heeft geprogrammeerd. Als hij overgaat, geeft hij me de telefoon.

"June Wallers," antwoordt mijn leidinggevende. Het is duidelijk uit haar bruuske, maar niet onvriendelijke toon dat ze druk en moe is.

Mijn schuldgevoel verdubbelt zich. "Hoi, June. Met Kate."

"Kate? Zeg alsjeblieft dat je om tien uur je dienst komt doen. Rose is ziek en Lettie zit vast in een bergresort waar de wegen ingesneeuwd zijn. Het is hier vandaag een chaos."

Op mijn lip bijtend, haal ik nog een keer diep adem. "Het spijt me. Ik heb een noodgeval in de familie. Ik ben bang dat ik verlof moet nemen. Ik heb geen keus."

"Wauw." Er volgt een lange stilte. "Ik hoop dat het niet te ernstig is?"

"Ik kan n-," mezelf vermannend zeg ik, "Ik wil het liever niet bespreken. Het enige wat ik kan zeggen is dat het een privéaangelegenheid is."

"Als het iemand anders was, zou ik twijfelen, maar je bent een van onze beste en meest serieuze verpleegkundigen. Voor alle keren dat je je vrije dagen opofferde om in te vallen toen we onderbezet waren, kan ik alleen maar zeggen: neem zoveel tijd als je nodig hebt."

"Dank je." Door haar begrip voel ik me nog slechter. Naar Alex kijkend, zeg ik, "Ik zal HR een e-mail sturen en het nodige papierwerk regelen."

Hij knikt en geeft zijn stille instemming.

"Succes, Kate. Ik hoop dat je je noodgeval snel oplost. Ik zal de meisjes de groeten van je doen."

"Bedankt," mompel ik.

Alex neemt de telefoon over en beëindigt het gesprek. "Het spijt me, maar je kunt niet te lang aan de telefoon blijven. Dit nummer is veilig, maar ik neem —"

"Geen risico's," zeg ik hol.

"Precies. Eet iets en rust uit. Ik zal straks nog even bij je komen kijken."

"Wacht," zeg ik als hij zich naar de deur draait. "Ik moet Joanne bellen. Ik heb afgesproken om vandaag met haar te lunchen."

Zijn toon is compromisloos. "Twee telefoontjes zijn genoeg voor vandaag."

Ik doe een stap naar voren. "Ik kan niet zomaar niet op komen dagen. Ze zal zich ongerust maken."

Hij ontgrendelt het scherm en typt iets. Even later pingt de telefoon.

"Wat heb je gedaan?" vraag ik. "Wat heb je tegen haar gezegd?"

Hij draait de telefoon naar me toe en laat me het scherm zien. Ik lees zijn bericht en Joanne's antwoord. Hij heeft haar hetzelfde verteld wat ik tegen mijn moeder heb gezegd, dat we een spontane vakantie hebben genomen en dat ze me op zijn telefoon kan bereiken. Hij zei dat ik moe ben van het vliegen en lig te slapen, maar dat ik haar snel zal bellen. Ze antwoordt met verschillende naar adem snakkende emoji's en ze zegt tegen hem om plezier te hebben en goed voor me te zorgen.

"Tevreden?" vraagt hij.

Ik kan alleen maar naar hem kijken.

"Ik zie je later, Katyusha."

Als hij voorover buigt om me te kussen, draai ik mijn gezicht opzij. Mijn gevoelens zijn te rauw om zijn avances te accepteren. Toen hij deze machtsongelijkheid creëerde, heeft hij een obstakel tussen ons ingeduwd. Ik kan niet zomaar toegeven. Mijn zelfrespect laat me dat niet toe.

Hij gaat met een gespannen glimlach rechtop staan. "Laat het Lena weten als je iets nodig hebt. Ik ben vanavond weer thuis, mijn liefste."

Zonder me nog een blik te besparen, loopt hij de deur uit.

Het kost me een goed moment om tot bezinning te komen. Te laat pak ik een decoratief kussen van de loveseat en gooi het naar de deur die hij achter zich heeft dicht getrokken. Het raakt het hout met een onbevredigend zachte dreun. Het is een onvolwassen en nutteloze vertoning, een jammerlijk ineffectieve uitlaatklep voor mijn opgekropte, gefrustreerde woede. Als de deur weer opengaat, ben ik klaar om nog een kussen naar hem te gooien, maar het is Lena die met een dienblad binnenkomt.

Ze loopt naar de loungeruimte bij de open haard en laat het dienblad op de salontafel achter. "Tima heeft wentelteefjes en een fruitsalade gemaakt. Er is thee en honing." Ze gaat rechtop staan en vraagt op een formele toon, "Wil je nog iets anders?"

"Nee, dank je," zeg ik, terwijl ik nog steeds vecht om mijn woede onder controle te krijgen.

Knikkend verlaat ze snel de kamer.

Beweging buiten trekt mijn aandacht naar het raam. Yuri loopt naar de auto waarin we aankwamen en opent de deur. Alex verlaat het huis, gevolgd door Leonid en Igor. Ze gaan met z'n vieren de auto in. Dimitri stapt in een tweede auto met een paar van de mannen die ons vanaf het vliegveld hebben begeleid. Drie auto's rijden voor hun konvooi. De vijf auto's rijden de oprit af en door de open poorten.

Als de entourage weg is, grijp ik de kans. Ik benader de deur en voel aan de hendel. De zware deur zwaait zonder te piepen open. Ik steek mijn hoofd door de deuropening. De gang is leeg. Ergens slaat een staande klok vier keer.

Ik loop op mijn tenen de gang in en beweeg me stilletjes, maar snel. De studeerkamer is een verdieping lager. Gelukkig zie ik niemand als ik de trap afloop. Mijn hart klopt in mijn keel, maar ik haal de studeerkamer zonder de huishoudster of een bewaker tegen te komen. Ik sluit de deur achter me en slaak een trillende zucht. Bij het zien van de vaste telefoon op het bureau slaat mijn hart een slag over van opluchting.

Ik haast me er naartoe en pak de hoorn van de haak ook al heb ik geen idee wie ik ga bellen. De Amerikaanse ambassade? En wat moet ik dan zeggen? Ik weet het niet, maar ik wil de grenzen van mijn gevangenschap testen. Ik wil het telefoonnummer van de ambassade weten, voor het geval dat.

Mijn aarzeling duurt maar een seconde. Mijn beste kans is om Joanne te bellen en haar te vragen het nummer voor me op te zoeken. Ik zal zeggen dat ik mijn bankpasje kwijt ben. De leugen stoort me nog voordat het mijn mond heeft verlaten, maar ik denk er niet aan als ik haar nummer intoets.

Voordat ik klaar ben, klinkt er een stem in mijn oor die iets onverstaanbaars in het Russisch zegt. Geschrokken laat ik bijna de telefoon vallen.

"Hallo?" zeg ik in een gedempte toon.

De man aan de andere kant van de lijn schakelt van Russisch naar Engels. "Goedenavond, juffrouw Morrell. Wat kan ik voor je doen?"

Slikkend, vraag ik, "Wie ben je?"

Zijn Russische accent is zwaar. "Ik ben de telefoonoperator van meneer Volkov. Alle gesprekken vanuit het huis verlopen via een centraal systeem."

Alex heeft een vaste telefoonoperator? Ik verberg mijn schok en probeer op een normale manier te zeggen, "Ik moet naar huis bellen. Kun je me alsjeblieft doorverbinden?"

"Sorry, mevrouw," zegt hij zonder aarzeling. "Ik

mag je alleen doorverbinden met meneer Volkov. Wil je dat ik hem voor je bel?"

"Nee," zeg ik snel, terwijl de neerslachtigheid begint in de dalen.

"Goed dan. Goedenavond, juffrouw Morrell."

Verdwaasd hang ik op zonder terug te groeten. Ik denk dat dat de vraag over mijn beperkingen beantwoordt. Hoe ver is Alex bereid te gaan? Waarom sluit hij me niet gewoon op als hij toch bezig is?

Wacht. Maar dat zou hij niet doen. Ofwel?

Als ik de studeerkamer verlaat, ben ik niet langer discreet om door het huis te gaan dwalen. Ik loop resoluut naar de voordeur. Eenmaal daar haal ik diep adem. Ik wil niet echt naar buiten gaan in een tuin waaruit ik niet kan ontsnappen. Ik *moet* het gewoon weten.

De deurknop grijpend, draai ik hem om. Het glijdt weg in mijn zweterige handpalm. Ik veeg mijn handen aan mijn dijen af en probeer het opnieuw.

Hij zit op slot.

Ik kan het niet geloven. Waarom ik iets anders had verwacht, weet ik niet, maar opgesloten zitten draagt alleen maar bij aan de claustrofobie die op me afkomt. Ik ren van deur tot deur en probeer ze allemaal, maar het oordeel is hetzelfde. Ze zitten allemaal op slot.

Een verbijsterde Tima staart me aan terwijl ik de keuken in storm en naar de achterdeur sprint. Ik ruk aan het handvat en duw met al mijn kracht, maar de zware deur beweegt niet.

"Kate," zegt hij, zijn toon is verontschuldigend.

"Vermoei jezelf niet zo. Het heeft geen zin, mijn arme konijntje. Dat weet je."

Ik leun met mijn rug tegen de deur, glijd op de vloer en geef uiteindelijk mijn nederlaag toe. Deze waarheid valt niet mooier te maken dan het is.

Ik ben Alex zijn gevangene.

"Kom op," zegt Tima, terwijl hij de lepel weggooit waarmee hij in een pan roerde en me aan mijn arm omhoogtrekt. "Laten we je terug naar je kamer brengen." Hij praat iets zachter. "Je wilt niet dat Lena je zo ziet. Je kunt geen zwakte tonen als je wilt overleven, heb ik gelijk?"

Ik bekijk zijn gezicht van dichterbij. Zijn huid zit vol met littekens en op zijn neus zit een knobbel. Het licht in zijn grijze ogen is vriendelijk.

"Tima, je moet me helpen."

"Ik help je," zegt hij en leidt me naar de deur.

"Je moet me eruit laten."

Hij klikt met zijn tong. "Dat zal je niet helpen, konijntje. Dat zal ons allebei rechtstreeks in een ondiep graf laten belanden."

3

ALEX

*H*et beveiligingsteam trekt de aandacht als ik de kelder van mijn kantoorgebouw in de technische wijk van Sint-Petersburg binnenkom.

"Iets gevonden?" vraag ik, terwijl ik mijn stropdas losmaak en ik door het gangpad loop dat de moderne werkplekken scheidt.

Igor en Leonid volgen me, hun wapens binnen handbereik, terwijl Dimitri de deur bewaakt. Met de maatregelen die ik heb genomen, zijn we hier veiliger dan waar dan ook, maar er is een zwakte in het systeem die ik nooit over het hoofd kan zien — de mensheid. Mensen zijn wispelturig en de menselijke natuur is altijd een onbetrouwbare en niet constante variabele in de vergelijking.

Zoals ik meer dan eens aan mijn mooie, boze katje heb uitgelegd, neem ik niets voor lief. Dat is de enige reden waarom ik niet twee meter onder de grond lig.

Het hoofd van mijn beveiligingsteam, Pyotr Nelsky,

staat bij de aan de muur gemonteerde monitoren aan de voorkant van de kamer te wachten en staat in een militaire houding met zijn armen op zijn zij.

"Niets, meneer," zegt hij met een onderstroom van angst in zijn toon, als ik hem bereik.

Ik kijk naar de flatscreens aan de muur, die de status van elk werkstation weergeven. De resultaten van de gegevens die elke medewerker aan het samenstellen is, worden in code samengevat. "Heb je de beveiligingsbanden van het ziekenhuis?"

"Ja meneer. We nemen ze op dit moment door."

Ik ga naar een van de monitoren en druk op de knop om het scherm wakker te maken. Een mozaïek van zwart-wit foto's is bij elkaar gevoegd. Deze geïmproviseerde politiefoto's zijn stilstaande beelden genomen van de video feed, met beelden van de patiënten die de SEH van het Coney Island-ziekenhuis hebben bezocht.

In het beste geval zijn de beelden wazig. In sommige gevallen is alleen de achterkant van het hoofd van de patiënt zichtbaar.

Frustratie vreet aan mijn ingewanden. "Wat is de operationele status?"

"We zijn bezig met het identificeren van alle patiënten en bezoekers die gisteren in het gebouw aanwezig waren," zegt Nelsky tegen me.

Ik draai me naar hem toe. "Hoelang?"

"Het kan een paar dagen duren." Zijn adamsappel beweegt op en neer terwijl hij slikt. "We hebben de dossiers opgevraagd van de patiënten die zich hebben aangemeld. Het personeel is geen probleem omdat ze voor het werk in- en uitklokken. Het zal moeilijker zijn om de bezoekers en dienstverleners te traceren, vooral gezien het feit dat er blinde vlekken in de camera zijn."

"Wat probeer je te zeggen?" vraag ik, terwijl ik met mijn vingers op zijn bureau trommel.

Hij richt zijn blik op een plek over mijn schouder en kijkt me niet recht in de ogen. "Het zal onmogelijk zijn om een lijst op te stellen van iedereen die zich in die twaalf uur door het gebouw bewoog."

Het nieuws maakt me razend, niet dat ik iets anders had verwacht. Toch is het het proberen waard. "Hoe zit het met juffrouw Morrell?"

Hij struikelt over zijn voeten in zijn gretigheid om de tweede van de vijf monitoren op zijn bureau op te starten. "Ik heb al een visueel dossier voor u samengesteld."

Hij drukt op een knop, haalt een caleidoscoop aan gezichten naar voren, sommigen met Katerina op de foto en anderen zonder. Veel van de gezichten zijn nauwelijks te onderscheiden. Anderen zijn geheel of gedeeltelijk voor de camera's verborgen.

"Patiëntenlijst?" vraag ik, terwijl mijn irritatie toeneemt.

"Hier, meneer." Hij pakt een uitdraai van zijn bureau en biedt het me aan. "Zoals u zult zien, staan er veel Russische namen, maar aangezien het ziekenhuis in een Oost-Europese buurt ligt, springt er niets ongewoons uit."

Ik scan de namen op het papier. De lijst is lang.

"Haal alle gegevens op die je van elk van hen kunt vinden. Gebruik mijn overheidscontacten om dingen te versnellen."

"We zijn er al mee bezig, meneer."

"Goed." Ik duw het papier terug in zijn handen. "Rapporteer om het uur aan mij, en laat het me weten zodra je iets weet."

Het papier trilt in zijn hand. "Ja. meneer."

Ik ga met grote stappen naar de deur. Mijn medewerkers blijven bezig terwijl ik passeer en ze durven me niet in de ogen te kijken. Ik denk dat ik nogal een reputatie heb. Mensen vrezen me, ook degenen die hun familie met de royale salarissen voeden die ik betaal. Mooi. In mijn wereld kom je niet ver met vriendelijkheid. Niemand klaagt echter. Ze zullen lang en breed naar betere secundaire arbeidsvoorwaarden of voordelen moeten zoeken.

Het soort werk dat ze doen vereist dat de kamer waarin ze acht uur per dag doorbrengen ondergronds is. De muren, het plafond en de vloer zijn versterkt. Er kunnen geen radiogolven of infraroodstralen de structuur binnendringen. Dat betekent dat de industriële intelligentie die ik in deze kamer bewaar veilig is voor ongewenste ogen en oren, maar het maakt de kamer ook explosieveilig. Een geavanceerd systeem bewaakt en zuivert de lucht zorgvuldig. De lichten zijn helder zonder hard voor de ogen te zijn, en de temperatuur varieert nooit van een comfortabele drieëntwintig graden Celsius. Behang met een berglandschap bedekt de grijze betonstenen en bomen in potten zorgen voor groen. Een fontein in de hoek zorgt voor het rustige geluid van een waterval. Die komt uit op een vijver met koivissen. Blijkbaar hebben de vissen een kalmerend effect op de menselijke psyche. Volgens het advies van de interieurontwerper die gespecialiseerd is in Zen-omgevingen, geeft de luchtreiniger minieme organische vleugjes van bergamot en citrus in de lucht af. De geuren zouden opbeurend en revitaliserend zijn. Ja, er zijn ergere bunkers om in te werken.

De metalen deur gaat met een zachte klik achter me dicht. Dimitri gaat rechtop staan van waar hij tegen de muur leunt. Leonid kijkt me van onder zijn halfgesloten ogen aan.

"Wat?" snauw ik. "Als je iets te zeggen hebt, zeg het dan."

Leonids borst zet zich uit met een ademhaling. "Het is onwaarschijnlijk dat we via deze route iets zullen ontdekken. Je hebt de kwaliteit van die tapes gezien. Er lopen op een dagelijkse basis een heleboel mensen in en uit dat ziekenhuis. Iedereen had Kate's toegangspas kunnen stelen."

Met mijn handen door mijn haar, beoefen ik de controle die ik door de jaren heen onder de knie heb gekregen om grip op mijn woede te krijgen. Ik ben tot dezelfde conclusie gekomen, maar ik heb niets anders om op door te gaan. "Wat stel je verdomme voor dat we doen?"

Igor kijkt me bezorgd aan.

Stilte.

Dat dacht ik al. Niemand heeft betere ideeën. Wist ik maar wie het lef heeft gehad om haar te bedreigen. Wist ik maar waarom.

"Ik heb antwoorden nodig," zeg ik met op elkaar geklemde tanden, terwijl ik mijn handen in mijn zakken steek en door de ruimte loop. "Wie? Waarom?"

"Misschien een concurrent," stelt Igor voor. "Iemand die een boodschap wilde sturen."

Het is geen nieuwe suggestie. We hadden deze mogelijkheid al overwogen nadat Igor werd neergeschoten. Wat mijn zaken betreft, is er geen tekort aan concurrenten. Macht is in Rusland zowel een waardevol als gevaarlijk goed. Zoals het gezegde luidt, vangen de hoogste bomen de meeste wind. De top bereiken vergt hard werken en smerig vechten, maar de echte oorlog begint pas als je dat niveau bereikt. Als je eenmaal op de eerste plaats staat, ben je een doelwit voor elke man die onder je op de ladder staat. Je moet twee keer zo hard vechten om aan de top te blijven dan om er te komen.

Een vrouw bedreigen die niets met mijn zaken te maken heeft alleen maar om me een boodschap te sturen is een stoot onder de gordel, maar het is niet ongewoon. Vrouwen maken mannen zwak. Vijanden hebben die zwakte sinds het begin der tijden uitgebuit.

"Voorlopig wachten we af," zegt Dimitri, altijd de pragmatische. "Het lijkt erop dat we niet veel keuze hebben. Degene die Kate's pas mee heeft genomen, wilde je aandacht. Nu hij die heeft, zal hij vroeg of laat bekendmaken wat hij wil."

Ik draai het koord van de ziekenhuisbadge in mijn zak om mijn vuist en streel de naam op de gelamineerde kaart met mijn duim. Ik heb de letters zo vaak met mijn blik getraceerd dat als ik mijn ogen sluit, ik ze achter mijn oogleden zie. "Ik zal verdoemd zijn als ik op mijn reet blijf zitten en thee ga drinken terwijl een of andere *ublyudok* Katerina bedreigt."

"We krijgen die klootzak wel." Igors bovenlip krult zich om. "Alleen een lafaard gaat achter een vrouw aan."

Ik knik grimmig. Ik zal niet rusten totdat ik die kakkerlak in zijn graf heb gelegd.

"Wat wil je dat we doen?" vraagt Leonid.

"Voor nu? Hou je oren open. Vraag rond. Kijk of we onbewust op iemands tenen hebben getrapt of dat er veranderingen zijn in de machtshiërarchie waar we ons niet van bewust zijn."

"Ja, baas," zegt Leonid. "Ik zal met een paar jongens in de stad praten die ik ken."

"Ga met hem mee," zeg ik tegen Dimitri. "Igor, jij blijft bij mij."

Dimitri knikt en volgt Leonid al naar de uitgang.

Als ze weg zijn, overweeg ik mijn opties. Ik hoop nog steeds dat we geluk zullen hebben met de ziekenhuisopnames, maar aangezien we niets hebben gevonden nadat tien van mijn beste mannen en vrouwen elke seconde van de beveiligingsfeed frame voor frame hebben doorgenomen, is de kans klein dat we iets zullen vinden.

"Fuck." Ik schop de stoel naast de deur en laat hem bijna vliegen. Frustratie vreet aan me als zuur.

"Wat wil je doen?" vraagt Igor. "Het is donker. Zullen we teruggaan naar het huis?"

Ik wil graag bij Katerina zijn, maar ze kan wel wat ruimte gebruiken om over haar woede heen te komen. Na verloop van tijd zal ze zien dat dit de enige manier is. Voorlopig is ze in ieder geval veilig.

Enigszins gekalmeerd door de gedachte, zeg ik, "Ik ga een paar uur op kantoor doorbrengen." Ik kan net zo goed wat werk inhalen terwijl ik hier ben. Er zijn nieuwe contracten om af te tekenen en enkele investeringsmogelijkheden die ik zou willen uitzoeken.

Op weg naar de lift, pak ik mijn telefoon uit mijn zak om te controleren of er een bericht van Lena is. Er is nog steeds niets, net als tien minuten geleden toen ik het controleerde. Voordat de deur opengaat en ik mijn signaal in de lift verlies, typ ik snel een bericht en stuur het naar Lena.

Een seconde later komt het antwoord. Katerina slaapt en alles is goed thuis. Gerustgesteld steek ik de telefoon in mijn zak, stap de lift in met Igor en druk op de knop voor de bovenste verdieping.

Mijn directiesecretaris, Grigori, is een jonge man die me aan mezelf doet denken op zijn leeftijd. Zijn bureau staat in de hal van de bovenste verdieping waar Igor en ik tevoorschijn komen. Grigori kleedt zich altijd formeel en modieus. Vandaag draagt hij een marineblauw pak in de nieuwste Italiaanse stijl, gecombineerd met een rode stropdas. Heel Europees.

Hij staat op en buigt zijn hoofd. "Meneer Volkov. Igor. Ik had jullie niet verwacht."

"Ik was niet van plan om naar kantoor te komen," zeg ik terwijl ik zijn kant op loop. "Nog berichten?"

"In uw agenda, meneer. Ik heb de onbelangrijke eruit gefilterd. De dringende heb ik u per e-mail gestuurd."

"Goed. Nog iets nieuws?"

Grigori is mijn ogen en oren als ik er niet ben. Wanneer er iets gebeurt, zoals wanneer iemand niet tevreden is met de manier waarop ik dingen doe, laat hij het me weten.

"Niets nieuws, meneer. Wilt u dat ik thee of avondeten bestel?"

"Nee, dank je. Zo lang blijven we niet. Breng me bij nader inzien een fles wodka en een gekoeld glas."

Hij erkent de instructie met nog een buiging.

Igor haalt zijn telefoon tevoorschijn en maakt het zich gemakkelijk in de bezoekerslounge achterin terwijl ik de deur van mijn hoekkantoor openduw.

Het meubilair bestaat uit een glazen bureau die aan metalen kabels aan het plafond hangt, een stoel waarin ik meer uren heb doorgebracht dan in mijn bed, en verschillende monitoren die zijn opgeborgen achter een brandveilige metalen luik die de hele muur voor het bureau bedekt. Tegen het raam is een eenvoudige loungeruimte opgesteld met een bank en salontafel voor vergaderingen. Een deur aan de zijkant leidt naar een eigen badkamer. Een van mijn favoriete schilderijen, een stuk van David Hockney, hangt aan de muur links van mijn bureau. Verder zijn er geen prullaria of foto's. Niets om op een gehechtheid te duiden. Zoals de situatie met Katerina zo effectief heeft aangetoond, geeft het pronken met je zwakheden je vijanden alleen maar munitie om tegen je te gebruiken.

Terwijl ik het mezelf gemakkelijk maak achter mijn bureau, komt Grigori binnen met een dienblad waarop een fles premium wodka en een glas staan. Hij houdt de alcohol en het glas op precies de juiste temperatuur gekoeld. Eenmaal per maand controleert een technicus of de barkoelkast op twee graden Celsius is ingesteld — de optimale temperatuur voor het drinken van wodka, niet een graad meer of minder.

Grigori plaatst het dienblad op de hoek van het bureau, haalt de dop van de fles af en schenkt een dubbele shot in, terwijl ik met mijn duimafdruk op het elektronische apparaat dat aan mijn bureau is bevestigd het vuurvaste rolluik ontgrendel. Als het rolluik omhoog gaat, pakt Grigori de laptop die ik daar bewaar voor als ik op kantoor ben en draagt die naar mijn bureau.

"Zal ik de fles achterlaten, meneer?"

"Nee, dank je," zeg ik, terwijl ik de laptop open en opstart.

Hij pakt het dienblad op. "Ik ben hier tot acht uur als u me nodig heeft."

Ik erken hem met een knik voordat hij vertrekt.

Het komende uur probeer ik mezelf in het werk te verliezen. Ik heb altijd van de uitdagingen van het runnen van een zakelijk rijk genoten. Het harde werk en de lange uren aarden me. Met een talent voor cijfers speel ik graag op de aandelenmarkt en investeer ik graag in risicovolle projecten. Het financiële deel van het bedrijf is het meest lonend, vooral wanneer het geld naar binnen komt rollen.

Om zes uur begint er een lichte hoeveelheid sneeuw te vallen. Ik wilde het nog een uur geven, maar mijn gedachten zijn niet bij het werk. Ik sluit met een zucht de laptop en wrijf met een hand over mijn gezicht. Ik heb al 24 uur niet geslapen. Het zou verstandig zijn om wat te rusten, maar de opwinding en knagende zorgen staan me dat niet toe. De wodka heeft niet het scherpe randje eraf gehaald zoals ik had gehoopt.

Ik duw mijn handen in mijn zakken en staar naar de lichten van Sint-Petersburg die door een sluier van sneeuw schijnen. Het avondeten is pas om zeven uur. De gedachte aan een warm huis, een lange douche en Tima's eten is uitnodigend, maar niet zozeer als het idee om mijn kiska te zien, haar aan te raken — als ze het me weer toestaat — en mezelf gerust te stellen dat ze hier en veilig is. Het is dat laatste idee dat me doet besluiten om niet meteen naar huis te gaan. Ik zou haar nog een uur moeten geven zoals ik mezelf beloofd heb. Ze draait wel bij.

Igor gaat staan als ik het kantoor verlaat.

Grigori tilt zijn hoofd op. "Goedenavond, meneer." Voor een moment, glijdt zijn formele masker even af als hij tegen mijn bewaker als een begroeting, "Igor" zegt.

Nou, verdorie. Ik zou het nooit hebben geraden.

Wie had gedacht dat Grigori een zwak voor mijn bodyguard had?

Als Igor iets opmerkt, laat hij het niet zien.

Bij de receptie beneden haalt Igor onze jassen waar de bediende ze had ingecheckt in de garderobe. De bediende verzamelt zijn tas en paraplu, om voor vandaag op weg naar huis te gaan. De nachtbewaker is er al om zijn plaats in te nemen.

Yuri zit op een bank bij de uitgang en leest een boek. Nadat we door de beveiligingsscanners zijn gegaan, sluit hij het boek en staat hij op om de deur te openen.

Als we eenmaal in de auto zitten en de motor stationair draait zodat de kachel warm loopt, vraagt Yuri, "Naar huis, meneer Volkov?"

Terwijl ik met een duim over mijn lip wrijf, overweeg ik mijn antwoord en kijk ik door het raam. Het kost me een seconde om een beslissing te nemen. "Naar het kerkhof. De orthodoxe op de heuvel."

Igor geeft me een blik vanaf de passagiersstoel voorin, maar hij stelt geen vragen.

Ik ben er in de afgelopen jaren maar één keer geweest, niet lang geleden. Het was zelfs vlak voordat ik naar New York City vertrok.

Het verkeer is druk. We doen er iets minder dan een uur over om door de stad en naar het heuvelachtige deel te gaan.

"Wacht hier," zeg ik tegen Yuri, die uit de auto stapt en mijn paraplu uitklapt.

Igor stapt uit en trekt een muts over zijn geschoren

hoofd. Hij volgt een paar stappen achter me, terwijl ik naar de ingang van het kerkhof ga. Het hek is op slot. Een bord op de oprit zegt dat het kerkhof om zes uur sluit. Een ijzeren ketting bungelt aan één poort, het aangehechte metalen slot hangt open.

Igor trekt zijn pistool terwijl ik door de opening tussen de poorten glip. Ik weet wat hij denkt, want ik denk hetzelfde. Misschien hebben wat kinderen ingebroken om de graven te vernielen en de muren met graffiti te bespuiten. Straatbendes stelen de verse bloemen en verkopen ze. Het kerkhof is ook een populaire plek voor drugshandel. De politie houdt de illegale nachtelijke activiteiten tegen, maar het schoonmaken van de stad van criminele elementen is als het proberen om je van een kakkerlakkenplaag te ontdoen.

Het kerkhof is goed verlicht. Lampen werpen een gele gloed over de familiegraven aan de achterkant en de bescheidenere grafstenen bij de poort.

Onze schoenen kraken op de grindweg terwijl Igor en ik onze weg langs de eenvoudige kruisen en marmeren platen vinden. Ik blijf waakzaam, kijk in de donkere hoeken van de schaduwen en hou mijn oren gespitst. Beneden is de stroming van de rivier sterk. De stroom van het water reikt helemaal tot hier. Behalve de rivier en het lawaai van het verkeer op de nabijgelegen snelweg, maakt niets anders een geluid.

Als we bij een beschutte hoek komen onder een grote boom achteraan, stoppen we. Helaas lijken er vanavond geen dieven en drugsdealers te zijn. Ik heb een gevecht nodig om mijn frustratie en woede te ventileren, en ik keek er naar uit.

Igor blijft bij de weg staan, terwijl ik het pad naar de dubbele grafsteen neem. De engel die het bewaakt is een kunstwerk. Ze knielt op de trappen, een arm rust zachtjes over de toppen van de graven. De zoom van haar lange jurk is uitgestrekt over het gras. Het is zo goed gemaakt dat het marmer bijna doorzichtig is waar de stof zich in zachte plooien rond haar heupen verzamelt. Haar in zo'n omgeving geen verdriet hebben gedaan zou een leugen zijn geweest, en een leugen zou de schoonheid van het werk van de kunstenaar hebben vervormd. Ze draagt de tekenen van lijden en pijn die ik de wereld niet kan tonen. Wat ik in mijn hart heb opgesloten, toont zij in de stilte van het kerkhof, met als haar enige publiek de geesten. Ze is perfect, tot aan de gebroken vleugel en de traan die over haar wang loopt. Het beeld in de tuin van mijn huis in New York is een kopie van haar. Ik heb het laten maken zodat ik er naar kon kijken, omdat de pijn me hier niet wilde laten komen.

Terwijl de kunstenaar met het origineel bezig was, bezocht ik zijn werkplaats elke dag. Ik hield tot in de kleinste details toezicht op het project. Ik wist dat als ze hier naartoe werd gebracht, ik haar nooit meer zou zien. En ik heb haar ook jaren niet gezien. Maar voordat ik naar New York vertrok, dwong iets me om op bezoek te gaan. Ik ben niet bijgelovig. Ik geloof niet in voorgevoelens. Maar die dag, toen ik op dezelfde plek stond waar ik nu sta, wist ik dat er in New York

City iets zou gebeuren. En er gebeurde ook iets. Iemand probeerde me te vermoorden, maar Igor had de kogel gevangen.

Misschien kwam dat onderbuikgevoel van mijn ouders die me probeerden te waarschuwen.

Ik staar naar de namen die in marmer gegraveerd staan.

Viktor Volkov.

Anastasia Volkova.

Een schelle tsjirp snijdt door de lucht. De bladeren boven me ritselen terwijl een vogel met een luid gewapper van vleugels de lucht in vliegt.

Ik draai me om. Igor doorzoekt het gebied met zijn pistool voor hem gericht. Wanneer een zwarte kat van achter de boom vandaan komt en de weg kruist, laat hij zijn armen zakken en blaast hij een lange ingehouden adem uit.

De sneeuw van mijn paraplu schuddend, zeg ik, "Laten we gaan."

Omdat het niet mijn plan was om hier te komen, heb ik geen bloemen meegenomen. Net zoals het niet mijn plan was om Katerina over de oceaan te slepen en haar in mijn huis op te sluiten. Maar het is nu wat het is.

Ik zal terugkomen met rozen.

Mijn kiska zal zich aanpassen.

Ze moet wel, want ik zal haar niet lang mijn avances laten weigeren. Ze is van mij. Dat weten we allebei. De wereld weet het. Ik heb het bewijs in mijn zak in de vorm van haar toegangspas.

Beweging bij de poorten laat me stoppen waar ik ben. Een gebogen figuur sjokt over het besneeuwde gazon. Igor trekt zijn pistool weer, maar ik hou hem met een hand op zijn arm tegen. Ik herken het saaie zwarte gewaad en het dunne grijze haar dat op de rug van de vrouw is gevlochten en van onder een wollige muts uitsteekt.

Ik heb haar hier bij mijn laatste bezoek gezien. Ze is de grafbewaarder die in een klein huisje op de begraafplaats woont, niet ver van de poort vandaan. Ze had naar mijn naam gevraagd en wiens graf ik zocht en ze beweerde dat ze elk graf op de begraafplaats bij naam en datum kende. De vrouw is zo oud als sommige van de graven zelf, praktisch een deel van de zogenaamde inboedel hier. Ik had haar aanwijzingen niet nodig. Hoewel ik sinds de begrafenis van mijn ouders eenentwintig jaar geleden niet meer op het kerkhof was geweest, herinnerde ik me precies waar ik ze kon vinden. Maar om haar gunstig te stemmen, speelde ik haar spel. Ik gaf haar de namen, en ze wees naar de hoge plek met de huilende engel.

"Waarom ben je nooit op bezoek geweest?" vroeg ze met haar krakende stem.

Aangezien ik geen onzin wilde verkopen, heb ik niet geantwoord.

Nu kijkt ze op naar het geluid van onze voetstappen en lijkt ze helemaal niet gealarmeerd te zijn over onze aanwezigheid.

"Ah," zegt ze en ze bekijkt me van top tot teen. "Jij bent het."

Ik neem haar versleten schoenen, vieze jas, en de gaten in haar wanten in me op. "Wat doe je buiten in de sneeuw?"

"Ik kom afsluiten," zegt ze, terwijl ze naar de poort wijst. "We sluiten om zes uur. Je moet overdag terugkomen."

"Dat zal ik doen." Ik pak mijn portemonnee uit m'n zak en gooi de biljetten op haar handpalm. "Ga naar binnen voordat je door deze kou sterft."

Ze kijkt van haar hand naar mijn gezicht en geeft me een tandeloze grijns. "Moge de doden u beschermen en God u zegenen, meneer."

"Ga naar binnen," zeg ik. "Wij doen de poort wel op slot."

Haar grijns strekt zich uit. "Dat is mijn taak. Ik doe het al vijftig jaar. Ik heb in mijn leven nog nooit een dag van afsluiten gemist."

Igor houdt de poort voor me open.

"God zegene je," zegt ze opnieuw en zwaait met het geld in de lucht terwijl ik door de poorten loop.

Yuri stapt achter het stuur vandaan om mijn deur te openen.

"Je weet dat ze dat geld aan drank gaat verspillen," zegt Igor op weg naar de auto. "Ze ruikt naar goedkope drank."

"Heb je liever dat ik een kop soep voor haar koop in de gaarkeuken?" Ik geef mijn paraplu aan Yuri en schuif achter in de auto. "Ze is tachtig jaar oud. Laat haar met rust."

"Soep zou beter zijn geweest," zegt Igor, een zeldzame berisping.

Ik laat het gaan, niet alleen omdat ik hem mijn leven schuldig ben, maar ook omdat hij gelijk heeft. "Plaats morgen een doorlopende bestelling voor een maaltijdbezorging bij de cateraar die we gebruiken voor onze kantoorfuncties."

Zijn mond verstrakt, maar hij gaat niet in discussie, aangezien hij de taak domweg op zich heeft afgeroepen. Ik zou om de uitdrukking op zijn gezicht lachen als ik geen onheilspellend voorgevoel had gehad — dat vervelende voorgevoel waar ik niet in geloof — dat langs mijn ruggengraat glijdt.

Het haar in mijn nek staat overeind. Mijn hoofdhuid prikt. Net als de laatste keer dat ik het graf van mijn ouders bezocht, heb ik het gevoel dat er iets gaat gebeuren. Iets lelijks. Misschien is het mijn verbeelding dat mijn ouders me proberen te waarschuwen, maar ik kan mijn onderbuikgevoel niet negeren. Dat gevoel heeft mijn leven gered. Het had me een ongemakkelijk gevoel gegeven, een vreemd besef van onheil, en toen die sluipschutter op me schoot, was ik alert genoeg om het te voelen, in staat om in een fractie van een seconde te ontsnappen toen mijn zesde zintuig me vertelde om me te bewegen.

Het gevoel dat zich nu in mijn buik wurmt, is hetzelfde, maar toch anders. Deze keer is de ingeving veel erger. Deze keer vrees ik niet voor mijn leven, maar voor het leven van de enige vrouw om wie ik ooit heb gegeven.

4

VLAKBIJ DETSKIY SEVERNY BEACH, SINT-PETERSBURG

*D*e club pulseert van de muziek en zweterige lichamen. Naakte serveersters lopen rond op punthakken en bieden in de achterkamers drankjes en pijpbeurten of andere diensten aan. Officieel is prostitutie illegaal, maar de club behoort toe aan Vladimir Stefanov, een van de rijkste mannen in Rusland, en voor de juiste prijs kijken de autoriteiten de andere kant op.

Vanavond keurt Vladimir de perfect geproportioneerde lichamen van de vrouwen nauwelijks een blik waardig. Hij duwt zich door de menigte mensen op de dansvloer en begeeft zich naar de privékamer die gereserveerd is voor vips.

Onder het jasje en vest dat zich over zijn buik uitstrekken, zweet hij. Hij is al gespannen vanaf het moment dat hij twee uur geleden hoorde dat Alex Volkov in de stad was. Oleg Pavlov, als de lafaard die hij is, is al met zijn familie uit Sint-Petersburg gevlucht.

Hij is in een privévliegtuig gesprongen om zich in de Verenigde Staten te gaan verstoppen. Als hij denkt dat Vladimir zijn excuus gelooft dat hij zijn vrouw en kinderen gewoon mee wilde nemen naar warmer weer, dan beledigt hij Vladimirs intelligentie. Oleg is zwak. Het met zijn staart tussen zijn benen op een lopen zetten is daar het bewijs van.

Vladimir heeft altijd geweten dat Oleg een probleem zou kunnen worden. Er is weinig druk nodig om Oleg aan het praten te krijgen. Hij weet zeker dat Oleg een deel van het bewijs bewaart, net als Vladimir. Vladimir heeft foto's bewaard als verzekering voor het geval hij Oleg ooit met hen moet chanteren, en Oleg heeft waarschijnlijk ook iets dergelijks. Het valt niet te zeggen wat er zou gebeuren als dat bewijs aan het licht komt.

De situatie waarin Vladimir zich nu bevindt, is een clusterfuck van epische proporties. Hij had Oleg nooit moeten vertrouwen om met Alex Volkov af te rekenen. Het zou vlotter zijn gegaan als Vladimir vanaf het begin zelf zijn handen vuil had gemaakt. Maar hij wilde een achterdeur openhouden door de moord op Volkov op Oleg te schuiven als het mis zou gaan. Het probleem is dat je niemand anders dan jezelf met je vuile werk kunt vertrouwen.

Zijn bodyguards, die de ruimte omcirkelen, duwen de clubgangers opzij om de weg vrij te maken. Een jonge vrouw die een harde duw tegen haar schouder krijgt, struikelt. Ze struikelt over haar voeten en valt met haar gezicht op de grond. Een man gekleed in een goed op maat gemaakt pak botst tegen zijn date aan, waardoor ze haar cocktail over de voorkant van haar glitterjurk morst.

Niemand zegt een woord. Niemand durft het. De clubleden gaan aan de kant en laten de weg naar de lounge vrij voor Vladimir.

Een uitsmijter met een microfoon en een pistool opent de deur naar de VIP-kamer. Ivan Besov — Bes — is er al, liggend in een chaise lounge met een arm in een mitella en een kopje koffie in zijn vrije hand. Een fucking kopje koffie. Nadat hij het fucking verkloot heeft, durft hij daar te zitten en koffie te drinken alsof hij hier de baas is? Alleen al door de aanblik daarvan wil Vladimir de vingers van de huurmoordenaar breken en ze scheef laten genezen, zodat hij nooit meer een beker vast kan houden of een trekker over kan halen.

Twee bewakers van Vladimir gaan eerst de kamer binnen. Bes zet de beker op tafel en staat op, wetend wat er moet volgen. Zodra hij op wapens gefouilleerd is en er geen wapens zijn gevonden, stapt Vladimir naar binnen. De buiten gestationeerde uitsmijter sluit de deur. Zijn mannen staan in elke hoek van de kamer in de houding. Als het openlijk tonen van wantrouwen Bes beledigt, dan verbergt hij het goed.

"Ga zitten," zegt Vladimir, terwijl hij naar de stoel wijst die Bes al heeft opgewarmd.

Bes erkent het commando met een humorloze glimlach. "Waarom ben ik hier?"

Vladimir loopt naar een drankplateau en selecteert

zijn favoriete merk wodka. Een serveerster had de drankjes kunnen serveren, maar hij heeft de afleiding nodig. Als Bes merkt hoe nerveus hij is, dan verliest hij zijn gezicht. Het is belangrijk — uiterst belangrijk — dat hij gevreesd wordt.

Na het inschenken van twee glazen brengt Vladimir er een naar Bes en biedt die hem als een gulle gastheer aan.

"Nee, bedankt," zegt de huurmoordenaar zonder het drankje te accepteren. "Alcohol is niet aan te raden voor een man die vaste handen nodig heeft."

Een drankje krijgen van niemand minder dan Vladimir Stefanov is een eer. Weigeren is een belediging. Vladimir zal er veel plezier in hebben om Bes voor die klap in het gezicht te laten lijden. Binnenkort.

Vladimir kantelt zijn kin naar de mitella en vraagt, "Hoe is het met je pols?"

"Bijna genezen." De huurmoordenaar staart hem met niet knipperende, emotieloze ogen aan. "Het gips mag er over twee dagen af."

Vladimir slaat de drank achterover, terwijl hij zijn antwoord overweegt. Een bewaker haast zich naar hem toe om zijn lege glas te pakken.

"Zul je in staat zijn om een pistool te hanteren?" vraagt Vladimir.

Bes vernauwd zijn blik een beetje. "Ik zal het doel raken, als dat is wat je vraagt."

Vladimir slaat de drank in het tweede glas achterover, strekt zijn arm uit en laat het glas vallen.

"Dat is wat je zei toen Oleg je betaalde om Volkov uit te schakelen."

De bewaker die zich naar Vladimir haast, vangt het glas net voordat het de vloer raakt.

De kaaklijn van Bes verstrakt, maar zijn uitdrukking blijft expressieloos. "Zoals ik Oleg heb verteld, bewoog Volkov. Nog één seconde en ik had hem gehad."

Vladimir beweegt op de ballen van zijn voeten. "Helaas is één seconde het enige wat nodig is om een plan te laten ontploffen."

Er tikt een spier op de slaap van Bes. "In mijn werk kunnen fouten voor komen, maar ik heb nog nooit gefaald om een klus af te maken. Ik ben niet van plan om daar nu mee te beginnen."

"Fouten." Vladimir lacht zachtjes terwijl hij naar de andere kant loopt en voor de glazen muur komt te staan die een kant van een Perspex-zwembad vormt.

Het turquoise water is verlicht. De filterpomp zorgt voor een zachte stroming, de beweging werpt zachte golven van licht over de muren.

"Eén keer, misschien, dat is een fout," zegt Vladimir, terwijl hij bestudeert hoe het water het figuur vervormt van de vrouw die over het podium naar de rand van het zwembad loopt. "Maar twee keer?"

"Het uitglijden en breken van mijn pols was een ongelukkig ongeluk," zegt Bes. "Zo niet, dan had je Katherine Morrell nu al gehad."

De vrouw kijkt Vladimir recht aan. Van achter de muur van water kan hij haar gezicht niet zien, maar ze weet voor wie ze optreedt. Ze strekt haar armen voor zich uit en duikt gracieus. Haar naakte lichaam komt in beeld terwijl ze door het water glijdt en ze beweegt zich als een lint waardoor ze een prachtig levend portret in het Perspex-frame maakt.

"De waarheid is, Bes," zegt Vladimir, die zich op de manier concentreert waarop haar tepels zich door het koude water in harde punten samentrekken, "Dat ik moe word van excuses."

De danseres buigt een knie en springt elegant met uitgestrekte tenen. Haar houding is koninklijk. Met ogen als de kleur van het water en lippen natuurlijk rood, zoals rijpe kersen, is haar delicate gezicht klassiek mooi.

"Er zal geen fout meer worden gemaakt," zegt Bes op een vlakke toon.

"Toch heb je er een gemaakt."

Daarvoor verdient de huurmoordenaar een kogel in het hoofd. De gedachte alleen al doet Vladimirs handen beven van geweld. De drang om een pistool te pakken is zo sterk dat hij zijn vingers in vuisten moet ballen om te voorkomen dat hij er naar handelt. Hij wil niets liever dan de schedel van Bes breken en de muren met zijn bloed besmeuren, maar hij kan zich nog niet van hem ontdoen. Hij heeft grotere plannen met de huurmoordenaar.

"Waar heb je het over?" vraagt Bes.

Vladimir laat de sierlijke bewegingen van de vrouw hem kalmeren. Natasha is een volleerde, maar gepensioneerde ballerina. Ze is een van de schatten van

Rusland. Ze is nu te oud voor het podium, maar haar kont is nog steeds stevig, haar tieten goedgevormd. Mensen komen massaal naar de club om haar show te zien. Vladimirs persoonlijke favoriet is die waarbij ze met de waterslangen optreedt.

"Je hebt een grote fout gemaakt door het toegangspasje van Katherine Morrell aan Volkov te overhandigen," zegt Vladimir.

"Dat was opzettelijk. Ik heb hem ongerust gemaakt," zegt Bes, terwijl hij Vladimirs blik in de reflectie van het glas ontmoet. "Bezorgde mannen maken fouten."

De naakte danser duikt het water in. Zijn sterke lichaam is lenig en goed gedefinieerd, zijn pik dik en lang. Hij tilt de vrouw op en tilt haar in een choreografische dans.

Vladimir volgt het onderwaterballet van de dansers en beweegt zijn hoofd opzij en omhoog terwijl ze naar boven komen voor lucht. "Hij is ook naar huis gekomen om zijn geliefde te beschermen, en we weten allebei dat hij hier zo goed als onaantastbaar is."

"Er zal een kans komen. Dat is altijd zo," vervolgt Bes in een verveelde toon.

De arrogantie doet Vladimir rillen van woede. Het is moeilijk om die te beheersen. Hij concentreert zich op het koppel dat naar de bodem duikt. De man drukt de vrouw tegen de muur, vlak bij Vladimirs lichaam. Alleen het glas scheidt ze als de man haar benen spreidt en zich van achteren in haar duwt.

Zelfs het hoogtepunt van de voorstelling is niet genoeg om Vladimirs woede te verminderen. Natasha's borsten zijn plat tegen het glas geduwd. Ze slaat haar armen om de nek van de man en sluit haar benen om zijn kont, waarbij ze haar soepele lichaam in een artistieke C-vorm trekt terwijl de man zich in haar gespreide poesje stoot voor Vladimirs visuele entertainment. Een tong van hitte likt door Vladimirs maag en beroert zijn pik, maar met de zeurende zorgen in zijn achterhoofd, blijft de vonk van opwinding niet hangen.

"Dit is wat je gaat doen," zegt Vladimir, terwijl hij zijn ogen niet van de show afwendt. "Vanaf nu volg je *mijn* bevelen op."

De vrouw gooit haar hoofd achterover. Er ontsnapt een luchtbel uit haar lippen, die naar de oppervlakte drijft.

"Hoe zit het met Oleg?" vraagt Bes.

"Oleg heeft zijn kans gehad."

De danser ontmoet Vladimirs blik door het water, een woordloos verzoek om toestemming om de show te beëindigen. Vladimir schudt zijn hoofd.

"Wat wil je dat ik doe?" vraagt Bes in zijn woedend makende ongeïnteresseerde stem.

Vladimir klemt zijn tanden op elkaar. De vrouw opent haar ogen. Ze trekt een lijn met haar handpalm over haar keel, wat aangeeft dat ze geen lucht meer heeft en ze boven water moet komen.

"Ik heb redenen om aan te nemen dat Oleg in het bezit is van bepaalde bewijzen," zegt Vladimir. "Je gaat die voor me halen."

De vrouw begint te worstelen. Het gezicht van de

man trekt zich in een masker van concentratie terwijl hij zijn heupen sneller laten stoten om de voorstelling af te maken.

"Hoe moet ik dat doen?" vraagt Bes.

Vladimir wendt zich tot hem en zegt, "De instructies zijn op een USB-stick versleuteld."

Een bewaker springt naar voren en overhandigt de plastic behuizing met de stick.

"Ik zal je een manier laten bedenken," zegt Vladimir met een koude glimlach. "In je dossier staat dat je een hoog IQ hebt. Ik weet zeker dat je creatief zal worden. Als je dit doet, zal ik een oogje dichtknijpen voor je fouten."

Klopgeluiden laten het glas achter Vladimir trillen.

Bes weegt het omhulsel in zijn handpalm. Hij is wijs genoeg om de deal niet af te wijzen. "Wanneer heb je dit bewijs nodig?"

Vladimir keert terug naar de show. Hij is net op tijd om het leven uit de ogen van de vrouw te zien verdwijnen. Eindelijk komt de man klaar en trekt zich terug zodat Vladimir de ejaculatie in het water kan zien schieten. "Hoe eerder hoe beter."

Met zijn voeten schoppend, zwemt de man naar de oppervlakte, zijn zware lul drijft slap tussen zijn benen. Eindelijk wordt Vladimir hard. Misschien zal hij de danser vanavond in zijn kamer boven laten komen.

"Goed," zegt Bes. "Maar dat verdubbelt mijn prijs."

Natasha's lichaam drijft als een vierpuntige ster in het water, haar lange blonde haar golft om haar gezicht. Ze vormt een vredige foto.

Voor het eerst in weken ademt Vladimir weer gemakkelijk. Het enige wat hij nodig had was om de controle terug te krijgen. Zich tot Bes wendend zegt hij, "Haal het bewijs en maak Volkov af, dan krijg je je geld."

De huurmoordenaar gaat staan.

"Als Oleg erachter komt wat er aan de hand is, als hij er ook maar lucht van krijgt, dan ben je dood," zegt Vladimir. "Is dat duidelijk?"

De blik van Bes gaat over Vladimirs schouder naar het zwembad. "Helemaal."

"Goed," zegt Vladimir, die zich veel beter voelt.

5

KATE

*I*k open mijn ogen en knipper even in verwarring. Mijn emotioneel uitgeputte geest wil terugzinken in de opluchting van de onwetendheid van slaap, maar iets aan de achterkant van mijn geest dwingt me om wakker te worden. Langzaam kom ik volledig bij bewustzijn.

Ik lig op een bed onder een zachte deken. Het is zo donker dat ik mijn hand niet voor mijn gezicht kan zien, maar ik heb mijn gezichtsvermogen niet nodig om te weten dat dit niet het bed van Alex in New York City is. Dit is niet het huis waar ik bij hem ben ingetrokken. Dan verdwijnen de spinnenwebben, en weet ik het weer. Dat kleine iets in mijn achterhoofd kristalliseert zich in helderheid als de herinneringen bij me terugkomen.

Ik ga rechtop zitten en strek een arm uit om mijn weg te voelen. Fluweel streelt langs mijn vingertoppen. De bedgordijnen. Ik pak de stof in mijn hand en trek die opzij. Licht doordringt de inktachtige duisternis. Een lamp op het nachtkastje werpt een zachte gloed over de kamer. Iemand moet de gordijnen hebben gesloten nadat ik in een uitgeputte slaap was gevallen. Lena, misschien. Ik vind het idee dat ze in de kamer was terwijl ik een dutje deed verontrustend.

Ondanks de comfortabele temperatuur in de kamer, ril ik een beetje als ik opsta. De tijd op mijn horloge geeft aan dat het zeven uur is. Ik heb twee uur geslapen. Mijn uitgeputte lichaam en geest hadden rust nodig. Ik had al twee weken lang lange diensten in het ziekenhuis gedraaid. Fysiek gezien, ben ik nog steeds aan het inhalen, en de kleine inzinking die ik had toen ik ontdekte dat ik opgesloten zat, heeft niet geholpen.

Ik spits m'n oren en luister of ik geluiden hoor. Het huis is stil. Griezelig stil. Ik wrijf met mijn handen over mijn armen, ga naar de kleedkamer en pak een warm vest dat ik over mijn trui aantrek. Ik zie een glimp van mezelf in de volledige spiegel. Mijn broek is gekreukt doordat ik erin heb geslapen. Mijn haar zit in de war, de slag gaat alle kanten op. Ik strijk mijn haar glad met mijn handpalmen en doe geen moeite om schoenen te vinden. Ik loop op mijn in sokken geklede voeten naar het raam en trek de gordijnen een stukje open. Degene die de gordijnen heeft gesloten, moet deze ook hebben gesloten.

De krachtige lampen laten geen enkele hoek van de tuin in de schaduw komen. Zoals eerder, patrouilleren mannen de omtrek van de muur en bewaken ze de poorten.

Ik neem even de tijd om alles door te nemen wat er sinds gisteravond is gebeurd, en ik overweeg mijn opties. Nu ik rustiger ben, kan ik helderder denken.

Ik zit in het huis opgesloten. Tima en Lena willen me niet helpen. Ik heb geen toegang tot een telefoon. Welke vrijheden ik vanaf nu ook krijg, zullen naar goeddunken van Alex gebeuren, wat betekent dat het in mijn beste belang is om hem gunstig te stemmen. Op de een of andere manier moet ik zijn vertrouwen terugwinnen. Aangezien hij *mijn* vertrouwen heeft geschonden, zal dat erg moeilijk voor me zijn. Maar hoe moet ik hier zitten en niets doen terwijl Alex daarbuiten is en zijn leven riskeert? Hoe moet ik de gedachte verdragen dat er iets met hem kan gebeuren terwijl mijn handen gebonden zijn?

Verloren in mijn onrustige beraadslagingen, ga ik naar beneden om te kijken of Alex al thuis is gekomen. Naast de voordeur staat een bewaker.

"Goedenavond," zeg ik.

Hij erkent me met een knik.

"Weet je of Alex —"

De deur gaat open voordat ik mijn zin kan afmaken, en Igor loopt er doorheen en veegt sneeuwvlokken van de schouders van zijn jas.

Hij stopt als hij me ziet.

"Igor," zeg ik, deels in begroeting en deels in opluchting.

Ik kijk over zijn schouder om te zien of Alex bij hem is, maar hij blokkeert mijn zicht door de deur te sluiten, vermoedelijk om te voorkomen dat er kou binnenkomt.

"Waar is Alex?" vraag ik.

"Hij komt er zo aan," zegt hij, terwijl hij om me heen beweegt.

Ik zet een stap opzij en blokkeer zijn weg. "Waar is hij?"

Er gaat een seconde voorbij. "Hij krijgt een update van de mannen in de kazerne."

Ik test mijn grenzen en vraag, "Mag ik alsjeblieft je telefoon gebruiken?"

Zijn grote gestalte zakt in met de zucht die hij uitblaast. "Je weet dat ik dat niet kan doen."

"Ja, dat dacht ik al."

Hij heeft tenminste het fatsoen om schuldig te lijken. "Je kunt niet naar huis bellen. Het is voor je eigen veiligheid." Hij wendt zijn ogen af en loopt weg.

"Juffrouw Morrell?" zegt een vrouwenstem.

Ik draai me op mijn hielen om.

Lena staat aan de voet van de trap. "Het diner wordt in de eetkamer geserveerd. Meneer Volkov komt er zo snel mogelijk aan. Hij zei dat je niet hoefde te wachten." Ze gaat met haar blik over me heen en blijft bij mijn in sokken gestoken voeten hangen. "Normaal gesproken kleedt meneer Volkov zich voor het diner."

"Weet je waar hij is geweest?"

Ze zwaait met een hand naar de gang. "De eetkamer is deze kant op."

"Alex heeft hem me al laten zien."

Ze glimlacht koel. "In dat geval zul je niet

verdwalen." Zonder een ander woord, verdwijnt ze in de gang.

Ik klem mijn handen in elkaar tot vuisten en keer terug naar de bewaker bij de deur. Als ik op een verklaring van hem had gehoopt, dan staat me een nieuwe teleurstelling te wachten. Hij kijkt recht voor zich uit en negeert mijn aanwezigheid alsof ik niet besta.

Omdat ik nergens anders heen kan, loop ik naar de eetkamer. De tafel is met een dozijn gerechten gedekt. Geen van de ingewikkelde pasteitjes of kleurrijke salades zijn bekend, maar ze zijn allemaal prachtig gepresenteerd met garnituren van radijs en tomaten, kunstig gesneden om op rozen te lijken.

Mijn maag gromt en herinnert me eraan dat ik de wentelteefjes en het fruit dat Tima eerder had bereid, niet heb aangeraakt.

Tima komt met een dampende schotel binnen. Hij geeft me een vrolijke glimlach en zegt, "Ik hoop dat je goed hebt gerust. Ga alsjeblieft zitten. Je zult wel honger hebben." Hij zet de schotel in het midden tussen de andere gerechten en trekt een stoel uit naast het hoofd van de tafel waar een plekje is gedekt. "Hier. Kom. Maak het jezelf gemakkelijk."

Een vleugje knoflook en peterselie bereikt mijn neus. Ik wil het uit wrok afwijzen, maar ik sterf van de honger. Met tegenzin neem ik plaats en laat hem de stoel aanschuiven, en ik zeg, "Er is hier genoeg voedsel voor een heel leger."

Hij grinnikt. "Er *is* een heel leger, voor het geval je het nog niet gemerkt hebt."

Ik gnuif. "Hoe kon ik dat gemist hebben?"

"Ik heb wat troostvoedsel voor je gemaakt." Hij wijst naar het gerecht waaruit de aroma's opkomen. "Pasta met artisjok. Het is een Italiaans recept." Hij neemt een opscheplepel en vork, schept een gulle schep op en legt die op mijn bord. "Zo. Eet op voor het koud wordt. Daarna kun je de koude gerechten en salades proberen. Het zijn allemaal lokale recepten. Heerlijk."

"Dank je," zeg ik met terughoudende dankbaarheid.

Tima schenkt water in mijn glas voordat hij de kamer verlaat.

De staande klok slaat één keer. Het geluid weerklinkt in de stille kamer. Half acht. Voor een moment zit ik onbeweeglijk, terwijl ik de stilte in me opneem en hoe onwerkelijk dit voelt. Er volgt een zachte tiktak als de klok de seconden blijft aftellen. Het is een vreemd deprimerend geluid en een zeer ongemakkelijke situatie, alleen aan een tafel zitten die voor twintig mensen is gemaakt. Maar ik moet echter wel eten.

Ik draai de dunne pasta om mijn vork en breng een hapje naar mijn mond. Smaken van knoflook, peterselie en olijfolie vermengen zich met de smaak van de artisjokharten. De combinatie is heerlijk, direct mijn eetlust ontstekend. Tima had gelijk. Dit is troostvoedsel en precies wat ik nodig heb.

Ik verslind het portie op mijn bord en overweeg om voor een tweede ronde te gaan, maar ik ben benieuwd naar de andere gerechten op tafel. Net als ik met de opscheplepel een salade van aardappel en wat op augurken met dille lijkt op wil scheppen, loopt Alex de kamer binnen.

Ik verstijf terwijl ik zijn blik ontmoet. Hij draagt een wit overhemd met knopen en een donkere broek. Zijn kaak is vrij van stoppels, zijn licht gebruinde huid perfect glad. De donkerbruine kleur van zijn haar vormt een opvallend contrast met het ijzige blauw van zijn ogen. Zijn houding is waakzaam en oplettend terwijl zijn blik van mijn gezicht naar mijn lege bord glijdt.

Zijn glimlach is gereserveerd. "Mijn excuses dat ik te laat ben."

"Dit is jouw huis. Je kunt doen wat je wilt."

Hij neemt plaats aan het hoofd van de tafel en zegt, "Ik dacht dat het het beste was om je wat tijd te geven om af te koelen."

Ik ben nog lang niet afgekoeld, vooral niet nadat ik heb ontdekt hoeveel van mijn vrijheid hij me heeft afgenomen. Het lijkt erop dat het stelen van mijn keuzes niet genoeg was. Als hij mijn hand pakt en die naar zijn lippen tilt, probeer ik mezelf te bevrijden, maar hij verstevigt zijn greep en drukt een kus op mijn knokkels. Het moment dat hij loslaat, trek ik mijn hand weg.

De setting van zijn mond wordt gespannen. "Het lijkt erop dat de tijd niet heeft gewerkt."

Als ik hem negeer, serveer ik voor mezelf een portie van de salade.

"Wat heb je nodig, Katerina?" vraagt hij, er zit iets hards in zijn toon. "Hoeveel tijd gaat het kosten?"

Ik pak mijn vork op. "Wat dacht je ervan om me de waarheid te vertellen?" Waar is hij bijvoorbeeld de hele middag geweest?

Hij kijkt naar me met niet-aflatende aandacht. "Ik heb je de waarheid gegeven. Iemand heeft je pas gestolen, en ik zal uitzoeken wie. Tot die tijd hou ik je waar het veilig is." Zijn toon verhardt met vastberadenheid. "Hier."

Ik klem mijn vingers om de vork. "Als je gevangene."

Zijn stem blijft vlak, maar de spanning in zijn ogen verraadt zijn ongeduld. "Als iemand die ik mijn uiterste best doe om te beschermen. Dat gaat niet veranderen totdat ik de dader heb, dus wen er maar aan hoe het nu is. Mijn personeel om een telefoon vragen en proberen naar huis te bellen, gaat niet werken."

Ik prik met mijn vork in een stuk aardappel en staar hem aan. Het is goed om te weten dat zijn telefoniste en bewakers aan hem rapporteren. Ik weet nu tenminste wie aan mijn kant staat. Niemand, zo te zien.

Een sensueel aroma van kardemom en kruiden drijft naar me toe terwijl hij over de tafel reikt en wat van de pasta op zijn bord schept. Hij heeft gedoucht. De geur roept herinneringen op aan gelukkiger tijden. Ik duw ze weg en wil hem me niet als een vriendelijke en bekwame minnaar herinneren. De Alex die me kleine porties van elk gerecht op tafel serveert, is niet de man die voorgerechten en kussen met me deelde in

Romanoffs. Hij is de man die me naar Rusland heeft gebracht en die me opsloot in zijn huis.

"Probeer de *oliv'ye*," zegt hij en serveert ons wijn. "Het is mijn persoonlijke favoriet."

Mijn eetlust is weg. Ik neem een grote slok van de rode wijn terwijl hij met halfgesloten ogen naar me kijkt terwijl hij een vork vol pasta naar zijn mond brengt.

Na het kauwen zegt hij, "Wees niet koppig, Katyusha. Het zal niet helpen. Hoe eerder je de situatie accepteert, hoe makkelijker dit voor je zal zijn."

Ik ben al tot dezelfde conclusie gekomen, maar mijn keuzes laten weghalen is niet iets wat ik gemakkelijk zal accepteren. Voorzichtig vraag ik, "Heb je overwogen dat je misschien een beetje overdrijft?"

"Niet waar het jou betreft."

"Je sluit me op en ontzegt me het gebruik van een telefoon. Wat moet ik doen? Weglopen in een vreemde stad waar ik de taal niet spreek of de politie kan bellen? Ik ben niet dom of naïef."

"Ik neem geen risico."

De steek doet pijn. Hij vertrouwt me niet. "Je had me net zo goed in New York kunnen beschermen."

"Je vergist je." Hij trekt het zout dichterbij en voegt een royale hoeveelheid aan zijn eten toe. "Ik kan je niet beschermen als je op straat of in een ziekenhuis bent met duizenden mensen die je dagelijks passeren."

Ik leun achterover in mijn stoel en verwerk die informatie. Hoe zit het met hem en de duizenden mensen die hem op straat passeren? Wat als iemand weer op hem schiet? Wat als de sluipschutter de volgende keer niet mist?

"Katyusha?" Hij pakt mijn hand en gaat met een duim over mijn knokkels. "Ben je niet lekker? Je bent erg bleek. Heb je niet genoeg gerust?"

De angst is verlammend. "Hoelang gaat dit duren? Om de persoon op te sporen die je dood wil hebben?"

"Ik doe alles wat in mijn macht ligt om die klootzak te vinden."

Ik slik. "Heb je op zijn minst een idee van wie het zou kunnen zijn?"

"Een zakelijke rivaal, misschien." Zijn wenkbrauwen fronsen als hij mijn hand loslaat om zijn vingers door zijn haar te halen. "Ik heb op dit moment geen concrete aanwijzingen."

"Met andere woorden, het zou maanden kunnen duren."

Zijn kaak verstrakt. "Zo lang als nodig is."

De woorden vallen van mijn lippen. "Ga niet naar buiten. Als je een telefoonoperator hebt, dan moet je een beveiligingschef hebben of iemand die erachter kan komen wie je probeert te vermoorden."

"Hé." Hij buigt voorover en grijpt mijn schouder vast. "Rustig aan. Ik weet hoe ik voor mezelf moet zorgen. Maak je om mij maar geen zorgen. Dat is mijn taak."

Makkelijker gezegd dan gedaan. Ik geef om hem. Mijn gevoelens zullen niet verdwijnen alleen omdat hij me tegen mijn wil naar Rusland heeft gebracht. Ik ben voor hem gevallen, en nu is het te laat om mijn hart te beschermen. Als hem iets zou overkomen —

Ik schrik als hij ineens overeind komt. De man die me aanstaart, heeft een uitdrukking die zegt dat hij me bezit. De hitte in het koele blauw van zijn ogen is het soort dat door ijzer kan snijden. Ik stel me de blauwe vlam van een lasser voor die staal smelt terwijl hij om de tafel heen loopt zonder zijn blik van de mijne te halen. Zijn expressie krijgt meer intentie. Het zou een waarschuwing moeten zijn, maar de omvang van de kracht die hij uitstraalt, hypnotiseert me en houdt me bevroren in mijn stoel.

Hij trekt mijn stoel achteruit alsof het gewicht niets is. Met zijn vingers om mijn middel, trekt hij me overeind. Ik ben een marionet in zijn handen, overweldigd door angst, zorgen en het idee gevangen te zitten in een donkere, eindeloze tunnel. Ik zie geen uitweg, niet voor de nabije toekomst en niet als hij me snel op de tafel tilt.

Mijn hart bonst razendsnel terwijl ik naar zijn gezicht staar. De harde lijnen zijn van lust doortrokken. Het is te lang geleden. Te lang voor ons, in ieder geval. We zijn gewend om minstens een paar keer per dag de liefde te bedrijven. Zijn handen om mijn middel voelen goed, maar mijn geest kan geen vrede sluiten met de nieuwe machtsongelijkheid tussen ons.

Hij laat me zachtjes zakken, houdt mijn hoofd met één brede hand vast en gaat met de andere voor de knoop van mijn broek. Zijn blik houdt me gevangen en straalt mooie beloften van veiligheid en warmte uit terwijl hij de knoop door het knoopsgat haalt. Mijn lichaam warmt onmiddellijk op, zijn effect op mij verwoestend krachtig. De rits van mijn broek maakt een krassend geluid als hij hem naar beneden trekt. Zijn acties zijn traag en nauwgezet, zijn aandacht op mijn gezicht gericht.

Ik snak naar adem als hij een hand in mijn ondergoed en over mijn plooien laten gaan. De loutere streling van zijn vinger over mijn clitoris laat mijn lichaam krommen. Als hij nu die vinger in me steekt, ben ik verloren, en de zegevierende blik op zijn gezicht zegt me dat hij dit weet.

Als dit een andere dag was, dan zou ik niet aarzelen om het genot te nemen dat hij biedt. Ik zou hem alles geven wat hij wil en waartoe ik in staat ben. Toen hij me eergisteren in bed en onder de douche nog een keer nam, stonden we op gelijke voet, althans dat dacht ik. Heb ik ooit iets te zeggen gehad in onze relatie, of was het gewoon een zoete illusie?

De gedachte doet pijn en draagt bij aan de groeiende berg van kwelling in mijn borst. Als ik blind en naïef ben geweest, dan kan ik alleen mezelf de schuld geven.

Zachtjes scheidt hij mijn plooien en vindt de nattigheid die het bewijs is van mijn opwinding.

"Katyusha," zegt hij met een hese stem, zijn gelaatstrekken gespannen van verlangen terwijl hij een hand naast mijn gezicht plant.

Wanneer hij zijn hoofd laat zakken voor de

volgende stap, kost het me elke gram van mijn wilskracht om "Nee" te zeggen.

Hij verstijft boven me. In mijn slipje ballen zijn vingers zich tot een vuist. Ik hoef niet naar hem te kijken om te weten dat zijn controle aan een zijden draadje hangt.

Ik grijp zijn pols en trek zijn hand uit mijn ondergoed. Tranen branden in mijn borst terwijl ik fluister, "Het spijt me. Ik kan het niet."

6

ALEX

Tussen ongeloof en verwarring verscheurt, staar ik naar Katerina's gezicht. Haar mooie gelaatstrekken vormen zich in een masker van spijt en iets anders, iets dat veel op teleurstelling lijkt. Ze houdt mijn blik vast met haar grote bruine ogen terwijl ik mijn arm uit haar greep trek en mijn hand naar haar mond breng.

"Je wilt me." Ik traceer de gesloten naad van haar lippen met de vinger die ik enkele seconden geleden in haar broek had zitten. "Hier is het bewijs. Wil je dat ik die mooie lippen scheid en je het laat proeven?"

Ze draait haar gezicht weg.

Met mijn vingers over haar delicate kaak, breng ik haar blik terug naar de mijne. Mijn stem is vol van het verlangen en de frustratie die ik probeer te onderdrukken. "*Je wilt me.*"

En als ik niet snel in haar kom, ontplof ik op meer

dan een fysieke manier. Ik word gek van de afstand die ze tussen ons legt.

"Niet op deze manier," zegt ze, terwijl ze haar handpalmen op mijn schouders slaat en me van haar afduwt.

Ik ga met tegenzin rechtop staan en creëer onvrijwillig nog meer afstand. De kloof tussen ons voelt als een vacuüm, alsof alle lucht uit de kamer wordt gezogen.

Ze kijkt me niet meer in mijn ogen, gaat rechtop zitten en doet haar broek dicht.

Ik ben net een snelkookpan, de opbouwende stoom dreigt het deksel door het dak te schieten. "Katerina."

Ze kijkt me weer aan.

"Is dit hoe je me straft? Door geen seks met me te hebben?" Ik kijk naar het op en neer gaan van haar borsten onder haar trui. "Het is een zeer effectieve methode, moet ik toegeven, maar ik zou je niet adviseren om die weg in te slaan. We weten allebei dat dit geen spel is dat je gaat winnen."

"Een spel?" Haar toon wordt scherper. "Denk je dat dit een spel is?"

Integendeel, dit is ernstig. Ik weet alleen niet of ze begrijpt hoe serieus het is. Ik wil haar ook niet inlichten. Wat heeft het voor zin om haar met de wetenschap te kwellen dat als ze gevangen wordt genomen, mijn vijanden haar waarschijnlijk op de meest verachtelijke manieren zullen martelen om mij naar buiten te lokken?

"Ik wil niet dat het zo gaat," zegt ze. "Maar je hebt je keuze gemaakt toen je de mijne wegnam."

Het bevalt me niet hoe dit gesprek verloopt, helemaal niet. Als ze bedoelt dat ze me wil verlaten, dan kan ze dat belachelijke idee uit haar hoofd zetten.

Het gaat verdomme niet gebeuren.

Nooit.

De manier negerend waarop haar mooie ogen groot worden, stap ik tussen haar benen, mijn handen tot vuisten gebald. Het is het enige wat ik kan doen om niet naar haar te reiken. Door elk woord duidelijk uit te spreken, maak ik mezelf duidelijk. "Er is geen keuze meer."

"Je wist het." Ze leunt van me weg en ondersteunt haar gewicht op haar armen. "Je wist dat dit kon gebeuren."

Onwetendheid veinzen gaat niet werken. Niet bij mij. Ik pin haar vast met een blik. "Jij ook."

Ze knippert. Emoties spelen over haar verbluffende gelaatstrekken. Ze is expressief, mijn kiska. Het is voor mij altijd gemakkelijk geweest om te weten wat ze denkt. Dat is een van de dingen die ik zo leuk aan haar vind. Met Katerina hoef ik me geen zorgen te maken over manipulaties en spelletjes. Ze is eerlijk en recht door zee. Misschien is dat het probleem. Ze is te eerlijk, te goed, om de lelijke delen van mijn wereld te accepteren.

De interne strijd is in haar ogen te zien. Ja, ze wist waar ze aan begon toen ze instemde om bij me in te trekken. Ik heb haar in niet zoveel woorden verteld dat ik een slechterik ben. Waar, ik heb de grimmige details van wat er achter de gesloten deuren van mijn rijk gebeurt, weggelaten. Niemand komt waar ik ben zonder bloed aan zijn handen te hebben, maar het heeft geen zin om haar daarmee te belasten.

"Ik..." Ze maakt haar lippen nat met het puntje van haar tong. "Dit is niet wat ik had verwacht."

Met mijn handpalmen aan weerszijden van haar lichaam op de tafel, sluit ik een deel van die ongewenste afstand. "We zullen ons niet eeuwig blijven verstoppen."

"Het is niet het rennen of het verbergen."

Mijn stem is nors met de behoefte die in me woedt. "Wat is het dan, kiska?"

Haar gelaatstrekken vervormen, het dappere masker dat ze draagt, valt weg. "Het is als een bezit behandeld worden."

De pijn die in haar gezicht geëtst staat, raakt me recht in het hart.

Ik snap het. Ik ben geen dwaze of ongevoelige man. Katerina is onafhankelijk. Tot nu toe heeft ze al haar eigen beslissingen genomen. Ze is gewend om de leiding te nemen. In haar relatie met haar moeder lijkt ze meer de volwassene te zijn, die verantwoordelijkheid neemt voor haar zieke ouder, en als verpleegster is ze gewend om beslissingen te nemen die het verschil tussen leven en dood betekenen. Haar opsluiten en alles wegnemen wat haar leven betekenis geeft, is niet ideaal, maar het is niet voor altijd. Het is tijdelijk en voor haar eigen bestwil. Ze zal het uiteindelijk wel begrijpen. Ze houdt van me. Ze heeft het me een keer verteld en ik ben vastbesloten om die lieve woorden weer te horen. Ik zal doen wat nodig is om ze te krijgen.

Behalve haar laten gaan.

Ik heb nog nooit om iets gesmeekt, zelfs niet om brood toen ik honger had. Zij is de eerste die me op mijn knieën brengt. Terwijl ik mijn voorhoofd tegen het hare druk, zeg ik hees, "Laat me je aanraken, kiska. Alsjeblieft."

Een snik verlaat haar keel. Ze schudt haar hoofd, waardoor ons haar langs elkaar gaat. "Dit ben ik niet, Alex. Dit is niet wie ik ben."

Ik klem mijn vingers zo hard dat mijn nagels in de tafel graven. "Vertel me verdomme wat ik moet doen."

"Als je me geen vrijheid kunt geven, geef me dan tijd," zegt ze, terwijl ze mijn pols vastpakt en deze weg beweegt om de kooi van mijn armen te breken. "Ik heb tijd en ruimte nodig."

Als ze onder mijn arm duikt en van de tafel glijdt, hou ik haar niet tegen. Als ze de kamer uit rent, nog net niet voor me op de vlucht, ga ik niet achter haar aan. Ik erken niet hoeveel pijn het doet dat ze me als een vijand behandelt. In plaats daarvan ga ik op zoek naar een fles wodka en geef haar de tijd en ruimte die ze wil.

7

CALIFORNIË, DE VERENIGDE STATEN

O leg Pavlov drukt de telefoon tegen zijn oor en loopt naar de rand van het terras waar hij buiten gehoorsafstand is. Hij trommelt met zijn vingers op de balustrade terwijl hij wacht op de oproep om verbinding te maken, onopvallend controlerend of zijn bodyguards op hun plaats zitten. Zich ervan verzekerd dat ze in positie zijn, pakt hij een zakdoek uit zijn zak en veegt het zweet van zijn voorhoofd.

Waarom heeft de huurmoordenaar zo lang nodig? Zuur brandt in zijn maag. Deze verdomde maagzweer gaat zijn dood worden.

Eindelijk neemt Bes op.

Oleg komt meteen ter zake. "Wat heb je gedaan?"

"Ik doe op een dagelijkse basis veel dingen," zegt de huurmoordenaar gladjes. "Je moet iets specifieker zijn."

Oleg kijkt over zijn schouder naar de plek waar zijn familie aan het ontbijten is. Terwijl hij zijn stem laat zakken, zegt hij tussen opeengeklemde tanden, "Alex

Volkov zou nu dood moeten zijn. In plaats daarvan rent hij rond in Sint-Petersburg, en is hij nog heel erg levend." Ondanks de controle die hij probeert te behouden, stijgt zijn stem in volume. "En hij is heel hard bezig om erachter te komen wie achter de moordaanslag zit."

Als zijn vrouw, Annika, opkijkt, glimlacht hij naar haar en geeft aan dat alles goed is, terwijl niets minder waar is.

"Oleg," roept ze, "je ontbijt wordt koud."

Hij steekt een vinger op om aan te geven dat hij nog een minuutje nodig heeft en keert haar de rug toe. "Leg me eens uit wat de fuck je aan het doen was, om de toegangspas van Katherine Morrell te stelen in plaats van de vrouw zelf te ontvoeren. Het enige wat het teweeg heeft gebracht is dat Volkov rechtstreeks naar zijn leger in Rusland is gegaan."

"Geduld, oude man," zegt Bes. "Alles op zijn tijd."

Tegenover het uitzicht van de wijngaard zegt Oleg, "Mijn geduld raakt op. Net als jouw tijd."

"Het zal gebeuren als ik er klaar voor ben. De eerste keer gingen we te snel. Daarom heb je gefaald."

"Je bedoelt dat *jij* hebt gefaald," zegt Oleg.

Bes lacht. "Jij gaf het bevel. Die mislukking is jouw schuld, mijn vriend."

Oleg klemt zijn kaak op elkaar. "Heb je enig idee waartoe Vladimir in staat is?"

Hij heeft al twee telefoontjes van Vladimir genegeerd en gezegd dat hij in openbare ruimtes was en niet kon praten, maar Vladimir verwacht dat hij terugbelt en snel. Hij wil weten wat er deze keer mis is gegaan.

"Dat weet ik inderdaad," zegt Bes, met een droge toon. "Als je niet wilt dat de kelen van je prachtige familieleden worden doorgesneden, dan stel ik voor dat je teruggaat naar je ontbijt, zoals je vrouw heeft gevraagd, en je me verder laat gaan met mijn werk."

Oleg kijkt om zich heen, zuur komt in zijn keel omhoog terwijl hij de gezichten van de toeristen bekijkt. Houdt de verdomde huurmoordenaar hem in de gaten? *Oleg* is degene die Bes betaalt. *Hij* heeft de leiding. Hoe durft die Russische sluipschutter hem te bespioneren alsof hij het verdomde doelwit is?

"Ben ik duidelijk genoeg voor je geweest?" vraagt Bes.

"Ik ben degene die je betaalt," zegt Oleg, die vecht om de angst uit zijn stem te houden.

"Ja," zegt Bes. "Maar er is altijd iemand die bereid is om de prijs te verhogen."

Oleg pakt de balustrade stevig vast. "Luister naar me, jij waardeloze —"

"Ik zou voorzichtig zijn met de beledigingen als ik jou was. Ik weet zeker dat Volkov rijkelijk zal betalen om te weten wie de opdracht voor de aanslag op hem heeft gegeven."

Oleg krijgt het koud ook al is het heet. Hoe is dit in godsnaam gebeurd? Hoe is de macht van hem overgegaan naar de man die hij inhuurde? Bes is een rat, uitschot, een vuile verrader. Als Vladimir ontdekt dat Bes dreigt ze te verraden, dan is hij — Oleg —

dood. Een onbetrouwbare schoonmaker inhuren is niet iets wat Vladimir ongestraft laat gaan.

"Wat wil je?" snauwt Oleg.

"Bewijs."

Oleg haalt de zakdoek over zijn gezicht. "Bewijs waarvan?"

"Bewijs van de misdaad die jij en Vladimir Stefanov hebben gepleegd."

Oleg verstijft met zijn hand in de lucht. "Wat zei je?"

"Je hoorde me wel."

Onmogelijk. "Ik weet niet waar je het over hebt."

Bes lacht weer. "Je weet precies waar ik het over heb."

"Luister eens, jij —" Oleg slikt de belediging in en herinnert zich het dreigement van Bes. "Je weet hoe dit soort zaken werken. Vladimir en ik hebben aan veel dingen samengewerkt."

"Ik heb het over de reden waarom je Volkov dood wil hebben."

Oleg verstevigt met zijn vingers zijn greep op de telefoon om te voorkomen dat ze trillen. "Hoe ben je erachter gekomen?"

"Een man als ik heeft zijn manieren."

"Vertel het me," zegt Oleg, terwijl het spuug uit zijn mond vliegt.

"Het maakt niet uit. Het enige waar je je zorgen over hoeft te maken, is het leveren van het bewijs van Stefanovs schuld."

Oleg staat te trillen op zijn benen. Hij kan zijn oren niet geloven. "Je maakt een grapje."

"Ik maak nooit grapjes, Oleg. Dat zou je onderhand over me moeten weten."

"Heb je enig idee wat Vladimir met je zal doen als hij erachter komt? Met *mij*?"

"Wat maakt het jou uit wat er met mij gebeurt?" vraagt Bes. "Met betrekking tot jou zal Stefanov er nooit achter komen. Hij zal uit beeld zijn voordat hij de kans krijgt om het te proberen."

"Wil je Vladimir uitschakelen?" Oleg werpt een blik op zijn familie en zwaait opnieuw naar zijn fronsende vrouw. "Waarom?"

"Stop met het stellen van vragen die er niet toe doen."

Het maakt verdomme wel uit, want als Vladimir ten onder gaat, dan gaat hij ook. Oleg slikt. "Wie betaalt je voor de informatie?"

"Maak je geen zorgen," zegt Bes. "Ik zal je naam erbuiten houden. Geef me wat ik wil en je kunt je wijntour met je perfecte gezin voortzetten."

Oleg heeft het gevoel dat hij over moet geven. "Hoe zit het met Alex Volkov?"

"Jij houdt je aan jouw deel van de afspraak en ik aan het mijne. Lever de informatie af en ik zal Volkovs hoofd op een dienblad afleveren."

De lijn gaat dood.

Oleg laat de telefoon zakken en staart naar het scherm. Hij trilt van woede. Hoe durft die huurmoordenaar zijn familie te bedreigen? Hij zal hem levend villen. De enige reden dat hij nu geen wraak neemt, is omdat hij Vladimir er niet achter kan laten komen dat Bes de waarheid weet. Als Oleg Bes doodt, dan zal hij het moeilijk aan Vladimir uit kunnen leggen. Vladimir is een zeer intelligente en intuïtieve man. Hij zal dwars door een leugen heen kijken. Trouwens, Bes vinden kan maanden duren. Nee, Olegs beste gok is om mee te spelen. Hij zal het bewijs leveren en Bes Vladimir uit laten schakelen. Als Vladimir uit de weg is, zal hij Bes vermoorden.

Hij pakt een rol Tums uit zijn zak, haalt de pil uit zijn omhulsel en gooit hem op zijn tong. Hoe meer hij erover nadenkt, hoe meer Oleg gelooft dat het niet alleen de beste oplossing zal zijn, maar ook een geluk bij een ongeluk. Laat Bes hem het plezier doen om van de altijd aanwezige dreiging van Vladimir af te komen. En als er eenmaal met Bes is afgehandeld, zal niemand ooit de waarheid weten.

Wanneer Oleg terugloopt naar zijn vrouw en kinderen, is zijn brandend maagzuur al aan het zakken.

8

KATE

*A*ls ik de volgende ochtend wakker word, is het bed naast me leeg. Een beetje licht valt door de kier in de bedgordijnen.

Ik duw me op één elleboog omhoog en trek een gordijn opzij. Er valt daglicht door de ramen. De lakens zijn gekreukeld. Ik leg een handpalm op Alex zijn kussen. De stof is koud, maar zijn geur hangt aan het linnen.

Ik adem een vleugje kardemom en kruiden in mijn longen. Zelfs in zijn afwezigheid blijft zijn aanwezigheid in de kamer hangen. De gebeurtenissen van gisteravond wegen zwaar op mijn borst. Ik sla mijn armen om mijn knieën en neem even de tijd om over onze ruzie na te denken.

Hij kwam lang na middernacht naar bed en zijn adem rook naar wodka. Ik deed alsof ik sliep, maar de zacht gefluisterde "welterusten" vertelde me dat hij wist dat ik wakker was. Hij had mijn wens gerespecteerd en hield afstand, hij raakte me gedurende de nacht niet aan. Ik was zowel dankbaar als teleurgesteld en er was een moment dat ik bijna toe had gegeven. In de angstige, eenzame uren van de vroege ochtend, wilde ik tegen hem aan liggen en een arm over zijn middel slaan. Een deel van me wilde hem aan het bed verankeren, om te voorkomen dat hij naar buiten zou gaan, waar het gevaarlijk is. Maar een ander deel van me kon het hem niet vergeven. Ik weet niet hoe ik vrede moet sluiten met onze nieuwe omstandigheden. Ik weet niet meer wie ik moet zijn. Onze rollen zijn veranderd, en ik moet nog uit zien te vogelen waar en hoe ik in zijn leven pas.

Ben ik zijn vriendin of zijn gevangene?

Ziet hij mij als een vrouw om wie hij geeft of alleen als zijn bezit?

Ugh. Ik moet nadenken, maar mijn geest is door verwarring en emoties vertroebeld. Ik stap uit bed en ga naar de badkamer. De kasten zijn gevuld met al mijn gebruikelijke merken van toiletartikelen, en een doosje met anticonceptiepillen staat op de wastafel te wachten. Ik pak een strip met pillen. De pillen zijn er op de dagen van de afgelopen maand uitgedrukt. Het is geen nieuwe doos. Alex heeft aan alles gedacht toen hij Marusya instrueerde om in te pakken. Ik neem de pil van vandaag en neem een snelle douche, wat mijn hoofd niet leegmaakt, zoals ik had gehoopt.

De kast is met veel van de kleding gevuld die Alex in New York voor me had gekocht, waaronder formele kleding en avondjurken. Gelukkig heeft Marusya mijn eigen outfits onder in de tas ingepakt. Zoals ik me nu voel, heb ik kleding nodig die vertrouwd en comfortabel is.

Na het aantrekken van een spijkerbroek, een warm sweatshirt en mijn sneakers, ga ik naar beneden. De enige geluiden die me begroeten zijn de gong van de staande klok, die aankondigt dat het tien uur in de ochtend is, en het gerammel van pannen, wat van de achterkant van het huis afkomstig is.

Als ik zie dat de eetkamer leeg is, loop ik naar de keuken.

Tima staat achter het fornuis. Pannen staan op de gaspitten te koken en er komt stoom van ze af. De ruimte ruikt zetmeelachtig, naar pap en aardappelen.

"Daar ben je," zegt hij, terwijl hij zijn handen aan een schort afveegt. "Ga zitten." Hij wijst naar de keukentafel waar fruit, roggebrood, jam en kwark zijn neergezet. "Ik dacht dat het gezelliger zou zijn om hier te ontbijten dan in die stoffige oude eetkamer."

Dankbaar voor zijn attentheid, plof ik neer in een stoel. "Dank je."

Hij gaat naar een aanrecht met verschillende potten en geeft me een glimlach over zijn schouder. "Thee, koffie of warme chocolademelk?"

"Koffie, alsjeblieft." Ik heb de cafeïne nodig om de spinnenwebben in mijn hoofd op te helderen.

"Een koffie met suiker komt eraan."

Het is niet verwonderlijk dat hij weet hoe ik mijn koffie drink. Hij heeft gisteravond alleen vegetarische gerechten bereid. Alex moet hem over mijn voorkeuren hebben ingelicht.

Als hij een mok voor me zet, vraag ik, "Wat ben je aan het koken?"

"*Borscht* met *pelmeni* voor de lunch en geroosterd lam met aardappelen voor het diner. Dat is voor de mannen. Voor jou maak ik vegetarische versies." Hij gaat terug naar het fornuis, pakt een bosje verse kruiden en gooit het in een van de pannen. "Je kunt nooit te vroeg met de voorbereidingen beginnen. Ik heb ook havermoutpap gemaakt. Alex heeft me verteld dat je graag havermout als ontbijt eet."

Ik pak de mok tussen mijn handen en laat de warmte in mijn handpalmen sijpelen. "Dat is heel attent."

Hij serveert een portie van de pap in een kom en draagt hem naar de tafel. "Dat is het minste wat ik kan doen." Hij duwt een klein mandje bessen en een pot honing naar me toe en bestudeert mijn gezicht. "Hoe gaat het vandaag met je?"

Ik haal mijn schouders op. "Ik heb goed geslapen en ik eet als een koningin."

"Dat is niet wat ik bedoel. Hoe voel je je hier binnen, waar het ertoe doet?" Hij klopt op zijn borst.

Niet in staat om in zijn gezicht te liegen, kijk ik weg. "Goed."

"Mm." Hij roert weer door de inhoud van een grote pan. "Alex heeft Engelse boeken voor je achtergelaten in de bibliotheek. De kabel is niet aangesloten, maar er zijn dvd's." Hij kijkt weer over zijn schouder en knipoogt. "Alle seizoenen van *Downtown Abbey* voor het geval je in de stemming bent."

Ik lach wrang. "Heeft Alex de kabel losgekoppeld? Wat denkt hij dat ik ga doen? Morsecode via de kabelaansluiting versturen?"

Tima's glimlach is zo breed dat zijn hele gezicht eruitziet als een stuk gekreukt papier. "Je bent zeker slim genoeg."

"Ha. Technologie en ik zijn geen vrienden."

"Als er iets is wat je wilt, dan hoef je alleen maar het woord te zeggen. Alex zal het laten halen."

"Dat is goed om te weten," zeg ik met een sneer in mijn toon, ook al is mijn woede al aan het vervagen, waardoor ik met een verwarrende puinhoop van emoties zit en de zorg dat Alex buiten een open doelwit is.

"Ik ken meneer Volkov nu al een paar jaar." Tima legt de lepel op een schotel, draait zich naar me toe en slaat zijn armen over elkaar. "Ik heb hem nog nooit zo betrokken bij iemand gezien als hij bij jou is."

Ik trek een wenkbrauw op. "Moet ik me daardoor beter voelen?"

Hij leunt tegen het fornuis en zegt met een oprechte uitdrukking, "Hij geeft duidelijk om wat er met je gebeurt."

Dat overweeg ik. Tima is aardig, maar ik ken hem niet. Ik vertrouw hem nog niet. Ik ga mijn dilemma of mijn gevoelens niet met het personeel van Alex bespreken.

Er komt weer een glimlach op Tima's gezicht. "Eet

op. Je havermout wordt koud. Ik weet zeker dat je betere dingen te doen hebt dan mij gezelschap te houden in de keuken."

Eerlijk gezegd niet, nee. Wat moet ik anders met mezelf doen? "Heb je hier hulp nodig?"

Zijn ogen worden groot. "Absoluut niet. Meneer Volkov zal me roosteren als dat lam als ik je in de keuken laat werken."

Ik frons bij de uitdrukking. Ik hoop dat hij dat figuurlijk bedoelt, maar na de laatste paar dagen klinkt het niet zo vergezocht als het zou moeten.

"Verder met het diner," zegt hij, terwijl hij meer tegen zichzelf praat dan tegen mij als hij naar de voorraadkast gaat.

Tegen de tijd dat hij met zijn armen vol ingrediënten terugkomt, heb ik mijn havermout en koffie op. Ik spoel mijn kom af en laad de vaatwasser in terwijl hij een onbekend deuntje fluit.

"Bedankt voor het ontbijt," zeg ik op weg naar de deur.

Hij tilt zijn hoofd op en zwaait afwezig terwijl hij de stengels van een bos bieten blijft snijden.

Het geluid van een stofzuiger komt van de voorkant van het huis. Op weg daarheen zie ik Lena in de foyer, die met oordopjes in haar oren aan het stofzuigen is. Ze kijkt op als ik de trap op ga, maar ze zegt geen goedemorgen. In ruil daarvoor slik ik de groet in die op het puntje van mijn tong lag.

Gedurende de rest van de dag verken ik het huis. Ik vind de dvd's en boeken die Tima had genoemd in de bibliotheek en slaag erin om mezelf een tijdje af te leiden, maar de verhalen kunnen mijn aandacht niet vasthouden. Ik ben te gespannen om mezelf in fictie te laten verdwalen.

Als ik het zat ben om te lezen, trek ik een T-shirt en een yogabroek aan en ga ik op zoek naar de fitnessruimte. Een bewaker staat bij de deur, maar hij stapt opzij zodat ik naar binnen kan gaan. Een chic geluidssysteem heeft een verscheidenheid aan muziekmixen. Het is niet ingewikkeld om uit te zoeken hoe het werkt. Ik kies een levendige popcompilatie, verrast door de muzieksmaak van Alex. Ik had verwacht dat hij een man voor jazz of klassieke muziek zou zijn, geen fan van popmuziek. Misschien is dit het soort muziek waar hij naar luistert als hij traint.

Ik kies voor de loopband en zet hem op een comfortabele snelheid en ren totdat mijn benen als gelei aanvoelen. Het is een goed gevoel. Ik heb op de middelbare school crosscountry gedaan en heb op de universiteit in mijn eentje een paar 10-kilometer-afstanden gedaan, maar ik heb in de afgelopen paar jaar zo veel gewerkt dat ik mijn fitness routine ergens achter heb gelaten. Nu realiseer ik me pas hoe erg ik het gemist heb. De training verdrijft mijn turbulente gedachten niet, maar het vermindert wel een deel van mijn verborgen spanning.

Ik ben uitgeput en toch tevreden, trek een badpak aan, spoel me af in de douche bij het zwembad en drijf in het warme water van het zwembad van olympisch formaat. Condens loopt langs de zijkanten van het dakraam dat de zon binnenlaat. De geur van chloor doet me aan vakanties denken toen ik klein was. De aangename associatie ontspant me verder, en tegen de tijd dat ik me uitrek op een chaise lounge met uitzicht op de binnentuin, keert een deel van mijn nuchterheid terug.

Lena verrast me en komt binnen met een infusie die ze op de bijzettafel zet voordat ze weer stilletjes vertrekt. Ik pak de delicate porseleinen beker en ruik aan de kruidenthee. Hij ruikt naar citroen verbena. Een nip bevestigt dat ik gelijk heb.

Terwijl ik van de thee nip, probeer ik dingen in perspectief te plaatsen. Wat Alex heeft gedaan, deed me pijn. De schaamteloze manier waarop hij mijn machteloosheid had uitgevoerd zonder rekening te houden met mijn mening had me boos gemaakt. Toch kan ik niet zeggen dat ik geschokt was. Niet echt. Terugkijkend zie ik nu duidelijk de tekenen — de manier waarop hij erop stond dat ik met hem uitging, hoe hij geen nee als antwoord had geaccepteerd totdat hij mijn vastberadenheid had uitgeput, hoe hij mijn kleren naar zijn huis had verhuisd zonder mij te raadplegen, en hoe snel hij me had overtuigd om bij hem in te trekken. Dan was er nog het verontrustende feit dat hij altijd mijn dienstrooster in het ziekenhuis kende.

De waarheid is dat hij altijd zo is geweest, en ondanks de oogkleppen die voor mijn ogen zijn weggetrokken, wil ik hem niet minder. Eén aanraking van Alex is genoeg om mijn knieën te laten knikken.

Dat is altijd het geval geweest, vanaf het begin, en ik betwijfel of de viscerale aantrekkingskracht die hij op me uitoefent ooit zal veranderen. Gisteravond was daar het bewijs van. Mijn lichaam vertelt altijd de waarheid.

Ik geef meer om hem dan om welke man dan ook. Als ik ruimte wil, dan is dat niet omdat hij van mij een vrouw op de vlucht heeft gemaakt of omdat hij mijn leven in gevaar heeft gebracht. De reden dat ik op de rem moet trappen, is omdat hij gelooft dat er niets mis mee is om me opgesloten te houden zolang hij ervan overtuigd is dat het in mijn belang is.

Kan ik me aan een man binden die me geen vrijheid wil geven? Misschien had Dania, de dochter van zijn zakenpartner, gelijk. Misschien pas ik niet in de wereld van Alex. Hoeveel ben ik bereid te accepteren? Kan ik er vrede mee sluiten om hem mijn leven te laten dicteren? Nee. Zoals ik hem gisteravond vertelde, dat ben ik niet. Hoe kan ik dan mijn macht terugkrijgen?

Een schaduw valt mijn zonnige plek binnen. Ik kijk naar het dakraam. De zon gaat onder. Ik kijk op mijn horloge. Het is bijna vijf uur en Alex is nog steeds nergens te bekennen. Een rilling van ongemak loopt over mijn rug. Ik haat het om in het ongewisse gelaten te worden terwijl er iets kan gebeuren.

Heen en weer geslingerd worden tussen zorgen en angst is vermoeiend. Ik heb hier liggen nadenken tot mijn hersenen er pijn van doen, en ik heb nog steeds geen beslissing genomen over hoe ik ga handelen.

Ik zet de lege beker opzij en sta op. Ik vind een

badjas in de aangrenzende badkamer en trek hem over mijn badpak aan. Mijn haar ruikt naar chemicaliën van het zwembad en mijn huid voelt droog aan. Ik heb een douche nodig om het chloor van mijn lichaam te spoelen.

Nadat ik een warme douche heb genomen, hydrateer ik mijn huid en borstel ik mijn haar. Ik herinner me Lena's opmerking dat Alex zich liever kleedt voor het diner en kies voor een blauwe kasjmier jurk. Het kan me niet schelen wat Lena en Alex van mijn kleding vinden, maar te eenvoudig gekleed zijn brengt me in een oneerlijk nadeel, zelfs als het alleen in mijn eigen hoofd is. Na het aanbrengen van mascara en lipgloss ben ik er klaar voor.

Om zeven uur ga ik naar beneden. Het grote huis is stil. Alex en zijn meest vertrouwde lijfwachten zijn nog steeds niet thuis. Net als de avond ervoor is de tafel met een verscheidenheid aan gerechten gedekt. Ik eindig het diner in eenzaamheid, mijn enige gezelschap het tikken van de klok.

Tima leidt me af met zijn levendige geklets, vertelt me de namen van de gerechten in het Russisch en legt hun ingrediënten uit terwijl hij het dessert serveert en uiteindelijk de tafel afruimt.

Nog niet klaar om naar bed te gaan, ga ik naar de bibliotheek en kruip op een stoel. Iemand heeft vuur gemaakt in de open haard. Ik zie de schaduwen vlammen op de muur tekenen en luister naar het geknetter van het hout. Al snel verspreidt zich een warme gloed over mijn wangen en beginnen mijn ogen zwaar te worden.

Ik schrik als de deur plotseling opengaat. Alex staat in de deuropening en draagt een donker pak en een zwart overhemd met knopen zonder stropdas.

"Ik wilde je niet laten schrikken," zegt hij, terwijl hij me met sluwe intensiteit bestudeert.

Ik ga rechtop zitten en wrijf in mijn ogen. "Ik was in slaap aan het vallen."

Hij stapt naar binnen en sluit de deur. "Het spijt me dat ik laat ben. Ik moest wat zaken regelen."

Ik volg hem met mijn blik terwijl hij naar de open haard loopt en daar tot stilstand komt. "Zaken als in werk, of zaken als in erachter komen wie je dood wil?"

"Allebei." Hij legt zijn onderarm op de schoorsteenmantel en staart in de vlammen. "Ik hoop dat het diner naar wens was."

"Het was heerlijk, dank je." De bezorgdheid die ik niet van me af kan schudden, dwingt me om te vragen, "Hoe zit het met jouw diner?"

Hij pakt een blok hout uit de mand en gooit het in het vuur. "Ik heb op kantoor gegeten."

"Oh. Heb je een eigen cafetaria voor je medewerkers?"

Zijn lippen trillen. "Dat hebben we. Maar voor de leidinggevenden hebben we een doorlopende opdracht van een horecabedrijf."

"Handig," zeg ik, terwijl ik mijn handen bestudeer.

Hij draait zich weer naar me om. "Hoe was je dag?"

Ik kijk hem knipperende ogen aan. "Wil je het echt weten?"

Hij maakt zijn jasje los en trekt het uit. "Ja."

Ik ben niet in de stemming voor gepraat over koetjes en kalfjes en haal mijn schouders op. "Goed."

Hij drapeert het jasje over de achterkant van de bank en loopt naar mijn stoel. Als hij boven me uittorent, vraagt hij, "Wat heb je gedaan?"

"Vertel me niet dat je geïnteresseerd bent in de zinloze acties die mijn uren in beslag namen."

"Alleen omdat je vandaag geen levens hebt gered, betekent niet dat wat we hier doen zinloos is."

"Wat *jij* hier doet, bedoel je."

Hij glimlacht geduldig naar me. "Is het verkeerd dat ik geïnteresseerd ben in hoe de vrouw om wie ik geef haar dag heeft doorgebracht?"

Er zijn zoveel dingen mis met de manier waarop ik mijn dag doorbracht dat ik niet weet waar ik moet beginnen.

Hij trekt een stoel dichterbij en gaat naast me zitten. "Joanne heeft gebeld."

Ik ga rechter zitten. "Wat zei ze?"

"Alleen dat ze met je wilde praten."

"Wat heb je tegen haar gezegd?" vraag ik, mijn adem inhoudend.

"Dat je in de spa was en haar telefoontje niet kon aannemen."

Ik klem mijn handen op mijn schoot in elkaar. "Liegen is makkelijk voor je, nietwaar?"

"Je kunt met haar praten als je je gedraagt," zegt hij

zonder aarzelen. "Ik denk zelfs dat het je goed zult doen."

Mijn mond valt open. Ik weet niet of ik dankbaar moet zijn voor de concessie of boos moet zijn dat hij me omkoopt met selectief contact met mijn vrienden.

Hij pakt mijn hand en wrijft met een duim over mijn pols. "Ik wil dat je terugdenkt aan de nacht buiten Romanoff."

"De nacht dat ik werd beroofd?" vraag ik met verbazing.

De lijn van zijn kaak verhardt. "Ja, maar ik denk niet dat het een beroving was."

Ik trek me los van zijn aanraking terwijl de schok de warmte van het vuur wegspoelt. "Denk je dat het met het stelen van mijn pas te maken had?"

"Misschien," zegt hij spijtig.

Ik snak naar adem. "Waarom heb je dat niet gewoon gezegd?"

"Ik heb op dat moment niet één en één bij elkaar opgeteld. Hoe meer ik er de afgelopen dagen over na heb gedacht, hoe meer het een mogelijkheid lijkt."

Ik schuif mijn benen onder me vandaan en schuif naar de rand van de stoel. "Maar waarom mijn handtas stelen? Was dat ook een soort waarschuwing, een boodschap aan jou?"

Als hij me alleen maar aanstaart met geweld dat in zijn stalen ogen broeit, komt een andere waarheid hard bij me binnen.

"Je denkt niet dat hij achter mijn tas aanzat," zeg ik terwijl ik overeind spring.

"Katerina." Alex volgt mijn geijsbeer met zijn blik. "Ik moet nadenken. Vertel me alles wat je je over die nacht kunt herinneren."

De herinnering is niet prettig, zeker gezien wat ik net heb geleerd. "Je was erbij. Je hebt gezien wat er gebeurde." Meer waarheden doorboren me als pijlen. "Heb je wel een verklaring afgelegd bij de politie?"

"Mijn mannen doen hun werk beter dan jouw politie dat doet."

"Jouw mannen." Juist. "Wat hebben ze gevonden?"

Hij wrijft met een hand over zijn gezicht. "Niets. Dat betekent dat de politie nog minder gevonden zou hebben. Op dat moment dacht ik net als jij, dat het misschien gewoon een ongelukkige beroving was, maar nu vermoed ik iets anders." Hij staat op, loopt naar me toe en pakt mijn schouders vast. "Ik wilde je dit niet aandoen, toen niet en nu niet, maar je moet aan die avond terugdenken. Hoe zag hij eruit?"

Ik duik in mijn geheugen en doe mijn best om Alex iets te geven. "Hij was gedrongen en groot met een kaal hoofd."

"Wat nog meer?"

"Hij..." Ik slik als ik me de wrede glimlach herinner die hij me had gegeven. "Hij had slechte tanden — ze stonden scheef en waren geel."

"Heeft hij iets tegen je gezegd? Kon je een accent van welke aard dan ook onderscheiden?"

Er loopt een rilling van afkeer loopt over m'n rug. "Hij lachte gewoon op een griezelige manier, alsof hij het leuk vond om me bang te maken."

Alex' neusgaten trillen. "Had hij zichtbare kenmerken, zoals een litteken of een moedervlek?"

Plotseling dringt het tot me door. Ik wijs naar de bovenkant van mijn hoofd. "Hij had hier een tatoeage."

"Wat was het?" vraagt hij, urgentie vult zijn stem. "Kun je je herinneren of het een woord of een afbeelding was?"

"Een afbeelding." Nu ik erover nadenk, kan ik het duidelijk in mijn geestesoog zien. "Een achtpuntige ster."

Hij laat me zo plotseling los dat ik struikel.

"Weet je het zeker?" vraagt hij. Zijn blik boort zich in de mijne. "Weet je zeker dat het een ster met acht punten was?"

"Ja," zeg ik door droge lippen. "Hoezo? Wat betekent het?"

"Niets." Hij pakt zijn jas en drukt een kuise kus op mijn voorhoofd. "Ga slapen. Blijf niet op me wachten."

En hij is weg, de deur achter hem dicht slaand.

9

ALEX

*A*ls ik door de voordeur naar buiten ren, kom ik Igor tegen.

"Ik heb de auto geparkeerd," zegt hij. "Yuri heeft de garage afgesloten. Heb je nog iets nodig voordat ik vertrek?"

Ik trek mijn handschoenen aan. "Waar zijn de anderen?"

"Aan het eten in de kazerne."

"Haal ze." Ik ga met grote stappen naar de garage. "Pak drie gepantserde auto's en neem een dozijn mannen mee. Yuri ook."

Hij stelt geen vragen. Hij rent om het landhuis heen terwijl ik de garagedeur ontgrendel door met mijn duim op de aan de muur gemonteerde vingerafdrukscanner te drukken. De roldeur gaat omhoog. De garage herbergt de auto's die ik voor de stad gebruik, evenals een motor en een off-road vier bij vier.

Een verborgen knop aan de achterkant opent een vals wandpaneel. Daarachter zit een van de verschillende wapenkluizen op het terrein. Een digitaal slot vereist een netvliesscan en een duimafdruk. Ik doe de deur open en stap in de inloopkluis net op het moment dat Igor terugkomt met Leonid, Dimitri, Yuri en twaalf van de mannen die niet voor de nachtwacht waren gepland. Buiten komen drie auto's met kogelwerende ramen en versterkte carrosserie met koplampen tot stilstand die de met sneeuw bedekte tuin verlichten.

Ik pak een AK-47 uit de wapenstandaard en geef die aan Igor. "Pak automatische geweren en granaten. Ook wat rookbommen."

Leonid geeft de wapens aan de mannen die zich klaarmaken terwijl Dimitri drie chauffeurs uitkiest. Ik instrueer ze waar ze heen moeten, en in minder dan een minuut, verlaten we in vier auto's het terrein.

Leonid en ik zitten achterin. Yuri rijdt en Dimitri zit naast hem. Niemand rijdt zo goed auto als Yuri. Hij kan een Land Rover in een hoek van vijfenveertig graden over een klif manoeuvreren. Ik vertrouw geen enkele andere chauffeur. Hij is bovendien goed met een pistool.

Ons konvooi glijdt soepel door de slapende straten van de chique buurt. Ik verwacht geen oorlog, maar ik neem niets voor lief als het om die klootzakken gaat.

De bende die het achtpuntige sterembleem gebruikt, opereert vanuit een duister deel van Sint-Petersburg. Het is een stelletje uitschot dat hun geld verdient door wapens en drugs te smokkelen, maar ze doen alles voor een prijs. Ze zijn niet kieskeurig over het zogenaamde freelancewerk dat ze op zich nemen.

Na het verlaten van het historische centrum gaan we richting Kupchino en parkeren we aan de achterkant van een magazijn waar een achtpuntige ster op de muur geschilderd staat. Daar slaat de bende hun handel op. Ik ben hier een paar keer in mijn jeugd geweest toen ik leveringen deed. Het aangrenzende gebouw dient als hun clubhuis, met de keuken als een droevig excuus voor een restaurant.

Ik scan de omgeving voordat we uitstappen. Er beweegt niets. Ze verwachten geen bezoek. Ze zullen ons niet eens zien aankomen. Op mijn teken verlaten de mannen hun voertuigen. De ene helft volgt mij, de andere helft omsingelt het gebouw. Leonid gaat vooruit om het gebied te verkennen, zijn pistool voor hem gericht.

Voorlopig profiteren we van de dekmantel van de donkere nacht, maar zodra we het gebied verlicht door de straatlantaarns bereiken, bewegen we ons langs de kant waar er geen ramen zijn. Het is precies zoals ik me herinner. De stank van rottend voedsel en de scherpe geur van pis hangt in de steeg. De lamp boven de deur brandt. Mooi. Een grijns van verwachting splijt mijn gezicht. Dat betekent dat de klootzakken thuis zijn.

Voetstappen vallen op de kasseien. Leonids vlezige gezicht verschijnt om de hoek. Hij kruipt naar me toe voordat hij op gedempte toon zegt, "Het magazijn en de achterkant zijn leeg. Er staat niemand op wacht. Er moeten minstens tien van hen binnen zijn."

Ik pak mijn pistool uit mijn tailleband en kantel mijn hoofd naar de ingang. Mijn mannen lopen voor me naar de deur. We passeren een klein gebroken raam dat vanaf de binnenkant dichtgetimmerd is — het raam van het toilet.

Bij de deur stop ik om te luisteren. De geluiden die van binnen komen zijn zwak. De muren zijn dik. Er is een duidelijk gerinkel van metaal, onderbroken door af en toe luidruchtig gelach. De kakkerlakken zijn zoals gewoonlijk aan het dealen.

Ik steek een hand op en tel op mijn vingers af. Leonid schroeft een demper op de loop van zijn pistool. Op drie schiet hij het slot open. Vier mannen dekken hem terwijl hij de deur intrapt. De stevige metalen plaat zwaait naar binnen en raakt de portier recht in het gezicht. Hij staat als bevroren, een blik van verrassing staat op zijn gezicht, maar hij is zo goed als bewusteloos. Na nog een tel valt hij als een dood gewicht achterover. Leonid neemt geen risico en schiet een kogel tussen de ogen van de man terwijl hij over zijn lichaam stapt.

De demper zorgt ervoor dat er minimaal geluid is om aandacht te trekken, maar de open deur alarmeert iemand die uit de achterkamer komt en zijn gulp dicht ritst terwijl hij loopt. Zijn ogen worden groot als hij ons ziet. Hij schreeuwt en reikt naar het pistool in zijn holster, maar hij is dood voordat hij zijn hand op de schacht heeft.

De hel breekt los.

Mannen schieten van achteren op ons en dwingen ons om in de keuken te schuilen. Het was makkelijker geweest om een granaat in de achterkamer te gooien, maar ik wil de man die Katerina aanviel levend hebben.

Mannen in vieze schorten staan aan een grote tafel konijnen te villen. Ze kijken naar ons alsof we geesten zijn. De kortste laat zijn mes vallen en steekt zijn handen omhoog. De andere twee volgen het voorbeeld als Leonid met zijn pistool op hen schiet. Een oude vrouw met een neus en ogen die onder gerimpelde lagen van huid begraven liggen, schreeuwt beledigingen van achter het fornuis en ze zwaait met een houten lepel.

Er klinken schoten vanuit de gang. De scherpe geur van buskruit hangt in de lucht.

De koks zijn arbeiders. De mannen maken deel uit van de bende, maar de oude vrouw wordt betaald om hun maaltijden te bereiden.

"Ga," zeg ik tegen haar en beweeg naar de achterdeur naast een opslagruimte.

In plaats van te rennen, pakt ze een pot van het fornuis en gooit die naar Leonid. De kokende vloeistof komt net tot aan zijn schoenen. Bij de afleiding grijpt de dapperste van de koks zijn schilmes en gooit het naar een van mijn mannen, die wegduikt. Het mes valt met een gekletter op de vloer.

Plop, plop, plop.

De drie mannen vallen als vliegen op de grond, elk met een gat tussen de ogen. De loop van Dimitri's pistool rookt. De vrouw wordt gek, ze grijpt een steakmes en valt me aan.

Serieus? Een steakmes? Oh, in godsnaam. Doe me een lol zeg.

Plop.

Ze valt naast haar volgelingen op de grond.

Ik laat mijn pistool zakken. Ik voel me niet slecht over het neerschieten van een vrouw. Ik heb haar een keuze gegeven. Ze heeft gekozen.

Er komen meer schoten uit de achterkamer. Het klinkt als vuurwerk op oudejaarsavond. Ze geven alles wat ze in zich hebben. We zijn hier niet om gevangenen te nemen, en dat weten ze.

"Dek me," zeg ik tegen Leonid.

Ik benader stilletjes de deur en kijk om de deuropening. De gang is leeg. Onze doelwitten zitten achterin, ingesloten in de kamer. Er is geen andere uitweg dan door de deur die we gebruiken of door die in de keuken.

Leonid pakt een automatisch geweer van een van onze mannen. Hij schiet een lading van kogels naar de deuropening van de achterkamer terwijl ik me door de gang beweeg. Van een man die het durft om zijn arm door de deuropening te steken, wordt zijn hand eraf geschoten. Een kreet van pijn komt boven het lawaai van het vuurgevecht uit. Een andere man stormt naar voren, blindelings schietend, maar hij gaat neer voordat zijn kogels schade kunnen aanrichten.

Mijn mannen volgen op mijn hielen. Tegen de tijd

dat we bij de deur zijn, is het schieten van binnenuit gestopt.

"We geven ons over," roept iemand van binnenuit.

"Kom naar buiten," zeg ik hard. "Eén voor één. En neem me niet in de zeik, of ik barricadeer elke deur en raam en laat je hier binnen wegrotten."

We staan aan weerszijden van de gang, onze wapens in de houding.

De eerste man stapt naar buiten, zijn armen hangen losjes langs zijn zij.

"Doe je handen achter je hoofd," zeg ik.

Hij grijnst en reikt naar iets achter zijn rug.

Een reeks van snelle schoten gaat af.

Zijn borst ontploft, het pistool dat hij uit zijn tailleband trok, valt met een kletter op de vloer.

"Niet schieten," roept iemand uit de kamer. "We hebben geen kogels meer. We zijn ongewapend."

"Kom nu naar buiten en ik zal je snel afmaken," roep ik terug. "Je weet dat je hier vandaag doodgaat."

Een man loopt naar buiten met zijn handen in de lucht. Hij is net zo groot als vierkant, zijn opgeblazen spieren zijn steroïde-geïnduceerd. Hij draagt een zwart shirt en een broek met Italiaanse schoenen, en doet blijkbaar zijn best om een misdaadbaas te imiteren. Zijn geschoren hoofd glimt onder de lamp die aan een kabel aan het plafond bungelt. Een zwarte tatoeage van een achtpuntige ster zit in het midden van zijn schedel.

Elke spier in mijn lichaam is gespannen met een behoefte aan geweld. Het vergt al mijn zelfbeheersing en nog meer om hem niet meteen af te maken.

Hij stopt voor me en spuugt voor mijn voeten. "Fuck you."

Drie van mijn mannen komen de achterkamer binnen terwijl de anderen de man grijpen. Hij worstelt eerst, totdat ze zijn polsen en enkels met kabelbinders hebben vastgebonden. Dan ligt hij op het vuile beton te grommen.

"Hoe heet je?" vraag ik, een drang onderdrukkend om zijn tanden in te trappen.

"Vadim," zegt hij met uitdagende trots.

Hij is dapper, maar dom. Als hij een slimme hersencel in die dikke schedel van hem had, dan had hij Katerina nooit aangeraakt.

Mijn bewakers duwen de een na de andere man uit de deur van de achterkamer. Er zijn er vier van hen — drie oudere mannen en een slungelige jonge man met een donkere vlek op de voorkant van zijn broek. De oude staren terwijl ze voor me staan. Ze zijn geharde, old-school gangsters. Ze zullen niet voor mij of iemand anders buigen. Jammer dat ik niets om hun weerstand geef.

Vadim ging achter Katerina aan, en deze mannen zijn medeplichtig.

Ik geef het bevel met een knik van mijn hoofd.

Mijn mannen weten wat ze moeten doen. Ze brengen ze naar de keuken om ze af te maken. Alleen vanwege hun leeftijd sterven ze snel.

"Laat deze gaan," zeg ik tegen de bewakers, terwijl ik naar degene wijs die zichzelf onder heeft gepist.

Hij staart me aan met ogen zo groot als die van een

113

uil en staat op zijn benen te trillen.

Ik richt mijn pistool op het kale stuk vuil op de grond. "Bind zijn enkels vast."

In een paar seconden zit er een dik touw om de benen van Vadim gespannen. Hij roept beledigingen terwijl Leonid en een van de bewakers zijn zware gewicht naar de badkamer slepen. Ik pak de arm van de dunne man en trek hem mee.

De badkamer stinkt naar een verstopte afvoer die overvol is van de uitwerpselen. Bruin water bedekt de vloer. Vadim vervloekt me naar de hel als ze hem met zijn gezicht in het water laten vallen.

Hij draait zijn gezicht naar de zijkant en spuugt. "Krijg de klere, jij vuile klootzak."

Ik ga op mijn hurken zitten en bestudeer zijn gezicht met de passieve nieuwsgierigheid van iemand die op het punt staat om een insect te ontleden. Hij is rood van woede, op het punt van ontploffen.

Mijn stem is koud, beheerst. "Je weet waarom je hier bent, vastgebonden als een hond en liggend in stront en pis, nietwaar?"

Zijn bovenlip krult omhoog. "Omdat je bang bent."

Ik grinnik. "Zie ik er bang uit?"

"Je bent bang voor wat er met je gaat gebeuren, Volkov. Geef het toe. Ik ben hier, liggend in pis en stront, omdat je een lafaard bent."

"Verkeerd antwoord." Mijn manier van doen is kalm, het verraad niet de koude woede die in me roert. "Je bent hier, op het punt om te sterven, omdat je met je vieze handen aan mijn vrouw hebt gezeten."

"De Amerikaanse griet?" Hij lacht spottend. "Als ik de leiding had, dan had ik haar helemaal opgebruikt voordat ik haar had afgeleverd."

Mijn zicht wordt wazig. De drang om zijn luchtpijp eruit te trekken is zo sterk dat ik mijn vingers in een vuist moet ballen om te voorkomen dat ik in een opwelling handel. Dat zal voor het stuk tuig te genadig zijn.

"Afleveren bij wie?" vraag ik koud.

Hij lacht. "Als je denkt dat ik je dat zal vertellen, denk dan nog maar eens na."

Ik ga rechtop staan en zeg tegen Leonid, "Laten we dit afhandelen."

"Wat ga je doen?" schreeuwt Vadim terwijl mijn mannen hem naar het toilet slepen.

Hij kronkelt als een worm, kronkelt en spuugt terwijl ze een metalen paal over het wc-hokje leggen en het touw dat aan Vadims voeten vastgebonden zit over de paal gooien. Er zijn twee mannen nodig die aan het lange uiteinde van het touw trekken om hem op te tillen.

Hij hangt met zijn hoofd naar beneden en beweegt zich van links naar rechts. "Denk je dat je me zult breken door me te martelen?"

Hij is de tijd of energie van marteling niet waard.

Als ze hem voorzichtig laten zakken, begint hij te smeken. Hij doet nutteloze beloftes en biedt nutteloze steekpenningen aan. Zijn stem is een belediging voor mijn oren totdat zijn hoofd onder het bruine slib zakt dat op het vuile water in de toiletpot drijft. Het enige wat overblijft van zijn smeekbeden zijn gorgels en nog een uitbarsting van onherkenbaar gebrabbel.

Ik geef het een paar seconden voordat ik het signaal geef. De mannen tillen hem op totdat alleen zijn voorhoofd de vuiligheid aanraakt.

"Snij me los," zegt hij en hij hoest bruin water op.

Ik loop naar hem toe. "Wat had je met Katherine moeten doen?"

"Haar naar een adres brengen en haar daar achterlaten." Hij kokhalst en hoest weer. "Een appartement in Brooklyn."

Het antwoord maakt me zo explosief als een vulkaan die op de rand van een uitbarsting staat. "Wat is het adres?"

"Ik weet het niet. Ik moest een nummer bellen — een wegwerptelefoon, denk ik — zodra ik de vrouw had. Instructies met het adres zouden daarna volgen."

"Op wiens bevel?"

Hij blaast een snottebel uit zijn neus. "Maak me los."

Ik steek een hand op. De mannen laten het touw zakken.

"Wacht," schreeuwt Vadim. "Het was Stefanov. Vladimir Stefanov."

Mijn woede is zo enorm dat het even duurt om de naam te registreren. Vladimir Stefanov? Een van de grootste bratva-bazen in Sint-Petersburg? Wat is Stefanovs probleem met mij? We hebben nog nooit zaken gedaan. We hebben elkaar niet eens ontmoet.

"Waarom?" zeg ik tussen mijn tanden door.

Vadim schudt zijn hoofd en laat druppels vuil water

rondvliegen. "Ik weet het niet. Het is niet mijn taak om vragen te stellen."

Ik geloof hem. Vladimir Stefanov is te hoog in de hiërarchie om zijn plannen of motivaties met een nederige kakkerlak als Vadim te delen.

Ik knip met mijn vingers.

De mannen laten het touw zakken. Vadims hoofd verdwijnt weer onder het slijmerige schuim. Hij maakt nare gorgelende geluiden terwijl hij met zijn bovenlichaam beweegt.

Ik grijp de nek van de met pis bevlekte jongeman — de laatste vijand die nog overeind staat — en duw hem dichterbij en op zijn knieën zodat hij kan zien hoe het eruitziet als een man in de stront verdrinkt.

Hij trilt en jammert in mijn greep, kwijl loopt uit zijn mond.

"Zie je dit?" zeg ik, zijn gezicht tegen de rand drukkend. "Dit is wat er gebeurt met een man die mijn familie aanraakt."

Hij kokhalst en probeert zijn gezicht af te wenden, maar ik heb hem stevig vast.

Voor zo'n grote man heeft Vadim een kleine longcapaciteit. Helaas duurt zijn gevecht niet langer dan een paar minuten voordat zijn gestalte stilvalt. Het borrelen stopt en het geklots van het water over de zijkanten van het toilet komt tot stilstand.

Ik laat de dwaas op de grond met een duw gaan. Op het moment dat hij vrij is, haast hij zich op zijn knieën weg en gebruikt de muur als steun om zichzelf overeind te helpen.

"Jij bent de gelukkige boodschapper die nog een dag mag leven," zeg ik. "Ga Vladimir Stefanov vertellen wat er met mensen gebeurt die aanraken wat van mij is."

Hij loopt achteruit naar de deur en kijkt naar me alsof hij verwacht dat ik ga zeggen dat het een grap was, dat ik hem toch ga vermoorden.

"Ga," zeg ik ijskoud, "voordat ik van gedachten verander."

Hij vlucht, in zijn haast struikelt hij. Mijn mannen lachen niet. De situatie is veel te ernstig. Wat er met Katerina had kunnen gebeuren, is niet om te lachen.

Leonid bedekt zijn neus met een hand. "Wil je dat ik het lichaam dump?"

"Nee." Ik geef de dode *ublyudok* nog een laatste blik. "Laat hem hier." Dat zal een sterker signaal afgeven.

Dimitri tilt een voet op en trekt zijn neus op, terwijl hij de natte zoom van zijn broek in zich opneemt.

"Laten we uit dit stinkende gat weggaan," zeg ik.

Ons schoonmaakteam is al bezig met het wegwerken van de andere lichamen en het wegvegen van onze sporen als we het gebouw verlaten en de nacht inlopen.

"Waar ging dat verdomme allemaal over?" vraagt Leonid zachtjes.

Ik klem mijn kaken op elkaar. "Ik heb geen idee, maar we gaan het uitzoeken." En ik weet precies wie de beste man voor die klus is.

Yuri opent mijn deur.

"Zet een man op Stefanov," zeg ik tegen Leonid terwijl ik naar achteren glijd. "Ik wil hem de klok rond in de gaten houden." Nu ik in wat shit heb geroerd — letterlijk — wordt Stefanov misschien nerveus. Hij kan iets doen dat wat licht zal werpen op wat er in hemelsnaam aan de hand is.

"Wil je dat ik hem uitschakel?" vraagt Igor, terwijl hij naast me instapt.

"Nee." Ik wrijf een vuist over mijn voorhoofd terwijl ik de implicaties overweeg. "Nog niet. Ik wil eerst weten wat hij in petto heeft en wie er nog meer bij betrokken is. Wat hij ook van plan is, hij is misschien niet alleen."

Yuri start de motor en stuurt de auto de straat op.

"Naar huis, meneer Volkov?" vraagt hij.

"Naar kantoor." Ik moet schone kleren aantrekken voordat ik een voet in het huis zet. Ik ga mijn kiska niet onder ogen komen als ik naar vuil ruik. Ik heb wat schone kleren op kantoor liggen voor als ik geen tijd heb om naar huis te gaan voordat ik een zakendiner heb.

Ik haal mijn telefoon uit mijn zak en typ een bericht naar Adrian Kuznetsov, de bedrijfsspion, waarin ik hem vraag om rond te snuffelen en te zien of mijn naam in de buurt van Stefanovs transacties is geweest. Hoezeer ik Kuznetsov ook veracht, als er iemand is die iets kan vinden, dan is hij het. Na het versleutelen van het bericht met een softwaretoepassing, stuur ik het naar Adrians beveiligde e-mailadres.

"Wat nu?" vraagt Igor.

"Voorlopig wachten we af," zeg ik, Dimitri's woorden van gisteren herhalend.

10

KATE

*E*r is iets mis. Ik weet het zeker.

Ik trek de schoenen met hoge hakken uit die mijn tenen pijn doen en ijsbeer door de bibliotheek. Het vuur is uitgebrand. Het is bijna middernacht.

Waar is Alex? Waarom duurt het zo lang?

Wat die tatoeage ook betekent, het is belangrijk, anders was hij hier niet vandaan gegaan alsof zijn leven ervan afhing. Hij verwachtte duidelijk problemen, omdat hij met genoeg mannen vertrok om vier auto's te vullen terwijl ik hulpeloos door het raam naar hun uittocht keek.

Ik overweeg om hem voor de tiende keer te bellen, maar ik pak de telefoon op het bureau niet op. Als hij bezig is met iets gevaarlijks, is het laatste wat ik wil hem afleiden. In plaats daarvan blijf ik door de ramen kijken. Ik heb alle gordijnen geopend zodat ik de oprit in de gaten kan houden.

Ik word gek van hier in huis opgesloten zijn en niet

weten wat er aan de hand is. Er lijkt zich een knoop in mijn maag te hebben gevormd.

Beweging bij de poort trekt mijn aandacht. Twee bewakers rennen naar de poortposten en staan in de houding, een van hen praat in een walkietalkie. De koplampen van een auto verschijnen. Ze schijnen door de tralies als de auto tot stilstand komt voor de poorten. Me naar het raam haastend, pak ik de vensterbank vast en strek mijn nek voor een beter zicht. De grote poorten zwaaien open en er komt een konvooi auto's naar binnen.

Ik neem niet de moeite om mijn schoenen aan te trekken en ren naar de ingang. Zoals gewoonlijk staat er een bewaker voor de deur. Het is weer een herinnering dat Alex me niet vertrouwt. Die kennis schuurt als een ruw stuk touw dat uit zachte handpalmen wordt gerukt. Terwijl hij mijn vertrouwen beschaamt, verdien ik zijn behoedzaamheid niet. Ik ben niet dom genoeg om mijn eigen leven en dat van iedereen van wie ik hou op het spel te zetten. Ik vertrouw hem misschien niet meer met mijn vrijheid, maar ik vertrouw hem wel met mijn leven. Als er iemand is die meedogenloos en krachtig genoeg is om me te beschermen, dan is het Alex Volkov. Maar hij is een mens, een man van vlees en bloed, en zeer kwetsbaar voor kogels en messen.

Mijn zenuwen richten een ravage aan op mijn emoties. Ik moet zeker weten dat Alex in orde is.

"Doe alsjeblieft de deur open," zeg ik tegen de bewaker.

Hij staart recht voor zich uit.

"Open de deur," eis ik met een stevigere stem.

Net als ik op het punt sta om me om hem heen te wurmen en het zelf te doen, zwaait de deur naar binnen en komt er met een vlaag van wind een wolk van sneeuwvlokken naar binnen. De bewaker stapt opzij. Als Alex binnenkomt, laat ik mijn borst leeglopen met de adem die ik inhield. Mijn opluchting is zo groot dat ik in een moment van zwakte in elkaar zak, ik voel me net als na een adrenalinecrash.

Igor, Leonid en Dimitri lopen achter Alex aan en lopen door het huis, maar al mijn aandacht is op hem gericht. Voor een moment staat de tijd stil en staan we als bevroren. We kijken elkaar aan met bewustzijn en kennis die als elektrische stromen tussen ons loopt.

Hij had dood kunnen zijn.

Voor elke minuut dat hij daarbuiten is, is er een mogelijkheid dat hij nooit meer terugkomt. Wil ik onze tijd samen verspillen aan het voeden van mijn woede en het beschermen van mijn trots? De man die ik in New York City heb ontmoet was slechts een deel van de complexe puzzel die Alex Volkov is. Hij is zoveel meer dan de geraffineerde oliemagnaat met een onverwachte zorgzame kant. Er zijn lagen aan hem die ik net begin te ontdekken. De man die nu voor me staat is honderd procent de Russische oligarch die bewonderd en gevreesd wordt. Dit is zijn thuis. Zijn geschiedenis ligt hier in dit paleis, in deze stad, samen met alles wat hem tot de man heeft gevormd die hij is. Hier heb ik een kans om hem *echt* te leren kennen, deze gevaarlijke man aan wie ik mijn hart gaf. Ik hoef alleen maar de kans te omarmen die het lot me heeft gegeven.

Mijn keel sluit zich van angst. Soms is onwetendheid een zegen. Hoezeer ik ook om Alex geef, er is een goede kans dat ik de volledige waarheid over hem niet leuk zal vinden. Als ik erop aandring, zal ik van een klif lopen en in een afgrond van duisternis vallen. Ik heb geen idee wat me daar te wachten staat, maar zodra ik die deur open, is er geen weg meer terug. Ik zal of meer van hem houden of haten wat ik ontdek.

Dit kan een nieuw begin of het einde zijn.

Het idee is angstaanjagend. Als we hier doorheen komen, komen we overal doorheen. Als hij bereid is mij mijn vrijheid toe te vertrouwen en ik met elk verborgen deel van hem vrede kan sluiten, dan zal onze relatie op een rots gebouwd zijn. Dan zijn we samen onwankelbaar. Als onze basis echter afbrokkelt, dan heb ik geen andere keuze dan weg te lopen. Ik heb het al een keer gedaan, en ik zal sterk genoeg zijn om het opnieuw te doen.

Er is maar één probleem met dat scenario. Nu ik Alex beter ken, vermoed ik dat ik in New York nooit echt weg ben gelopen. Hij trok altijd aan de touwtjes. Elke beweging die hij maakte was perfect geregisseerd. Zelfs toen hij me vrijheid gaf, haalde hij me binnen. Die vrijheid was niets anders dan een illusie.

Nee, hij zal me nooit laten gaan. Als onze relatie instort, is er maar één keuze.

Dan zal ik het op een lopen moeten zetten.

Ik tril een beetje als inzicht na inzicht als een tornado bij me binnenkomt en de waarheid als gebroken takken neerdaalt in de vernietiging die het achterlaat.

"Je kunt gaan," zegt Alex tegen de bewaker, terwijl hij mijn blik vasthoudt en hij een paar zwarte leren handschoenen uittrekt.

De bewaker sluit met een groet de deur achter hem als hij vertrekt. De klik van een elektronisch slot klinkt. De deur moet van een automatisch vergrendelingsmechanisme zijn voorzien.

Alex bestudeert me met verontrustende aandacht terwijl hij zijn laarzen uittrekt. "Waarom lig je niet in bed?"

Zijn manier van doen is koel, mijn eerdere afwijzing weerklinkt als een steek in zijn toon. De afstand die hij houdt, is wat ik een paar uur geleden wilde, maar alles is nu anders. Mijn inzicht heeft me naar een andere keuze gebracht.

Ik wrijf over mijn armen. "Ik was doodongerust."

Het koude vuur in zijn blauwe ogen verwarmt een paar graden. "Zoals je kunt zien, gaat het goed met me." Een glimlach trekt aan zijn lippen terwijl hij zijn jas losknoopt. "Maar je bezorgdheid vleit me — niet dat ik wil dat je je zorgen maakt."

Dichterbij stappend, onderzoek ik hem op tekenen van verwondingen als hij zijn jas uittrekt. Naast zijn licht verwarde haar, ziet hij er net zo uit als wanneer hij op een normale werkdag naar kantoor vertrekt. "Waar was je?"

"Ik moest wat zaken regelen," zegt hij, terwijl hij me de rug toekeert om zijn jas in de kast te hangen.

"Het heeft iets met die tatoeage te maken. Heb je iets gevonden?"

Hij kijkt me langzaam aan en zegt, "Heel veel eigenlijk."

"Wat?" vraag ik door uitgedroogde lippen.

Hij blijft alleen maar naar me kijken.

"Wat, Alex? Vertel het me. Hou me alsjeblieft niet in het ongewisse. Ik kan het niet uitstaan. Je hebt geen idee hoe het voelt om opgesloten te zitten, niet wetend wat er in godsnaam aan de hand is en gek te worden van bezorgdheid."

Hij laat in een rustgevend gebaar zijn handen op mijn schouders rusten. "Je hebt een leger van mannen om je te beschermen. Er gaat niets gebeuren. Je hoeft je nergens zorgen over te maken."

Ik draai me uit zijn greep. "Stop met me neerbuigend te behandelen. Hoe zou jij je voelen als je in mijn schoenen stond? Zou jij het leuk vinden als ik je hier opsloot en naar de plek ging waar iemand me wil vermoorden zonder je te vertellen wat er aan de hand is? Zou je in staat zijn om naar bed te gaan en een goede nachtrust te hebben zonder te weten of ik in orde ben?"

"Katyusha." Hij raakt me niet meer aan, maar smeekt me in plaats daarvan met zijn ogen. "Het spijt me dat ik je ongerust heb gemaakt. Ik begrijp dat deze situatie niet gemakkelijk voor je is."

Ik haal adem en probeer niet te huilen. Ik ben

meestal niet zo'n huilerig persoon, maar ik ben momenteel mezelf niet. De huidige omstandigheden worden me te veel.

"Wacht op me in de bibliotheek," zegt hij. "Ik moet douchen. Dan zullen we praten."

Ik ga niet in discussie. Ik ga terug naar de bibliotheek en ijsbeer terwijl ik wacht. Nog geen tien minuten later komt hij bij me. Zijn haar is nog vochtig, en hij heeft zich in een donkere broek en een wit shirt gekleed.

"Kom," zegt hij, terwijl hij een arm om mijn schouders drapeert en me naar de zithoek met uitzicht op de open haard leidt. "Je hebt een borrel nodig."

Hij duwt me zachtjes op de bank terwijl hij naar het dienblad met drank gaat. Na een flinke shot wodka ingeschonken te hebben, draagt hij het glas naar me toe. "Hier."

Gehoorzaam neem ik een slokje. "Wat is er gebeurd?"

In een oogwenk klapt hij weer dicht, een gesloten blik komt over zijn gelaatstrekken.

"Alsjeblieft, Alex. Vertel het me."

"Je weet niet wat je vraagt."

"Ik vraag je om me het respect te tonen dat ik verdien." Zonder aarzelen, houd ik zijn blik vast. "Als je me geen vrijheid kunt geven, behandel me dan op zijn minst als een gelijke hierin."

Hij beweegt zijn kaak van links naar rechts. "Ik bescherm je."

"Je beschermt me niet door me uit delen van je leven te houden. Je houdt me onwetend."

Er flitst een vonk in zijn ogen. "Weet je zeker dat je deze weg wilt inslaan? Hier kom je niet meer van terug, Katerina."

Ik slik. "Ik ben al tot die conclusie gekomen."

Stilte.

"Geloof je niet dat ik je respect verdien?" vraag ik zacht.

"Prima." Hij zet een stap naar voren en brengt ons zo dicht bij elkaar dat onze knieën elkaar raken. Zijn ogen glinsteren als hij naar me kijkt. "Als je verlichting wilt, dan zul je dat krijgen. Onthoud alleen dat je oordeel niets zal veranderen." Hij legt nadruk op de woorden en zegt, "Je blijft hier."

Ik ben al tot die conclusie gekomen.

Er gaat een seconde voorbij. Als ik geen gebruik maak van de kans die hij me biedt om me terug te trekken, geeft hij een berustend knikje. "De tatoeage die je herkende, is van een bende die vanuit een duister district in Sint-Petersburg opereert," zegt hij.

Mijn mond wordt droog. "Je bent daarheen geweest."

"Ja," antwoordt hij op een vlakke toon.

Onze vingers strijken langs elkaar terwijl hij het glas uit mijn hand pakt. Ik wacht stilletjes tot hij verdergaat, niet in staat om weg te kijken van zijn gezicht als hij het glas naar zijn lippen brengt en een royale slok van de drank neemt.

Na nog een slok zegt hij nog steeds niets, dus vraag ik, "Wat heb je gevonden?"

Hardheid vult zijn ogen. "De man die je aanviel."

Mijn hart bonkt met harde slagen. "Is hij hier, in Rusland? Wat zei hij?"

Alex klemt zijn kaken op elkaar. "Dat Vladimir Stefanov hem voor de klus heeft ingehuurd."

"Om me te ontvoeren?" Ik vind het nog steeds moeilijk te geloven dat iemand van plan was om me een paar blokken bij mijn werk vandaan te ontvoeren. Nou, waar ik vroeger werkte. "Wie is Vladimir Stefanov?"

Hij geeft het glas aan me terug. "Een van de bratva-bazen die hier de onderwereld runt."

Ik drink op de automatische piloot en heb de versterking van de alcohol nodig. "Waarom?"

"Ik heb geen idee." De spieren in zijn slapen trekken. "Maar ik werk eraan om dat recht te zetten."

Een maffiabaas wil Alex dood hebben. Dit is slecht, veel erger dan de rivaal die hij zich voorstelde. Ik heb geen kennis van de maffia, maar ik heb genoeg artikelen gelezen om te weten dat je niet aan de slechte kant van de Russische maffia wilt komen te staan.

Ik slik moeizaam. "Waar is hij nu, die man die je hebt ondervraagd?"

"Dood," zegt hij zonder met zijn ogen te knipperen.

Dood.

Het woord weigert zich te registreren. Ik kan het niet verwerken. Ik staar naar zijn sterke, mannelijke gelaatstrekken als de waarheid die ik hem smeekte te vertellen om ontkenning in mijn borst strijdt.

Hij kijkt me met een spottende glimlach aan en daagt me uit om de gedachten in mijn hoofd te verwoorden. Die glimlach zegt dat hij mijn oordeel had verwacht, en toch heeft hij er geen spijt van. Hij heeft geen spijt van wat hij heeft gedaan.

"Zeg het, Katyusha," zegt hij met samengeknepen ogen, zijn toon gevaarlijk ondanks de vertedering.

"Je..." Mijn stem is hees. Ik ben ademloos met het besef.

"Hebt hem gedood," zegt hij en maakt af wat ik niet kan zeggen.

Mijn schok is voelbaar. Het is zo zwart als houtskool, er hangt een rokerige geur in de lucht die boven de sintels van het dode vuur hangt. Mijn vriend — als hij dat nog steeds is — heeft een man vermoord. Het is ook niet de eerste keer. Hij is veel te rustig voor iemand die zijn eerste moord heeft gepleegd.

"Hij was een slechte man, Katerina," zegt hij, een waarschuwing die zijn blik verder verscherpt.

De woorden glijden van mijn tong voordat ik ze kan stoppen. "Net zoals jij?"

Zijn ogen knijpen zich samen in de hoeken terwijl zijn glimlach zich verbreedt.

Het was niet mijn bedoeling om dat te laten klinken als het oordeel dat hij zo duidelijk van me had verwacht, maar de wereld waarin ik ben opgegroeid is een wereld van verschil met die van hem. De mensen uit mijn wereld hebben een aangeboren bezwaar tegen iemand doden. En dan is er ook nog de eed die ik heb afgelegd om levens te redden, die me niet laat rechtvaardigen om een leven te nemen.

"Zeg het," zegt hij opnieuw. "Zeg me dat ik een koelbloedige moordenaar en een monster ben. Dat is wat je denkt."

Dat is het niet. Ik klem mijn vingers om het glas. Ik weet niet *wat* ik denk. Ik dacht dat *louche zaken* te maken hadden met geld onder de tafel schuiven om een paar deals te krijgen, niet dit. Maar ondanks wat hij toegeeft, kan ik de man die mijn hart veroverde geen monster noemen. De man die mijn lichaam aanbad is niet koelbloedig. De man die de behandeling van mijn moeder betaalt, is geen onverschillige psychopaat.

"Wat is er, Katyusha?" Ondanks zijn arrogante glimlach gaat er een flits van kwetsbaarheid over zijn gezicht. "Als je de waarheid niet aankunt, had je er niet om moeten vragen."

"Had je hem niet bij de politie moeten afleveren?"

"Soms, mijn mooie kiska, kun je zo naïef zijn." Hij leunt naar voren, laat de ene hand op de armleuning van de bank rusten en streelt met de andere een krul achter mijn oor. "Maar dat is wat ik zo leuk aan je vind."

"De politie —"

"Is in mijn land corrupt." Hij gaat rechtop staan. "De bratva bezit ze."

"Allemaal?"

"Het merendeel van hen. Vaker wel dan niet treden

ze op als dubbelagenten en rapporteren ze niet alleen aan de onderwereldbazen, maar verliezen ze ook met gemak bewijs of getuigen."

Mijn keel wordt strakker. "De politie in de Verenigde Staten —"

"De bratva heeft overheidsfunctionarissen van over de hele wereld in zijn zakken zitten. Dat heeft elke man met genoeg geld," zegt hij met harde stem. "Dat geldt ook voor succesvolle Russische bedrijven. Connecties zijn voor zowel succes als overleving essentieel. Ik vertrouw niemand behalve mezelf. Het zou dom zijn om dat te doen." Hij leunt weer dichterbij, laat zijn handpalmen aan weerszijden van me op de bank rusten en houdt me tussen zijn armen. "Ik heb die man niet vermoord, omdat hij een bedreiging voor me was, maar omdat hij je aan had geraakt. En ik vermoord elke andere man die je aanraakt. Ik vermoord elke klootzak die het probeert. Begrepen?"

Ik krimp ineen bij de uitbarsting, mijn hart verschrompeld, zelfs terwijl tegenstrijdige emoties in me strijden.

Alex heeft iemand vermoord om mij te beschermen. Ik kan zijn gedrag nooit goedkeuren, maar ja, ik begrijp wat hij me vertelt. Hij zegt dat dit zijn wereld is en dat ik er nu deel van uitmaak, of ik dat nu wel of niet wil. Hij herinnert me eraan dat ik geen keuze meer heb. Dat ik er nooit een heb gehad.

Het is veel om te verwerken, maar ik heb er wel om gevraagd, en ik schuw de feiten niet.

In twee dagen tijd heb ik me gerealiseerd dat de

aanslag op het leven van Alex nog niet voorbij is. Ik heb geleerd dat mijn leven in gevaar is, en dus het leven van iedereen die met mij verbonden is. Ik heb me mijn vrijheid en mijn keuzes laten ontnemen. Belangrijker nog, ik heb begrepen dat Alex me niet zal laten gaan. Nu niet en ook in de toekomst niet. En het deel dat me het hardst raakt?

Dit is voor hem geen liefde. Dat kan het niet zijn. Op zijn best is het een obsessie.

Alex gaat rechtop staan. "Als je niets te zeggen hebt, stel ik voor dat we naar bed gaan. Het is een lange dag geweest."

Dat was het. Mijn hoofd staat op ontploffen. Maar de zorg voor iemand kan niet met een druk op de knop worden in- en uitgeschakeld. De verpleegster in me moet het vragen, "Hoe zit het met jou? Gaat het met je? Ben je gewond geraakt?"

Hij gaat met een handpalm over mijn haar en wrijft een krul tussen zijn vingers. "Weet je waarom ik me die eerste dag zo tot je aangetrokken voelde toen ik je zag vechten om Igors leven te redden? Afgezien van het feit dat het onmogelijk was om zo'n mooi gezicht en het verleidelijke lichaam onder je kleren niet op te merken."

Bij gebrek aan woorden, kan ik alleen maar naar hem staren.

"Je was zo gefocust, zo toegewijd," vervolgt hij, "dat je de andere mensen in de kamer niet eens opmerkte. Je had maar één doel, en dat was het redden van het leven van een ernstig gewonde man. Schotwonden zijn vaak aan criminele activiteiten gerelateerd. Je vroeg niet wat Igor had gedaan. Het kon je niet schelen of hij een slechte man was die de dood verdiende. Je hebt hem zonder te oordelen gered. Terwijl ik toekeek, vroeg ik me af of je een soort engel was." Zijn blik is op mijn gezicht gericht. "Je fascineerde me, Katherine Morrell. Dat soort goedheid was nieuw voor me." Langzaam volgt hij de lijn van mijn kaak. "Wil je nog iets weten? Ik was jaloers op Igor. Ik was jaloers op de toewijding en zorg die je hem gaf. Ik wilde dat je voor *mij* zou zorgen. Ik wilde de engel helemaal voor mezelf. Ik moest weten of je echt was." Hij glimlacht naar me. "En toen nam ik je mee uit eten en mee naar bed en ontdekte ik dat je precies dat bent — puur en mooi."

Mijn adem stokt bij deze bekentenis. Hij zet me op een voetstuk en tilt me op tot een niveau dat ik niet verdien. "Ik ben geen engel, Alex."

"Misschien, maar je bent echt." Hij gaat met een duim over mijn lippen voordat hij zijn hand wegtrekt. "Zelfs nu je me haat, ben je echt. Je doet niet alsof je iemand bent die je niet bent."

Ik wil zeggen dat ik hem niet haat, maar hij draait zich op zijn hielen om en loopt de kamer uit, en laat me met bloed op mijn geweten en de liefste bekentenis van een obsessie achter.

11

ALEX

En deel van me had gehoopt dat ik Katerina nooit aan elk facet van mijn leven zou hoeven blootstellen. Ik wilde dat ze de goede en mooie porties kreeg waar ik zo hard voor had gewerkt. Ze verdient de lelijkheid niet, maar het maakt deel uit van wie ik ben. Als ik haar wil houden, wat ik wil, dan is het onvermijdelijk dat ik elke verrotte laag blootleg en haar de waarheid geef. Ze haat me misschien, maar ik zal hard werken om haar genegenheid terug te winnen.

Ze zal me weer haar liefde geven. Ik ben een vastberaden man. Zodra ik mijn zinnen op een doel heb gezet, faal ik er nooit in om het te bereiken. Ik heb voor alles wat ik heb gewerkt. Mijn bedrijf, mijn eigendommen, dit paleis... niets werd op een presenteerblaadje aan me gegeven. Ik heb mijn rug gebroken om een imperium op te bouwen. Ik heb elke cent met mijn eigen twee handen verdiend. Ja, deze handen zijn vies, maar dat is de prijs voor het leven van mijn levensstijl en om niet een knie te buigen voor een van de krachten die mijn land regeren: de regering en de bratva. Maar ik heb nog nooit zo hard voor iets gewerkt als voor Katerina. Ik heb haar met alles wat ik heb achternagezeten. Ik ben met alle middelen die ik tot mijn beschikking had achter haar aan gegaan, met behulp van elke tactiek in het boek. Ik zal verdoemd zijn als ik haar nu verlies.

Ik rol met mijn nek om de stijfheid van mijn spieren te verlichten. Na het aantrekken van een pyjamabroek loop ik blootsvoets de slaapkamer in. De bedgordijnen zijn al dichtgetrokken. Ik steek een vinger in de opening en til de linker op. Het bed is leeg. Mijn kitten verstopt zich waarschijnlijk ergens in het huis, geschokt door het vooruitzicht om naast een moordenaar te slapen.

Ik laat het gordijn vallen en verlaat de kamer. Ik meende het toen ik zei dat ik begreep dat de situatie moeilijk voor haar is. Ik heb gezegd dat ik haar ruimte zou geven, en dat is wat ik zal doen, ook al eist elke cel in mijn lichaam dat ik haar mee naar bed neem en haar dingen laat zeggen die ze onmogelijk kan menen, dingen die ik wanhopig nodig heb om te horen.

Alles op zijn tijd.

Bij de studeerkamer druk ik een code in op het elektronische blok dat aan de muur is gemonteerd om de deur te ontgrendelen. Totdat ik zeker weet dat Katerina niet zal vluchten of de politie of de ambassade zal bellen, houd ik mijn laptop en mobiele telefoon achter slot en grendel als ik thuis ben.

Terwijl ik me comfortabel voel in de draaistoel achter mijn bureau, schenk ik nog een shot wodka in uit de fles die Lena voor me achter heeft gelaten en start ik mijn laptop.

Een bericht van Adrian staat op me te wachten.

Dat was snel.

Ik upload het naar de decryptie-app en lees de tekst. Adrian heeft wat onderzoek naar Stefanovs handel gedaan zoals ik had gevraagd. Er wordt niets over Vadim of de bende gezegd. Er springt niets ongewoons uit. Ik check de lijst van Stefanovs recente bewegingen die Adrian heeft bijgevoegd. Stefanov heeft ontmoetingen met Oleg Pavlov gehad, een bratva-baas die groot is in Moskou. Dat was in Sint-Petersburg een maand voordat de huurmoordenaar op me had geschoten en een dag na de gebeurtenis. Bij beide gelegenheden hadden ze elkaar in een club ontmoet die Stefanov in de buurt van Detskiy Severny Beach bezit. Er is geen informatie over de zaken die ze bespraken, maar tussen die data, was Stefanov ook bij Olegs huis in Moskou verschenen. Ik bekijk die datum nader. Het was een paar dagen nadat Katerina in de buurt van Romanoff werd aangevallen.

Angst glijdt langs mijn ruggengraat bij de herinnering. Als Katerina die avond niet het restaurant binnen was gelopen... Als ik er niet was geweest, met Mikhail aan het dineren... Ik kan er niet eens aan denken. Ik kan niet in gedachten brengen wat er had kunnen gebeuren, laat staan in woorden.

Ik leun achterover in mijn stoel en neem een slok van de wodka terwijl ik naar de informatie kijk.

Vladimir Stefanov en Oleg Pavlov.

De namen zijn bekend, ook al heb ik nooit de onaangename ervaring gehad om het pad van beide te kruisen. Zoals elke zakenman met een bepaalde nettowaarde in Rusland, weet ik wie ze zijn. Maar dat is niet de bekendheid waar ik het over heb. Er is nog iets, een vage herinnering in mijn achterhoofd. Het is een knagend bewustzijn, zoals een woord dat je je niet meer herinnert, dat op het puntje van je tong ligt.

En dan weet ik het.

Mijn geest flitst terug naar het appartement op Vasilevsky Island waar ik ben opgegroeid. Ik herinner me mezelf op mijn veertiende, op mijn bed liggend terwijl ik een stripboek lees dat ik het huis binnengesmokkeld had. Mijn vader wilde niet dat ik die boeken las. Hij zei dat de plaatjes me te lui zouden maken om te lezen.

De gedempte stemmen van mijn moeder en vader kwamen bij me binnen door de dunne muren van mijn kamer. Ze hadden ruzie. Het was zeldzaam voor hen om ruzie te maken, zo zeldzaam dat ik mijn oren spitste. Toen hoorde ik ze — die namen.

Stefanov en Pavlov.

Mijn moeder had ze angstig gefluisterd. Mijn vader antwoordde op een rustgevende toon, en toen hij de namen herhaalde, was zijn stem hard. Even later kwam het geluid van pannen uit de keuken waar mijn moeder *solyanka* maakte voor het avondeten, en de geur van de sigaret van mijn vader bereikte me vanaf het balkon.

Ik was benieuwd naar Batmans lot en ging weer verder met lezen.

De ping van mijn telefoon brengt me terug naar het heden. Ik pak hem op en bekijk het scherm. Het hoofd van het schoonmaakteam laat me weten dat de klus geklaard is. Het lichaam van Vadim moet niet lang na dageraad worden ontdekt wanneer zijn trawanten de goederen voor hun dagelijkse leveringen komen ophalen. Stefanov zal mijn bericht snel ontvangen.

Mooi. Ik kan niet wachten.

Ik trommel met mijn vingers op het bureaublad en sla de rest van de wodka achterover. De alcohol glijdt soepel door mijn keel, verwarmt mijn maag en maakt mijn gespannen spieren los. Waarom maakten mijn ouders ruzie over twee bratva-bazen? Mijn vader was een hoge politieagent. Hij besprak thuis nooit zijn werk, tenminste niet als ik in de buurt was. Was hij een gekochte man? Was hij een bezit van Stefanov of Pavlov? Is dat waarom mijn moeder van streek was? Omdat hij informatie aan hen verkocht had? Ik snap dat dat mijn moeder van streek zou hebben gemaakt. Ze was een goede vrouw, een nederig persoon die in goed en kwaad geloofde. Een corrupte agent is niet het beeld dat ik van mijn vader heb, maar ik was nog maar een kind. Ik was meer geïnteresseerd in verboden popcultuur en in het sparen van genoeg geld voor een skateboard dan in mijn vaders baan.

Niet in staat om aan mijn ouders te denken zonder

de pijn te ervaren die mijn hart uit mijn borst rukt, duw ik de nostalgie opzij.

Hoe verbinden de stippen zich met elkaar? Is er een verband tussen het gesprek van mijn ouders en de gebeurtenissen van de afgelopen maanden? Hoe groot is de kans dat dezelfde namen opduiken? Stefanov had Vadim betaald om Katerina te ontvoeren. Had hij ook de man betaald die haar toegangspas had gestolen? Het is een logische conclusie. Dat betekent dat Stefanov waarschijnlijk de moordenaar heeft betaald die mij probeerde te vermoorden. Maar waarom? Wat heeft het met m'n ouders te maken? Hoe past Oleg Pavlov in het plaatje? Zijn ontmoetingen met Stefanov rond de tijd van de aanvallen op Katerina en mij kunnen toeval zijn — het is zeer waarschijnlijk dat de twee bratva-bazen zaken met elkaar doen — maar het feit dat mijn vader ze allebei had genoemd, is een grote rode vlag.

Ik heb de antwoorden niet, maar ik zal ze vinden. En wanneer ik dat doe, dan zal ik Stefanov en elke man die bij zijn plan betrokken is laten boeten.

Als ik de versleutelingsapp opstart, stuur ik nog een bericht naar Adrian, waarin ik hem instrueer om naar informatie over Stefanov te blijven snuffelen en hetzelfde met Pavlov te doen. Ik zet een mooi bedrag aan geld voor het omkopen van informanten tot zijn beschikking klaar en log in op mijn bankrekening om hem te betalen voor het werk dat hij heeft gedaan. Niets motiveert meer dan snel betalen. Hij zal alles laten vallen waar hij aan werkt om mij de informatie te geven die ik nodig heb.

De eerdere adrenaline moet zich nog uit mijn systeem werken. Ik ben te opgewonden om te kunnen slapen. Om de tijd productief te gebruiken, zorg ik voor de administratieve rompslomp rond Katerina's verlof. Zodra al het papierwerk uit de weg is, plan ik een e-mail in die op een redelijk tijdstip in de ochtend naar Joanne wordt verzonden, met de vraag hoe laat het voor Katerina handig is om haar te bellen. Ik mag dan meedogenloos zijn, maar ik ben een man van mijn woord. Ik heb gezegd dat mijn kiska een beloning kan krijgen als ze zich gedraagt, en nu ze weet dat er geen uitweg is, zal ze zich gedragen als het betekent dat ze met haar vriendin kan praten. Noem het manipulatie, maar ik dwing Katerina niet om *mijn* leven makkelijker te maken. Ik doe het voor haar. Hoe eerder ze zich aan haar nieuwe situatie aanpast, hoe eerder ze weer gelukkig zal zijn.

Ik ben niet optimistisch om iets via de beveiligingscamera's van het ziekenhuis te ontdekken. Toch log ik in op de realtime workflow om de voortgang van het team te controleren. Zoals ik had verwacht, hebben ze niets gevonden. Hopelijk leer ik snel meer van Adrian of de man die ik achter Stefanov aan heb gestuurd.

Ik typ een commando, zeg tegen mijn beveiligingschef, Nelsky, de zoektocht af te sluiten en zich in plaats daarvan op het verkrijgen van informatie over Stefanov en Pavlovs persoonlijke en professionele operaties te concentreren. Ik wil de blauwdrukken van hun huizen en kantoren. Ik wil weten hoeveel mannen ze ter plaatse hebben en met welke wapens ze gewapend zijn. Ik wil weten hoeveel kinderen ze hebben, waar ze naar school gaan, waar ze appartementen hebben voor hun minnaressen, in welke auto's ze rijden en wat hun vrouwen als ontbijt eten. Ik wil alles weten tot aan het merk van hun ondergoed. Ik wil hun sterke punten weten, maar vooral hun zwakke punten. Ik wil weten waar hun bescherming doorbroken kan worden. Ze lijken misschien onaantastbaar, maar als je goed kijkt, vind je altijd een kwetsbaarheid.

Opstaand, rek ik me uit. Het doden van Vadim heeft mijn woede niet gestild, nog lang niet. Ik heb een zware training nodig in de fitnessruimte. Totdat ik Stefanov in handen kan krijgen, zal de bokszak moeten volstaan.

Op het moment dat ik bij de deur kom, gaat mijn telefoon.

Het is Igor.

Ik neem het telefoontje aan met, "Ja?"

"Ik dacht dat je wel wilde weten dat Stefanov het huis in de gaten houdt. Er staat een mannetje buiten. Hij is discreet, maar we hebben hem via infrarood opgepikt."

"Weet je zeker dat hij van Stefanov is?"

"Ja. We hebben een nachtzichtcamera gebruikt en daarna hebben we het gezichtsherkenningsprogramma uitgevoerd."

Ik glimlach grimmig. We zijn al net als oude vijanden, Stefanov en ik, die elkaar in de gaten houden.

Ik kan niet wachten om die klootzak als een insect onder mijn schoen te verpletteren. "Houd hem in de gaten."

"Dat doen we al. Hij is een gebouw aan de overkant van de rivier binnengegaan. Hij is het zich op dit moment gemakkelijk aan het maken op de bovenste verdieping."

"Goed. Laat het me weten als er meer mannen aan het feest mee komen doen," zeg ik voordat ik het gesprek beëindig.

Het is nooit moeilijk om termieten uit het hout te roken. Je hoeft er alleen maar een vuurtje onder aan te steken.

12

KATE

*M*e in schuldgevoel verdrinkend, omdat ik medeplichtig ben aan moord, breng ik nog twee uur in de bibliotheek door. Mijn geest blijft in cirkels draaien totdat mijn hersenen als brij aanvoelen en ik niet meer kan denken.

Uiteindelijk heeft Alex me een makkelijke uitweg gegeven door mijn keuzes weg te nemen. Er is niets wat ik kan doen, terwijl ik opgesloten zit en afgesneden ben van de rest van de wereld — althans voor nu — en op een bepaalde manier ben ik er dankbaar voor. Zelfs als ik toegang had tot een telefoon, zou ik Alex nooit kunnen verraden. Ik sterf liever dan hem naar de gevangenis te sturen, maar dat is nu niet eens een optie. Er is niemand om te bellen, niemand om naar toe te gaan. Ik kan niemand vertrouwen, zelfs de politie niet. Wat zich ontvouwt, is groter dan ik me had kunnen voorstellen. Twee dodelijke krachten zijn in oorlog, en ik zit er middenin.

Ik wil alleen dat Alex hier levend uitkomt. Egoïstisch gezien, wil ik dat dit voorbij is zodat we terug kunnen naar ons leven. Ik wil werken en doen waar ik het beste in ben, voor zieken en gewonden zorgen. Ik wil er vooral voor m'n moeder zijn als ze uit de kliniek komt.

Ik wrijf met mijn handen over mijn ogen en sta op van de bank. Ik ben moe, maar ik denk niet dat ik kan slapen. Ondanks mijn mentale uitputting, kan ik mijn hersenen niet afsluiten. De gebeurtenissen van vanavond blijven maar door mijn hoofd spoken.

Misschien zal wat warme melk me helpen.

In gedachten verzonken, ga ik naar de keuken. Terwijl ik de hoek om ga, bots ik tegen een harde borst aan.

Naar adem snakkend, strompel ik achteruit. Sterke handen grijpen mijn bovenarmen om me overeind te houden. Uit balans staar ik naar de naakte borst op mijn ooghoogte. Een mannelijk laagje van donker haar bedekt krachtige borstspieren. Brede schouders en goed gevormde spieren die eruitzien alsof ze uit steen zijn gehouwen. De pyjamabroek hangt laag op de slanke mannelijke heupen, waardoor de diepe lijnen van de buikspieren zichtbaar worden die naar beneden naar de lies wijzen. Een dikkere driehoek van haar die net boven het elastiek uitkomt hint naar wat er onder het dunne katoen van de broek zit. De stof vormt zich rond een zware pik en tekent een perfecte omtrek van de indrukwekkende lengte, dikke omtrek en de groef die rond de kop loopt.

Mijn blik wegtrekkend van het gebeeldhouwde

lichaam voor me, kijk ik eindelijk Alex in zijn ogen. Hij staart me aan met hitte in zijn blauwe irissen, maar zijn gelaatstrekken verraden niets.

"Alex," zeg ik, innerlijk ineenkrimpend bij hoe ademloos mijn stem klinkt.

Hij trekt een wenkbrauw op. "Zoek je iets?"

Ik bevochtig mijn droge lippen. "Ik was van plan om wat melk op te warmen."

Een vleugje sympathie verwarmt zijn toon. "Heb je moeite om in slaap te komen?"

"Net als jij, lijkt het."

Hij slaat zijn armen over elkaar en neemt een brede houding aan. "Ik heb een training nodig. Ik was net op weg naar de sportruimte."

Hij neemt alle ruimte in de gang in en blokkeert mijn pad. Mijn hartslag gaat omhoog, deels in afwachting en deels met de behoefte om te vluchten. Mijn lichaam interpreteert onze posities als die van een jager en zijn prooi, en het vindt het idee een beetje te leuk. Het warmt zich op bij het scenario en stuurt alle warmte rechtstreeks naar het kruispunt tussen mijn benen.

"Ik zal gewoon..." Slikkend, wijs ik naar de keuken.

"Wil je dat het voor je haal?"

Ik knipper met mijn ogen, worstelend om me door de mist van verlangen heen te concentreren die mijn zintuigen is binnengedrongen. "W-wat?"

Lustige intentie laat hem zijn ogen vernauwen. Met een lage stem vraagt hij, "Wil je dat ik wat melk voor je opwarm? Ik kan het meenemen naar de kamer."

"Oh, nee." Mijn antwoord is gehaast. "Ik zal gewoon, uhm, je weet wel." Ik haal diep adem en verman mijn wellustige zelf. "Wil jij wat?" Wanneer het ijzige blauw van zijn ogen een tint donkerder wordt, voeg ik er haastig aan toe, "Melk. Wil je wat melk?"

"Graag," zegt hij langzaam. "Waarom niet?"

"Oké."

Ik beweeg me naar links, nog net niet aan het rennen in mijn haast om aan zijn aanwezigheid te ontsnappen. Tegelijkertijd zet hij een stap opzij om me te laten passeren. De adem verlaat mijn longen met een *oef* als onze lichamen voor een tweede keer tegen elkaar botsen. Zoals eerder vangt hij me op en test mijn evenwicht met zijn handen op mijn middel. Ik zou me terug moeten trekken, maar dat doe ik niet. Hij zou me moeten laten gaan, maar hij houdt me vast.

Voorzichtig, alsof hij me niet met een plotselinge beweging wil laten schrikken, slaat hij zijn armen om mijn lichaam en trekt me naar zich toe. Zijn grootte en kracht omhullen me, en beschermen me tegen de hardheid van onze realiteit. Wat heb ik de warmte en veiligheid van zijn omhelzing gemist. Een deel van de spanning verlaat mijn lichaam terwijl ik mijn wang tegen zijn borst druk en de welkome verlichting van de veiligheid die hij biedt, absorbeer. Ik had me tot nu toe niet gerealiseerd hoe erg ik het comfort van zijn aanraking nodig had.

Hij pakt mijn kin en kantelt mijn gezicht. Als hij zijn hoofd laat zakken, draai ik me niet weg. Ik sluit mijn ogen en doe het engste wat ik ooit in mijn leven heb gedaan. Ik stap in de afgrond en tuimel in de duisternis — in voor- en tegenspoed.

"Katyusha," zegt hij met een hese stem en hij gaat met zijn lippen over mijn kaak naar de hoek van mijn mond.

De kus die hij daar plant is droog en licht. Ik heb gemist hoe warm en hard zijn borst tegen de mijne voelt. Ik heb het gemist om mijn handen door de zachte lokken van zijn korte haar te laten gaan. Met mijn armen om zijn nek, handel ik naar die fantasie. Een kreun ontsnapt diep in zijn keel als ik mijn vingers sluit en zachtjes aan zijn haar trek. De druk van zijn hand op mijn onderrug neemt toe en kromt mijn lichaam terwijl hij me naar zich toe trekt en zich tegen me aan wrijft.

De hardheid die tegen mijn heup groeit, maakt me onvrijwillig aan het kreunen.

"Ja," gromt hij, terwijl hij mijn kont vastpakt en me strakker tegen zich aan trekt, terwijl hij de vingers van zijn andere hand door mijn haar haalt.

In tegenstelling tot de ruwheid waarmee hij mijn bil vastpakt, is zijn greep op mijn nek teder. Mijn gezicht in zijn nek gravend, adem ik diep in. Zijn huid ruikt naar een verleidelijke mix van kardemom en muskusachtige mannelijkheid. Zijn stoppels prikken in mijn lippen als ik ze naar zijn kaak breng. Ik ga met mijn handen over zijn schouders en naar zijn borst en volg de groeven die zijn spieren definiëren. Onder de stevige plaat van kracht onder mijn handpalmen bonkt zijn hart met een wilde slag. Zijn eeltige hand blijft aan de wol van mijn jurk hangen terwijl hij met een vlakke hand langs de binnenkant van mijn dij glijdt.

Met zijn vingertoppen over mijn nek strelend, gaat hij met zijn hand naar achteren en vouwt zijn vingers om mijn nek. De aanraking is bezitterig en teder. Mijn ademhaling versnelt terwijl hij onze lippen op een lijn brengt en een seconde van anticipatie voorbij laat gaan voordat hij onze monden tegen elkaar drukt.

Vuurwerk ontploft in mijn buik. Het huis, de stad, Rusland, waarom we hier zijn — alles verdwijnt als hij mijn lippen scheidt en zijn tong in mijn mond laat glijden. Hij haalt diep adem en steelt mijn lucht. Als reactie hap ik naar adem in onze kus.

Hij streelt met zijn tong over de mijne, plagend en testend. Als ik in zijn greep in elkaar zak, nog net niet smeltend, trekt hij me dichterbij met de zachte greep op mijn nek en kust hij me met bekwame precisie. De strelingen van zijn tong zijn nauwgezet, ontworpen om op te winden, en het lukt hem.

Elke centimeter van mijn huid staat in brand. De warmte tussen mijn benen wordt vloeibaar. Mijn borsten worden gevoelig en zwaar. De manier waarop mijn tepels door de lagen van mijn beha en jurk over zijn borst glijden zorgt ervoor dat ik mijn dijen door de behoefte samenknijp.

"Kiska," kreunt hij tussen het kussen door en door zijn knieën buigend trekt hij me tussen zijn benen.

Zijn erectie wrijft tegen me aan en stimuleert precies de juiste plek. Speldenprikken van genot bereiken mijn clitoris door mijn ondergoed heen. Als hij zo doorgaat, laat hij me hier in de gang klaarkomen.

"Alex," zeg ik en ik duw tegen zijn borst.

Hij verstevigt zijn greep op mijn kont en nek, waardoor ik me niet kan terugtrekken, maar hij vertraagt wel de sensuele aanval van zijn mond.

Terwijl hij zijn lippen langs mijn oor laat gaan, mompelt hij, "Ik heb dit nodig, Katyusha. Je hebt geen idee hoe erg."

Ik heb hem ook nodig. Ik was dom om te denken dat ik tegen hem kon vechten. Hij had me gewaarschuwd dat het een spel was dat ik niet kon winnen, en zoals altijd had hij gelijk. Ik ben een seconde van overgave verwijderd.

"Laat me voor je zorgen," zegt hij met een hese stem. Verleidelijk drukken zijn zachte lippen de woorden tegen mijn oor. "Laat me je eraan herinneren hoe goed we samen zijn."

Ik heb geen herinnering nodig. Ik herinner het me maar al te goed.

Bij mijn stilte gaat hij rechtop staan en kijkt hij op me neer. De intentie die in zijn ogen brandt niet langer onbeheersbaar. Het is meer berekend, maar niet minder verhit. De staalblauwe poelen verharden met vastberadenheid terwijl hij mijn blik vasthoudt en mijn reactie peilt terwijl hij langzaam zijn vingers over mijn sleutelbeen en over mijn borst laat gaan. Als hij de bovenste ronding van mijn borst bereikt, stokt mijn adem. Tevredenheid vloeit in zijn uitdrukking. Hij bestudeert mijn gezicht met halfgesloten ogen, terwijl hij verder naar beneden gaat en zijn knokkels heel licht over mijn tepel strelen. De punt wordt meteen hard. Kippenvel vormt zich over mijn lichaam en laat mijn huid zich van de kruin van mijn hoofd tot aan mijn tenen samentrekken.

De blik van voldoening op zijn gezicht verandert in overwinning.

De test is voorbij. De resultaten zijn onbetwistbaar.

Hij heeft gewonnen.

Hij biedt me een hand aan en zegt, "Kom met me mee."

Dit gaat sneller dan ik had verwacht — we hebben nog veel te bespreken — maar ik heb de beslissing al genomen. Wat heeft het voor zin om het onvermijdelijke uit te stellen?

Langzaam reikend leg ik mijn handpalm in de zijne. Hij vouwt zijn warme, droge vingers om de mijne en leidt me naar de trap in de hal. Hij klimt zelfverzekerd de trap op, als een man die weet dat hij gehoorzaamd zal worden.

Mijn overgave komt niet zonder een prijs. Schaamte en gewonde trots knijpen mijn borst samen, terwijl ik hem naar de slaapkamer volg. Mijn enige troost als hij me omdraait en de rits van mijn jurk naar beneden trekt, is dat hij het me zal laten vergeten.

"Ik wil je," zegt hij hees, terwijl hij de boog van mijn schouder kust.

Ik sluit mijn ogen en concentreer me op het gevoel van zijn lippen op mijn huid terwijl ik al het andere buitensluit.

Hij maakt met efficiënte bewegingen mijn beha open. Een zachte klik later geven de cups mee. De temperatuur in de kamer is comfortabel, maar mijn tepels worden harder als de stof wegvalt. Ik blijf doodstil staan, terwijl hij de mouwen van mijn jurk en de bandjes van mijn beha langs mijn armen naar beneden duwt. Ik durf niet eens te ademen. Als de jurk rond mijn middel valt, pakt hij mijn borsten vast.

Het gevoel van zijn warme, eeltige handen op mijn naakte huid is bijna te veel. Ik snak weer naar adem als hij mijn tepels tussen zijn vingers rolt totdat ze hard worden. Als ik mijn hoofd achterover kantel, kijk ik even naar zijn gezicht. Hij kijkt naar wat zijn handen doen, plaagt me met lichte strelingen door oneindigheidspatronen rond mijn tepels te tekenen. Hij schrijft onzichtbare woorden op de bovenkant, zijkant en onderkant van mijn borsten tot mijn clitoris opgezwollen is en van behoefte klopt. Te snel legt hij zijn handpalmen plat over mijn ribbenkast en laat ze over mijn buik naar beneden glijden. Ik bijt een kreun terug als hij ze onder mijn jurk laat gaan.

Hij duikt met beide handen onder het elastiek van mijn ondergoed en duwt het samen met de jurk naar beneden. De stof maakt een ritselend geluid als hij de vloer raakt. Ik sta naakt voor hem, zijn dunne pyjamabroek is de enige barrière tussen ons. Hij benadrukt dat feit door mijn rug tegen zijn borst te trekken en me de hete, harde pik tussen zijn benen te laten voelen.

"Katyusha," fluistert hij, terwijl hij zijn handen op

mijn heupen legt en me naar hem toe draait. "Zeg me dat je dit wilt."

Het is niet zozeer mijn verlangen als wel zijn behoefte om de woorden te horen waardoor ik hem de waarheid geef. "Ik wil je."

Ik heb de woorden nauwelijks uitgesproken en hij duikt al naar mijn lippen. De eerdere tederheid is verdwenen. Hij eist mijn mond op met een verslindende kus. Hij pakt mijn kaak tussen de gespreide vingers van zijn brede hand en loopt met me naar achteren naar het bed terwijl hij mijn mond opeet alsof hij mijn lippen wil verslinden.

Mijn knieën knikken door als de achterkant van mijn benen het matras raakt. Ik plof op de rand neer. Hij volgt me zonder de kus te verbreken en duwt me naar beneden op hetzelfde moment dat hij over mijn lichaam kruipt. Terwijl hij me met zijn vingers om mijn kaak vasthoudt, verstrikt hij onze tongen met de vurigheid van een verloren man. Hard ademend ga ik met een hand over zijn borst en haal mijn vingers door het grove haar. Een kreun ontsnapt aan mijn lippen wanneer hij naar mijn hals gaat en kusjes op alle gevoelige plekken plaatst die langs de boog lopen.

Hij pakt mijn pols en leidt mijn hand naar zijn pik en laat me zien wat hij wil. Ik gehoorzaam, streel zijn lengte door het katoen van zijn broek heen, voordat ik mijn vingers om zijn omtrek laat gaan. Zijn vlees is hard en heet. Niet in staat om het te weerstaan, schuif ik mijn hand onder het elastiek en sluit mijn vingers rond de dik geaderde fluwelen huid. Een kreun weerklinkt in zijn borst.

Hij geeft me nog een seconde om op adem te komen voordat hij mijn lippen weer kust, terwijl ik zijn broek over zijn heupen naar beneden trek. Hij draagt zijn gewicht op één elleboog en tilt zijn heupen op om me te helpen de taak te voltooien. Eindelijk naakt strekt hij zich boven me uit en drukt hij de lengtes van onze lichamen samen. Hij is hard op de juiste plaatsen, de verpersoonlijking van viriele kracht. Ik heb de belofte nodig die hij tussen mijn benen drukt, maar ik heb ook zoveel meer nodig. Ik heb hem op meer dan een fysiek niveau nodig.

Mijn kaak doet pijn van onze bijna gewelddadige zoenen als hij zijn lippen van de mijne rukt om ze over mijn lichaam te laten gaan. Hij pauzeert niet bij mijn borsten of bij het kuiltje van mijn navel. In plaats daarvan glijdt hij langs mijn lichaam, knielt op de vloer, spreidt mijn dijen en gaat recht op mijn vagina af.

Hij houdt mijn blik vast en likt mijn plooien van boven naar beneden. Het genot laat me mijn rug krommen. Zoals eerder, toen hij mijn borsten streelde, plaagt hij me door de omtrek van mijn ingang met het puntje van zijn tong te volgen, waarbij hij de plek vermijdt waar ik zijn aanraking het meest nodig heb. Na elke volledige cirkel, likt hij ietsje harder en gaat hij steeds iets dieper, me langzaam gek makend. Tegen de tijd dat hij me met zijn tong neukt, tril ik van behoefte. Als hij eindelijk mijn clitoris in zijn mond trekt en zachtjes zuigt, duurt het maar een paar seconden voordat ik kom.

Het orgasme verspreidt zich als lome warmte vanuit het midden tussen mijn benen door de rest van mijn lichaam. Het kruipt zonder haast over me heen. Het genot kabbelt als schokgolven na een explosie, rolt zich in slow-motion uit en laat kippenvel in zijn kielzog achter.

Met een laatste, lange lik komt Alex met zijn hoofd omhoog om naar me te kijken. Hij drukt met zijn de duim tegen mijn klit en masseert in een cirkel. Onmiddellijk begint de wegvloeiende behoefte zich weer op te bouwen. Ik heb altijd geloofd dat meerdere orgasmes een mythe waren, maar Alex heeft bewezen dat ik ongelijk heb. Het is bijna te veel. Ik ben overgevoelig. In plaats van te vechten, gooi ik mijn hoofd achterover en laat ik het los. Ik ontspan mijn heupen en lig stil voor hem, zodat hij mijn lichaam in een andere climax kan manipuleren.

Het duurt langer dan de eerste keer, maar als mijn ontlading begint, dan is het snel en intens. Het wrede genot laat mijn dijen trillen. Ik ben nog steeds high als hij met een hese stem zegt, "Schuif voor me omhoog, kiska."

Ik doe wat hij zegt door naar het midden van het bed te schuiven. Mijn rug heeft nauwelijks het matras geraakt voordat hij weer over me heen kruipt. Zijn pik streelt langs de binnenkant van mijn dij. Eerbiedig kust hij mijn buik en volgt met zachte kusjes de onderkant en bovenste rondingen van mijn borsten, terwijl hij zich een weg naar mijn tepels baant. De beloning voor mijn geduld is een zoete kus op mijn linker tepel. Hij omcirkelt de punt met zijn tong voordat hij er met dezelfde zachte behandeling op zuigt die hij mijn klit had gegeven, terwijl hij een hand naar mijn andere borst brengt om de tepel tussen zijn vingers te rollen.

Ik kreun als hij wat harder begint te zuigen. Alsof ik niet net twee orgasmes heb gehad, zwellen mijn plooien op van opwinding. Mijn vagina klampt zich rond niets, smekend om gevuld te worden, maar Alex laat zich niet haasten. Hij beweegt zich naar de andere borst, kust en schraapt met zijn tanden langs mijn tepel, terwijl hij een hand over de verlaten borst legt. Met zijn tong en vingers maakt hij me gek en bereidt me voor om hem te nemen.

Hij tilt zijn hoofd op om naar mijn gezicht te kijken terwijl hij de basis van zijn pik op een lijn brengt met mijn ingang. Ik heb het nodig om hem vast te houden, dus pak ik zijn schouders vast.

"Vertel het me," zegt hij hees en scheidt mijn plooien met de brede kop van zijn pik. "Vertel me of het te veel is."

Mijn antwoord is om mijn benen om zijn kont te slaan. We hebben twee dagen gewacht, en nu ik heb besloten om deze stap te nemen, wil ik hem allemaal. Hij gaat voorzichtig verder en schuift een centimeter bij me naar binnen. Mijn innerlijke spieren klemmen zich onwillekeurig rond de indringer, maar ik doe een bewuste inspanning om me te ontspannen en hem binnen te laten.

Hij beweegt zich met ondraaglijke zachtheid, waardoor ik na elke centimeter die hij beweegt een paar seconden heb om me aan te passen. Zich inhouden eist zijn tol van hem. Het is duidelijk in de glans van het zweet op zijn voorhoofd en in de uiterste concentratie die op zijn gelaat geëtst staan. Als hij eindelijk zo diep in me zit dat onze liezen samenkomen, pakt hij mijn gezicht en kust mijn lippen. De kus is lief. Het is zowel een tedere compensatie als een subtiele waarschuwing voor wat gaat volgen.

Zelfs twee dagen uit elkaar was te lang. Alex is te viriel, zijn lust voor seks te onverzadigbaar. Hij pakt mijn gezicht tussen zijn handpalmen en houdt mijn blik vast terwijl hij zich eruit trekt totdat alleen de kop van zijn pik tussen mijn plooien zit. Hij houdt zich even stil voordat hij weer naar binnen glijdt. Ondanks zijn formaat biedt mijn lichaam hem zonder problemen de ruimte. Door mijn opwinding ben ik glad, wat bij zijn beweging helpt. Hij heeft bovendien de tijd genomen om me voor te bereiden. De rek is intens genoeg om een beetje eng te zijn. Als hij niet voorzichtig is, dan kan hij me uit laten scheuren. De hint van bezorgdheid voedt me met adrenaline, waardoor mijn tolerantiedrempel toeneemt, en als zijn controle eindelijk wegvalt, ben ik er klaar voor.

Alsof hij mijn laatste overgave voelt, trekt hij zich terug en stoot hij naar voren. Mijn huid tintelt als zijn pik over ultragevoelige zenuwuiteinden glijdt. Orale seks met Alex is geweldig, maar er gaat niets boven het gevoel dat hij me van binnen vult. Zweet parelt op zijn huid als hij een paar keer zacht stoot. Zijn heupen vallen in een ritmisch patroon, onze lichamen samen bewegend. De ruwheid van zijn schaamhaar strijkt over mijn clitoris. De druk van zijn kruis op de bundel van zenuwen laat mijn behoefte weer snel omhoog klimmen. Ik heb nog nooit zo graag klaar willen komen.

Ik sla mijn armen om zijn nek en rol met mijn heupen om hem aan te sporen. Hij klemt zijn tanden op elkaar en probeert zich stil te houden als ik hem met mijn inwendige spieren dieper naar binnen trek.

"Katerina," waarschuwt hij.

Ik til mijn heupen op, neem hem sneller en onderbreek zijn tempo.

Hij laat met een grom los. Hij houdt mijn middel met zijn grote handen op het matras gedrukt, houdt me stil en stoot zich met een harder ritme in me. Bij elke stoot verlaat de adem mijn longen. De ruwheid is heerlijk en neemt me mee naar het hoogtepunt waar ik naar verlang.

Hij stoot met zijn heupen tot zijn gezicht zich vervormt in een masker van gekweld genot. Hijgend beveelt hij, "Kom nog een keer voor me, kiska."

Het sensuele geluid van zijn accent komt mijn oren binnen. De muskusachtige geur van man en seks bedwelmt mijn zintuigen. De verbinding tussen ons is meer dan het samenvoegen van ons lichaam. Het gaat dieper dan de hitte die door mijn binnenste rolt, maar het genot overweldigt tijdelijk al het andere als mijn lichaam in vlammen ontsteekt. Het vuur verbrandt alles, het brandt de barrières en bescherming rond mijn hart weg, waardoor ik open, kwetsbaar en gevoelig ben voor de liefde van Alex Volkov.

Want het *is* liefde, maar alleen op fysiek niveau. Zelfs te midden van verbluffende seks, ben ik helder genoeg om te begrijpen hoe dit werkt. Ik had hem verteld dat ik verliefd op hem werd. Hij heeft de woorden nooit beantwoord. Hij uit het door zijn zaad in mijn lichaam te legen, stotend tot hij leeg is en ik van zijn ontlading druip. Het is op de meest primitieve manier een stempel van bezit, een instinctieve daad van een man die zijn sporen achterlaat.

Hijgend internaliseer ik de gedachten die het overnemen als de sensaties verdwijnen. Ik val elke dag een beetje meer voor hem. Het web trekt zich strakker aan, en als een vlieg die gevangen zit, zit ik hier vast en kan ik nergens heen. Ik kan mezelf op geen enkele manier beschermen om verteerd te worden. Alex hoeft echter niet onder dat gevoel van langzame verstikking te lijden. Hij bezit me al volledig. Hij heeft me precies waar hij me hebben wil.

In zijn bed.

In Rusland.

Hij duwt zich op één arm omhoog en veegt het haar uit mijn gezicht. Zijn stem is zacht. "Wat ben je stil."

"Uitgeput," antwoord ik eerlijk.

Hij onderzoekt mijn ogen. "Waar zit je aan te denken?"

"Dat we geen bescherming hebben gebruikt."

"Je bent aan de pil."

"Ja, maar toch."

"We zijn allebei schoon."

Ik adem uit. "Ik weet het." Het lijkt gewoon intiemer en riskanter. Het is een verbintenis zonder het vangnet van de liefde.

Hij kijkt me verbaasd aan. "Wil je van de pil af?"

"Nee," roep ik uit. "Natuurlijk niet."

"Want als dat is wat je wilt —"

"Het is nauwelijks een onderwerp waarover gediscussieerd kan worden."

Zijn ogen vernauwen zich. "Je hebt gelijk. Dit is niet het moment. We moeten wachten tot ik met Stefanov heb afgerekend."

Wat? Denkt hij echt dat mijn weigering alleen over de bedreiging op ons leven gaat? Hem wegduwend, ga ik rechtop zitten. "Ik moet douchen."

"Later." Hij pakt me bij mijn taille en trekt me terug naar zijn borst. "Ik zal je zelf wassen, dat beloof ik. Blijf even zo liggen."

"Ik zal de lakens bevuilen."

"Fuck de lakens. Ik vind het idee van mijn sperma in je leuk." Hij drukt een kus tegen mijn oor en fluistert, "Veel te leuk."

De implicaties van zijn woorden maken me gespannen. Ik ben al een gevangene, niet alleen van Alex, maar ook van mijn eigen hart. Ik wil niet ook nog een gevangene in bloed worden.

Hij buigt zijn lichaam rond het mijne en sluit me op in een comfortabele, maar gevaarlijke cocon. We ademen samen terwijl onze harten met verschillende deuntjes kloppen. De duisternis omhult ons als hij naar voren reikt en de bedgordijnen sluit.

We liggen een lange tijd zo, wakker en sluimerend, in vrede en in oorlog. We staan aan dezelfde kant, maar aan de andere kant van het spectrum. Zelfs de armen die hij om me heen heeft geslagen zijn een tegenstrijdigheid. Afhankelijk van het perspectief dat ik kies, sluit hij me op of houdt hij me veilig.

Om eerlijk te zijn, is het beide.

Hij verstevigt zijn greep, trekt me dichterbij en ik leg mijn hand over de zijne waar hij mijn borst vast heeft. Geen van ons zegt de woorden die de ander wil horen.

13

ALEX

*D*e knagende bezorgdheid is altijd in mijn achterhoofd aanwezig, zelfs in mijn slaap, maar als ik wakker word, voel ik me iets meer op mijn gemak. De reden is de vrouw met wie ik lepeltje-lepeltje lig, de vrouw voor wie ik mijn leven zal geven om te beschermen. Haar nabijheid kalmeert me. Zolang haar slanke lichaam buigzaam en warm tegen het mijne ligt, kan niemand haar aanraken. In de cirkel van mijn armen kan niemand haar kwaad doen.

Ik ben al hard, en mijn pik rust tegen de plooi van haar kont aan. Hoe vies het idee ook mag lijken, voor een moment fantaseer ik erover om me af te trekken met haar kont, maar ik heb haar gisteravond uitgeput. De stress van onze verknipte situatie is veel voor een delicate, goedhartige vrouw om mee om te gaan. De vuiligheid van de wereld heeft haar geweten niet ongevoelig gemaakt, zoals het dat bij mij heeft gedaan. Ze is als de engel op het graf van mijn ouders, een meelevende onschuldige die levens redt zonder vragen te stellen. De hel waarin ik haar heb gesleept is ongetwijfeld op zowel fysiek als emotioneel niveau uitputtend. Ze heeft haar rust nodig.

Naar het bedgordijn aan mijn kant reikend, trek ik het open. De kamer is donker. Ik kijk op mijn horloge. Het is na tienen. Zelfs in deze tijd van het jaar is de zon al op, maar de zware gordijnen voor de ramen houden het licht buiten. Ik maak mezelf voorzichtig van Katyusha los en sta stilletjes op, ervoor zorgend dat ik haar niet wakker maak. De duisternis is zo zwaar dat ik om me heen moet voelen om mijn pyjamabroek op de vloer te vinden. Nadat ik hem heb aangetrokken, gebruik ik het licht van mijn telefoon, zodat ik op weg naar de badkamer niet tegen het meubilair stoot, waar ik een badjas pak.

Ik bind de riem om mijn middel terwijl ik naar de keuken ga. Tima kijkt op als ik binnenkom. Een wetende glimlach flitst over zijn gezicht terwijl hij zijn blik van mijn ongeklede staat naar de klok aan de muur verschuift. Ik slaap nooit uit. Er is geen genie voor nodig om één en één bij elkaar op te tellen, maar hij is wijs genoeg om geen commentaar te geven. Ik heb een hoge achting voor zijn culinaire vaardigheden, maar mijn privéleven gaat hem geen reet aan.

"Ik heb het ontbijt in de warmhoudlade neergezet," zegt hij. "Omelet met kaas en gegrilde tomaat voor het kleine konijntje."

Ik vernauw mijn ogen bij de vertederende term.

"Ik pas op haar als je niet thuis bent," zegt hij en

schenkt koffie in twee mokken. "Ze kan wel wat vriendelijk gezelschap gebruiken."

Alleen de vaderlijke manier waarop hij dat zegt, weerhoudt me ervan mijn vuist in zijn gezicht te planten. Ja, ik ben een jaloerse klootzak, bezitterig genoeg om een 60-jarige kok niet te vertrouwen.

Nadat Tima de omeletten, sinaasappelpartjes en koffie op een dienblad heeft gezet, neem ik ons ontbijt mee terug naar de slaapkamer. Het pad naar de zithoek is vrij. Het lukt me om daar te komen zonder ergens over te vallen en zet het dienblad op de tafel voordat ik de gordijnen open. Zonlicht stroomt naar binnen. De heldere stralen vangen stofdeeltjes op in de wiggen die ze door de kamer maken. De lucht is zo'n briljante kleur blauw dat het even pijn doet aan mijn ogen. De dikke deken van sneeuw die de grond bedekt schittert als glitter. Het is een glorieuze winterdag, een goede dag om buiten te zijn.

De gedachte laat mijn hart van slag gaan en slaat me bijna omver met een onaangename dosis schuldgevoel. Mijn wereld staat op zijn kop. Ik heb het altijd veroordeeld om vogels en dieren in kooien te houden. Wetende dat ik door de deur zal lopen naar de schoonheid van de winterdag terwijl ik mijn grootste schat achter het slot van een vergulde kooi hou, draagt alleen maar bij aan het vreemde idee dat de stukken van mijn leven niet op zijn plaats zitten.

Misplaatst, maar met een goede reden. Geen van ons beiden vindt deze situatie prettig, maar het is noodzakelijk.

Tima heeft echter gelijk. Katerina heeft gezelschap, stimulatie en vrienden nodig. De huidige regeling is niet echt gezond. Om nog maar te zwijgen over het feit dat ik geen goede vriend ben. Het is haar eerste bezoek aan Rusland, en ze heeft niets anders dan de binnenkant van dit huis gezien. Het stoort me om haar vrijheid te beperken, maar ik ben bang om haar vrij te laten. Alhoewel... misschien als ik het tot in het kleinste detail plan en de uiterste voorzorgsmaatregelen neem, ik haar enkele van de bezienswaardigheden kan laten zien. Ze heeft me gisteravond een enorme concessie gegeven, door me haar te laten aanraken terwijl haar hart nog steeds niet blij met me is. Het is alleen maar eerlijk dat ik haar laat zien dat ik ook mijn best doe.

Om te zeggen dat ik opgelucht ben dat ik eindelijk weer toegang heb tot haar lichaam is een understatement. Het is niet alleen de fysieke opluchting van het afblazen van seksuele stoom. Het terugwinnen van wat mij op elk ontastbaar niveau toebehoort, is veel belangrijker. Ik wil alles — haar lichaam, haar geest en haar liefde. Ze voelt zich nog steeds verraden. Ik snap dat. Daarom is haar meenemen buiten deze muren goed voor ons beiden. Ten eerste is het belangrijk voor haar geestelijke gezondheid. Cabinekoorts is nooit bevorderlijk voor iemands welzijn geweest. Ten tweede, het zal me helpen om in haar gratie terug te komen.

Hoe meer ik erover nadenk, hoe enthousiaster ik word.

Het voorwerp van mijn gedachten beweegt zich. Een zachte zucht ontsnapt aan haar lippen terwijl ze zich op haar rug draait. Haar donkere haar ligt verspreidt over het witte kussen, de golven zien er zacht en als zijde uit. De gebruikelijke gloed van haar gouden huid is echter afwezig. Ze ziet er zo kwetsbaar uit, zo volkomen kwetsbaar zoals ze daar ligt, een kleine vorm onder de berg van dekens die het kingsize bed bedekken, dat ik bijna terugkom op de belofte die ik mezelf net heb gedaan om haar mee uit te nemen.

Haar wimpers komen omhoog. Knipperend neemt ze de kamer in zich op. Haar bruine ogen vestigen zich op mij.

Ik voel de glimlach die mijn lippen strekt ergens achter mijn borstbeen. Hij drijft naar de holte tussen mijn ribben en vestigt zich daar met bittere zoetheid. "Goedemorgen, mijn liefste. Ik heb ontbijt voor je meegenomen."

Ze houdt het laken tegen haar borst geklemd en gaat rechtop zitten. "Hoe laat is het?"

"Maak je geen zorgen over de tijd. Je had je rust nodig." Ik pak het dienblad en draag het naar het bed. "Tima heeft omeletten gemaakt."

"Dat ruikt goed," zegt ze met een zwakke glimlach.

"Je zult wel honger hebben." Hitte kleurt mijn stem als ik eraan toevoeg, "Na gisteravond."

Een blos werkt zich een weg over haar wangen. Ze is niet verlegen over seks of haar lichaam. Wat haar dwarszit, is haar overgave. Ik ken mijn kiska goed genoeg om te begrijpen dat ze het gevoel heeft dat ze een gevecht heeft verloren. Nou, jammer dan. Onze relatie is geen oorlog die ze zou moeten voeren.

Ik balanceer het dienblad op één hand en zet een bord en een mok op het nachtkastje aan haar kant. Ze kijkt naar me met haar lip tussen haar tanden, haar golvende haar heerlijk ongetemd. Ik heb een vrouw die net wakker is geworden altijd sexy gevonden. Er is iets verleidelijks aan die natuurlijke schoonheid voordat het is aangeraakt door kwastjes en make-up, en er is geen vrouw sexyer of aantrekkelijker dan mijn Katyusha, zelfs als ze het laken in haar kleine vuist geklemd heeft alsof haar eer ervan afhangt. We hebben gisteravond eindelijk tien stappen vooruit gezet. Ik laat haar zich nu niet voor me verstoppen en ons vijf stappen terugbrengen.

Ik haak een vinger achter het laken tussen de rondingen van haar borsten en trek het voorzichtig weg. Ze houdt zich eraan vast en klemt haar vingers er strakker omheen. Ik laat haar er niet onderuit komen. Dit is geen oorlog. Er is niets te verliezen. Ik ontneem haar haar waardigheid of trots niet. Ik wil gewoon dat de dingen tussen ons weer zijn zoals ze vroeger waren. Ik wil dat ze zich bij mij in de buurt op haar gemak voelt met haar naaktheid, zoals ze die ochtend was geweest na de allereerste keer dat ik haar had opgeëist.

Na weer een rondje van heen en weer getrek, laat ze los. De stof glijdt over haar borsten en valt om haar middel en onthult haar als een prachtig levend portret. Onbeschaamd staar ik naar haar rondingen en de pronte roze tepels die ze als kersen bedekken. Mijn pik komt tot leven en maakt van mijn pyjamabroek een tent waardoor ik haar in niet mis te verstane bewoordingen laat zien wat ze met me doet.

Haar blik gaat naar beneden. Ze vereert mijn erectie maar voor een seconde met haar aandacht voordat ze zich op mijn gezicht concentreert.

Mijn glimlach is als een deur die nog aan een scharnier hangt, scheef en onstabiel. Ik heb zin om het eten te vergeten en haar als ontbijt te nemen, maar overdag is ze schichtig. De maan was aardig. Die laat ons onszelf in de schaduw verbergen en zonden begaan die we niet onder het oordeel van de zon kunnen aanschouwen. Maar dat maakt niet uit. Ik heb wat haar betreft een leven lang geduld.

"Het eten wordt koud," zeg ik, terwijl ik de spanning verbreek door naar mijn kant te lopen en onder de dekens naast haar te kruipen. Ik beweeg me voorzichtig en zorg ervoor dat ik het dienblad niet om laat vallen, en als ik met mijn rug tegen het hoofdeinde zit, balanceer ik het dienblad op mijn schoot.

Ze reikt voorzichtig naar het bord op haar nachtkastje. Zodra ze zichzelf comfortabel heeft geïnstalleerd, geef ik haar een vork.

"Dank je," zegt ze, terwijl ze me van onder haar wimpers bekijkt.

Ik kies een veilig onderwerp om het gesprek licht te houden. "Ik heb Tima gezegd dat je van omeletten houdt."

Ze neemt een hap en geeft haar goedkeuring terwijl

ze kauwt. Het simpele feit dat ze van het eten geniet, verwarmt mijn borst.

"Tima zei dat hij vegetarische porties voor me kookt," zegt ze. "Je hoeft niet aan me tegemoet te komen. Ik ben het gewend om me aan te passen."

"Je bent mijn gast, Katyusha."

Haar hand blijft halverwege de lucht hangen, de vork zweeft voor haar mond. Te laat realiseer ik me mijn fout. Dat was een slechte woordkeuze.

In plaats van commentaar te geven, neemt ze nog een hap en duwt ze de lelijkheid opzij. Alsof doen alsof het er niet is het zal laten verdwijnen.

Ik ben erop gebrand om een aangename sfeer te behouden en zeg, "Ik wil je vandaag graag meenemen om naar bezienswaardigheden te kijken."

Ze kijkt me snel aan. "Echt?"

Haar enthousiasme maakt me aan het lachen. "Ik heb beloofd om je Sint-Petersburg te laten zien, nietwaar?"

Haar slanke keel beweegt op en neer terwijl ze slikt. "Hoe zit het met de veiligheid?"

Ik stop een krul achter haar oor en zeg, "Maak je geen zorgen. Ik zal de beveiliging regelen."

Terwijl ik van mijn omelet eet, maak ik een mentale notitie om Dimitri te vertellen een route te plannen en de wegen van tevoren te verkennen. Ik moet op elke hoek mannen stationeren en op de daken sluipschutters hebben staan. Het zal een behoorlijke missie zijn om te organiseren, maar voor haar is niets te veel moeite.

"Dank je," zegt ze met een kleine frons, alsof ze aan mijn motieven twijfelt.

Ik kan het niet laten om haar wang te kussen. "Graag gedaan."

Het feit dat ze niet terugdeinst of zich terugtrekt, verwarmt mijn hart nog meer.

Ze kijkt me aan en vraagt na nog een vork vol omelet, "Ga je me laten zien waar je bent opgegroeid?"

Het verzoek overvalt me. Ik had verwacht dat ze naar het Peterhof Paleis of het Fabergé Museum zou vragen, de gebruikelijke toeristische bezienswaardigheden. "Waarom wil je dat zien?" Het vooruitzicht om daar heen te gaan, laat mijn maag zich omkeren, niet dat er nog iets te bezoeken valt.

Ze rommelt met haar servet en wendt haar ogen af. "Ik dacht dat het goed zou zijn om, je weet wel..."

"Goed om wat te doen?" vraag ik vriendelijk.

"Om je beter te leren kennen." Ze haalt haar schouders op. "Er zijn veel dingen over jou die ik niet weet."

Ze klinkt bijna schuldig en zeker terughoudend. Ze probeert haar reactie te verbergen, maar ze is geen geboren leugenaar. Er zit iets meer achter om in mijn geschiedenis te duiken dan ze laat merken. Dat *ze me wil leren kennen* hint naar een investering in onze relatie, wat ik leuk vind.

Ik krab aan mijn kaak en overweeg wat ik haar moet vertellen. Ik praat normaal niet over mijn ouders, maar ze verdient de waarheid.

Ik eet de laatste hap op mijn bord op, wetende dat

ik mijn eetlust verlies als ik eenmaal in het verleden duik, en zet het bord opzij. "Ik ben op Vasilevsky Island opgegroeid, maar het heeft geen zin om daar naartoe te gaan. Er is niets meer over van waar ik vroeger heb gewoond."

Ze fronst. "Waarom niet? Is het gebouw gesloopt?"

"Nee." Door de spanning klem ik mijn kaken op elkaar.

Haar bruine ogen verzachten zich. "Je hoeft er niets over te vertellen. Het was niet mijn bedoeling om nieuwsgierig te zijn. Ik wilde gewoon —"

"Nee," zeg ik opnieuw. "Je hebt gelijk. Je zult nooit de kans krijgen om mijn ouders te ontmoeten zoals ik met jouw moeder heb gedaan. Het is goed dat je het vraagt."

Ze wacht stilletjes.

"Er was een gaslek in ons gebouw," ga ik verder. "De hele bovenste verdieping is aan stukken geblazen."

"Alex." Naar adem snakkend legt ze haar hand op mijn arm. "Waren ze...?"

"Ja."

Empathie vult haar toon. "Het spijt me."

"Er werden elf mensen gedood. Ik was op school toen het gebeurde."

Een man van mijn vaders eenheid vertelde me het nieuws in het kantoor van de rector. Met een gezicht van staal en feitelijke woorden, vertelde hij me dat ik in een weeshuis zou gaan wonen. In een paar seconden veroordeelde hij me tot een van de wreedste systemen in mijn land, een systeem dat erom berucht was om op de kinderen te azen die het moest beschermen.

Ik was misschien meer geïnteresseerd in stripboeken dan om mijn vader naar zijn dag te vragen, maar op vijftienjarige leeftijd wist ik genoeg om mijn lot te begrijpen. De lichamen van kinderen die in het systeem hadden gezeten, kwamen maar al te vaak boven water. Elke keer als mijn vader een nieuwe zaak opende, stak mijn moeder een kaars aan. Ik kon zien hoeveel kinderen er gestorven waren door het aantal avonden dat er een kaars in de vensterbank stond te branden.

"Ik kan me niet voorstellen hoe moeilijk dat voor je moet zijn geweest," zegt Katerina, terwijl ze in mijn arm knijpt.

"Er was niets meer van mijn huis over. Ik kon niet eens terug om een tas in te pakken. Ze hebben me rechtstreeks naar een opvanghuis gebracht, een krot aan de stinkende kant van de oevers van de Nevarivier. De eerste nacht ben ik weggelopen."

Ze maakt een klein geluidje van verontrusting. "Ben je weggelopen?"

"Wat kon ik anders doen?" Ik geef haar niet de kleurrijke details van de toekomst die als een zogenaamd systeemkind op me zou hebben gewacht.

Ze staart me geschokt aan en vraagt, "Helemaal alleen?"

"Ik was vijftien, mans genoeg om de straten te trotseren en de kost te verdienen."

Ze gaat met haar vingertoppen over mijn

onderarm. "Hoe?"

Haar bedoeling is om troost te bieden, maar mijn lichaam warmt zich op bij de onschuldige aanraking. Zelfs het onderwerp is niet genoeg om me af te laten knappen als ze me aanraakt. "Ik had het geluk om een baan als bezorger bij een farmaceutisch bedrijf te krijgen. Het werk kan gevaarlijk zijn. Bezorgers worden vaak aangevallen en de medicijnen die ze vervoeren worden voor de zwarte markt gestolen. Er zijn niet veel mensen die er het lef voor hebben. Ik kon mezelf goed verdedigen, en het hoofd van de divisie had dat opgemerkt. Hij gaf me extra werk. Dat stelde me in staat om genoeg geld te sparen om op negentienjarige leeftijd naar een business school te gaan. Toen ik afstudeerde, kreeg ik een baan bij een oliemaatschappij."

"Wat is er toen gebeurd?"

Vele jaren van bittere vastberadenheid en loodzwaar werk. Ik pak mijn mok en kijk haar over de rand aan terwijl ik mijn koffie drink. "Wat wil je weten?"

"Hoe ben je uiteindelijk een machtige zakenmagnaat geworden die meerdere talen spreekt?"

Ik lach. "Denk je dat ik vanwege mijn achtergrond geen geschoold man kan zijn?"

Een blos verduistert haar wangen. "Dat is niet wat ik bedoel."

"Het geeft niet." Ik drink mijn koffie op. "Je bent niet de enige die me die vraag heeft gesteld. Ik heb me omhooggewerkt en een paar goede investeringen gedaan. Ik heb die fondsen gebruikt om naar olie te zoeken in een gebied in Siberië dat mijn werkgever had afgewezen, maar waarvan ik dacht dat het veelbelovend was. Ik had gelijk. Ik vond goud en ontdekte een grote oliereserve. Daardoor kon ik mijn eigen oliemaatschappij oprichten en van daaruit vertakken."

Ze kijkt me met gefascineerde interesse aan. "Hoe zit het met het leren spreken van al die vreemde talen? Heb je ook op taalscholen gezeten?"

"Ik heb er altijd van genoten om te lezen en ik leer snel talen. Een spoedcursus werkt meestal prima."

Ze trekt haar hand van mijn arm en laat hem op haar schoot vallen. "Je ouders zouden trots zijn op wat je hebt bereikt."

Dat betwijfel ik ten zeerste. Mijn moeder zou geschokt zijn over de misdaden die ik heb begaan om te komen waar ik ben, maar zolang ik aan de top van de voedselketen sta, ben ik bereid om het offer te brengen.

Als ik Katerina een partje sinaasappel van het dienblad geef, zeg ik, "Ik moet nog wat dingen regelen voordat we naar buiten kunnen. Zullen we in de oude stad gaan lunchen en daar een paar bezienswaardigheden gaan bezoeken? Ik wil voor zonsondergang terug zijn."

"Oké." Opwinding of opluchting verheldert de honingkleurige vlekken in haar ogen.

"Gezien het tijdsverschil, zul je waarschijnlijk niet voor de avond met Joanne spreken," zeg ik.

Ze bijt in het vruchtvlees van de sinaasappel. "Laat je me echt met haar bellen?"

"Ik kan nog iets beters doen dan dat." Ik vang met mijn duim een druppel sap die langs haar kin loopt, breng hem naar mijn mond en lik hem schoon. "Wat dacht je van een videogesprek?"

Haar ogen worden groot. "Echt waar? Is dat niet te riskant?"

"Ik heb gewoon wat tijd nodig om een paar maatregelen te nemen." Met een waarschuwing voeg ik eraan toe, "Het zal niet elke dag gebeuren."

"Dank je," zegt ze en ze lijkt bijna op de oude Katerina.

Het feit dat ze me bedankt voor een telefoontje dat haar goed recht zou moeten zijn, zegt veel over hoe verknipt deze situatie echt is. Ik wil daar niet bij stil blijven staan, leun voorover en kus haar lippen. Ze kleven van de suiker en smaken naar winterfruit. We hebben nooit die douche genomen die ik haar had beloofd. Als een egoïstische klootzak, wilde ik de stempel van mijn bezit niet van haar lichaam wassen. Ik wil eerlijk gezegd zelfs over haar heen klaarkomen en mijn sperma in haar huid wrijven.

De geur van citrus ontploft in de lucht terwijl ze de schil buigt om de sinaasappel te eten. Ik zet mijn mok opzij en doe dan hetzelfde met de hare voordat ik het dienblad op de grond neerzet. Dat haar ogen groot worden wanneer ik de schil uit haar hand pak en die onzorgvuldig weggooi, zegt dat ze weet wat er gaat volgen, zelfs voordat ik haar vastpin.

14

KATE

*N*adat we samen hebben gedoucht, laat Alex me achter om me klaar te maken terwijl hij de arrangementen voor onze lunch en rondleiding door de stad regelt.

Terwijl ik mijn haar voor een spiegel borstel, warmen mijn wangen zich op bij de herinnering aan hoe we het uur na het ontbijt op bed hebben doorgebracht. De seks was ronduit kwaadaardig geweest. Er waren veel vieze Russische woorden en luid gekreun bij betrokken. Ik hoop dat de muren dik zijn.

Ik heb Alex niet vergeven, maar ik kan niet ontkennen dat ik hem nu meer dan ooit nodig heb. Ik kan er niks aan doen dat ik zowel in als buiten het bed van zijn gezelschap geniet. Wat heeft het voor zin om van de waarheid weg te rennen? Ik kan niet doen alsof hij mijn gevoelens niet beïnvloedt.

Wat hij me over zijn verleden heeft verteld, heeft me geschokt. Ik kan me niet voorstellen hoe moeilijk het moet zijn geweest om op zo'n jonge leeftijd alleen te moeten overleven. Om te bereiken wat hij heeft bereikt, en zonder steun, daar was een enorme hoeveelheid zelfsturing voor nodig. Mijn respect voor hem is vertienvoudigd. Ik kan zijn vastberadenheid, intelligentie en vaardigheden alleen maar bewonderen. Er zijn niet veel mensen die, als ze dezelfde kaarten zouden hebben gekregen, zouden eindigen waar hij nu is. Zijn trieste, maar zegevierende geschiedenis bevestigt alleen wat ik al weet.

Alex geeft nooit op. Hij krijgt altijd wat hij wil.

Mijn hand trilt een beetje terwijl ik de borstel opzij leg. Ik ben zowel opgewonden als nerveus om het huis uit te gaan. In constante angst leven, is nieuw voor me, en ik moet nog leren om ermee om te gaan.

Door een klop op de deur schrik ik uit mijn gedachten.

"Katyusha?" roept Alex. "We kunnen iets eerder vertrekken. We kunnen gaan zodra je er klaar voor bent."

"Ik ben over tien minuten beneden."

"Neem je tijd."

Ik wil hem niet laten wachten, dus pak ik snel wat kleren. Binnen vijf minuten ben ik in een spijkerbroek, een wollen trui en laarzen gekleed. Als ik de trap afkom, is Alex in de hal aan de telefoon in het Russisch aan het praten. Een paar bewakers lopen rond en ze dragen laptops en andere apparatuur naar buiten. Lena staat rustig naast de garderobekast.

Alex heeft zijn rug naar mij gekeerd, waardoor ik de tijd heb om te bestuderen hoe goed zijn lichaam zijn kleren vult. Een zwart overhemd met knopen strekt zich uit over zijn brede schouders en een donkere broek omhelst zijn gebeeldhouwde kont. Zijn biceps bewegen onder zijn mouw terwijl hij met zijn linkerhand de telefoon tegen zijn oor drukt. Een chic horloge en een grote zilveren armband zijn zichtbaar op zijn pols waar de mouw omhoog is getrokken. Hij ziet eruit als een wandelende billboard voor een high-end designerkledingmerk voor mannen. Een vleugje kardemom en ceder bereikt me onderaan de trap. Hij is zo'n perfecte combinatie van alles wat heerlijk mannelijk is dat het bijna pijn doet om naar hem te kijken.

Te oordelen naar zijn professionele toon, bespreekt hij zaken. Met zijn diepe stem gesproken en met zijn indrukwekkende houding klinken de buitenlandse woorden sexy, zelfs als ze werkgerelateerd zijn. Alex Volkov straalt niet alleen macht uit; hij druipt van sexappeal. Het gebeurt niet vaak dat ik de kans heb om hem onopgemerkt te observeren. Ik ben degene die meestal zijn ontledende blik moet ondergaan. Ik maak optimaal gebruik van de kans en brand de ongelooflijke manier waarop hij eruitziet, klinkt en ruikt in mijn geheugen, zodat ik later weer van het gestolen moment kan genieten.

Mijn stappen zijn stil op het tapijt. Ik stop op een afstand om hem privacy te geven om zijn telefoontje af te maken. Alsof hij mijn aanwezigheid voelt, draait hij zich om. Een staalachtige blik botst met de mijne. Het blauw van zijn ogen verwarmt enkele graden terwijl hij me van top tot teen in zich opneemt. Zijn visuele evaluatie laat mijn huid zich samentrekken alsof hij met zijn vingertoppen over mijn lichaam streelt. De warme waardering die hij aan alle aanwezigen laat zien, maakt vonken in mijn buik. Hij sluit zijn gesprek af met een paar korte commando's, waardoor duidelijk is wie de baas is, terwijl hij me tegelijkertijd met zijn ogen verslindt.

Alleen Alex kan zijn aandacht op twee plaatsen tegelijk richten en zowel met precisie als met kracht handelen.

Hij beëindigt het gesprek en steekt zijn telefoon in zijn zak. "Klaar?"

De seksuele spanning in de lucht wordt steeds zwaarder. Ons bewustzijn van elkaar is diepgeworteld. Dat is het altijd geweest, vanaf het begin. Alex is een ongeneeslijke ziekte. Wat er ook gebeurt, ik zal hem nooit uit mijn systeem krijgen. Hij zit te diep onder mijn huid.

Mijn stem niet vertrouwend, knik ik.

Lena pakt mijn jas uit de kast en geeft hem aan Alex. Hij helpt me hem aan te doen voordat hij er zelf een pakt.

Als we klaar zijn met het aantrekken van onze sjaals en handschoenen, biedt hij me zijn arm aan. "Laten we gaan."

De bewaker bij de deur opent hem om ons eruit te

laten. Er staan vijf auto's op de oprit. Mannen in donkere jassen wachten naast de auto's. Ze zijn nonchalant gekleed, vermoedelijk om op te gaan in de straten, maar als de man aan de voorkant bukt om in de auto te stappen, valt zijn jas open en onthult hij een pistool in een lichaamsholster.

Alex en ik stappen in de auto in het midden. Yuri zit achter het stuur. Hij knikt in de achteruitkijkspiegel terwijl hij de motor start. Alex zegt iets tegen hem in het Russisch, waarna hij wegrijdt.

Twee auto's leiden het konvooi, en twee volgen ons. Alex neemt mijn gehandschoende hand in de zijne en houdt hem op zijn schoot. Hij streelt mijn knokkels met zijn duim, maar zijn aandacht is naar buiten gericht. Spanning vult de auto als hij een waakzaam oog op de omgeving houdt. Mijn spieren spannen zich aan. Hij was tijdens de rit van het vliegveld naar het huis niet zo afgeleid.

"Is er iets aan de hand?" vraag ik.

Hij draait zijn gezicht om naar me te kijken en doet een zichtbare poging om zijn gelaatstrekken te ontspannen. "Alles is in orde."

Ik onderzoek zijn ogen. "Echt?"

"Ik ben gewoon voorzichtig. Wat is het gezegde ook alweer? Voorkomen is beter dan genezen."

Waarom krijg ik het gevoel dat hij iets verzwijgt? "Als het risico te groot is, kunnen we thuisblijven. Ik vind het niet erg."

Zijn uitdrukking wordt zachter. "Het is goed. Het is een mooie dag om buiten te zijn. Je hebt het verdiend."

Heb ik dat? Waarom voel ik me dan opeens zo schuldig? Ik wil niet de reden zijn dat Alex ons leven riskeert. Ik wil niet dat hij vermoord wordt, omdat ik niet tegen een beetje claustrofobie kon.

"Alex?" Ik leg mijn vingers om zijn hand. "Laten we teruggaan. Er is thuis zoveel te doen. Er is een fitnessruimte, een zwembad en een sauna. Ik heb de thuisbioscoop nog niet eens verkend. En Tima's eten is beter dan die van welk restaurant dan ook, toch?"

"Hé." Hij streelt met zijn knokkels over mijn wang. "Maak je geen zorgen, kiska. Ik zou nooit een onberekend risico nemen, niet met je leven."

"Ik hoef niet naar buiten om de bezienswaardigheden te bekijken. Ik vind het prima om —"

"Sst." Hij leunt voorover en kust mijn lippen. "Ik wil dit doen. Ontspan en geniet van de dag. Dat zal me heel gelukkig maken."

Omdat ik het enorme offer niet in zijn gezicht wil gooien, hou ik mijn mond en probeer hem de dankbaarheid te tonen die hij verdient.

"Neem me niet kwalijk," zegt hij en hij pakt zijn telefoon uit zijn zak. "Ik moet een paar telefoontjes plegen."

Gedurende de rest van de rit is Alex met zijn telefoon bezig. Uit de stevige toon van zijn stem klinkt het alsof hij instructies geeft. Hij zou met iemand op zijn kantoor aan het praten kunnen zijn, maar ik denk dat de telefoontjes iets met het veiligstellen van onze veiligheid te maken hebben.

Als we in de oude stad parkeren, stappen de mannen die ons begeleiden als eerste uit. De helft maakt een pad vrij terwijl de andere helft ons omringt en Alex me uit de auto helpt.

Ondanks het leger van mannen en de verontrustende betekenis van hun aanwezigheid, pauzeer ik op de stoep om de omgeving in me op te nemen.

De helderblauwe lucht vormt een perfect decor voor de historische gebouwen. Ik heb over Sint-Petersburg gelezen nadat Alex me voor het eerst had voorgesteld om hierheen te komen. De koepeltorens zijn een onderscheidend kenmerk van de Russische Revival-architectuur. De kleuren zijn zo levendig dat ze eruitzien als glazuur op cupcakes. Sint-Petersburg op een heldere winterdag is magisch.

Terwijl ik mijn armen om me heen sla, trotseer ik de ijzige bries, terwijl Alex me tegen zijn lichaam houdt en me door de straat leidt. Terwijl ik naar de prachtige gebouwen staar, bekijkt hij de omgeving, zijn blik alert.

Na een korte wandeling bereiken we de Kerk van de Verlosser op het Bloed. Met de sneeuw die zijn koepels bedekt, lijkt het alsof er iemand met een zeef poedersuiker over een regenboogtaart heeft gestrooid. Het is adembenemend mooi. Alex neemt een selfie van ons voor de kerk die hij naar Joanne en mijn moeder stuurt voordat we verdergaan met onze verkenning. Tegen lunchtijd hebben we het Paleisplein, het Staats Hermitage Museum en de Sint-Isaakskathedraal bezocht. Aangezien mijn gezicht en voeten bevroren aanvoelen, ben ik dankbaar als we een warm restaurant binnengaan en een tafel naast het raam nemen. Het verbaast me niets dat het restaurant leeg is.

"Heb je de hele ruimte gereserveerd?" vraag ik aan Alex wanneer hij mijn stoel aanschuift.

Hij kijkt me een glimlachend aan terwijl hij de stoel tegenover me neemt. "Ik hou van mijn privacy."

"Dat heb je eerder gezegd," zeg ik, terwijl ik hem bestudeer als hij het menu oppakt.

Dat we alleen eten heeft alleen meer te maken met het veilig houden van ons dan het willen van privacy, dat weet ik zeker, en het feit dat hij het bagatelliseert om me op mijn gemak te stellen, zorgt ervoor dat ik zijn inspanning nog meer waardeer.

"Wil je dat ik voor je bestel?" vraagt hij. "We kunnen een aantal voorgerechten delen als je dat wilt."

Mijn hand uitstekend, zeg ik, "Ik ga een gok wagen."

Een brede glimlach verwarmt zijn gezicht terwijl hij me het menu geeft. "Ik bewonder je leergierigheid."

De dubbele betekenis van zijn woorden stuurt warmte naar mijn wangen. Hij heeft me vanmorgen in bed vieze Russische geleerd, en ik ben nog steeds verbaasd over hoeveel macht een slecht uitgesproken *"ya hochu tvoy chlen"* — "Ik wil je pik" — op hem had. Toen ik de zin herhaalde die hij in mijn oor had gefluisterd, werd hij bijna een beest. De herinnering alleen al is genoeg om mijn ondergoed vochtig te maken, ondanks het feit dat we in een restaurant zijn.

Terwijl ik de erotische flashback met moeite opzij duw, kijk ik naar de gerechten die op het menu staan.

Ik heb genoeg Russische woorden bestudeerd in New York om *pelmeni* van paddenstoelen te bestellen, dat zijn knoedels geserveerd met zure room.

Alex kijkt me goedkeurend aan. "Goede keuze. Ik wist niet dat je stiekem je Russisch aan het verbeteren was."

Ik wuif het weg met, "Ik heb een paar woorden opgepikt." Ik vertel hem niet dat ik van plan was om een zelfstudiecursus te bestellen voordat we New York verlieten. Ik ben er nog niet klaar voor om toe te geven hoe serieus ik over ons was geweest voordat hij me in een vliegtuig had geduwd. Hij heeft al genoeg macht over me. Hij heeft geen ego-boost nodig.

"Ik ben toch onder de indruk," zegt hij, terwijl hij *pelmeni* met vlees bestelt wanneer de ober aan onze tafel komt.

De gekookte knoedels zijn zacht aan de buitenkant en sponzig aan de binnenkant. De pittige zure room vult de hartige smaak van de paddenstoelen perfect aan. Na een stomend kopje Russische Earl Grey-thee, ben ik versterkt en klaar om de kou weer te trotseren.

De rest van de middag brengen we winkelend door. Alex neemt me mee naar een paar boetieks, allemaal verdacht leeg van klanten. Hij draait mijn arm zowat om, om hem kleding voor me te laten kopen en cadeaus voor mijn moeder en vrienden thuis. Op zijn aandringen selecteer ik een miniatuur Fabergé-ei-replica met robijnen erop voor mijn moeder en een met smaragden voor Joanne — er maar niet aan denkend dat ik geen idee heb wanneer ik die aan ze kan geven. Hij laadt armen vol met handgeschilderde matroesjkapoppen in de armen van een van onze bewakers voor mijn collega's in het ziekenhuis en betaalt voor alles met zijn creditcard. Als we eindelijk naar buiten gaan met een stapel pakjes, gaat de zon bijna onder.

De chauffeurs zijn ons gevolgd, de auto's staan altijd vlakbij op de stoep geparkeerd. Alex stuurt me naar de auto die Yuri bestuurt en helpt me om achterin in te stappen, terwijl de mannen onze pakjes in de kofferbak laden.

Als we eenmaal binnen zijn, wend ik me tot hem. "Dank je, Alex. Dat was een geweldige ervaring."

"Graag gedaan." Hij slaat een arm om mijn schouders en trekt me tegen hem aan. "Ik ben blij dat je ervan genoten hebt."

Zijn glimlach is warm, maar de spanning verlaat zijn gelaatstrekken niet. Zelfs als hij een kus op mijn voorhoofd drukt, gaat zijn aandacht naar buiten, alsof hij op elk moment problemen verwacht.

GELUKKIG VERLOOPT DE REIS NAAR HUIS RUSTIG. LENA begroet ons als we het huis binnenkomen en vertelt ons dat Tima verfrissingen in de bibliotheek heeft achtergelaten om ons tot etenstijd bezig te houden.

"Ga jij maar alvast," zegt Alex. "Ik kom er zo aan."

Ik staar naar hem terwijl ik mijn jas uittrek, niet in staat om mijn zorgen te onderdrukken. Igor en Leonid komen binnen met onze pakjes en dragen ze naar boven. Ik heb niet veel van de bewakers gezien sinds we in Rusland aan zijn gekomen. Ze blijven in de kazerne en praten niet met me als ik bij Alex ben. Ik blijf hangen en neem de tijd om mijn sjaal en handschoenen uit te doen. Als ze naar beneden komen, ben ik bezig om alles in de kast te leggen.

Leonid gaat als eerste weg. Net voordat Igor door de deur stapt, leg ik een hand op zijn arm en houd hem tegen.

Hij bevrijdt zichzelf voorzichtig. "Kan ik iets voor je doen, Kate?"

"Alex was vanmiddag erg gespannen," zeg ik terwijl ik zachtjes praat. "Is er iets gebeurd?"

Hij kijkt naar de bovenkant van de trap. "Er is niets gebeurd. Hij neemt gewoon de nodige maatregelen om ervoor te zorgen dat het zo blijft."

"Het is vandaag goed gegaan, nietwaar?"

"Verrassend genoeg."

Ik slik. "Had je problemen verwacht?"

"Het zou dwaas zijn geweest om dat niet te verwachten."

"Waarom nam Alex dan het risico om uit te gaan?"

"Het was een weloverwogen risico," zegt hij met een vlakke stem. "Als er iets was gebeurd, was je goed beschermd geweest."

"Maar het idee beviel je niet," zeg ik, terwijl ik hem probeer te lezen.

"Het is mijn taak om jullie allebei te beschermen. Ik

hou er niet van om risico's te nemen, hoe klein of goed beheerd ze ook zijn."

"Wat zeg je nu echt, Igor?"

"Dit huis is de best beschermde plek waar je kunt zijn. Als ik jou was, zou ik Alex niet vragen om op een ander avontuur te gaan."

"Ik heb het niet gevraagd," roep ik fluisterend uit. "Het was Alex zijn idee."

"Ja, nou, misschien moet je hem van die ideeën afhouden. Ik weet zeker dat je hier effectieve manieren kunt vinden om hem bezig te houden."

Ik recht mijn rug. "Dat was een ongepaste opmerking."

"Als je mijn mening niet wilt, vraag hem dan niet."

Hij knikt naar de bewaker, die de deur opent.

"Igor," zeg ik als hij door de deuropening stapt. "Wat is er met je aan de hand?"

Hij pauzeert op de drempel. "Luister, we zijn allemaal gespannen over wat er allemaal gebeurt. Het heeft op iedereen een uitwerking, dat is alles. Zoals ik al zei, Alex zou het risico niet hebben genomen als hij er niet zeker van was geweest dat hij je kon beschermen. Het kostte gewoon heel veel middelen en energie die beter besteed hadden kunnen worden."

"Juist."

"Ah, verdomme." Hij gooit zijn handen in de lucht. "Dat is niet wat ik bedoel."

"Het geeft niet," zeg ik, terwijl ik terugloop naar de gang. "Ik snap het."

"Kate." Hij kantelt zijn gezicht naar de hemel. Als hij

186

naar me terugkijkt, is zijn uitdrukking beheerst. "Ik bedoelde niet dat je niet de moeite waard bent. Ik bedoelde alleen dat onze prioriteit moet zijn om de klootzak te vangen die Alex dood wil hebben."

"Ik ben het helemaal met je eens," zeg ik, terwijl mijn maag zich omdraait bij de herinnering aan het probleem waarmee we geconfronteerd worden.

"Vergeet gewoon dat ik het heb gezegd. Je zit midden in een oorlog, en we weten niet eens waar het over gaat. Het is niet jouw probleem of jouw gevecht. Wij regelen het wel."

"Je hebt het mis," zeg ik, een beetje te krachtig. "Ik ben een onderdeel van het leven van Alex en dat maakt dit ook mijn gevecht, of ik het nu wel of niet leuk vind."

"Laat het vuile werk aan ons over. We zullen die klootzak te pakken krijgen." Hij draait zich om en loopt weg.

De bewaker sluit de deur achter hem en neemt zijn positie voor zich in, met een stil, maar sterk statement.

Terwijl ik Igors woorden overdenk, ga ik naar de bibliotheek. Toegegeven, ik heb van de dag genoten en ik ben meer dan dankbaar voor Alex zijn overweging. Toch ben ik het met Igor eens. We moeten ons gedeisd houden tot we weer veilig zijn.

Voor de open haard staat een dienblad met thee en delicate gebakjes op tafel. Iemand heeft een vuur gemaakt. De vlammen springen door de schoorsteen en stralen welkome warmte uit. Ik schenk een kopje thee in en sta op het punt om plaats te nemen wanneer Alex binnenkomt, met zijn laptop in mijn hand.

"Joanne is nu beschikbaar," zegt hij. "Wil je met haar praten?"

Ik laat de beker bijna vallen in mijn gretigheid. "Heel graag."

Hij zet de laptop op tafel en activeert de verbinding. Een seconde later verschijnt het gezicht van mijn vriendin op het scherm. Uit het logo op de muur op de achtergrond blijkt dat ze in een van de vergaderzalen op haar kantoor is. Het is hier bijna zes uur, wat betekent dat ze haar koffiepauze van elf uur heeft. Haar rode krullen vormen een koperen frame rond haar mooie gezicht. Er is een gloed op haar wangen en een glinstering in haar ogen wanneer ze dichter naar het scherm leunt.

"Hé," zegt ze. "Daar zijn jullie, weglopers."

"Jo." Ik ga op de bank zitten. Na alles wat er gebeurd is, voelt het alsof ik haar weken niet heb gezien in plaats van een paar dagen. "Hoe gaat het met je?"

Alex gaat naast me zitten.

"Hetzelfde liedje aan mijn kant. De vraag is hoe het met *jou* gaat?" Ze kijkt van mij naar Alex. "Hoe is het in Rusland? Bedankt voor de selfie, trouwens. De omgeving is hier spectaculair." Knipogend voegt ze eraan toe, "Je had me over je plannen kunnen vertellen."

"Het was een verrassing voor Katerina," zegt Alex met een hand op mijn knie. "Ze wist het niet."

"Wauw." Joanne zet grote ogen op. "Dat is nogal wat. Voorzichtig, Alex. Anders win je de prijs voor vriend van het jaar."

Hij schraapt zijn keel. "Hoe is het met Ricky?"

"Druk. Hij heeft in het nieuwe jaar een tentoonstelling. We hopen dat jullie er zullen zijn."

"We zullen ons best doen om het te redden," zegt Alex.

Ze richt haar aandacht op mij. "Wanneer ben je van plan om naar huis te komen?"

Ik kijk naar Alex.

"We zien het wel," zegt hij. "Katerina heeft te hard gewerkt. Ze neemt even broodnodig verlof."

"Echt?" zegt Joanne, haar verbazing niet verbergend. "En het ziekenhuis stond dat toe?"

"Ik was op weg naar een burn-out," zeg ik, en krimp ineen bij de leugen. "Het was ofwel het verlenen van verlengd verlof of het accepteren van mijn ontslag."

Ze knippert. Het is de eerste keer dat ze iets van mijn zogenaamde burn-out hoort. Ik zie de radartjes in haar hoofd bijna draaien, de achterdocht vormt zich. Maar dan moet ze besloten hebben dat ik gewoon zwaar verliefd ben, omdat ze met een sluwe glimlach zegt, "Ik weet zeker dat ze je niet kwijt willen. En je hebt gelijk. Je verdient de pauze. Hoe zit het met Thanksgiving en Kerstmis? Gaan jullie de feestdagen daar doorbrengen?"

"Daar hebben we het nog niet over gehad," zegt Alex.

Als ze merkt dat hij zijn antwoorden vaag houdt, geeft ze geen commentaar. Ik denk dat ze heeft besloten dat we stapelverliefd zijn en dat ze dat niet in de weg wil staan. In plaats daarvan spreidt ze haar handen en vraagt vrolijk, "Dus heb je het naar je zin?"

Ik doordrenk mijn toon met zoveel opwinding als ik kan en vertel haar over de bezienswaardigheden die ik heb bezocht en het eten dat ik heb geprobeerd.

Joanne grijnst. "Je laat het zo mooi klinken. Rusland staat zeker op mijn bucketlist."

"Jij en Ricky moeten op bezoek komen." Alex tekent patronen op mijn knie met zijn wijsvinger. "Er is hier genoeg ruimte voor jullie om te komen logeren."

Kippenvel loopt over mijn huid, waardoor ik rillingen krijg.

Haar grijns wordt breder. "Dat is erg aardig. We zullen het zeker overwegen." Dan kijkt ze naar iets opzij en haar gezicht betrekt. "Oh, verdorie, ik moet naar een vergadering. Ik bel je snel weer."

"Tuurlijk," zeg ik, terwijl ik het betreur dat ik afscheid moet nemen. "Werk niet te hard."

"Stuur me meer foto's." Ze geeft me een handkus voordat het scherm zwart wordt.

Er is een moment van stilte, waarin ik een vreemd gevoel van verlies verwerk. Een deel van me voelt zich al losgekoppeld van mijn oude leven.

Alex sluit de laptop.

"Dank je," zeg ik, terwijl ik mijn toon vrolijk houd. Hij heeft genoeg aan zijn hoofd. Hij kan het er niet bij hebben dat zijn vriendin ook nog eens emotioneel wordt. Het is waarschijnlijk gewoon PMS.

"Graag gedaan, mijn liefste."

We zitten daar gewoon even, en we zeggen geen van beiden iets.

"Wil je een kopje thee?" vraag ik om de stilte te verbreken.

"Nee, bedankt. Ik moet weer aan het werk." Hij staat op. "Ik moet over een paar weken naar een bijeenkomst. Het zal een formele affaire zijn. Ik wil graag dat je meegaat."

Igors woorden klinken nog steeds duidelijk in mijn gedachten. "Ik weet het niet, Alex. Denk je dat dat een goed idee is?"

"Ik zou het niet hebben voorgesteld als ik dacht dat het een slecht idee was," zegt hij.

Ik laat mijn onaangetaste thee op het dienblad staan. "Misschien is het het beste als ik thuisblijf."

Hij vernauwt zijn ogen en kijkt me aan met een van die doordringende blikken die recht in mijn ziel kijken. "Het zal een verkeerd signaal afgeven als ik alleen ga."

"Wat voor signaal?"

"Dat ik je niet respecteer."

Ik knipper. "Waarom zouden mensen dat denken?"

"Wanneer een man een vrouw in zijn huis houdt, maar niet met haar in het openbaar gaat pronken, dan vertelt hij de wereld in niet mis te verstane bewoordingen wat haar plaats in zijn leven is."

"Dat ze zijn minnares is?"

"Precies. Je bent geen vies geheim dat ik moet verbergen."

"Mijn reputatie is nauwelijks je leven waard." Of ons leven, wat dat betreft. "Moet je echt gaan?"

Hij knikt. "Als ik niet ga, zie ik eruit als een lafaard. We kunnen onze vijand niet laten denken dat we bang zijn. Dat is wat hij wil. Ik laat het gala beveiligen. Ik heb er mannen voor, tijdens en na het evenement. Bovendien zullen veel machtige overheidsfunctionarissen en leiders uit de particuliere sector aanwezig zijn. De beveiliging zal van de bovenste plank zijn." Als ik niet reageer, zegt hij, "Afgezien van het feit dat ik weiger me met mijn staart tussen mijn benen te verstoppen, is mijn aanwezigheid absoluut noodzakelijk."

Mijn handen worden klam als ik denk aan alles wat er op een openbaar evenement kan gebeuren. "Waarom? Wat bedoel je?"

"Ik ben bezig om een joint venture aan te gaan met een bedrijf dat kleine, draagbare kernreactoren produceert. Als de Russische regering groen licht geeft voor deze technologie, dan zullen we in staat zijn om aan veel van de perifere gemeenschappen hier en in de buurlanden schone, betaalbare energie te leveren. Dit gala zal de belangrijkste spelers in de energiesector en hun tegenhangers in de besluitvorming van de overheid samenbrengen. Als alles goed gaat, zal het de goedkeuring van deze technologie versnellen."

Natuurlijk. Nu ik weet dat hij op straat is opgegroeid, begrijp ik waarom dit belangrijk voor hem is. Het gaat om meer dan zijn zakelijke agenda vooruit te helpen. Dat blijkt wel uit de gepassioneerde manier waarop hij erover praat.

"Oké," zeg ik, niet dat ik echt een keuze heb. Doen

alsof je me er een geeft, is gewoon een manier om mijn gekneusde gevoelens te sussen. Het is alsof je een snee maakt en het beter maakt door er een pleister op te plakken.

"Goed." Hij geeft me een ontwapenende glimlach. "Ik zal ervoor zorgen dat je een geschikte jurk hebt."

15

ALEX

*D*e ochtend is grijs. Ik doe de slaapkamergordijnen wijder open. Er hangen dikke wolken in de lucht. Er wordt vanaf de late ochtend sneeuw voorspeld. De rivier ziet er donker uit in het korrelige zwart-wit plaatje van de koude dag. Maar goed dat ik Katerina gisteren mee uit heb genomen toen het helder weer was.

In de tuin doen de mannen hun ronde. Ik kan beter niet naakt voor het raam gaan staan.

Als ik het monochromatische winterbeeld de rug toekeer, zie ik een veel mooier uitzicht. Mijn kiska ligt op haar buik te slapen met haar kleine hand op mijn kussen. De dekens zijn naar beneden verschoven en onthullen de gouden huid van haar naakte rug. Mijn pik wordt hard ook al heb ik haar minder dan een uur geleden gehad. Ik had haar om negen uur wakker gemaakt met mijn gezicht tussen haar benen. Ik was voorzichtig geweest, wetende dat ze half sliep. De seks was zoet. Gewoon. Maar ik ben verre van verzadigd. Mijn lichaam eist meer. Met haar heb ik altijd meer nodig.

Mijn plan was om naar beneden te gaan voor het ontbijt. Ik heb op kantoor afspraken staan. Na gisteren een dag vrij te hebben genomen, is er veel werk in te halen. Ik moet echt gaan ontbijten, maar in plaats daarvan loop ik naar het bed. Bij elke stap verwarmt lust mijn aderen. Tegen de tijd dat ik de rand van het matras bereik, is mijn lichaam met kwade bedoelingen gevuld. Ik wil mezelf zo diep in haar begraven dat er geen twijfel zal zijn over wie ze toebehoort. Ik wil in haar vagina stoten totdat ik deze behoefte heb uitgeroeid die me verteert. De verzadiging zal slechts een halve dag duren voordat ik haar weer nodig heb, maar het zal me in ieder geval een paar uur de tijd geven om me op het werk te concentreren.

Ik trek de dekens langzaam van haar lichaam totdat ze naakt voor me ligt. Haar benen zijn een beetje uit elkaar, waardoor ik een glimp krijg van het delicate driehoekje tussen hen. Gedeeltelijk verborgen, is het als een verborgen schat. De illusie dat het onbereikbaar is buiten het zicht en buiten bereik, maakt het des te aantrekkelijker.

Ik klim op het bed en kruip over haar lichaam. Mijn pik pulseert van behoefte. De eenvoudige streling van de gevoelige kop over de zijdezachte huid van de binnenkant van haar dij trekt mijn ballen samen. De basis van mijn ruggengraat tintelt terwijl mijn hele lichaam van genot aanspant. Ik spreid haar heupen en pak de basis van mijn pik. Een druppel voorvocht morst uit de spleet. Het als smering gebruikend, wrijf ik de schacht over de roze, mollige plooien tussen haar benen.

Katerina beweegt zich. Ze maakt een slaperig geluid, gevolgd door een kreun achter in haar keel terwijl ik haar nat maak. Haar lichaam reageert prachtig. In een oogwenk is ze nat. Ik sla een arm om haar middel en til haar onderlichaam op. Voordat ze helemaal wakker is, zak ik al in haar. Haar lichaam is soepel en zacht van de slaap, haar inwendige spieren laten me gemakkelijk binnen.

Hijgend kijkt ze me geschrokken aan over haar schouder. "Alex?"

Ik plant een eerbiedige kus op haar ruggengraat. "Goedemorgen, kiska."

"Wat ben je aan het doen?"

Ik trek me bijna helemaal terug. "Is dat niet duidelijk?"

Ze strekt zich om me heen, mooi als perziken en room. Haar rug kromt zich, terwijl ik weer naar binnen stoot, haar adem ontsnapt uit haar longen, maar het gekreun dat ze uit vertelt me dat ze dit fijn vindt.

Langzaam naar buiten glijdend bewonder ik het uitzicht. Ik vind het prettig dat ze zich scheert. Ik wil alles zien. Vanuit deze hoek staat ze meer voor me open. Ik kan net zo goed kijken als aanraken. Zowel haar clitoris als de rozenknop van haar kont zijn toegankelijk.

Ik pak haar borsten vast en trek haar in een knielende positie. Haar tepels zijn al als harde kiezels, een teken dat ze opgewonden is. Ik wrijf mijn handpalmen over de uiteinden en geniet even van het lichte gewicht van haar rondingen voordat ik mijn handen over haar zij naar haar middel laat gaan om haar balans te testen. Als ik er zeker van ben dat ze stabiel is, begin ik met een rustig tempo met mijn heupen te stoten. Haar lichaam beweegt ritmisch met mijn ritme mee. Ze is een prachtig instrument om te bespelen, en al haar liedjes zijn van mij.

Zelfs bij de lichte escalatie van mijn tempo, maakt het genot mijn pik al harder. Ik word dikker in haar terwijl haar inwendige spieren me als een fluwelen vuist vastgrijpen. Ik ga het niet lang volhouden. Met een hand om haar lichaam en tussen haar benen, ga ik met mijn duim over haar klit. Ik gebruik mijn andere duim om op haar achterste opening te drukken, masseer met net genoeg druk om stimulatie toe te voegen zonder het risico te lopen haar per ongeluk pijn te doen door de strakke sluitspier te penetreren.

"Alex," roept ze zachtjes uit, half in paniek en half euforisch klinkend.

"Sst." Ik wrijf met luie cirkels over haar clitoris en kont. "Ik ga je niet in je kont nemen. Nog niet."

Haar adem stokt als ze naar me kijkt, haar ogen zijn groot van onzekerheid.

Als ze anaal gezien een maagd is, dan heeft ze veel voorbereiding nodig voordat ze me kan nemen. Mijn hartslag versnelt bij het idee om dat strakke kleine gat op te eisen, mijn lust oncontroleerbaar, maar voor nu laat ik haar gewoon wennen om op die verboden plek gestimuleerd te worden.

Als haar gekreun luider wordt en ze het laken in haar vuisten pakt, voer ik mijn tempo op en wrijf ik harder over haar triggerknoppen. Onze lichamen bewegen samen terwijl ik zo diep stoot dat mijn kruis haar kont raakt. Ik beweeg harder en sneller, totdat het geluid van ons vlees dat tegen elkaar slaat haar gekreun verdrinkt.

De manier waarop al haar spieren strak trekken is mijn teken dat ze op het punt staat klaar te komen. Mijn ontlading dreigt te exploderen als ze zich om mijn pik klemt, me melkt, me dieper trekt. Ik klem mijn tanden op elkaar, de razende behoefte negerend om al te komen en rijd haar orgasme uit zonder mijn snelheid te verbreken. Alleen als ze slap wordt en instort met haar bovenlichaam plat op het matras laat ik me gaan. De climax raakt me als een cycloon. Wit hete hitte barst uit als ik mijn lichaam in het hare leeg. Ik stoot tot ik droog ben voordat ik me over haar uitrek met mijn gewicht op mijn ellebogen.

Haar gehijg is onregelmatig, haar ribben zetten uit en trekken samen met snelle ademhalingen. Haar haar over haar schouder gooiend, kus ik haar nek en de boog van haar nek. Ze ruikt naar perziken. Ik kan het niet laten om op de plek te zuigen waar haar nek haar schouder raakt en een teken achter te laten. Mijn teken. Als ik kon, zou ik in haar blijven en zo in slaap vallen, maar ik ben al te laat voor mijn werk.

Met spijt trek ik me terug. Ze kreunt.

Ik kus de schelp van haar oor. "Niet bewegen."

Ik laat haar in een wanorde van verwarde, met seks doordrenkte lakens achter, maak in de badkamer een washandje nat met warm water en neem het mee terug met een handdoek. Zodra ik haar heb schoongemaakt, pak ik iets wat ik voor haar uit mijn ladekast heb gehaald.

Ik ga naast haar zitten en laat haar het kleine doosje en het glijmiddel zien.

"Wat is dat?" vraagt ze met een frons en duwt zich op haar ellebogen omhoog.

Een kwaadaardige glimlach vormt zich om mijn lippen. "Ik wil je kont, Katyusha. Ik wil alles van je." Ik til het deksel van de doos op en laat haar de siliconen kogel zien met de sprankelende kop. "Maar ik moet je voorbereiden voordat je me kunt nemen."

Haar ogen fonkelen. "Is dat wat ik denk dat het is?"

Mijn glimlach wordt breder. "Een buttplug. Je zult het de hele dag moeten dragen. Het zal je uitrekken."

"Ik..." Ze maakt met het puntje van haar tong haar lippen nat. "Dat heb ik nog nooit gedaan."

Ik veeg het haar van haar voorhoofd. "Wil je het doen?"

Ze denkt er even over na.

"We hoeven niets te doen waar je geen zin in hebt," zeg ik. "We kunnen het proberen en als je het niet prettig vindt, stoppen we ermee."

"Oké," zegt ze langzaam. "Denk ik."

Zelfs opgebruikt, trilt mijn pik. "Kniel voor me, kiska."

Gehoorzaam gaat ze op haar handen en knieën zitten.

"Goed zo." Ik veeg met een hand over de stevige ronding van haar kont. "Leun met je bovenlichaam op het bed."

Ze kijkt me van over haar schouder aan, buigt haar ellebogen en laat haar wang op haar arm rusten.

"Perfect," zeg ik, terwijl ik de andere bil streel.

Deze positie duwt haar kont in de lucht. Haar billen zijn gespreid, waardoor ik gemakkelijker toegang tot haar maagdelijke gat heb. Ik haal de dop van de tube en smeer de plug goed in.

"Dit gaat een beetje koud aanvoelen." Ik strijk een hand over haar onderrug. "Haal diep adem en houd die vast totdat ik je zeg om uit te blazen."

Ze ademt diep in en ziet er een beetje bang uit.

"Dit zal geen pijn doen," zeg ik hees, terwijl ik de punt van de plug tegen haar opening druk en haar aan de druk laat wennen. "Blaas nu uit, langzaam en gestaag."

Als ze de lucht uit haar longen uitademt, beweeg ik mijn vingers over haar kont en spreidt haar verder, terwijl ik iets meer druk uitoefen.

"Hoe gaat het?" mompel ik en druk langzaam maar zeker harder.

Ze bijt op haar lip en knikt naar me.

"Woorden, Katerina."

"Het gaat goed," zegt ze buiten adem.

"Wil je dat ik doorga?"

"Ja."

Voorzichtig draai ik de plug van links naar rechts, strek haar sluitspier tot de ring van spieren meegeeft en het speeltje naar binnen glijdt. De witte edelsteen past mooi in haar vouw, een juweel dat een juweel siert.

"Hoe voelt dat?" vraag ik, terwijl ik met mijn handpalmen over haar billen streel.

"Raar." Haar stem heeft een merkwaardige toon. "Vol."

De warmte die zich aan de basis van mijn pik opbouwt, maakt mijn stem hees. "Wacht maar tot ik je neem terwijl je die plug draagt."

Haar wangen blozen een beetje.

"Het is zo verdomd sexy." Ik traceer de omtrek van de schitterende steen. "Wil je het zien?"

Ze knikt.

Ik ga terug naar de badkamer en kom terug met een spiegel. Ze strekt haar nek om te kijken, haar blos verdiept zich als ze de sprankelende steen bestudeert die haar kont siert. Ik hou niet van BDSM of iets dergelijks, maar ik ben een man voor anaal, en zonder deze voorbereiding, riskeer ik haar pijn te doen, zo niet te scheuren.

Nadat ik de spiegel opzij heb gezet, ga ik terug naar bed en trek haar benen recht zodat ze plat op haar buik ligt. Ik negeer mijn hernieuwde behoefte en masseer de komende tien minuten haar schouders, rug en billen om haar te helpen ontspannen. Als ze zacht en buigzaam is, druk ik een kus op de bovenkant van haar bilspleet.

"Blijf," beveel ik. "Ik ben over een paar minuten terug met ontbijt."

~

ZOALS GEBRUIKELIJK STAAT HET ONTBIJT IN DE WARMHOUDLADE. Tima heeft *syrniki* gemaakt. Geserveerd met zure room, honing en bessen, zijn de cottage cheese-pannenkoeken mijn favoriet. Na Katerina in bed te eten te hebben gegeven, haast ik me door een douche en kleed me snel aan. Ze is weer in slaap aan het vallen als ik haar vaarwel kus. Er is veel wilskracht voor nodig om mezelf van haar weg te rukken en de kamer uit te lopen.

Igor en Leonid wachten in de hal als ik beneden kom. Dimitri en Yuri zitten al in de auto, de motor draait stationair.

"Bewaak haar met je leven," zeg ik tegen Igor. Hij moet Katerina beschermen als ik er niet ben.

Hij knikt met een staalachtige uitdrukking.

"Klaar?" vraag ik Leonid.

Hij schuift zijn jas opzij en laat me het pistool in zijn tailleband zien.

We rijden in een konvooi van vijf auto's naar mijn kantoor. Ik verwacht elke minuut dat we in beweging zijn in een hinderlaag te lopen. Ik wou bijna dat het voorbij was, ik wil gewoon dat het gevecht voorbij is en de klootzakken al dood zijn, maar er gebeurt niets, en een half uur later arriveren we veilig bij mijn kantoorgebouw.

Grigori begroet me met koffie en een stapel rapporten. Een stapel contracten ligt op mijn bureau te wachten om getekend te worden. Zodra hij me heeft ingelicht over wat ik tijdens mijn afwezigheid heb gemist, besteed ik het eerste uur aan het inhalen van de taken op mijn prioriteitenlijst.

Om twaalf uur belt Adrian op de beveiligde lijn.

"Wat heb je voor me?" vraag ik, terwijl ik mijn stoel naar het raam draai.

"Iets groots."

Mijn lichaam is gespannen van verwachting. "Vertel."

"Ik heb Oleg Pavlov in de gaten gehouden, zoals je had gevraagd. Onlangs is een enorme hoeveelheid geld van zijn bankrekening gehaald en over verschillende rekeningen verdeeld. Sommige daarvan zijn buitenlands en andere lokaal. Van daaruit werd het geld verduisterd. Mijn financieel expert is erin geslaagd om een deel ervan te traceren. Een deel van het geld eindigde in Bitcoin en een deel in shellbedrijven. Het is een fucking doolhof. Wie het systeem ook heeft ontworpen, heeft ervoor gezorgd dat we op een dwaalspoor gingen." Hij pauzeert. "Het blijkt dat alle afleidingen naar één plek leiden, of moet ik zeggen, naar één persoon."

"Wie?" eis ik.

"Een hacker in Moskou. Hij heet Mukha. Hij heeft veel moeite gedaan om zijn identiteit verborgen te houden. Ik ben bang dat ik zijn echte naam nog niet voor je heb."

Een sneeuwvlok dwarrelt naar beneden en blijft aan het raam plakken. "Wat wilde Pavlov met een hacker?"

"Dat is wat ik mezelf afvroeg. Dus heb ik wat onderzoek gedaan. Ik bood het geld aan dat je me had gegeven. De vis heeft het aas gepakt. Blijkbaar betaalde Pavlov hem om een bestand te versleutelen en af te leveren."

"Wat voor bestand?"

"Dat wil hij niet zeggen."

"Welke informatie heeft mijn geld dan gekocht?" vraag ik ongeduldig.

"Hij heeft me de naam van de persoon gegeven aan wie hij de versleuteling gaf. Een zekere Ivan Besov."

Terugkerend naar mijn bureau, typ ik een bericht naar Nelsky, en beveel hem Ivan Besov na te trekken.

"Raad eens wat *mijn* hacker ontdekte toen hij Mukha's cyberspoor volgde?" vervolgt Adrian. "Besov heeft het bestand naar Vladimir Stefanov gestuurd."

Ik word stil. "Deed hij dat?"

"Dat deed hij zeker."

"Met andere woorden, Pavlov betaalde een hacker om een versleuteld bestand aan Besov te leveren, en Besov leverde het aan Stefanov."

"Correct."

Ik denk na over de betekenis hiervan. "Hoe zit het met Besov?"

"Hij is ex-militair. Hij werd eruit gegooid op beschuldiging van het martelen van een politieke gijzelaar. Het lijkt erop dat hij de schuld op zich nam voor zijn team. De aanklacht werd ingetrokken, maar daarna ging hij op eigen houtje verder."

"Welke divisie?"

"Spetsnaz. Sluipschutter."

De sneeuw begint harder te vallen. "Dat zou een goede huurmoordenaar zijn."

"Dat dacht ik ook. Hij gebruikt de bijnaam Bes."

Bes. In het Russisch is dat demon of boze geest. Wat subtiel. Ik haak een vinger tussen mijn kraag en mijn stropdas en trek aan de knoop om deze los te maken. "Zijn er teamgenoten die we kunnen ondervragen?"

"Nee." Papier ritselt op de achtergrond. "Hij werkt alleen."

Er klinkt een ping in mijn oor.

"Ik heb je zojuist een bijlage gestuurd met de informatie die ik over Besov kon verzamelen," zegt Adrian. "Hij heeft een adres in Moskou. Als hij de laatste tijd reist, dan doet hij dat met een vals paspoort. Volgens zijn gegevens is hij met pensioen, leeft hij van invaliditeitsuitkeringen en heeft hij Rusland sinds zijn militaire missies niet meer verlaten."

Een bericht van Nelsky verschijnt op mijn computerscherm. Ik klik op de bijlage. Het is een foto van Besov. Hij heeft groene ogen en blond haar. Volgens de informatie is hij tweeënveertig jaar oud.

Ik vuur nog een bericht af naar Igor, en beveel hem om een man op Besov te zetten en zijn adres te controleren.

"Je hebt het goed gedaan," zeg ik en sla het bestand

op in een geheime map. "Ik wil weten wat er in dat bestand staat dat Pavlov Mukha naar Besov heeft laten sturen."

"Mukha zal het bestand niet opgeven. Hij is bang voor Pavlov en Stefanov. Begrijpelijk."

"Waar ben je nu?" vraag ik.

"Nog steeds in Moskou."

"Kun je de hacker traceren?"

"Het zal lastig zijn, maar ik kan het proberen."

"Doe het. Bied hem in de tussentijd het dubbele van het geld voor het bestand. Beloof hem wat hij wil, maar zorg dat ik dat bestand in handen krijg. Ik moet het ontcijferd hebben."

"Weet je zeker dat dit de route is die je wilt volgen? Pavlov en Stefanov zijn gevaarlijke mannen."

Een langzame glimlach vormt zich om mijn lippen. "Dat ben ik ook."

16

KATE

*E*lke keer als ik beweeg, ben ik me bewust van het speeltje in mijn lichaam. In het begin is het een vreemd gevoel, maar tegen de late ochtend ben ik eraan gewend. Ik vergeet het bijna tot ik ga lunchen. De vreemde druk is niet ongemakkelijk. Het is zelfs vreemd opwindend, het dient als een herinnering aan de intentie van Alex.

Het idee van anale seks windt me op en maakt me een beetje bang, maar ik ben nieuwsgierig. Ik ben met mijn ex-vriendjes nog nooit avontuurlijk geweest, en het feit dat Alex mijn grenzen verlegt en zich zo op zijn gemak voelt met kinky, vind ik opwindend. In mijn vorige relaties was ik vaak degene die aanzette tot seks. Ik vind het geweldig dat Alex het initiatief neemt en voorstelt om iets nieuws te proberen.

Aangezien de ochtend voorbij is gegaan door tot laat te slapen en te lezen, besluit ik de middag productiever in de fitnessruimte door te brengen. Ik vind het niet erg om te lopen of te loungen met een buttplug, maar ik betwijfel of hardlopen comfortabel zal zijn. Na het lezen van de instructies die bij de doos zijn geleverd, die gelukkig in het Engels zijn, verwijder ik de plug en maak ik deze schoon met zeepwater voordat ik hem wegleg. Dan trek ik mijn trainingsuitrusting aan en pak op weg naar beneden een badpak.

Igor zit in een stoel in de hal en leest iets op zijn telefoon.

"Hoi," zeg ik, niet zeker waar we na gisteren met elkaar staan.

Voor de verandering lacht hij. "Goedemiddag."

Ik blijf voor hem stilstaan. "Ben je aan het babysitten?"

Hij haalt zijn schouders op. "De plicht roept."

"Heb jij even geluk."

"Alex zegt dat hij thuis is voor het avondeten."

Ik trek een wenkbrauw op. "Ik veronderstel dat het feit dat ik geen telefoon heb, jou ook de boodschapper maakt."

Hij laat de telefoon naar zijn schoot zakken en zegt, "Ik klaag niet."

"Ik voel me beter nu ik weet dat ik zo goed beschermd ben," zeg ik over mijn schouder terwijl ik verder ga.

Zijn gegrinnik volgt me door de gang.

Net als de vorige keer selecteer ik een levendige afspeellijst op het centrale geluidssysteem voordat ik op de loopband ga staan. Het hardlopen maakt wat van mijn spanning los en maakt mijn geest leeg. Het is goed om me op het ritme van mijn voeten te concentreren en al het andere te vergeten. Als mijn leven weer normaal wordt — als ik weer aan het werk ga — dan maak ik van sporten weer een onderdeel van mijn dagelijkse routine. Ik was vergeten hoe zwaar een zware training kan zijn.

Na een half uur hardlopen spoel ik me af in de douche en doe een paar rondjes in het zwembad. Wanneer mijn huid begint te rimpelen, strek ik me uit op een chaise lounge onder het dakraam. Het sneeuwt buiten hard. Het voelt vreemd om in mijn badpak in een binnentuin te liggen terwijl er aan de andere kant van de ramen een sneeuwstorm woedt.

Lena komt vragen of ik de *banya* wil gebruiken, een Russische sauna. Als dat zo is, zal ze Tima vertellen om een vuur te maken in het fornuis en de stenen te verwarmen. Omdat ik geen grote fan ben van extreme hitte, wijs ik het aanbod af. In plaats daarvan neem ik een douche in de badkamer van Alex. Ik stap uit de douche, wikkel een handdoek om mijn lichaam en pak het seksspeeltje uit de lade. Ik blijf gedurende een paar seconden over de doos nadenken voordat ik een beslissing neem. Zodra ik mijn beslissing heb genomen, kruipt er een aangename golf van hitte over mijn huid. Wat ik ga doen voelt verboden en ondeugend. Ik gebruik het glijmiddel uit het nachtkastje van Alex om de plug erin te stoppen, zoals Alex vanmorgen had gedaan. Zodra het comfortabel zit, kleed ik me in een warme trui en rok en installeer ik mezelf in de bibliotheek om een paar afleveringen van *Downtown Abbey* te bekijken.

Tegen theetijd begin ik me weer onrustig te voelen. Ik breng de tijd door met het in meer detail verkennen van het huis en bewonder de kunstwerken en de snuisterijen terwijl ik van kamer naar kamer loop. De geschiedenis van het paleis fascineert me. Ik maak een mentale notitie om Lena ernaar te vragen. Misschien kan Alex me een boek bezorgen als er een Engelse vertaling beschikbaar is.

Ik beëindig mijn rondleiding in de kamers boven. Ik sta in een van de luxeueze lounges en draai me langzaam om de muurschildering die langs alle vier de muren loopt in me op te nemen. De scène toont een gezin die een picknick heeft. De kleren suggereren een periode uit de achttiende eeuw. Gezien de kwaliteit van hun kleding, denk ik dat ze een rijke, misschien zelfs koninklijke familie zijn. De vrouw des huizes leunt achterover op een stoel terwijl een vrouw in een dienstmeisjesuniform haar een kopje thee serveert. De heer zit op de rug van een statig zwart paard, zijn pose is koninklijk. Vijf kinderen van verschillende leeftijden rennen achter een puppy aan, terwijl drie bedienden achter hen aanzitten. Een deken is over het gras gespreid, bedekt met druiven, brood en wijn. Een rijkelijk geborduurd tafelkleed hangt uit een open rieten mand.

Het detail is buitengewoon. Het fruit vangt de stralen van de zon, de dikke druiven een doorschijnend paars en groen in het licht. Het vakmanschap van het

schilderij is spectaculair. Ik wed dat Ricky dit graag
zou zien. Het is alsof je naar het verleden wordt
getransporteerd. Heeft die scène zich hier afgespeeld?
Het groene gazon op het schilderij zou in de zomer
met gemak de paleistuin kunnen zijn. Alex zei dat er
vroeger stallen aan de achterkant waren.

Een griezelige stilte daalt neer terwijl ik de
muurschildering blijf bestuderen. Even zijn alleen ik en
de familie in de gelukkige momentopname van een
vervlogen tijdperk gevangen. Een klok op de
schoorsteenmantel houdt de tijd bij met een zachte tik-
tok. Het is bijna vijf uur en het is buiten al donker. Een
onverklaarbare golf van eenzaamheid overspoelt me.
Ik voel me plotseling geïsoleerd, alleen met alleen het
gezelschap van geesten.

Ik heb een warm drankje nodig, sluit de deur achter
me en ga naar de keuken.

Lena is tafellinnen aan het strijken als ik
binnenkom. Tima heeft waarschijnlijk pauze. De
keuken is warm en vochtig van de damp van het
strijkijzer. De lucht ruikt naar een mengsel van zetmeel
en wasmiddel, en brengt me terug naar de weekenden
bij mijn moeder thuis. Mam deed haar strijkwerk altijd
op een zaterdag. Tegenwoordig gebeurt dat alleen als
haar gezondheid het toelaat.

Een pijn van verlangen doorboort me. Ik mis mijn
moeder.

"Kan ik iets voor je pakken?" vraagt Lena, van het
sissende strijkijzer opkijkend.

"Nee, dank je." Ik loop naar de koelkast. "Ik wil

gewoon wat melk opwarmen voor een kop warme chocolademelk."

Ze vouwt een servet zorgvuldig op. "De cacao staat in de bovenste kast aan je linkerkant en de pannen staan onder de gootsteen."

Na een kleine pan gevonden te hebben, vul ik het met melk. "Wil je een beetje?"

"Nee, bedankt." Ze laat het strijkijzer langs de naad van het servet lopen. "Als je liever wacht, Tima is over tien minuten terug van zijn pauze."

"Ik kan zelf een kop warme chocolademelk maken," zeg ik goedaardig. "Het is niet alsof ik veel anders te doen heb."

Ze kijkt me vluchtig aan voordat ze het servet op een netjes gevouwen stapel neerlegt.

Ik zet het gas aan en vind een mok terwijl de melk opwarmt. "Werk je hier al lang?"

"Sinds voordat meneer Volkov het huis kocht."

Ik leun tegen het aanrecht en steek mijn handen in de zakken van mijn rok. "Ken je de geschiedenis?"

"Een deel ervan." Ze pakt een servet uit een wasmand en schudt het eruit. "De vrouw van de vorige eigenaar heeft een studie gemaakt van de architectuur en interieurinrichting. Ze verzamelde elk boek over het onderwerp dat ze in handen kon krijgen."

"Zijn die er ook in het Engels?"

Ze trekt haar neus op. "Alleen in het Russisch, ben ik bang."

"Oh."

Het strijkijzer blaast een golf van stoom uit terwijl

ze het over het servet trekt. "Des te meer reden om Russisch te leren spreken." Met een hooghartige air voegt ze eraan toe, "Dat wil zeggen als je blijft."

Niet voor altijd. Of dat hoop ik in ieder geval. Ik heb in New York een baan en vrienden, en niet te vergeten mijn moeder. Ik heb daar een leven. De zeurende onzekerheid verstrakt mijn maag opnieuw.

Terwijl ik mezelf bezig houd met cacao en suiker in de mok te scheppen, verberg ik mijn uitdrukking voor Lena. Mijn aarzelende gevoelens moeten op mijn gezicht te zien zijn. Een deel van me weet niet zeker of Alex me ooit naar huis zal laten gaan. Wat als hij besloten heeft om me hier voor onbepaalde tijd te houden? Hoe aardig hij ook is, dat zou me niet verbazen. Hij heeft duidelijk gemaakt dat hij me niet zal laten gaan, en als hij besluit om hier te blijven, wat een zeer reële kans is, dan zal mijn leven zoals ik het kende verleden tijd zijn. Dit is tenslotte zijn thuis.

Het fornuis maakt een sissend geluid als de melk overkookt. Ik pak de pan van het fornuis en blaas op de schuimende vloeistof.

"Ga je binnenkort met entertainen beginnen?" vraagt Lena.

Ik draai mijn hoofd om om haar aan te kijken. "Wat?"

"Vroeger organiseerden de vorige eigenaren de mooiste feesten. Ze hadden elk jaar een liefdadigheidsbal. De voorbereidingen duurden maanden. Meneer Volkov vermaakt ook regelmatig, maar vooral voor zaken en op veel kleinere schaal.

Natuurlijk was de vorige maîtresse van het huis een directe afstammeling van de Russische adel, dus ze bewogen zich in cirkels die weelderig entertainment vereisten. Hoewel meneer Volkov zich met een aantal gezinnen mengt die koninklijk bloed in hun aderen hebben."

Ik giet de melk in de mok en zet de pan in de gootsteen. "Is dat zo?"

"De Turgenevs, bijvoorbeeld. Mikhail Sergejevitsj Turgenev en zijn familie komen regelmatig langs. Meneer Volkov is een goede vriend van de familie. Misschien heb je ze in New York ontmoet? Net als meneer Volkov, heeft meneer Turgenev een huis in Amerika voor zakelijke doeleinden. De familie brengt daar elk jaar een maand door. Ik geloof dat ze kort na u zijn teruggekeerd."

Ik ben nog steeds bezig met het spoelen van de pan. "Dania Turgeneva? Die Turgenevs?"

"Ah." Ze geeft een goedkeurende knik. "Dan heb je ze ontmoet."

"Kort," zeg ik, terwijl ik de pan op de lekbak zet.

"Je hebt tenminste al een vriendin in Sint-Petersburg." Ze vouwt het servet op en legt het boven op de stapel. "Je moet meneer Volkov vragen of je juffrouw Turgeneva voor thee kunt uitnodigen. Ze is zo'n charmante jongedame en komt ook uit een goed gezin." Ze geeft me een zoete glimlach. "Ik weet zeker dat hij graag in zal stemmen, zo hecht als ze zijn."

Nee, dank je. Niet nadat Dania me heeft verteld dat ze voorbestemd was om met Alex te trouwen.

Lena zwaait met een hand in de lucht en zegt met een dromerig licht in haar ogen, "Die diners zijn gewoon geweldig. Dat is wanneer we het zilver en kristal tevoorschijn halen en alles polijsten tot het glanst."

Dus, Dania is een regelmatige bezoeker. Waarom stoort me dat? Ik ben nooit het jaloerse type geweest, maar ik ben nog nooit uit geweest met een man als Alex, een zelfgemaakte ziljonair die wil dat ik een buttplug draag.

Warmte stroomt naar mijn wangen, en niet van de warme drank die ik drink.

Lena's gesprek is opgedroogd. Aan haar gezicht te zien, is ze nog steeds op een van die chique diners met de Russische royals.

Ik sta op het punt om mijn warme chocolademelk mee te nemen naar de bibliotheek als de deur achterin opengaat en Tima vanuit de modderkamer binnenkomt.

Hij sluit de deur en wrijft zijn handen tegen elkaar. "Het is daarbuiten een sneeuwstorm." Als zijn blik op mij valt, lacht hij. "Hoe is het vandaag met het konijn?"

Zijn grijns is aanstekelijk. Mijn lippen komen onwillekeurig omhoog als reactie. "Het gaat goed, bedankt."

Lena schakelt het strijkijzer uit en pakt de wasmand op. Terwijl ze de kamer uitloopt, zegt ze met haar neus in de lucht, "Het diner wordt om precies zeven uur geserveerd."

"Zoals elke avond," antwoordt Tima en hij trekt achter haar rug een gezicht.

Ik kan er niets aan doen dat er een lach in mijn keel omhoog komt. Ik kan het nog net tegenhouden voordat het eruit glipt.

"Let niet op haar," zegt hij, terwijl hij een schort van een haak pakt en het om zijn middel bindt. "Ze denkt dat haar stront niet stinkt."

"Tima!" zeg ik met een grinnik. "Dat is gemeen."

Hij knipoogt. "Het is waar."

"Ze zegt dat ze hier al heel lang werkt."

Hij pakt een pan van de plank en zet hem op het fornuis. "Ze is in dit huis opgegroeid. Haar moeder was voor haar de huishoudster."

"Wauw. Dat heeft ze me niet verteld. En jij?"

"Nee." Hij pakt een mes uit het blok en trekt het door de messenslijper. "Ze was hier lang voor mij. Daarom denkt ze dat ze de baas is."

"Hoelang ken je Alex al?"

"Een paar jaar," zegt hij ontwijkend.

"Hoe hebben jullie elkaar ontmoet?"

"Laten we zeggen dat onze paden elkaar kruisten toen de mijne niet erg recht of smal waren."

Ik wil me niet nieuwsgierig zijn als hij zich er niet prettig bij voelt. Dus laat ik het onderwerp varen. Omdat ik gewend ben om de hele dag met mensen te werken, mis ik menselijk contact. Ik geniet van het gezelschap en ik ben terughoudend om weg te gaan, maar ik wil Tima niet voor de voeten lopen als hij werk te doen heeft.

"Ik zal —"

Ik sta op het punt om te zeggen dat ik in de bibliotheek ben als de deur met een knal open gaat, en Igor en een van de bewakers er doorheen rennen.

Tima's hand verstrakt zich rond de schacht van het mes. Zijn houding is gespannen, alsof hij klaar is om aan te vallen.

Mijn hartslag schiet omhoog. Worden we aangevallen?

"Wat is er aan de hand?" vraag ik gespannen aan Igor.

De bewaker strompelt de keuken in en houdt een handdoek vast die om zijn hand is gewikkeld.

Igor sluit de deur. "Hij is gewond."

Mijn professionele kant komt omhoog en ik sleep een stoel langs de tafel naar voren. De man ziet eruit alsof hij om gaat vallen.

"Wat is zijn verwonding?" vraag ik terwijl Igor hem in de stoel helpt.

"Hij heeft zich gesneden," zegt Igor. "Mes."

"Laat me eens kijken," zeg ik tegen de man en pak de handdoek uit.

"Hij spreekt geen Engels," zegt Igor.

Ik richt mijn vraag aan Igor. "Heb je een EHBO-doos?"

"Ik pak hem wel," zegt Tima, terwijl hij het mes in het blok achterlaat en door de gang rent.

Het bloed is door de handdoek gedrenkt. De man deinst terug als ik de handdoek van zijn huid trek. Bloed sijpelt uit een diagonale snee in zijn handpalm.

"Hoe heet je?" vraag ik terwijl ik zijn hand vastneem om de schade te inspecteren.

"Stepan," zegt Igor.

"Het lijkt er niet op dat er slagaders zijn doorgesneden, maar het moet gehecht worden." Als ik de ogen van de man ontmoet, zeg ik, "Het komt wel goed met je."

"De aanblik van bloed maakt hem..." Igor pauzeert. "Hoe zeg je dat? Duizelig."

Tima komt terug met een EHBO-doos die hij op tafel laat staan.

"Kun je naar de gootsteen lopen, Stepan?" vraag ik. "Ik moet het bloed afspoelen."

"Ik zal helpen," zegt Igor.

Igor slaat zijn arm om Stepans schouders en leidt hem naar de gootsteen terwijl ik door de EHBO-doos ga en een fles zoutoplossing pak.

Bij de gootsteen open ik de kraan en hou Stepans hand onder water. "Ik heb schone vaatdoeken nodig."

Terwijl Tima een lade opent en een stapel doeken eruit haalt, giet ik zoutoplossing over de snee. Als het schoon is, pak ik een vaatdoek en wikkel het om Stepans hand om het bloeden te stoppen.

"Zo is het goed," zeg ik op een rustgevende toon. "Laten we je nu terug naar de tafel brengen."

Igor helpt hem terug in de stoel terwijl ik een andere dichterbij trek voor mezelf.

"Heb je een lokale verdoving?" vraag ik.

Igor beweegt met zijn hoofd in de richting van de EHBO-doos. "Daarin."

Ik positioneer Stepans hand met zijn handpalm naar boven en zijn onderarm op de tafel rustend. "Houd druk op de wond."

Igor doet wat ik beveel, mijn handen bevrijdend om de verdoving te zoeken. Ik vul een injectienaald uit de injectieflacon en kantel mijn hoofd naar de doek. Wanneer Igor de doek verwijdert, injecteer ik de verdoving in het vlezige deel van de handpalm van de man.

"Pak een schone doek en druk deze op de snee," zeg ik, op zoek naar chirurgische draad en een naald.

Stepan is bleek en lijkt bijna flauw te vallen.

"Een soldaat die bang is voor bloed?" vraagt Tima met een neerbuigende lach.

"Alleen zijn eigen bloed," zegt Igor, terwijl hij Tima een koude blik geeft. "Jouw bloed zou hem bijvoorbeeld niet storen."

"Hé." Ik kijk de mannen streng aan. "We staan allemaal aan dezelfde kant. Igor, zeg hem dat hij zijn ogen kan sluiten of weg kan kijken."

Igor herhaalt de woorden in het Russisch terwijl ik in Stepans huid prik met de naald om te testen of de verdoving effect heeft. Hij krimpt ineen.

"Doet het pijn?" vraag ik.

Igor herhaalt de vraag voordat hij voor mij vertaalt. "Hij kan het gevoel voelen aangeraakt te worden, maar er is geen pijn."

"Hoe is dit gebeurd?" vraag ik, terwijl ik aan de bovenkant van de snee de naald door de huid van Stepan duw.

"Training," zegt Igor.

Ik kijk vluchtig naar hem. "Train je met echte messen?"

"Het zou het doel tarten om met speelgoed te trainen, nietwaar?"

Ik snauw een antwoord terug. "Hoe zit het met Alex?"

"Wat is er met hem?" vraagt Igor.

"Keurt hij deze trainingsmethode goed?"

"Hij is degene die erop staat," zegt Igor.

Ik staar hem aan. "Dat is gevaarlijk. Ik kan niet geloven dat hij zo onverantwoordelijk zou zijn."

Igor recht zijn rug. "Hij vraagt ons niets dat hij niet zelf doet."

De implicatie maakt me koud. "Wat? Traint hij ook zo?"

Igors toon is verontwaardigd. "Natuurlijk doet hij dat. Daarom respecteren we hem."

Tima blaast een zucht uit. "Als je klaar bent met bloeden in de hele ruimte, wil ik mijn keuken graag desinfecteren. Ik moet koken."

"Sorry." Ik geef Tima een kleine glimlach. "Ik had hem naar de badkamer moeten brengen."

"Maak je geen zorgen, mijn kleine konijntje," zegt Tima. "Het is niet jouw fout. Deze jongens zouden beter moeten weten."

Angst kruipt in mijn buik als ik weer aan het werk ga. Ik wist dat Alex aan het trainen was, maar gevechtstraining doen met zijn bewakers? Met echte messen? En wie weet welke andere wapens?

"Wat is hier aan de hand?" vraagt een diepe stem vanuit de deur.

Ik kijk op. Het voorwerp van mijn gedachten staat in de deuropening, gekleed in een donker pak en met een explosieve uitdrukking.

"Stepan is gewond," zegt Igor. "Steekwond."

"Dat zie ik," zegt Alex, terwijl hij over de drempel stapt. "Maar waarom laat hij Katerina hem hechten?"

Ik kijk hem met knipperende ogen aan. "Heb je liever dat Igor het doet? Ik ben tenminste gekwalificeerd."

"Dit is verdomme geen ziekenhuis." Alex stopt naast de tafel. "De mannen weten hoe ze voor hun wonden moeten zorgen."

Igor wrijft een hand over zijn hoofd. "Ik dacht gewoon—"

"Dat je, omdat ze een verpleegster is, een verdomde ziekenboeg kunt runnen?" De stem van Alex is hard.

"Alex," zeg ik voorzichtig. "Ik ben erg blij dat ik kan helpen."

"Je bent hier niet om te werken," zegt hij, terwijl hij een ijzige blik naar Igor werpt. "En mijn mannen zijn hier niet om hun poten op je te leggen."

"Genoeg." Ik maak een knoop in de draad. "Kun je in plaats van boos te zijn over mijn hulp, de schaar even aangeven?"

Alex gehoorzaamt met tegenzin.

Ik knip de draad door en geef hem de schaar met een overdreven zoete, "Dank je."

"We hebben het hier in de bibliotheek wel over," zegt hij met een strakke kaak.

"Nadat ik de wond heb gedesinfecteerd en verbonden."

Hij slaat zijn armen over elkaar en kijkt me met een grimmige uitdrukking aan, maar hij maakt geen ruzie als ik mijn werk afmaak en Stepan vertel om een paar pijnstillers en een antibioticum te nemen voordat hij naar bed gaat.

Tima begint de tafel schoon te vegen met ontsmettingsmiddel zodra Stepan staat. Igor is nauwelijks met de patiënt vertrokken voordat Alex zijn hand om mijn bovenarm slaat en me overeind trekt.

"Nu gaan we praten," zegt hij met een duistere stem, terwijl hij me bijna door de deur sleept.

"Wacht." Ik duw mijn hakken in de grond. "Ik moet mijn handen wassen."

Hij laat me gaan, maar zodra ik klaar ben, stuurt hij me naar de dichtstbijzijnde kamer en duwt me naar binnen. Het is een van de lounges dicht bij de eetkamer. Ik loop naar het midden van de kamer en creëer wat afstand. Hij is onredelijk boos en ik ben overstuur. We hebben allebei ruimte nodig om af te koelen.

Hij kijkt naar me met glimmende blauwe ogen, sluit de deur en draait de sleutel om.

De act laat mijn hartslag opspringen. "Wat ben je aan het doen?"

"Ik vind het niet prettig als je mijn mannen aanraakt," zegt hij en komt op me af.

Ik draai mijn nek om zijn blik te ontmoeten als hij zo dichtbij stopt dat onze lichamen elkaar bijna aanraken. "Het is mijn werk."

Zijn kaak verstrakt. "Hier niet."

"Ik raak in New York dagelijks veel mannen aan," zeg ik met nauwelijks onderdrukte frustratie.

Een spier tikt in zijn slaap. "Dat betekent niet dat ik het leuk hoef te vinden."

Ik zet mijn handen op mijn heupen. "Je hebt nooit gezegd dat het je dwarszat."

"Zoals ik al zei, dat betekent niet dat ik het leuk vond."

"Dit is belachelijk. Er is een verschil tussen de aanraking van een verzorger en een intieme aanraking. Dat snap je toch wel?"

Hij geeft me een harde glimlach. "Het maakt voor mij niet uit wat voor soort aanraking het is. Ik wil niet dat je ze aanraakt." Zijn stem zakt met gevaarlijke bedoelingen. "En als ik ze met hun handen je aan zie raken, dan hak ik ze eraf."

Woede barst door mijn aderen en verwarmt mijn huid. "Ik hou van mijn werk. Ik ben er goed in. Dat zei je zelf. Als je een probleem hebt met mijn baan, dan wordt het een probleem voor ons, en ik bedoel een *echt* probleem." Ik voeg er met nadruk aan toe, "Een erop of eronder soort probleem."

"Ik bewonder je vaardigheid en toewijding." Zijn woorden worden zacht gesproken, maar er zit een randje aan. "Ik bewonder het beroep dat je hebt gekozen en ik respecteer je beslissingen. Ik zeg niet dat je niet kunt doen waar je van houdt. Wat ik je vertel, Katyusha, is dat ik niet graag deel. Ik zal nooit willen dat je de blote romp of pik van een andere man aanraakt, hoe professioneel de bedoeling ook is."

"Je bent jaloers," zeg ik, geschrokken om te beseffen hoe erg.

"Precies." Hij legt een handpalm over mijn onderrug en trekt me tegen hem aan terwijl hij zijn vrije hand onder de zoom van mijn rok glijdt om mijn geslacht vast te pakken. "*Dit*" — hij knijpt — "behoort aan mij toe." Hij glijdt zachtjes langs mijn clitoris en gaat verder op een toon die geen ruimte voor discussie toelaat. "Alleen van mij."

Een vonk gaat van mijn kruis naar mijn buik, maar ik kan hem me niet met lust laten afleiden.

"Nee." Ik duw tegen zijn borst.

Hij kijkt me met een mengeling van verrassing, woede en ongeloof aan, maar hij trekt zijn hand niet weg.

"We zijn nog niet klaar met praten." Ik pak zijn pols vast en trek zijn hand onder mijn rok vandaan. "Ik ga je niet bedriegen. Dat is niet mijn stijl. Maar ik neem geen bevelen van je aan." Ik wijs naar de deur. "Als je dat niet kunt accepteren, dan kun je net zo goed nu door die deur lopen. Mijn baan staat niet ter discussie."

Een stille storm bouwt zich op in zijn ogen. "Je baan is niet het probleem."

"Wat is het dan?"

"Mijn mannen," zegt hij tussen zijn tanden door. "Je

bent mooi. Ze zijn geil. Tel één en één bij elkaar op, en wat krijg je dan?"

"Als je hen niet vertrouwt, vertrouw mij dan."

Hij klemt zijn kaak op elkaar en zegt, "Je vraagt te veel van me, Katerina."

Ik zet een stap terug. "Is vertrouwen te veel gevraagd?"

Hij haalt zijn vingers door zijn haar. "Dat is niet wat ik bedoel. Ik heb het over niet willen dat ze een beetje te veel van je aanraking genieten." Het blauw van zijn ogen wordt koud. "Als een van die klootzakken een erectie krijgt door naar je te kijken, dan hak ik er meer af dan zijn handen."

"Alex, alsjeblieft. Stepan had pijn. Ik kan je beloven dat opgewonden zijn het laatste was wat hij zou zijn geweest terwijl ik hem hechtte."

"Dat is maar goed ook," zegt hij en snauwt elk woord.

Ik laat mijn handen langs mijn zij vallen. "Je bent ongelooflijk. Als we het toch over vertrouwen hebben, waarom heb je me niet verteld dat je met je mannen trainde?"

Hij fronst. "Wat heeft dat ermee te maken?"

"Je traint met messen, verdomme."

"Ja," zegt hij, alsof dat voor zich spreekt.

"Er is vandaag iemand gewond geraakt. *Jij* kunt gewond raken."

"Het punt van trainen met echte wapens is ervoor te zorgen dat we *niet* gewond raken."

"In een echt gevecht bedoel je," zeg ik, zwevend tussen woede en bezorgdheid.

Hij sluit de afstand tussen ons. "Precies." Hij plaatst een krul achter mijn oor en vraagt met een trilling van zijn lippen, "Maak je je zorgen om me?"

"Natuurlijk doe ik dat," zeg ik ongelovig.

"Dat hoeft niet. Ik weet hoe ik voor mezelf moet zorgen."

"Wees dan niet jaloers," zeg ik.

Hij vouwt zijn hand om mijn nek en trekt me dichterbij. "Wil je zeggen dat je je geen zorgen zult maken als ik niet jaloers zal zijn?"

"Ik zal het proberen." Ik slik. "Ga je dat doen?"

Hij kijkt me nadenkend aan. "Wat vraag je van me, Katerina?"

"Ik ben hier toch. Ik kan net zo goed mijn vaardigheden goed gebruiken."

Hij bestudeert me met een doordringende blik en wrijft een duim over mijn nek. "Verveel je je?"

Ik haal mijn schouders op. "Een beetje."

Hij knikt. "Goed dan. Ik vecht. Jij geneest. Ben je nu blij?"

"Was dat zo moeilijk?" vraag ik met een gespannen glimlach.

Hij strijkt met zijn handpalm langs mijn dij onder de zoom van mijn rok. "Je hebt geen idee." Terwijl hij me achterstevoren naar de bank brengt, voegt hij er met een zachte, lage stem aan toe, "Maar je weet dat ik alles voor je zou doen."

Onze lichamen worden samengedrukt, zijn erectie

hard tegen mijn buik. Ik schuif mijn handen over zijn borst onder zijn jas terwijl hij zijn grip op mijn heup verstevigt. Terwijl hij mijn blik vasthoudt, volgt hij met een vinger het elastiek van mijn string en tekent een pad van mijn zij naar mijn onderrug. Als hij zich realiseert dat mijn billen bloot zijn, wordt zijn blik donkerder. Hij streelt mijn linkerbil met een eeltige handpalm, zijn huid ruw op de mijne. Zijn bewegingen zijn lui en zacht, maar intensiteit brandt in zijn ogen.

Mijn lichaam raakt gespannen van verwachting, onzeker wat ik kan verwachten als hij een vinger langs mijn plooi veegt. Goedkeuring en hitte spoelen over zijn gelaatstrekken als hij het juweel vindt. Ik snak naar adem terwijl hij op de plug drukt en zachte druk uitoefent.

"Je bent een braaf meisje geweest," zegt hij met een hese stem en laat zijn hoofd naar de mijne zakken.

Ik kantel mijn gezicht omhoog om hem gemakkelijker toegang te geven. Hij vangt mijn lippen in een vlammende kus en bant onze strijd, wapenstilstand, zorgen en onzekerheden uit. Geen van die dingen doen er toe als hij onze posities omkeert, gaat zitten en me op zijn schoot trekt. Ik vergeet het dreigende gevaar en de verre toekomst en concentreer me alleen op het geluid van zijn rits terwijl hij hem naar beneden trekt, en op de hete, gladde kop van zijn pik die langs de binnenkant van mijn dij streelt.

Hij trekt mijn string aan de kant en test mijn plooien met een vinger. Tevreden dat ik er klaar voor ben, tilt hij me op mijn knieën en plaatst zijn pik bij mijn ingang. Hij laat me hem in mijn tempo nemen, terwijl hij mijn gezicht leest en ik mezelf langzaam op hem laat zakken.

De volheid is bijna te veel, de strekking van zijn pik met de toegevoegde druk van het speeltje ondraaglijk stimulerend. Hij drukt met een duim op mijn klit en masseert tot mijn inwendige spieren soepel genoeg zijn om hem tot de schacht te nemen.

"Wacht," zeg ik ademloos en pak zijn pols. "Ik ga komen."

"Nog niet," zegt hij, terwijl hij de zijkant van mijn hoofd vastpakt en me dichterbij trekt.

Hij drukt onze lippen tegen elkaar en kust me met een vaardigheid die mijn knieën laat knikken. Hij gaat met zijn tong over de mijne en verkent de diepten van mijn mond voordat hij zachtjes in mijn onderlip bijt. De kus is niet gehaast. Hij houdt zich stil en geeft me tijd om me aan de nieuwe volheid aan te passen en van het gevoel te genieten dat hij me vult.

Na een lange periode van zoenen begint hij langzaam te bewegen. Ik pak zijn schouders voor balans terwijl hij met zijn heupen rolt. De sensatie is zo intens, de penetratie zo diep, dat ik mijn hoofd achterover gooi en kreun. Hij voert zijn tempo op en voegt wrijving toe aan de toch al overweldigende druk. Dit genot is anders. Het is duisterder. Nog verwoestender.

Hoe sneller hij beweegt, hoe hoger mijn behoefte stijgt. Het stijgt naar een hoogtepunt, maar ik ga er niet overheen. Dat kan ik niet, niet zonder een of andere aanraking van mijn clitoris. Ik steek een hand tussen onze lichamen en moet er als nooit tevoren zijn, maar hij sluit zijn vingers om mijn pols, zodat ik mezelf niet kan aanraken.

Ik word gek als dit ondraaglijke verlangen niet snel ophoudt.

Hij wiegt me sneller, maar niet harder, en houdt de stuwkracht zacht.

"Alex. Ik moet —"

De rest van mijn woorden worden afgekapt terwijl hij in me stoot en me de adem beneemt.

Zijn stem is verhit. "Ik weet wat je nodig hebt."

Hij beweegt een hand om mijn lichaam, grijpt de met juwelen versierde kop van de plug en draait van links naar rechts terwijl hij met ondiepe stoten in mijn geslacht stoot. Dat is het enige wat er voor nodig is. Ik breek met een rilling en kan nog net een schreeuw inhouden. Ontlading komt over me heen als een hevige storm. Hij volgt een seconde later, zijn lichaam raakt gespannen als hij in me klaarkomt. In plaats van zich terug te trekken als hij leeg is, laat hij me de naschokken van mijn orgasme berijden, en verlengt ze door het speeltje onder druk te houden met zijn handpalm.

Ik ben nog nooit zo gekomen, niet met zoveel kracht en niet alleen door dit soort stimulatie. Ik zak tegen zijn lichaam in elkaar, laat mijn voorhoofd op zijn schouder rusten en adem het mannelijke aroma van zijn parfum in. De vertrouwde geur aardt me evenveel als zijn sterke handen op mijn rug.

"Hoe gaat het?" mompelt hij, aan mijn oorlel knabbelend.

"Mm." Ik weet niet zeker of ik in staat zal zijn om mezelf van zijn lichaam los te trekken, laat staan om overeind te komen.

"Het is tijd voor een upgrade," zegt hij met een hese stem. "Je bent klaar voor een grotere maat."

Ik hoef niet te vragen wat hij bedoelt.

"Siliconen of glas?" vraagt hij en laat kippenvel over mijn arm gaan als hij op de gevoelige plek achter mijn oor zuigt.

"Siliconen klinken zachter." Om hem te plagen, voeg ik eraan toe, "Ik hou van rood."

Hij grinnikt. "Een robijn zal het zijn."

Ik trek me verrast terug. "Een robijn?"

Hij streelt het haar van mijn gezicht. "Wat had je dan verwacht, mijn liefste?"

"Kristal?" vraag ik met een frons.

"Tsk." Hij schudt zijn hoofd.

Mijn lippen scheiden in ongeloof. "Je bedoelt...?"

"Een diamant, ja," zegt hij. "Je dacht toch niet dat ik een gewoon kristal in je kont zou stoppen, of wel?"

De grove woorden zouden niet heet moeten klinken, maar ze verwarmen mijn buik.

"En even voor de duidelijkheid," zegt hij, terwijl hij mijn haar in een strakke vuist vastpakt. "Ik zal niet snel door die deur lopen, kiska."

17

ALEX

*E*r gaat een week voorbij zonder actie op het veiligheidsfront. Stefanov heeft mijn bericht zeker ontvangen, degene die ik via die dode *ublyudok*, Vadim, had gestuurd, maar hij maakt geen beweging. Hij wacht zijn tijd af, misschien wacht hij op een zwakte om uit te buiten. We zitten in een frustrerende impasse vast, terwijl we elkaar in de gaten houden.

Er is ook geen nieuwe informatie van Adrian. Hij probeert nog steeds de hacker te vinden die zichzelf Mukha noemt. Die vent — Mukha — is goed. Dat moet ik hem nageven. Nelsky en mijn team zitten ook op zijn spoor, maar ze hebben niets gevonden. Adrian verdrievoudigde mijn oorspronkelijke aanbod aan de hacker voor het bestand dat hij voor Pavlov had versleuteld, en de vervelende kleine vlieg zei dat hij erover na moest denken. Hij had gezegd dat als hij het bestand zou overhandigen, hij een nieuwe identiteit zou moeten aannemen en verdwijnen. Hij zou nooit meer een voet in Rusland kunnen zetten. Wat er ook in dat bestand staat is verdomd belangrijk, genoeg om de vlieg op zijn hoede te laten zijn om het te verkopen, zelfs voor drie miljoen euro, en genoeg voor Stefanov om me te willen vermoorden.

Wat ik nog steeds niet weet is wat Pavlov hiermee te maken heeft. Net als Stefanov versterkt hij zijn leger. Je zou denken dat ze zich op oorlog voorbereiden. Mijn informanten vertelden me dat ze allebei meer wapens op de zwarte markt besteld hebben en meer mannen hebben ingehuurd.

Wat Besov betreft, ben ik er bijna honderd procent zeker van dat hij de klootzak is die op me heeft geschoten, hoewel ik niet kan bewijzen dat hij in de VS was toen de schietpartij plaatsvond. Volgens de vluchtgegevens die ik van mijn contacten heb gekregen, is Besov al jaren veilig en wel op Russische bodem. Dat betekent niet dat hij niet met een vals paspoort heeft gereisd. De man die ik opdracht had gegeven om Besovs appartement in de gaten te houden informeerde me dat Besov niet thuis is. De buren hadden gezegd dat hij op zichzelf is en nooit met iemand praat, maar ze hebben hem al twee maanden niet gezien.

Terwijl ik wacht, gebruik ik mijn rusteloze energie om ervoor te zorgen dat het komende evenement veilig zal zijn. Het galadiner wordt in het centrum gehouden in de balzaal van het Lion Palace Hotel. De evenementencoördinator heeft me de gastenlijst gegeven. Stefanov en Pavlov zijn niet uitgenodigd. De

Bratva-bazen zijn niet het soort influencers waarmee de regering geassocieerd wil worden als het om kernenergie gaat.

Aangezien er veel overheidsfunctionarissen en vooraanstaande zakenlieden aanwezig zullen zijn, is de beveiliging al top, maar ik sta erop om extra maatregelen te nemen. Ik wil dat iedereen gefouilleerd wordt voor ze het gala mogen betreden. De hal heeft een aparte ingang van het hotel, die in mijn voordeel werkt. Het maakt het controleren van wie er naar binnen- en naar buitengaat aanzienlijk gemakkelijker. Ik ben genoeg van een belangrijke gast om mijn specificaties tot in de puntjes geregeld te krijgen. Mijn geld heeft genoeg van de zakken van veel van de aanwezigen gevuld. Het feit dat Mikhail Turgenev en zijn familie aanwezig zullen zijn, helpt mijn inspanningen verder. Turgenev, die een voorstander van beveiliging is, heeft mijn suggesties ondersteund. Hij heeft zelfs gevraagd om metaaldetectiepoorten bij de ingang te laten plaatsen.

We zullen ook controleposten op laten zetten en alle voertuigen op explosieven laten doorzoeken voordat ze de hal mogen betreden via een afgezette eenrichtingsstraat. Onze zorgvuldig gescreende parkeerbedienden parkeren de voertuigen op de ondergrondse parkeerplaats die voor, tijdens en na het evenement door een team van bewakers in de gaten wordt gehouden.

Daarnaast laten Mikhail en ik het gebouw omsingelen. Onze mannen zullen om het hele blok gestationeerd zijn, gewapend met automatische geweren, rookbommen en granaten. Ze zullen natuurlijk discreet zijn. Het grote publiek zal niet eens weten dat ze er zijn. Mijn beveiligingschef, Nelsky, zal de bewegingen rond het hotel via satelliet volgen. We zullen ook op strategische coördinaten drones plaatsen, zowel om extra ogen op de locatie te hebben als voor extra vuurkracht indien we dat nodig hebben. Die drones zijn met raketten geladen die een tien verdiepingen hoog gebouw tegen de vlakte kunnen gooien. Tot slot zal ik mannen op de vloer hebben die via een centraal communicatiesysteem met Nelsky en mij verbonden zullen zijn. Vijanden die stom genoeg zijn om zich op het gala te richten, worden als insecten geplet voordat ze binnen een straal van vijf kilometer van het gebouw komen.

Dit betekent niet dat we het huis weerloos achterlaten. Hoewel Katerina en ik het gala met een leger van mannen zullen bijwonen, zullen er genoeg van hen in mijn huis blijven om het fort daar te bewaken. Ik heb ook extra mannen op wacht gezet bij de huizen van Stefanov, Pavlov en Besov. Als ze ook maar een meter bewegen, dan zal ik het weten.

Katerina is verrassend meegaand met alle voorzorgsmaatregelen. Ik had verwacht dat ze zou klagen en mokken over haar verlies van vrijheid, maar ze draagt dapper de onverdiende last die ik op haar schouders heb gedumpt. Op mijn beurt doe ik alles om haar grillen en wensen te vervullen, zelfs als het in strijd is met elk instinct dat ik bezit. Haar verpleegster laten spelen voor mijn mannen is niet makkelijk voor me. Ik heb haar in detail uitgelegd waarom het me van streek maakt, maar zij doet haar best om zich elke keer als ik een voet buiten het huis zet zich geen zorgen te maken — of ze laat gewoon niet zien hoe erg de bezorgdheid haar beïnvloedt — en daarom probeer ik mijn jaloezie onder controle te houden.

De mannen komen naar het huis alsof Katyusha daar voor hen woont. Igor en Leonid hebben een van de lounges in een ziekenboeg met een onderzoeksbed en medische apparatuur getransformeerd. De mannen komen naar haar toe met van alles van verstuikte enkels tot hoofdpijn. Aangezien mijn kiska echt blij lijkt te zijn om te helpen en minder gestrest lijkt als ze bezig is, zet ik mijn tanden op elkaar en verdraag de aanwezigheid van de watjes in het huis. Ze hebben nog nooit over een snee in hun vinger geklaagd. Ik veronderstel dat de nieuwheid van Katerina's aanwezigheid nog niet is uitgewerkt.

Ik heb nog nooit voor iemand gecompromitteerd, maar Katerina is in veel opzichten een primeur voor me. Trouwens, de beloning voor mijn lijden is het meest effectief. Ze is de afgelopen dagen meer open tegen me geweest, haar toenaderingen zowel zoet als heet.

Ik doe alles als dat betekent dat ze me toegang tot haar lichaam en haar hart geeft.

~

Als ik vrijdagavond thuiskom van kantoor, ga ik meteen naar de zelfgemaakte kliniek. De kamer ruikt naar ontsmettingsmiddel als ik de deur open. Hij is leeg. Voor de verandering is er geen patiënt met een splinter in zijn huid die verwend wil worden.

Urgentie drijft mijn stappen als ik door het huis loop. Ik wil haar graag zien. Ik ben vanmorgen weggegaan terwijl ze nog sliep en ik kreeg geen kans om haar een afscheidskus te geven. Haar lach komt van het einde van de gang, het geluid mooi en helder. Tima zegt iets in zijn bariton dat haar nog meer aan het lachen maakt.

Ik volg het geluid van hun geklets naar de keuken. Tima schrobt pannen in de gootsteen en Katerina leunt met haar achterkant tegen de tafel. Ze draagt een nauwsluitende trui en een rok die haar dijen omhelst. In combinatie met laarzen met hoge hakken ziet de outfit er sexy uit. Ze draagt de afgelopen week meestal jurken of rokken, en de reden daarvoor verwarmt mijn aderen en stuurt bloed naar mijn kruis.

"Alex," zegt ze en ze glimlacht naar me. "Tima vertelde me over een aantal van je minder smakelijke lokale gerechten."

Tima erkent me met een knik over zijn schouder. Ondanks het feit dat ik jaloers ben op de aandacht die Katerina hem geeft, ben ik hem dankbaar dat hij haar gezelschap houdt als ik overwerk. Hij hoeft niet in de keuken rond te blijven hangen. Het is al lang na zijn gebruikelijke afmeldtijd.

Ik ga naar haar toe en neem ik haar welgevormde figuur in me op. "Is dat zo?"

"*Keeshka*," zegt ze met een schattig accent en een opgetrokken neus. "Darmen gevuld met vlees en meel? Of varkensbloed?" Ze huivert. "Hij vertelde me dat het een van je favorieten is."

"Ik ben een avontuurlijke eter," zeg ik, terwijl ik voor haar stop.

De heesheid van mijn stem moet mijn lust verraden, omdat haar keel met een geluidloze slik op en neer beweegt terwijl ze naar me staart.

Tima droogt zijn handen aan een vaatdoek. "Ik ben klaar voor vanavond, tenzij je me nog voor iets anders nodig hebt?"

Ik verbreek het oogcontact met Katerina niet. "Je kunt gaan."

"Fijne avond," roept hij op weg naar de deur.

Hij slaat met een knal achter hem dicht en omsluit ons in stilte.

"Hoe was je dag?" vraagt ze na een tel, haar stem een beetje hees.

"Goed." Ik leun met mijn handpalmen aan weerszijden van haar lichaam op het tafelblad. "En die van jou?"

Ze maakt haar lippen nat. "Het gebruikelijke."

Ik vernauw mijn ogen bij de handeling. Onschuldig of niet, ik wil haar kussen. "Ik hoop dat je je niet te veel hebt ingespannen."

"Er is meer voor nodig dan dat," zegt ze, terwijl ze

onder mijn arm duikt en naar de andere kant van de kamer ontsnapt.

Haar tred is niet gehaast, maar ze rent toch. Naast het aanvoelen van mijn verlangen, moet ze ook intuïtief weten dat ik vanavond speciale plannen voor haar heb.

Op haar tenen doet ze de kast boven haar hoofd open. "Ik stond op het punt om thee te gaan zetten. Wil je ook?"

Inwendig glimlachend om haar nutteloze afleidingspoging, achtervolg ik mijn onschuldige kleine prooi. Ze strekt zich uit om het blik thee te pakken. Ik reik over haar heen en pak het blikje, een mentale notitie makend om Tima te vertellen het drankje op een lagere plank te zetten. De handeling brengt onze lichamen samen. Haar rug drukt tegen mijn borst en haar billen tegen mijn dijen. Ik zet de thee opzij en leun dichterbij en vang haar tussen het aanrecht en mijn lichaam.

Als een in het nauw gedreven konijn dat voor dood speelt, blijft ze volkomen stil staan. Alleen haar ribbenkast breidt zich uit met snelle ademhalingen. Ze weet wat ik wil en het maakt haar bang.

Ik laat mijn hoofd zakken en inhaleer de geur van haar huid voordat ik haar nek kus. Ze ruikt naar mijn favoriete dessert — perziken en room. Ondanks haar angst beweegt ze haar hoofd en geeft me betere toegang. Met één hand over haar buik en de andere over de ronding van haar borst, hou ik haar stevig vast terwijl ik langzaam en nauwgezet haar nek kus. Ik besteed extra aandacht aan het deel waar haar nek haar schouder raakt, wetende dat dit een erogene zone voor haar is. Wanneer haar huid rood wordt van mijn stoppels, kus ik mijn weg omhoog langs de boog van haar nek naar de gevoelige plek achter haar oor. Ze kreunt als ik met mijn tanden langs haar oorlel schraap. Terwijl ik met mijn hand van haar buik naar het plekje tussen haar benen ga, verhardt haar tepel zich onder mijn handpalm waar ik haar borst streel.

Ze zakt tegen me aan met haar ogen dicht en haar lippen lichtjes uit elkaar als ik mijn bestemming bereik. Ik leg mijn hand op haar geslacht en houd haar op haar plaats terwijl ik mijn andere hand tussen onze lichamen schuif om de plooi van haar kont te verkennen. De juwelen kop van de buttplug is hard onder mijn handpalm.

"Brave meid," fluister ik in haar oor en druk een lonende kus op haar kaak.

Ze maakt een geluidje als ik twee vingers op de plug druk en zachte druk uitoefen. Ik ben geduldig geweest. We spelen nu al een week met buttplugs en gebruiken elke dag een groter formaat. Ik heb haar voorzichtig uitgerekt en ruwweg geneukt, en ze hield van alles wat ik heb gedaan. Ze is klaar om mijn pik te nemen.

Ik wrijf met de hiel van mijn hand over haar clitoris om haar nat te maken. Ze kromt haar rug en duwt haar kont harder tegen mijn handpalm. Met beide handen speel ik met haar voor- en achterkant en masseer ik haar klit en kont in cirkels. Haar ademhaling versnelt terwijl ik mijn tempo verhoog. Net voordat ze breekt, stop ik.

Ik sla mijn vingers om haar pols en zeg, "Kom."

Ze volgt me zonder iets te zeggen naar de slaapkamer. Niemand gaat ons storen, maar ik draai de sleutel in het slot als voorzorgsmaatregel. Ik hou van mijn privacy.

"Strip," zeg ik in een stem die hees is van verlangen, terwijl ik mijn jas uitdoe.

Ze houdt mijn blik vast terwijl ze zich uitkleedt en de kleren in een hoop aan haar voeten laat vallen. Ik doe hetzelfde, ik trek zo snel als ik kan mijn shirt en broek uit.

Als we allebei naakt zijn, draait ze zich naar de badkamer, vermoedelijk om de plug eruit te halen. "Ik kom er zo aan."

Ik kijk hoe ze wegloopt en bewonder de beweging van haar kont en de rode edelsteen die tussen haar billen vandaan gluurt.

Het wachten maakt me gek. Mijn pik is hard en klaar om te gaan, een zwaar gewicht dat tussen mijn benen uitsteekt. Ik pak de schacht en trek twee keer, waarbij ik de druppel voorvocht opvang en de kop smeer. Wanneer Katerina terug in de kamer komt, maakt de angst haar ogen groot terwijl haar blik naar de bezigheid van mijn hand gaat.

"Ik ga je geen pijn doen," zeg ik en herinner haar aan mijn eerdere belofte. "Als je zegt dat ik moet stoppen, dan doe ik dat."

Ze slikt als ik de lade van het nachtkastje open en het glijmiddel eruit haal.

"Kniel op het bed zoals ik je heb geleerd, Katyusha."

Haar gehoorzaamheid verwarmt me op de juiste plaatsen wanneer ze op het bed klimt en met haar kont in de lucht en haar ellebogen op het matras voor me knielt.

Ik klim op het bed achter haar en spreid haar dijen naar mijn zin. In deze positie heb ik toegang tot haar hele lichaam. Haar kont is mooi uitgerekt, een uitnodigende verleiding. Opwinding glinstert op haar blote vouwen. Om er zeker van te zijn, doop ik een vinger tussen die volle lippen. Ze is glad, net zo klaar als ik.

Ik pak mijn pik in een vuist, plaats de kop tegen haar poesje en scheid haar voorzichtig. Ze strekt zich om me heen en neemt me met gemak terwijl ik er helemaal in glijd. Ik houd me even stil en geef haar de tijd om zich aan te passen, terwijl ik de dop van het glijmiddel haal en een royale hoeveelheid in haar vouw spuit.

Met een vinger spreid ik het glijmiddel rond haar donkere gat voordat ik het naar binnen werk. Ze klemt zich om de inbreuk, haar inwendige spieren grijpen mijn vinger stevig vast. Ik kom op dat moment bijna klaar, toen ik me voorstelde wat die strakheid met mijn pik zou doen. Terwijl ik met mijn pik begin te stoten, doe ik hetzelfde met mijn vinger en synchroniseer het tempo om haar kont en poes met ondiepe stoten te nemen.

Ze kreunt en laat me weten dat ze van de dubbele stimulatie geniet. Ik heb haar vaak genoeg genomen terwijl ze een buttplug droeg om haar op haar gemak te stellen met het gevoel dat ze overvol was, en ik heb mijn vingers gebruikt om haar te leren hoe ze ervan kon genieten als er met haar kont werd gespeeld. In mijn niet veeleisende tempo duwt ze met elke stoot terug tot ik haar twee vingers geef. Ik ga een tijdje zo door, wat het ritme een beetje versnelt, maar het stoten in beide gaten zachtjes houdt totdat ze zo behoeftig is dat ze haar kont tegen mijn kruis aan het wrijven is.

Ik ga pas sneller als ik haar achteringang met drie vingers neuk. Ik boots het stoten van mijn pik na, zink dieper en ga harder om haar klaar te maken. Als ze haar rug kromt en een geluid maakt dat me vertelt dat ze bijna komt, geef ik het aan haar, niets achterhoudend. Ze krijgt met een schreeuw een orgasme, haar inwendige spieren klemmen zich hard om mijn pik en vingers.

Terwijl ze soepel van binnen is en high van de euforie van ontlading, trek ik mijn pik eruit en plaats ik hem voor het mooie gat tussen haar billen. Ik ga heel langzaam, en oefen constante druk uit op de strakke kringspier totdat het begint mee te geven. Ze rekt zich perfect uit en laat me met weinig moeite binnen. Voordat ze uit haar climax is gekomen, zit de kop van mijn pik in haar kont begraven.

"Hoe gaat het, kiska?" vraag ik hees, terwijl ik met mijn handpalmen over haar billen wrijf. Ik heb alles wat ik in me heb nodig om terughoudend te zijn, maar ik sterf nog liever dan haar pijn te doen.

Ze kijkt me over haar schouder aan, haar grote bruine ogen glazig van de endorfines en haar pupillen zijn al verwijd van nieuwe behoeften. "Goed."

Diep ademhalend zink ik een centimeter dieper. Haar kont grijpt me als een vuist. Ze is fluweelzacht vanbinnen, de gladde hitte van haar lichaam melkt me zo hard dat ik mijn tanden op elkaar moet klemmen om niet te ejaculeren voordat ik volledig omhuld ben. De verleidelijke aanblik van haar verboden entree die mijn pik opslokt, helpt niet. Het is een van de meest erotische plaatjes die ik ooit heb gezien.

De voorbereidingen hebben hun vruchten afgeworpen. Ze neemt me uitzonderlijk goed op. Ze laat haar wang op haar arm rusten, ligt stilletjes en laat me, als een braaf meisje, het werk doen. Mijn huid is glad van de transpiratie door de spanning me in te moeten houden als ze haar ogen sluit en een tevreden kleine zucht uitblaast. Mooi. Ik had niet om een betere reactie kunnen vragen. Ik wil dat haar eerste keer perfect is. Ik wil dat ze hier net zoveel van geniet als ik.

Met elke centimeter die ik dieper ga, trekken mijn ballen zich strakker aan. Het genot is ondraaglijk. De noodzaak om te stoten is overweldigend. Ik ga met een hand over de delicate lijn van haar ruggengraat en streel haar rug terwijl ik mijn tijd neem om dit deel van haar te bezitten. Als ik er voor driekwart in zit, wordt het onmogelijk strak. Ik steek een hand tussen haar benen en werk aan haar clitoris zoals ze graag wil. Ze wordt zachter met een gejammer en ik glijd helemaal naar binnen.

Fuck. Mijn kruis zit vlak tegen haar kont. Zo heet. Zo mooi. Ik wou dat ik dit kon filmen om mijn kitten te laten zien hoe mooi ze eruitziet. Als privacy niet zo belangrijk voor me was, dan zou ik het doen. Wat mij betreft, zit het plaatje in mijn geheugen gebrand. Ik zal hier de rest van mijn leven natte dromen over hebben.

Terwijl ik mijn handen om haar middel sla, houd ik haar stil terwijl ik me een centimeter terugtrek en langzaam naar achteren zak.

Door de handeling snakt ze naar adem. Dit is waar het intens wordt.

Ik buig voorover om een kus op haar rug te planten. "Wil je meer?"

"Ja," zegt ze met een trillende stem.

"Open je ogen voor me, kiska. Ik wil naar je kijken."

Ze gehoorzaamt, tilt haar wimpers op en geeft me een glimp van die lichtbruine poelen met de honinggouden vlekken.

Ik trek me er vijf centimeter uit voordat ik terugstoot. Haar ademhaling gaat omhoog en haar kreunen worden luider. Ik kan in de geluiden die ze maakt verdrinken. De sexy klanken prikkelen mijn opwinding, en het vergt elk greintje zelfbeheersing om niet sneller te bewegen. Ik ga met bovenmenselijk geduld naar voren, ervoor zorgend dat ik haar niet scheur of pijn doe. Ik ben me bewust van mijn grootte en haar kleine lichaam.

Nog een paar zachte stoten van mijn heupen, en ik

neem haar kont met lange, langzame slagen. Ze hijgt nu, haar behoefte is duidelijk in het ritme van haar gekreun. Ik kan haar sneller laten komen door met haar vagina te spelen, haar over de rand te laten tuimelen door haar klit aan te raken, maar voor haar eerste keer, wil ik dat ze alleen van anale stimulatie komt.

Als ik er zeker van ben dat ze klaar is om alles te nemen, draai ik mijn heupen sneller en neem ik haar harder. Ze bijt op haar lip en slikt haar kreun in terwijl ze me gehoorzaam aankijkt. Haar ogen zijn als spiegels. Een huivering zegt dat ik rustiger aan moet doen. Een knipper van haar wimpers zegt me sneller te bewegen. Het groter worden van de bruine poelen zegt me dat ze dichtbij is.

Ik ook.

Ik ga voor de laatste sprint en houd haar op haar plaats met mijn handen op haar heupen terwijl ik het tempo verhoog. Mijn ritme is slopend, maar gecontroleerd. Ik lees haar gezicht terwijl ik mijn kruis tegen haar kont sla. Haar uitdrukking is er een van genot, niet van pijn. Intens genot. Er zijn in dat deel van haar lichaam miljoenen zenuwuiteinden, en ik weet precies hoe ik moet bewegen om ze allemaal te activeren.

Een laatste stoot en ze komt met een geluidloze zucht klaar. Haar mooie lippen gaan uit elkaar terwijl haar hele gezicht in een masker van extase trekt. Het is mijn teken om los te laten. Hete slierten van sperma barsten uit de gevoelige kop van mijn pik, het vult haar kont. De ontlading is zo krachtig dat ik, voor een moment, zwak word.

Katerina's bovenlichaam stort in op het matras. Ik volg haar naar beneden, voorzichtig om me er niet te plotseling uit te trekken en haar pijn te doen. Terwijl ik mijn gewicht op mijn armen draag, bedek ik haar lichaam met het mijne en kus ik haar schouder. Het duurt even voordat onze ademhaling begint te kalmeren, en ik blijf in haar, genietend van de bezetenheid. Ik heb haar op nog een andere manier gemarkeerd. Noem me primitief, maar het is enorm bevredigend.

Ik geef haar een kus op haar slaap. "Hoe gaat het, mijn liefste?"

"Mm."

Haar lethargische reactie maakt me aan het glimlachen. "Haal diep adem en houd het vast. Blaas het uit als ik het zeg." Ik duw me op mijn armen. "Adem langzaam uit, kiska."

Ik trek me voorzichtig terug terwijl ze uitademt. Koude lucht spoelt over mijn pik. Ik mis nu al de hitte van haar lichaam.

"Beweeg je niet," zeg ik, terwijl ik haar stevige billen streel en ga staan.

We moeten douchen, maar het kan een paar minuten wachten. Ik heb haar grondig uitgeput.

In de badkamer maak ik een washandje nat en pak een handdoek. Voorzichtig maak ik haar schoon. Ik heb zelfs genoeg hersencellen over om Lena te bellen en haar te zeggen dat ze een dienblad met het

avondeten moet klaarmaken en het voor de
slaapkamerdeur moet achterlaten.

Terwijl ik me naast Katerina op het bed vestig en
haar dichterbij trek, kan ik niet anders dan me
koesteren in de kennis dat ik haar op elk fysiek niveau
bezit. Het is alleen maar eerlijk, gezien het feit dat ze
mij bezit, mijn hart en ziel. De woorden die ik nooit
had gedacht tegen een vrouw te zeggen, liggen op het
puntje van mijn tong en dreigen over mijn lippen te
komen, maar ze is al in slaap aan het vallen en dit is
niet het moment.

Ik zeg geen dingen die ik niet meen. Ik doe niet
zomaar beloftes. De dag dat ik Katerina vertel dat ik
van haar hou, is de dag dat ik een ring om haar vinger
doe. De woorden zijn heilig. Ze verdienen het om voor
een speciale gelegenheid bewaard te blijven. En omdat
ze het misschien niet eens is met waar ik onze relatie
naartoe wil laten gaan, heeft ze misschien de troost van
die woorden nodig als ze zich realiseert dat ik haar ook
hierin geen keuze geef.

18

KATE

De ene dag rolt naar de volgende, en voor ik het weet, is het Thanksgiving. In Rusland viert natuurlijk niemand het — het is een puur Noord-Amerikaanse feestdag — maar ik kan het niet helpen om aan de grote zelfgemaakte maaltijd te denken die ik met mijn moeder zou hebben gegeten als ze niet in het behandelcentrum had gezeten, terwijl ik aan de andere kant van de wereld zit. Wat nog erger is, is dat ik haar misschien niet met Kerstmis zie.

Alex moet mijn humeur opmerken, want hij moedigt me aan om mijn moeder die avond te bellen, iets wat ik altijd graag doe. Hij laat Lena een kop warme chocolademelk voor me maken en geeft me dan privacy.

Hij vertrouwt me nu genoeg om te geloven dat ik mijn moeder niet zal vragen om contact op te nemen met de ambassade of zoiets.

Zodra ik op de bank zit met het kopje warme chocolademelk in mijn handen, bel ik mijn moeder.

"Hé, schat," zegt ze, buiten adem klinkend. "Hoe gaat het met je?"

"Met ons gaat het goed. Wat belangrijker is, hoe gaat het met jou?"

"Geweldig. We zijn net klaar met een aerobicssessie in het verwarmde zwembad. Het water was heerlijk. Oh en wat denk je? Ik ben nog meer afgevallen. Mijn broek zit zo los dat ik binnenkort moet gaan winkelen."

Ik glimlach om haar enthousiasme. "Hoe gaat het met de behandeling? Voel je een verbetering?"

"Absoluut. Het dieet maakt een groot verschil. Ik hou van de holistische benadering die ze hier hebben. Het is veel logischer dan een paar pillen slikken. Ik doe tegelijkertijd een elektronische detox en een pauze van social media doet me wonderen." Ze dempt haar stem nog meer. "Ik durf te zeggen dat ik het meest van de dokter hou. Dr. Hendricks is een charmante man, niet te vergeten briljant. Hij heeft zoveel gedaan voor mensen die aan mijn aandoening lijden."

"Ja, nou, het is goed om hem te bewonderen. Ga alleen niet verder dan het professionele."

Ze hoest een beetje geforceerd.

"Mam!" Ik druk een hand tegen mijn voorhoofd. "Zeg me alsjeblieft dat je dat niet hebt gedaan."

"We hebben de dingen niet naar een fysiek niveau getild als dat is waar je je zorgen over maakt. We vonden dat we moesten wachten tot na de behandeling. Het zou niet professioneel zijn om nu verder te gaan."

Ik zet mijn drankje op de salontafel en verschuif naar de rand van mijn stoel. "Je laat het serieus klinken."

"Maak je geen zorgen, schat. We genieten gewoon van elkaars gezelschap en hebben plezier. Ik ben niet van plan om met hem te trouwen."

"Toch denk ik niet dat het een goed idee is om met het personeel te flirten."

"We leren elkaar alleen wat beter kennen." Ze schraapt haar keel. "Hij zei zelfs dat hij jou en Alex heel graag wil ontmoeten als jullie met Kerstmis komen."

Ik haal diep adem. "Daarover gesproken... We zijn misschien toch niet voor Kerstmis terug."

Er is een moment van stilte aan de lijn. "Dat is een lange pauze van het werk die je neemt, schat," zegt mam eindelijk. "Is er iets aan de hand?"

Terwijl ik mijn vingers kruis, zeg ik, "Helemaal niet. Alex is gewoon erg druk met een aantal projecten hier, en ik wil niet op mijn eigen houtje terug naar New York."

"Ah. Nou, maak je geen zorgen, schat. Ik begrijp het volkomen, hoewel ik er naar uitkeek om mijn toekomstige schoonzoon te zien."

Ik krimp ineen. "Mam."

"Hij is serieus over je, Katie. Dat kan iedereen zien."

"Heb je nog iets nodig?" vraag ik, gretig om van onderwerp te veranderen. "Snacks? Toiletartikelen? Ik kan een bezorging via internet regelen."

"Dat is lief van je, maar ik heb alles wat ik nodig heb."

"Oké. Laat het me weten als ik —" Ik stop mezelf. "Stuur een berichtje naar Alex als je iets tekort komt."

"Zal ik doen. Ik mis je, schat."

Ik slik een snik in. "Ik mis jou ook, mam."

Voordat ze de emoties kan horen die mijn borst verscheuren, hang ik op.

Nu de dagen voorbij gaan en Kerstmis nadert, krijg ik steeds meer heimwee. Wat ik ook doe, mijn geest dwaalt vaak af naar nostalgische herinneringen aan de feestdagen. Op kerstavond namen mijn moeder en ik altijd een taxi naar Manhattan. We trotseerden de kou om de kerstverlichting en de gigantische boom in Rockefeller Center te bewonderen voordat we thuis een speciaal diner zouden hebben en cadeaus uit zouden wisselen.

Gelukkig ontbreekt het in het huis van Alex niet aan de sfeer van de winterse feestdag, ook al heb ik ontdekt dat Russen op 7 januari Kerstmis vieren, volgens de Oosters-Orthodoxe traditie. Aangezien dat als een puur religieuze feestdag wordt beschouwd, zijn veel van de kersttradities die ik ken — de boom, de geschenken, de decoraties —in plaats daarvan een deel van de viering van het nieuwe jaar in Rusland. Zo zijn de koekjes die Tima heeft gebakken, degene die de keuken vullen met de aroma's van kaneel, rozijnen en vanille, bedoeld voor de nieuwjaarsviering, niet voor Kerstmis. Dat geldt ook voor de boom met delicate glazen ornamenten die Lena in de foyer heeft opgehangen, evenals de dennentakken en rode linten die ze om de balustrades heeft gebonden. De voorraadkast is gevuld met gezouten vlees en gepekelde vis voor het nieuwjaarsfeest van de mannen in plaats van voor de kerstlunch. Decoraties zijn ook op straat verschenen, maar ze zijn niet zichtbaar vanuit de slaapkamerramen van Alex. Ik moet naar de bovenste verdieping om de lichtjes te kunnen zien die over de weg langs de rivier lopen. De lichten zijn niet kleurrijk, zoals die van thuis, maar wit, met sneeuwvlokken, kerstbomen en rendieren.

Ik wil de problemen van Alex niet verergeren door hem met mijn depressieve humeur te belasten, dus houd ik mijn gevoelens voor mezelf. Ik kan niet zeggen dat hij niet meegaand is. Hij laat me elke week met Joanne, June en mijn moeder aan de telefoon praten. Het helpt, maar ik mis ze nog steeds. Ik kan het vreemde gevoel van verdriet niet van me afschudden.

Het is niet dat ik me verveel. Er is genoeg om me bezig te houden in het huis, en de bewakers van Alex houden me bezig. Vaker wel dan niet, zijn hun kwalen gering, maar ik ben blij met de bezoeken. Het geeft me menselijk contact, zelfs als onze verschillende talen communicatie niet altijd toestaan. Helaas gaat mijn Russisch niet veel vooruit. Ik heb Tima gevraagd om me een paar woorden te leren, maar met alle vervoegingen en mannelijke of vrouwelijke zelfstandige naamwoorden, is de taal veel moeilijker te beheersen dan ik me had voorgesteld. Ik probeer positief te blijven, maar zelfs de muren van een paleis kunnen na enkele weken te veel worden.

Alex is bijna elke avond te laat voor het diner. Hij is een workaholic, maar hij doet ook veel moeite om de man te vinden die zijn leven bedreigt. Hij weigert me veel te vertellen en beantwoordt mijn vragen altijd met vage antwoorden. Aangezien hij ook veel van zijn aandacht op de voorbereiding voor het galadiner richt, val ik hem niet lastig met egoïstische verzoeken om naar buiten te gaan. We zullen het bal snel genoeg bijwonen.

In de tussentijd ben ik tevreden met wandelingen in de tuin. Eerst maakten de zwaar bewapende mannen me van streek. Hun wapens maakten me nerveus. Na verloop van tijd raakte ik aan de wapens gewend. De automatische geweren over hun schouders schokken me niet meer zo erg als ze aanvankelijk deden.

Drie dagen voor het feest komt er 's ochtends een team van mensen aan voor het passen van een jurk en een make-up en kappersproef. Tot mijn ontsteltenis is Lena aanwezig om als vertaler op te treden en haar neerbuigende glimlach verdwijnt nooit.

De kleermaker, een vrouw van middelbare leeftijd met exotische gelaatstrekken, laat me drie avondjurken zien om uit te kiezen. De eerste is wit en figuuromhelzend met diamanten details, en de tweede is een rode jurk met een lage rug en wijde rok. Beiden zijn prachtig, maar de derde is mijn favoriet. De snede is simpel. De rok is lang met een split aan de zijkant die net boven de knie eindigt, en de mouwen zijn off-shoulder. De lichtroze stof heeft een prachtige parelachtige glans. Op het lijfje zijn kristallen kralen genaaid die delicate bloemen creëren.

De kleermaker stelt voor dat ik alle drie de jurken probeer, maar ik weet al welke ik wil. Ze helpt me de roze jurk aan te trekken en plaatst me voor de volledige spiegel. De jurk ziet eruit alsof hij voor mij gemaakt is. De enige aanpassing die nodig is, is een paar centimeter innemen van de zoom. Ze combineert de jurk met zilveren sandalen met hoge hakken en een bijpassende clutch. De outfit is perfect.

Nadat ze de zoom heeft gespeld, helpt ze me de schoenen en de jurk uit te doen. Ik trek een badjas aan over mijn ondergoed en installeer mezelf voor de spiegel in de kleedkamer van Alex voor de make-up proef die volgt.

De make-up is zwaarder dan wat ik normaal draag, maar de zwarte eyeliner, smokey oogschaduw en nude lippenstift zijn geschikt voor een formele avond. De kapper maakt zachte krullen in mijn haar en laat een paar strengen in mijn nek hangen. Als de visagist en kapper klaar zijn en vragen of ik tevreden ben met het eindresultaat, vertaalt Lena mijn antwoord en vertel ze dat ik erg blij ben. Ze hebben allebei een brede glimlach als ze hun apparatuur inpakken.

Lena staat in de kleedkamer in de houding als een drummajorette terwijl ze hun koffers dicht knippen. Ze kijkt naar mijn reflectie in de spiegel terwijl ik de make-up met wattenschijfjes wegveeg. Ik wil niet onbeschoft zijn, maar zoals ze me bestudeert, geeft me een ongemakkelijk gevoel.

"Ik zal je niet langer ophouden," zeg ik, terwijl ik haar beleefd probeer weg te sturen. "Bedankt voor het vertalen."

Ze heft haar kin op. "Ik veronderstel dat gratie geërfd is en niet aangeleerd kan worden."

Ik pauzeer met mijn hand in de lucht. "Pardon?"

De dames zwaaien en vertrekken. Een bewaker wacht buiten de deur om ze naar beneden te begeleiden. Als ze beledigd zijn over het feit dat hun koffers en personen worden doorzocht voordat ze het huis binnenkomen en verlaten, laten ze het niet zien.

Als het alleen Lena en ik is, zegt ze, "De witte jurk en subtielere make-up zouden passender zijn geweest."

Ik trek mijn ruggengraat recht. "Ik vond de manier waarop ik eruitzag leuk."

"Nou." Ze snuift. "Zorg er alleen voor dat je meneer Volkov niet in verlegenheid brengt." Ze voegt er met betekenis aan toe, "Heel Rusland zal naar het evenement kijken."

"Je kunt nu gaan," zeg ik op een duidelijke toon, waarbij ik niet langer een poging doe om beleefd te zijn.

"Je bent nog niet klaar." Ze zwaait met een hand naar de deur. "Hoe zit het met de schoonheidsspecialiste?"

Mijn glimlach is gespannen. "Ik red me wel."

"Zoals je wilt," zegt ze, terwijl ze zich omdraait en vertrekt.

Ik ben zeker niet Lena's keuze als partner voor Alex. Ik veronderstel dat niet van koninklijke afkomst zijn niet helpt.

De schoonheidsspecialiste heeft haar geïmproviseerde salon al in de binnentuin naast het zwembad opgezet. Ze geeft me een wax en een volledige lichaamsexfoliatie voordat ze me op een massage trakteert. Na een manicure en pedicure, ben ik klaar voor het komende feest.

Het is nog niet helemaal middag, maar de lucht is grijs en het sneeuwt buiten. Opnieuw alleen in het grote huis zonder patiënten om te behandelen, trek ik mijn badpak aan en doe een paar rondjes in het zwembad. Als ik boven kom voor lucht na onder water gezwommen te hebben, kom ik oog in oog te staan met een paar chique zwarte nette schoenen.

Ik volg mijn blik van de schoenen naar de donkere broek en het overhemd met knopen tot ik het knappe gezicht van Alex ontmoet. Met zijn handen in zijn zakken, staat hij in een ontspannen houding, maar de onderliggende spanning is altijd in zijn lichaam aanwezig.

Terwijl ik met mijn onderarmen op de rand van het zwembad steun, glimlach ik naar hem. "Hé. Ben je vandaag aan het spijbelen van het werk?"

Hij glimlacht zwak terug. "Heb je het naar je zin?"

"Ik blijf gewoon fit. Althans dat probeer ik te doen."

Zijn glimlach wordt niet breder bij mijn poging tot

humor. Hij biedt me een hand en zegt, "Ik weet zeker dat je fit bent."

Ik sluit mijn vingers om de zijne en laat hem me eruit trekken. Hij pakt de handdoek die ik op de chaise lounge achter heb gelaten en wikkelt hem om mijn schouders.

Hij wrijft de handdoek over mijn armen en zegt, "Katyusha, er is een incident met je moeder geweest."

Ik verstijf. "Wat?"

"Je hoeft je geen zorgen te maken. Het gaat goed met haar. Ze heeft gewoon een kleine tegenslag gehad."

"Tegenslag?" Ik doe een stap opzij en ontsnap aan zijn aanraking. "Wat voor tegenslag?"

"Ze is duizelig geworden en toen is ze gevallen, maar ze heeft zichzelf geen pijn gedaan en ze heeft niets gebroken. De dokter heeft haar onderzocht. Haar bloeddruk is in orde."

Een hol gevoel vormt zich in mijn maag. "Waarom is mij dat niet verteld?"

"Ik informeer je nu," zegt hij op een redelijke toon.

Pijn en hulpeloosheid vermengen zich en veranderen in woede. "Wanneer ben je erachter gekomen?"

"Een uur geleden. Daarom ben ik naar huis gekomen. Ik heb het kantoor verlaten zodra ik het nieuws te horen kreeg."

Ik zet nog een stap opzij en creëer meer afstand tussen ons. "Je had me kunnen bellen. Je had me *moeten* bellen. Onmiddellijk."

"Katyusha." Hij steekt zijn handen op. "Ik dacht dat het beter was om het je persoonlijk te vertellen."

"Als ik een verdomde telefoon had gehad, dan zou dit geen probleem zijn geweest. Dan zou ik het een uur geleden hebben geweten." Ik marcheer naar de deur. "Ik wil met haar praten."

Voordat ik halverwege ben, pakt hij mijn pols en draait me om om hem aan te kijken.

"Je moet kalmeren, Katerina. Ik weet dat dit verontrustend voor je is —"

Ik ruk mijn arm uit zijn greep. "Je hebt geen idee hoe dit voor mij is."

Hij vernauwt zijn ogen tot spleetjes. "Zoals ik al zei, ik weet dat dit verontrustend voor je is, maar ze is in goede handen. Het was waarschijnlijk gewoon een beetje lage bloedsuikerspiegel doordat ze zich aan het nieuwe dieet aan moet passen."

"Dat weet je niet. Het zou een ernstiger probleem kunnen zijn. Ik wil met haar praten, Alex." Ik maak mijn stem hard. "Nu."

Hij klemt zijn kaken op elkaar. "Het is daar nog niet eens vijf uur 's ochtends. Ze slaapt. Je zult later vandaag met haar kunnen praten."

"Nu," herhaal ik. Niet in staat zijn om naar mijn moeder te gaan of mijn hulp aan te bieden is al erg genoeg. Zijn poging om te voorkomen dat ik met haar praat, maakt me een beetje hysterisch.

"Katerina," zegt hij hard en pakt mijn schouders vast. "Beheers je."

"Nee." Ik draai me uit zijn greep. "Ik wil haar zien.

Ze is mijn moeder. Snap je dat niet? Ze is de enige familie die ik heb."

"Katyusha," zegt hij op een zachtere toon en reikt weer naar me. "Maak jezelf niet zo van streek, mijn liefste."

Ik ga terug naar de deur. "Ze is ziek. Ze is flauwgevallen. Ze is *gevallen*, in godsnaam. Ik ga hier niet als een verwende prinses zitten, terwijl mijn moeder me nodig heeft."

Het blauw van zijn ogen verhardt als glinsterende edelstenen. "Je blijft hier of waar ik ook besluit om je veilig te houden, en je doet wat ik zeg. Dat is de enige keuze die je hier hebt, kiska."

De harde woorden zijn als een klap in mijn gezicht. Het ging zo goed, we konden zo goed met elkaar opschieten, doen alsof alles normaal was. Maar dat is het niet. En ik kan er niets aan doen.

Me omdraaiend ren ik naar de deur. Tot mijn opluchting volgt hij me niet. Hij schenkt me de gratie van eenzaamheid als ik mezelf in de bibliotheek opsluit en de waarheid onder ogen zie. Keer op keer, kom ik er mee in het reine. *Dit is geen huwelijksreis.* Hoe geweldig of avontuurlijk de seks ook is, hoe goed hij me ook behandelt, er zijn grenzen aan deze regeling en slechts één persoon maakt de regels.

Alex. Hij heeft alle macht.

Nu ik wat rustiger ben, moet ik toegeven dat hij gelijk heeft over de tijd. Ik ga mijn moeder niet om vijf uur bellen en haar wakker maken als ze slaapt. Ik heb geen andere keuze dan te wachten tot het in de VS later in de ochtend is, minstens negen uur of zo.

Er klinkt een klop op de deur.

"Katyusha?" roept Alex. "Kom lunchen. Je moet eten."

Ik heb zin om een vaas naar de deur te gooien, maar hij heeft weer gelijk. Mezelf uithongeren zal niets veranderen.

Ik haal een paar keer diep adem en krijg mijn emoties onder controle voordat ik de deur openmaak. Hij staat als een koning op de drempel, vorstelijk en imposant, zijn grote gestalte domineert de ruimte.

"Ik wil haar zien, Alex," zeg ik zachtjes. "Ik wil haar zelf bekijken."

"Dat is het werk van haar dokter en waar ik ze voor betaal," zegt hij op een compromisloze toon. "Deze discussie is voorbij." Hij steekt een hand uit. "Ga je aankleden en lunch met me."

Hij geeft me geen keuze. Er is niets veranderd vanaf het moment dat we in Sint-Petersburg aan zijn gekomen. Misschien zal het nooit veranderen.

Ik accepteer zijn aangeboden hand niet. Ik zet mijn kiezen op elkaar, ga naar boven, kleed me om en ga met hem in de eetkamer lunchen.

Onze maaltijd vordert in stilte. Hij probeert een paar keer een gesprek met me aan te knopen en vraagt naar de generale repetitie van de jurk en of ik de baljurk mooi vind, maar als hij er niet in slaagt een reactie te krijgen, wordt hij uiteindelijk stil.

Hij wacht met me in zijn studeerkamer tot de klok

vier uur slaat. Hij werkt, terwijl ik ijsbeer. Op het moment dat de staande klok het uur aankondigt, verbindt hij zijn laptop en activeert een videogesprek.

Als het gezicht van mijn moeder op het scherm komt, zak ik van opluchting op de bank als ik zie hoe goed ze eruitziet. Haar wangen hebben een gezonde gloed en haar blonde haar is mooi gestyled. Ze draagt haar favoriete blauwe trui en een lichtere blauwe zijden sjaal die de kleur van haar ogen naar voren brengt. Te oordelen naar het schilderij achter haar aan de muur, zit ze in de lounge.

"Mam, hoi." Ik slik om mijn emoties te beheersen. "Hoe gaat het met je?"

"Katie," zegt ze met een brede glimlach. "Alex. Wat goed om jullie te zien."

Ik kijk omhoog en zie Alex achter me staan, met zijn armen op de rugleuning van de bank leunend.

"Dus," zegt mijn moeder. "Hoe gaat het met jullie?"

Ik zwaai met een hand. "Heb het maar niet over ons. Gaat het met je? Ik was zo geschrokken. Wat is er gebeurd?"

Ze lacht een beschaamd lachje. "Ik wilde je niet ongerust maken. Het is niets. Ik had tegen de dokter gezegd dat hij je niet eens had moeten bellen."

"Natuurlijk moest hij dat," roep ik uit.

"Ik stond 's nachts op om te plassen en toen struikelde ik over het dressoir, dat is alles."

Ik vernauw mijn ogen en bestudeer haar gezicht. Ze ziet er dunner uit, een deel van de rondheid van haar wangen is verdwenen. "Ze zeiden dat je duizelig was. Eet je wel genoeg?"

"De diëtist is uitstekend." Mijn moeder past haar sjaal aan. "Ik eet meer dan genoeg en het eten is heerlijk. De dokter heeft al een paar bloedtesten gedaan en alles ziet er goed uit."

"Oké," zeg ik langzaam, niet in staat om van mijn bezorgdheid af te komen.

"Deze dingen gebeuren," zegt mijn moeder. "Ik had eerder op de avond een warm bad genomen en ik had misschien een beetje te weinig gegeten tijdens het diner. Het is mogelijk dat mijn bloeddruk een beetje laag was. In ieder geval houden ze me in de gaten als een baby, dus je kunt zonder zorgen van je vakantie genieten." Ze glimlacht stralend naar me. "Over je vakantie gesproken, hoe gaat het?"

"Geweldig," zegt Alex. "Hoewel we nog niet zo veel bezienswaardigheden hebben bezocht als we zouden willen."

Mijn moeder knipoogt. "Ik begrijp het. Jullie komen niet vaak de slaapkamer uit, hè?"

"Mam!"

"Ik heb Katerina nog genoeg te laten zien," zegt Alex, zonder met zijn ogen te knipperen na de opmerking van mijn moeder. "Ik wil dat ze mijn thuisland leert kennen."

"Begrijpelijk." Mam kijkt op haar horloge. "Ik ben bang dat ik moet gaan. Ik heb over vijf minuten een controle bij de dokter."

"Laat me weten hoe het gaat," zeg ik. "En zorg alsjeblieft goed voor jezelf."

"Dat zal ik doen." Ze geeft ons een handkus. "Bedankt dat jullie even hebben gevraagd hoe het gaat. Ik spreek jullie later, kinderen."

Bij *kinderen* grinnikt Alex. Ze is mijn ouder, maar ze is maar zeven jaar ouder dan Alex.

Als het scherm zwart wordt, leunt hij over me heen om de laptop te sluiten.

"Bedankt," zeg ik, terwijl ik met mijn handpalmen over mijn dijen wrijf. "Je had hier niet voor hoeven te blijven." Hij had terug naar kantoor kunnen gaan om in alle rust te werken.

"Het was het minste wat ik kon doen," zegt hij, terwijl hij in mijn schouder knijpt. "Nu ga ik nog wat werken, en daarna gaan we dineren."

MIJN MOEDER APPT ALEX NA HAAR CONTROLE EN VERTELT ONS VROLIJK DAT ZE ZO GEZOND IS ALS EEN VIS. Toch maak ik me tijdens het eten over dat alles zorgen, en dan kan ik 's nachts niet in slaap vallen. Alex doet zijn best om me uit te putten met verbluffend genot, maar voor de verandering helpt zelfs dat niet. Dus nadat ik twee uur achter elkaar heb liggen draaien en woelen, sta ik op. Tot mijn verbazing en ondanks mijn protesten, staat hij ook op, en dan blijft hij bij me. Hij gaat rustig aan zijn computer naast me zitten werken, terwijl ik naar wat *Downtown Abbey* kijk in een poging om mijn gedachten te verzetten.

Om drie uur 's nachts ben ik uitgeput, maar ik ben nog steeds na aan het denken. Om mezelf te kalmeren, vraag ik Alex om mijn moeder opnieuw te appen, om te controleren of ze nog duizelig is geweest en dat doet hij. Mam antwoordt meteen en verzekert me ervan dat ze perfect in orde is en een geweldige dag heeft gehad.

Alex kijkt me met mededogen aan. "Nu je zelf hebt gezien dat er niets is om je zorgen over te maken, kunnen we gaan slapen."

Er zal voor hem niet veel slaap zijn. Hij staat elke ochtend om zes uur op om tot zeven uur te trainen voordat hij om half acht naar kantoor gaat. Soms traint hij in de fitnessruimte, en soms spart hij met zijn mannen in de kazerne. Mijn maag draait zich altijd om als hij met hen traint, wetende hoe snel een ongeluk met een mes kan gebeuren.

Om de bank heen lopend, gaat hij naast me zitten. "Katyusha." Hij wacht tot ik naar hem kijk voordat hij verder gaat. "Ik weet dat dit niet gemakkelijk voor je is."

"Mijn moeder..." Ik slik de enorme brok in mijn keel weg. "Ze heeft niemand anders dan mij."

"Ik weet het," zegt hij, terwijl hij een haarlok achter mijn oor streelt. "Daarom gaan we met Kerstmis naar haar toe."

"Is dat zo?" vraag ik met verbazing.

"Ja, kiska."

"Wanneer heb je dit besloten?"

Hij kijkt me alleen maar aan.

Ah. Hij heeft een spontane beslissing genomen om mijn gekneusde gevoelens te sussen. Hij heeft het helemaal zelf besloten zonder het met mij te bespreken — niet dat ik ongelukkig ben over het vooruitzicht. Mijn gehavende ego wil niet dat ik het vredeoffer accepteer die hij aanbiedt, maar als het betekent dat ik mijn moeder zal zien, dan zal ik mijn trots met alle liefde aan de kant schuiven.

"Bedankt," zeg ik op een afstandelijke toon en duw me overeind. "Dat is erg gul van je."

Het antwoord op de app van mam heeft me gerustgesteld, maar toch voelt iets in me nog steeds gebroken aan. Het voelt alsof ik ben geschonden, wat precies het geval is. Mijn vrije wil is weggenomen, en Alex laat me dat niet vergeten. Zijn acties blijven me aan mijn ondergeschikte plaats in zijn leven herinneren.

Hij volgt mijn vooruitgang met een donkere blik terwijl ik de kamer uitloop, maar zoals eerder, komt hij niet achter me aan. Hij laat me alleen naar bed gaan. En als ik de volgende ochtend wakker word, is hij al weg.

19

ALEX

Ik ben op kantoor net een gewonde beer. Zelfs Grigori blijft uit mijn buurt. Het is meer dan het gebrek aan slaap. Mijn kitten is volgzaam — voor nu — maar ze is boos op me. Ze is ongelukkig over de keuzes die ik uit haar handen neem, en als ze boos is, ben ik dat ook, vooral omdat ik de reden ben dat ze boos is. Deze hele verdomde situatie drijft een wig tussen ons. Ik ben bang dat tegen de tijd dat deze nachtmerrie voorbij is, die wig er voorgoed zal zijn.

Maakt niet uit. Ik ben toegewijd en veerkrachtig. Ik zal hard werken om haar aanbidding terug te winnen. Zodra ze mijn achternaam heeft aangenomen, heb ik alle tijd van de wereld om dat doel te bereiken. Als we hier over een paar maanden op terugkijken, zal ze zien dat ik gelijk had. Ze zal begrijpen dat ik in haar belang heb gehandeld. Uiteindelijk zal ze me vergeven.

Mijn telefoon gaat onderweg van de directiekamer naar mijn kantoor. Het is Adrian. Igor volgt me op de voet en houdt mijn lange stappen bij, terwijl Adrian me vertelt dat er nog steeds geen antwoord van Mukha is en er ook geen teken van hem te bekennen is. De hacker is praktisch een geest, onvindbaar en niet-bestaand als het om zijn spoor gaat.

Ik hang met een vloek op en sla een handpalm tegen de deur van mijn kantoor. Igor vangt de deur voordat hij tegen de muur slaat.

"Alex," zegt hij terwijl ik achter mijn bureau op de stoel plof.

Het zeldzame gebruik van mijn voornaam doet me naar hem kijken. "Wat?"

"Je bent niet je gebruikelijke zelf."

"Je meent het." Ik druk op de duimafdrukscanner om het luik te openen. "Je punt is?"

Hij gaat naar mijn bureau. "Je moet nuchter blijven. Je moet je hoofd erbij houden als je het tegen Stefanov opneemt."

Ik start het aan de muur gemonteerde computerscherm op. "Drie verdomde weken en we boeken geen vooruitgang."

"Het is meer dan het gebrek aan vooruitgang," zegt hij, terwijl hij me even aankijkt. "Je bent boos vanwege Katherine."

Ik vernauw mijn ogen tot spleetjes. "Voorzichtig, Igor. Ik sta bij je in het krijt dat je mijn leven hebt gered, maar denk geen seconde dat je het recht hebt om je neus in mijn privézaken te steken."

Hij is onverschrokken. "Haar stress heeft een uitwerking op jou."

Inderdaad. Ik ben geen ongevoelig monster. Ik weet hoe moeilijk het nieuws over Laura voor mijn kiska was.

"Er was gisteren een incident met haar moeder," zeg ik, terwijl ik met een hand over mijn voorhoofd wrijf. "Maar alles is nu in orde. Ze draait wel bij."

"Dit is al sinds eergisteren aan de gang. Ze tast in het duister. Verplaats jezelf in haar schoenen. Stel je voor hoe zij zich moet voelen."

"Ben jij nu de expert in Katerina's gevoelens?" vraag ik met een gespannen stem.

"Ze is niet dom. Ze pikt dingen op. Ze vroeg me naar je de dag nadat je haar mee had genomen om bezienswaardigheden te zien."

"Is dat zo?" Als Igor het achter mijn rug met *mijn* vrouw over mij heeft, dan zweer ik dat ik zijn gezicht zal breken. Mijn toon is cool. Gewiekst. "Wat heeft ze je precies gevraagd?"

"Waarom je zo gespannen was."

Ik krul mijn vingers in een vuist op het bureaublad. "Als je haar hebt verteld dat iemand het huis in de gaten houdt..."

Ik maak de dreiging niet af. Igor kent me goed genoeg om te begrijpen wat er met hem zou gebeuren als hij zo dom was geweest. Katerina heeft genoeg aan haar hoofd. Ik dump geen informatie op haar die haar alleen maar nachtmerries en slapeloze nachten kan bezorgen.

Hij steekt zijn handen op. "Ik heb haar niets verteld."

"Maar?"

"Misschien moet je meer met haar delen."

Hij begint echt op mijn zenuwen te werken. "Zoals wat?"

"Je hebt haar niet over Stefanov en Pavlov verteld. Je moet haar vertellen wat er aan de hand is. Wat als ze het in haar hoofd krijgt om te vluchten?"

"Er is een verdomd goede reden om het haar niet te vertellen," zeg ik en sla met mijn vuist op het bureau. "En het zijn jouw zaken niet."

Hij doet een stap achteruit. "De keuze is aan jou. Ik dacht alleen —"

"Denk verdomme niets waar het Katerina betreft. Dat is mijn taak."

Hij laat zijn handen zakken. "Wat jij wil."

"Is dat de reden waarom je er op stond om me vandaag naar het kantoor te vergezellen? Om me de les te lezen over hoe ik mijn vriendin behandel?"

Hij schudt zijn hoofd. "Alex."

"Meneer Volkov," zeg ik tussen mijn tanden door. Er zijn grenzen aan wat ik tolereer. Katerina is zeker verboden terrein.

"Meneer Volkov," zegt hij, terwijl hij me een gekwetste blik geeft. "Leonid had allang een keer moeten oppassen."

Ik kijk duidelijk naar de deur en zeg, "Ik heb werk te doen."

Hij knikt. "Als je me nodig hebt, ben ik bezig navraag te doen bij de man die Stefanovs huis in de gaten houdt."

"Doe dat," zeg ik op een ijzige toon.

Zodra hij de deur achter zich dicht doet, doe ik in mijn oordopjes in en bel ik Krupnov, de meest prestigieuze juwelier van Oost-Europa. Katerina zal niet vluchten. Ze is te slim om zoiets doms te proberen. En niet te vergeten, mijn staf en de bewakers laten het niet toe. Toch hebben Igors woorden een vonk van onrust in mijn buik doen ontbranden. Des te meer reden om de beslissing die ik heb genomen, liever eerder dan later door te zetten.

Net als ik denk dat Krupnov niet gaat opnemen, antwoordt hij met een hooghartige, "Goedemorgen."

"Alex Volkov aan de lijn."

"Meneer V-Volkov," zegt hij, terwijl hij zenuwachtig klinkt. "Wat een eer."

"Ik heb een ring nodig."

"N-natuurlijk," stottert hij. "Wat voor soort ring?"

"Een verlovingsring. Stuur me een paar ontwerpen."

"J-ja. Absoluut. Zoals u misschien wel weet, zijn al mijn ringen op maat gemaakt, elk uniek. Er zijn er in de wereld geen twee dezelfde."

"Ik heb geen verkooppraatje nodig, Krupnov. Als ik je bel, dan is dat omdat ik al een beslissing heb genomen."

"N-nou, tuurlijk, meneer. Het is gewoon dat ik de dame moet ontmoeten om een ring te ontwerpen die zowel f-fysiek bij haar past als bij haar karakter. Ik hoef u niet te vertellen dat vrouwen heel bijzonder kunnen zijn in hun smaak."

Ik haal de voorspelling voor de joint venture

tevoorschijn. "Ik wil een diamant, de grootste die je hebt." Als ik de spreadsheet open, kijk ik naar de cijfers. "En robijnen. De beste kwaliteit die je kunt vinden. Zet de stenen in witgoud. Ik stuur je de maat."

Het moet niet al te moeilijk zijn om dat te krijgen. Ik kan een van Katerina's ringen opmeten. Ze heeft een ring in de vorm van een roos die ze aan haar rechterhand draagt. Haar linker ringvinger zal niet meer dan een halve maat kleiner zijn dan haar rechter. Of beter nog, ik kan een nieuwe ring voor haar kopen en het excuus gebruiken om haar vinger te meten.

Plotseling gretig om mijn plan in gang te zetten, vraag ik, "Hoelang duurt het om te ontwerpen?"

"V-voor u, meneer, zet ik de taak vooraan in de wachtrij."

Ik tik op de knop om het kostenoverzicht voor de bouw van de nieuwe reactoren te openen. "Hoelang, Krupnov?"

Ik moet wat fondsen verplaatsen en een paar andere investeringen liquideren als ik zoveel in de joint venture wil steken, maar dit is belangrijk voor me. Ik weet hoe het voelt om arm te zijn en het ijskoud te hebben. Ik stuur een e-mail naar mijn CFO met instructies om het liquidatieproces te starten.

"Het o-ontwerp kan over een week klaar zijn, op voorwaarde dat u het goedkeurt en geen wijzigingen wilt aanbrengen, maar het duurt langer voordat ik de r-ring heb gemaakt. Al mijn ontwerpen zijn met de hand gemaakt met —"

"Afleverdatum?"

"Wat dacht u van V-Valentijnsdag?" vraagt hij onzeker. "Het is altijd een goede datum voor een verloving."

"Nieuwjaarsdag en geen dag later. Ik vertrouw erop dat ik op je discretie kan vertrouwen?"

"J-ja, meneer Volkov. N-natuurlijk, meneer Volkov."

"En Krupnov?"

"Ja, meneer V-Volkov?"

"Als het niet de mooiste ring is die ooit is gemaakt, dan vermoord ik je."

Hij geeft een hoog lachje.

Ik hang op als de deur opengaat en Dania Turgeneva mijn kantoor binnenkomt.

Terwijl ik het scherm minimaliseer, kijk ik verbaasd toe terwijl ze naar me toe komt. Ze is in een rood tweedelig pak met bijpassende hakken gekleed. Haar donkere haar is in een hoge paardenstaart teruggetrokken en de make-up op haar gezicht is onberispelijk.

Het is niet de eerste keer dat ze hier is, maar ze is nog nooit onaangekondigd mijn kantoor binnengelopen. Ze is ook altijd samen met haar vader. Het feit dat ze hier alleen is, zegt me dat dit geen zakelijk bezoek is.

"Alex Volkov," zegt ze en stopt voor mijn bureau met haar handen op haar heupen. "Wat buuronvriendelijk van je om al drie weken terug in Sint-Petersburg te zijn zonder ook maar een telefoontje te plegen."

Manieren dicteren dat ik ga staan. "Ik heb het druk gehad."

"Dat heb ik gehoord." Haar rode lippen strekken zich uit tot een glimlach. "Lena heeft me verteld dat je een gast hebt."

"Lena, hè?" Ik draai mijn bureau om en wijs naar de bank in de zithoek. "Ik wist niet dat jullie twee zo goed bevriend waren."

Ze gaat met een sierlijke beweging zitten en kruist haar benen. "Ik heb je huis gebeld om je uit te nodigen voor het diner." Ze haalt haar schouders op. "Lena nam op."

Ik pak de stoel tegenover de bank. "Ik begrijp het."

"Vrijdagavond," zegt ze, terwijl ze haar lange, rode nagels op de armleuning tikt.

"Ik ben bang dat dat niet mogelijk zal zijn."

Ze kijkt me sluw aan. "Lena heeft me al verteld dat je niets gepland hebt."

"Lena is mijn huishoudster." Ik voeg er met een onvriendelijke glimlach aan toe, "Ze plant mijn agenda niet."

"Speel je het veilig?" Ze trekt een wenkbrauw op. "Iedereen weet van de aanslag op je leven. Is dat waarom je je vriendin opgesloten houdt in je huis?"

"Het is duidelijk dat Lena te veel praat." Ik maak een mentale notitie om Lena te berispen als ik thuis kom.

Ze wuift met een hand. "Geef arme Lena niet de schuld. Het is vrijwel algemeen bekend in de stad. Je weet hoe snel nieuws gaat, vooral als je restaurants en boetieks voor je vriendin reserveert." Ze wacht even met een dramatische air. "Of moet ik aanstaande verloofde zeggen?"

Als ze niet de dochter was van een zakenpartner die ik toevallig respecteer en bewonder, dan zou ik haar uit mijn kantoor gooien en haar uit het gebouw laten escorteren.

In plaats daarvan kijk ik haar hard aan. "Heb je afgeluisterd, Dania?"

"Ik stond op het punt om aan te kloppen." Ze zet grote ogen op. "Ik kon het niet helpen dat ik het hoorde. Krupnov, hè? Je speelt geen spelletje."

"Is er een punt aan dit bezoek?" Mijn kalme stem verraadt mijn ongeduld niet. "Ik heb een drukke ochtend gepland."

"Ik ben gewoon een beetje verrast. Ik bedoel, jij? Verloofd?" Ze lacht. "Liefde staat nooit hoog op je prioriteitenlijstje. Ben je wel tot dat gevoel in staat? Ik ken je beter dan wie ook, Alex Volkov. Je hebt nog nooit tegen iemand *ik hou van je* gezegd." Ze geeft me een gepolijste glimlach. "Maar misschien ben ik ouderwets. Misschien vereist het huwelijk in jouw boek geen liefde."

Ik span mijn kaken aan. "Ik hou heel veel van Katerina, en ik zal het haar in niet mis te verstane bewoordingen vertellen als ik die ring om haar vinger doe."

Ze snakt naar adem. "Heb je het haar niet verteld?" Haar ogen vernauwen zich, terwijl haar lippen verder opengaan. "Je hebt het grote L-woord nog niet gezegd. Oh hemeltje. Weet je zeker dat je het juiste doet? Als het zo moeilijk is om te zeggen, dan voel je misschien niet zo veel voor haar als je zou moeten."

Ze kan er niet meer naast zitten, maar wat ik voor Katerina voel, gaat haar niets aan. "Mijn gevoelens zijn jouw zaken niet." Ik leun dichterbij. "En als je iemand iets vertelt en de verrassing verpest, dan zul je er heel erg spijt van krijgen."

"Schaam je, Alex." Ze klikt met haar tong. "Hoelang zijn we al vrienden?"

Ik sta op. "Niet lang genoeg om de grens te overschrijden die je nu overschrijdt."

"Oh, kalmeer. Ik ga het niemand vertellen, als je je daar zorgen over maakt. Ik zal je geheimpje bewaren. Ik ben geschokt door de gedurfde stap, dat is alles." Ze strijkt met een handpalm een onzichtbare vouw uit haar broek. "Weet je zeker dat het een goede verrassing zal zijn voor... Hoe heet ze ook alweer? Kate, toch?"

"Katerina," zeg ik met op elkaar geklemde tanden. "Katherine."

"Weet je zeker dat Katherine ja zal zeggen?"

Mijn antwoord is met berekende vastberadenheid gevuld. "Oh, dat zal ze."

Dania staat op. "Een woord van advies? Zorg ervoor dat ze nog steeds hetzelfde voelt als in New York voordat je de vraag stelt." Ze knipoogt en voegt eraan toe, "Dit is Rusland. Het is hier anders dan in Amerika. Niet iedereen kan zich aan onze manier van leven aanpassen."

Onze manier van leven verwijst niet naar hoe we dingen in ons moederland doen. Het verwijst naar het soort mannen dat Mikhail en ik zijn, naar de dingen die we doen om te overleven. Dania is in deze wereld opgegroeid. Katerina niet, dat is wat Dania suggereert.

"Grigori zal je uitlaten," zeg ik. "Mijn excuses aan je vader dat ik niet bij het diner kan zijn."

Voor een seconde, komen er barsten in de goed geoefende act die Dania voor de wereld opvoert, en een flikkering van bezorgdheid glipt in haar donkere ogen. Op haar tenen kust ze mijn wang. "Zorg goed voor jezelf, Alex. Ik hoop dat je vooruitgang boekt bij het opsporen van wie je dood wil hebben."

"Dat doe ik," lieg ik.

"Je weet dat mijn vader je graag zou helpen."

"Ik kan voor mezelf zorgen."

"Beloof me dat je voorzichtig zult zijn."

"Ik beloof het."

Ze bijt op haar lip, ze kijkt me even stil aan. "Weet je, Alex, jij en ik —"

"Er is geen jij en ik, Dania."

Geld is voor haar net zo belangrijk als voor haar vader. Ze is altijd meer geïnteresseerd geweest in mijn portemonnee dan in mijn hart.

Ze zet een neppe glimlach op. Zo ineens zit haar masker weer op zijn plaats. "Ik denk dat ik je dan niet voor het feest zie. Papa gaat extreme maatregelen nemen met de beveiliging. Ik denk dat jij de reden bent."

"Ik denk het," zeg ik, terwijl ik mijn handen in mijn zakken steek.

Ze laat me nog een geoefende glimlach zien en

loopt naar de deur. "Wees geen vreemde, Alex," zegt ze, terwijl ze even stilstaat in de deuropening. "Papa beschouwt je als een vriend."

Ik volg haar met mijn blik terwijl ze door de hal en langs Grigori's bureau loopt.

Zodra ze in de lift stapt, rent mijn assistent naar me toe.

"Het spijt me, meneer Volkov. Ik had haar verteld dat je het druk had, maar ze accepteerde geen nee als antwoord," zegt hij voordat hij mijn deur met een verontschuldigende uitdrukking sluit.

Ik blaas mijn adem uit om van de aanhoudende ergernis af te komen en ga achterover aan mijn bureau zitten. Niemand zegt nee tegen Turgenevs dochter. Zeker niet mijn assistente, die in de machtshiërarchie ver onder haar niveau wordt beschouwd. Ze is de prinses van haar vader, en een verwende ook, iemand die gewend is haar zin te krijgen.

Voor één keer krijgt Dania Turgeneva echter niet wat ze wil. Ze krijgt mijn geld of status niet, en ze neemt het verrassend goed op. Aan de andere kant, ik ben heel duidelijk geweest over mijn bedoelingen. Misschien begrijpt ze eindelijk dat er maar één vrouw voorbestemd is om mevrouw Volkova te zijn.

20

KATE

*H*etzelfde team van vrouwen arriveert op de middag van het gala om me te helpen me aan te kleden voor het evenement. Gelukkig is Lena deze keer niet aanwezig.

Ik ben een half uur eerder klaar dan de tijd die Alex had genoemd als de tijd om te vertrekken. Een bewaker begeleidt de vrouwen naar beneden terwijl ik de laatste hand leg door parfum op te doen en de robijnen oorbellen in te doen die Alex me in New York had gegeven.

Om zes uur ga ik op zoek naar Alex, die zich in een van de andere kamers om heeft gekleed om de vrouwen ruimte in de zijne te geven. De gang waar ik doorheen ga is rustig, er komt geen geluid van achter de gesloten deuren vandaan. Ik weet niet welke suite hij gebruikt, maar ik ga naar de hal.

Sinds het incident met mijn moeder is de sfeer tussen ons nog steeds gespannen. Geen van ons heeft het argument opnieuw aangevoerd. We bewaren de vrede door het onderwerp te ontwijken. Alex kwam de volgende avond laat thuis en we aten alsof er niets was gebeurd. Later, in bed, bedreven we de liefde alsof hij mijn leven niet heeft verbrijzeld en alsof de wereld om ons heen niet uit elkaar valt.

Als ik aan het einde van de gang sta, komen er stemmen van beneden. Ik wacht even op de overloop. Alex en een man die ik niet ken, staan in de foyer te praten. Alex draagt een donkere broek en een getailleerd vest over een wit shirt. Met zijn donkerbruine haar naar achteren geborsteld en zijn schouders onmogelijk breed, ziet hij er gevaarlijk knap uit. Intimiderend zelfs. De dunne, korte gestalte van de man tegenover hem helpt alleen om de formidabele kracht en grootte van Alex te benadrukken.

Ik heb nog geen geluid gemaakt, maar Alex pauzeert halverwege de zin en kijkt naar waar ik sta. Het blauw van zijn ogen wordt een tint warmer, terwijl hij zijn blik over mij laat gaan.

"Katerina," zegt hij met een diepe stem en spreekt mijn naam met dat Russische accent uit dat het altijd exotisch laat klinken. "Ik wil je graag aan iemand voorstellen."

Ik besteed nog meer aandacht aan de gast. Net als Alex is de man in een donker pak gekleed, deze is alleen minder formeel. Hij heeft een metalen koffertje met het formaat van een aktentas in de ene hand en een wandelstok in de andere hand.

Alex laat de man daar staan en komt de trap op om

me bovenaan de trap te begroeten. Hij overrompelt me, laat zijn hoofd zakken en plaatst een kus op de schelp van mijn oor. Het is een tedere, maar bezitterige kus, een die onmiskenbaar een claim oproept.

"Je ziet er prachtig uit," zegt hij zacht genoeg zodat alleen ik het kan horen.

Het zijn niet zozeer de woorden als wel de bewondering in zijn ogen die gewicht aan het compliment geeft.

Hij biedt me zijn arm aan. Als ik mijn handpalm op zijn onderarm heb gelegd, leidt hij me voorzichtig de trap af. Ik ben gewend om op hakken te lopen, maar ik waardeer het galante gebaar.

"Dit is meneer Krupnov," zegt hij als we de onderaan de trap komen.

De man zet de koffer neer en rent zo snel als zijn stok het toestaat. Hij steekt een hand uit en zegt in het Engels met een zwaar accent, "Het is me een g-genoegen om u te ontmoeten."

"Insgelijks," zeg ik, terwijl ik zijn hand schud.

Alex legt een hand op de mijne waar die op zijn arm rust en lacht naar me. "Zullen we naar de lounge gaan? Ik heb een verrassing voor je."

Ik kijk van Alex naar de man, een vleugje zenuwen begint in mijn buik te branden. Onder normale omstandigheden hou ik van verrassingen, maar met de situatie waarin we ons bevinden, heb ik geleerd om voorzichtig te zijn. Ik hou niet van het nadeel om in het duister te tasten.

"Volg me alsjeblieft," zegt Alex tegen meneer Krupnov, de weg naar de lounge leidend.

Eenmaal binnen staan we stijf in het midden van de kamer terwijl de man zijn stok tegen de bank zet en de koffer op de salontafel legt. Als hij hem openknipt, stokt mijn adem. Rijen ringen bezet met edelstenen van alle kleuren van de regenboog vullen de koffer. De ontwerpen variëren van uitgebreid omvangrijk tot ronduit elegant.

"Kies er een," zegt Alex, terwijl hij naar de koffer wijst.

Het vakmanschap van de ringen is voortreffelijk. Ik twijfel er niet aan dat ze allemaal een fortuin kosten. Alex kan zich natuurlijk met gemak de hele koffer met ringen veroorloven. Wat me dwarszit is niet de prijs van het cadeau dat hij voorstelt, maar de reden ervoor. Ik heb geleerd dat Alex nooit iets doet zonder een zorgvuldige berekening.

"Ik ben niet jarig," zeg ik.

Alex geeft me een scheve glimlach. "Ik ben me er terdege van bewust."

"Maar waarom dan?"

Hij trekt een wenkbrauw op. "Heb ik een reden nodig?"

Ik bestudeer zijn gezicht, maar zijn uitdrukking verraadt niets.

"Ik kon het niet helpen dat ik uw oorbellen zag," zegt meneer Krupnov met een knipoog. "Mag ik de ring met robijnen voorstellen?" Hij pakt een gouden ring met een grote robijn in het midden en kleinere eromheen. "Deze e-ene is een klassiek ontwerp. V-vrij tijdloos."

"Pas hem aan," zegt Alex.

Als ik me niet beweeg, grijpt Alex de ring uit meneer Krupnovs handpalm en pakt mijn hand. Hij houdt mijn blik vast en doet de ring om mijn ringvinger.

Ik kijk naar beneden. Wauw. Het ietwat ouderwetse ontwerp transformeert op mijn hand, de reeks robijnen krijgt een driedimensionaal effect als de edelstenen het licht vangen en tot leven komen alsof elk van hen een hartslag heeft.

Alex draait de ring om de pasvorm te testen. "Hij zit een beetje los."

"D-dat is geen probleem." Meneer Krupnov pakt een vingerhoed uit zijn zak. "Ik k-kan de ring met gemak aanpassen." Hij kijkt me vragend aan. "A-als dit de ring is die de dame leuk vindt? M-misschien wilt u nog een paar andere p-proberen?"

De ring is perfect, maar ik zeg, "Ik kan dit niet accepteren. Het is te veel."

"We nemen hem," zegt Alex.

Meneer Krupnov springt op de verkoop. "I-ik zal de vingermaten van de jonge dame opmeten en dan heeft u d-de ring volgende week."

"Alex," protesteer ik.

Hij wiebelt zachtjes met de ring om hem van mijn vinger te halen en geeft hem aan meneer Krupnov voordat hij mijn hand kust. "Ik wil hier geen discussie over horen."

"Waarom niet?" vraag ik terwijl meneer Krupnov een notitieboek en potlood uit zijn andere zak pakt.

Alex drukt een kus op de hoek van mijn lippen. "Omdat ik dat kan."

En zo ineens is de discussie voorbij. Meneer Krupnov meet m'n vingers en schrijft ze in zijn notitieboekje. Hij vraagt aan welke vinger ik de ring wil dragen, schrijft dat ook op, en dan neemt hij afscheid.

Als we alleen zijn, voel ik me gedwongen om, "Dank je wel," te zeggen, ook al had Alex me niet de mogelijkheid gegeven om zijn geschenk te weigeren.

Hij fronst. "Je ziet er niet gelukkig uit. Als je die ring niet leuk vindt, dan koop ik een andere voor je."

"De ring is prachtig."

"Wat is er dan aan de hand?" vraagt hij, terwijl hij mijn hand pakt.

"Ik ben niet gewend om geschenken te ontvangen die meer kosten dan wat ik in een jaar verdien."

Hij laat een hand op mijn heup rusten en tilt met een vinger mijn kin op. "Wen er maar aan."

Ik sta op het punt om hem meer onder druk te zetten voor de motivatie achter het plotselinge geschenk, maar hij snoert me de mond door me nog een kus op mijn lippen te geven.

"We kunnen beter gaan." Spanning vloeit in zijn schouders. "We mogen niet te laat komen. Ik wil als eerste op de locatie zijn."

Juist. Omdat het gevaarlijk is om naar buiten te gaan.

Mijn buikspieren spannen zich samen tot een bal als hij me naar de foyer leidt waar Lena met onze jassen en mijn clutch staat te wachten. Alex helpt me in de op maat gemaakte witte galajas voordat hij een stijlvolle jas en zijn eigen jas aantrekt. Hij stuurt me naar buiten en helpt me in de stationair draaiende auto op de oprit. Zoals gewoonlijk rijdt Yuri.

We gaan in een konvooi van auto's naar het oude centrum van de stad. Alex draagt een oortje en communiceert voortdurend in het Russisch terwijl hij zijn telefoon controleert. Na veertig minuten komen we bij een wegversperring. Yuri laat zijn raam zakken en zegt iets tegen de man die zijn raam nadert. De slagboom gaat onmiddellijk omhoog.

Mijn maag draait zich om als ik de mannen in gevechtsuitrusting, gewapend met geweren, in me opneem, die aan weerszijden van de weg in een rij staan. Het is alsof we een oorlogsgebied binnengaan. Aan het eind van het blok komen we bij een statig gebouw met zuilen aan de voorkant. Het sneeuwt zachtjes. De vlokken worden door de gouden lichten verlicht die vanuit de indrukwekkende gevel van het voormalige paleis schijnen dat tot een hotel is omgebouwd. Lena heeft me vol trots verteld dat de locatie in 1820 de residentie van prinses Lobanova-Rostovskaja was geweest.

We betreden een zwaar bewaakte ondergrondse parkeergarage. Van daaruit brengt een lift met een duimafdrukscanner ons naar de balzaal. De bodyguards van Alex volgen ons naar de hal en blijven niet meer dan een stap achter ons. Alex overhandigt onze jassen in de garderobe voordat hij een arm om mijn middel slaat en me dicht bij zich houdt.

Aangezien we de eerste zijn die aan zijn gekomen, is de hal vrij van andere gasten. Ronde tafels worden met brokaten tafelkleden en met goud afgezet servies gedekt. Een aantal obers polijsten kristallen glazen en gouden bestek, terwijl anderen de plaatsindeling afstemmen. De centerpieces zijn bloemstukken van witte lelies en pioenrozen die met hun zoete geuren de hal parfumeren. De bloemen moeten in kassen zijn gekweekt of voor de gelegenheid uit een zomergebied zijn ingevlogen.

Wanneer Alex met mij op sleeptouw een rondje door de ruimte heeft gedaan, leidt hij me naar onze tafel en laat me zitten.

"Champagne?" vraagt hij als een ober met een fles verschijnt.

"Graag," zeg ik, naar de ober knikkend.

Niet lang daarna beginnen de gasten binnen te komen. Binnen enkele minuten zit de zaal vol met vrouwen in prachtige jurken en mannen in chique pakken. Alex houdt mijn hand onder de tafel vast, maar hij is nog steeds met zijn telefoon bezig, in snel Russisch pratend. Ik vind het niet erg. Ik vermaak me door naar mensen te kijken.

De eerste gasten aan onze tafel zijn een oudere dame met een rode jurk met lovertjes en een heer met een zilveren vest en vlinderdas. Alex introduceert ze aan me als de Dyatlovs.

Mevrouw Dyatlova zegt dat ik haar Elvira moet noemen. Haar Engels met een Brits accent is onberispelijk, wat ze aan de jaren toeschrijft dat ze in Engeland studeerde. Meneer Djatlov, aan de andere kant, moet op de vertalingen van zijn vrouw vertrouwen om ons gesprek te volgen en geeft het al snel op. In plaats daarvan begint hij een gesprek met Alex in het Russisch.

De volgende genodigden zijn een stel dat begin veertig lijkt te zijn. Mevrouw Feba Zykova is een levendige vrouw die uitlegt dat ze een textielfabriek bezit, terwijl de ingetogen meneer Zykov in de import- en exportsector zit. Wat voor import en export, zegt zijn vrouw niet, en hij lijkt ook niet het beste Engels te spreken. Alex heeft er zonder twijfel voor gezorgd dat de vrouwen aan onze tafel vloeiend Engels spreken, een overweging waar ik erg dankbaar voor ben.

Elvira geeft me tips over bezienswaardigheden om te bezoeken. Ik laat haar praten en vertel haar niet dat ik waarschijnlijk geen van de musea of balletten zal kunnen bezoeken die ze aanbeveelt. Alex praat nog steeds met de mannen, maar hij houdt een punt van contact tussen ons met zijn hand op mijn knie. De aanraking is zowel geruststellend als bezitterig.

Als Elvira stopt met praten om een slokje water te nemen, buigt Alex voorover en fluistert in mijn oor, "Verveel je je nog niet te erg?"

Ik draai mijn gezicht naar hem toe. Zoals altijd ben ik me hyperbewust van zijn aanwezigheid. De geur van zijn kruidige eau de cologne en de opwindende aanraking van zijn vingers op mijn knie overheersen mijn zintuigen. Het is onmogelijk om in zijn ogen te staren en niet in die levendige blauwe poelen te verdrinken. Zijn lippen komen omhoog terwijl zijn ogen in de hoeken rimpeltjes krijgen. Hij weet wat voor effect hij op me heeft. Met een enkele blik maakt hij me weerloos. De aantrekkingskracht tussen ons is net zo sterk als de eerste dag dat we elkaar ontmoetten. Als ik niet zo nuchter was, dan zou ik zeggen dat het het lot was dat we elkaar op die dag tegenkwamen. Maar dat zou betekenen dat Igor was neergeschoten met als enige doel om Alex en mij samen te brengen. Ironisch genoeg zou het betekenen dat de reden dat we hier in Sint-Petersburg zijn en in deze gruwelijke situatie zitten — het feit dat iemand Alex probeert te vermoorden — is wat er verantwoordelijk voor is dat we in elkaars armen zijn gedreven. Op de een of andere manier zou ik dankbaar moeten zijn voor de jager die achter Alex aanzit. Zonder hem hadden we elkaar nooit ontmoet.

"Goedenavond," zegt een geslepen vrouwelijke stem.

Ik kijk naar de gasten die aan onze tafel zijn aangekomen en verstijf. Dania en haar vader, Mikhail, staan aan de andere kant. Mijn ruggengraat wordt stijf als ik me mijn gesprek met Dania op het cocktailfeest in New York herinner, toen ze me vertelde dat ze voorbestemd was om met Alex te trouwen.

Dania en Mikhail doen hun rondes om gedag te zeggen. In een witte jurk met een golvende rok gekleed, ziet Dania eruit als een Disneyprinses. Haar zwarte haar vormt een prachtig contrast met haar blauwe ogen en bleke huid. Haar make-up is licht en jeugdig en geeft haar een onschuldige look. Bijna maagdelijk. Klassiek mooi. Ze ziet eruit als perfect huwelijksmateriaal, en gezien de manier waarop de mannen in de kamer naar haar staren, is ze ook onmiskenbaar aantrekkelijk. Is dit wat Lena me probeerde te vertellen? Dat ik niet voor de rol ben aangekleed? Dat ik geen idee heb waar ik mee te maken heb of hoe ik de subtiele oorlog voor de aandacht van een man moet voeren?

Ik werp een blik op Alex terwijl Mikhail zijn hand schudt. Hij staart tenminste niet naar Dania zoals de andere heren.

"Ik ben zo blij dat we aan jouw tafel zitten," zegt Dania als het onze beurt is om een begroeting uit te wisselen. "Ik keek ernaar uit om je te zien toen ik hoorde dat je in Sint-Petersburg was."

Tot mijn ontsteltenis neemt ze de lege stoel naast me. Mikhail installeert zichzelf op de beschikbare plek rechts van Alex.

"Hoe gaat het, Dania, schat?" vraagt Feba met genegenheid. Ze spreekt Engels, ongetwijfeld voor mijn bestwil. "Het is lang geleden."

Dania zwaait met een hand. "Ik heb non-stop gereisd. Je weet hoe papa's bedrijf ons over de hele wereld brengt."

"Ik hoop dat je ons een bezoekje brengt nu je thuis bent," zegt Feba.

"We moeten een lunch organiseren," zegt Dania. "Alleen voor vrouwen." Ze knipoogt naar me. "Ik kan wel een pauze gebruiken van het gezelschap van zakenmensen."

"Ik wist niet dat je zo betrokken was bij je vaders zaken," zegt Elvira met een vleugje minachting. "Hoe is het met je moeder?"

Dania kijkt Elvira recht in de ogen. "Je weet hoe mama is. Helaas altijd onder invloed." Tegen mij zegt ze, "Mocht je de roddel nog niet hebben gehoord, mijn moeder is een alcoholist en wordt niet vaak in het openbaar gezien."

Dat snoert Elvira de mond. De mannen zijn nog steeds in hun gesprek verwikkeld. Mikhail laat geen tekenen zien dat hij heeft gehoord wat er is gezegd.

"Om je vraag over mijn betrokkenheid bij het bedrijf te beantwoorden, Elvira," zegt Dania liefjes, "zoals je weet, ben ik het enige kind. Op een dag neem ik het over."

"Het is waarschijnlijker dat je toekomstige echtgenoot dat zal doen," zegt Elvira.

"Zullen we volgende week bij Chekhov afspreken?" vraagt Dania, terwijl ze de tafel rond kijkt. "Ze hebben een nieuwe chef-kok en de recensies zijn uitstekend." Ze draait zich om en kijkt me aan. "Kate, je moet komen. Ik kan je aan wat vrienden voorstellen die je kunnen helpen de tijd te doden terwijl Alex al die lange uren op kantoor doorbrengt. Iedereen weet wat een workaholic hij is. Als je van de opera en het ballet houdt, moet je me naar mijn maandelijkse cultuurclub vergezellen."

"Dat zou geweldig zijn," zegt Feba. "Ik weet dat jullie jongeren de voorkeur geven aan nachtclubs, maar als je een paar avonden in het gezelschap van een oude dame wilt doorbrengen, dan wil ik je graag aan een paar van mijn kunstenaarsvrienden voorstellen. Ze vormen het meest vermakelijke gezelschap."

Ik sta op het punt een excuus te verzinnen waarom ik de uitnodigingen niet zal kunnen accepteren als Alex zegt, "Ik ben bang dat dat niet mogelijk zal zijn."

Dania kijkt hem met grote ogen aan. "Echt, Alex. Dit is niet de Middeleeuwen. Ik weet zeker dat Kate in staat is om haar eigen beslissingen te nemen." Ze richt haar blik op mij. "Of niet, Kate?"

Alex spant zijn vingers op mijn knie aan. "Katerina en ik hebben nog veel te zien."

"Toch heb je niets anders gedaan dan werken sinds je terug bent, zoals ik zelf heb gezien toen we elkaar gisteren zagen," zegt Dania met een berispende frons. "Je bent toch niet van plan om je vriendin helemaal voor jezelf te houden, of wel?"

Ik raak nog meer gespannen. Ze hebben elkaar gisteren gezien, en Alex heeft het me niet verteld? Maar waarom zou hij? Hij is de baas. Hij deelt met mij alleen de feiten die hij noodzakelijk acht.

"Je weet hoe het is," zegt Alex met een gespannen glimlach.

Dania knippert met haar wimpers. "Eerlijk gezegd niet."

De glimlach op het gezicht van Alex wordt koud. "We zijn net als een pasgetrouwd stel." Zijn toon draagt een onuitgesproken waarschuwing. "Nog steeds in de wittebroodsweken."

Elvira snakt naar adem.

Feba pakt een menu en wappert voor haar gezicht.

Blijkbaar wordt seks voor het huwelijk afgekeurd door het oudere gezelschap aan onze tafel. Of op z'n minst het bespreken ervan.

Dania's grijns is zelfvoldaan. "Je beschermt niet de eer van een dame, Alex Volkov?"

Mikhail schraapt zijn keel en zegt berispend, "Dania."

"Ik neem het alleen maar voor mijn medezusters op." Dania pakt mijn hand en vervolgt, "Laat hem je niet rond commanderen, nog voordat hij een ring om je vinger heeft gedaan. Je mag je eigen persoon zijn. We zijn met de tijd meegegaan in Rusland, weet je."

Ik trek mijn hand weg. "Bedankt, maar ik heb het momenteel te druk om uitnodigingen te accepteren."

"Druk met wat?" vraagt Dania. "De hele dag alleen thuis zitten?"

"Verplegen," zeg ik met een gespannen stem.

"Verplegen," zegt Dania langzaam. "Ja, natuurlijk. Je bent in New York een verpleegster. Alex heeft zoiets gezegd. Wie verpleeg je?" gnuift ze. "Zijn bodyguards?"

Onder de tafel knijpt Alex zo hard in mijn knie dat het bijna pijn doet, maar zijn greep op de steel van zijn waterglas blijft licht.

"Neem me niet kwalijk," zeg ik en duw me overeind. "Ik moet mijn neus poederen."

Alex gaat ook staan. "Ik zal je vergezellen."

"Naar het damestoilet?" roept Feba uit en wappert sneller voor koelte op haar gezicht.

"Alsjeblieft, Alex," zegt Elvira met een knipoog. "Er zijn zelfs grenzen voor mensen in de wittebroodsweken."

De beleefde humor van Alex is helemaal nep. "Niemand heeft me er ooit van beschuldigd geen heer te zijn."

"Ik zal haar vergezellen," zegt Dania terwijl ze opstaat. "Als je je er beter door voelt, Alex, kunnen mijn bodyguards de wacht houden."

"Ga zitten, Alex," zegt Mikhail, terwijl hij een hand op de onderarm van Alex legt. "Laat de vrouwen vrouwen zijn en doen wat vrouwen op het damestoilet doen."

"Roddelen," zegt Dania samenzweerderig.

Ik heb geen zin om Dania mee te laten gaan naar het toilet. Daarheen gaan is gewoon een excuus om te ontsnappen, maar iedereen staart nu naar Alex, Dania en mij, wachtend op wat Alex gaat doen. Hij heeft mensen al het idee gegeven dat ik iemand ben die niet in staat is om haar eigen beslissingen te nemen. Hij heeft aan de hele tafel aangekondigd dat we onze handen niet van elkaar af kunnen houden terwijl de oudere vrouwen duidelijk hebben gemaakt dat het onderwerp in een openbaar gesprek taboe is. Ze hebben al een negatieve indruk van me. Als Alex me naar het toilet gaat brengen, zal het alleen maar erger worden. Na wat er was geïmpliceerd, zullen ze ongetwijfeld denken dat we er samen heen gaan om een vluggertje te maken.

Een gespannen moment verstrijkt als besluiteloosheid op het gezicht van Alex speelt. Ik weet hoe bezorgd hij is over onze veiligheid, maar dankzij de maatregelen die hij heeft genomen, is de hal als Fort Knox.

"We zullen niet lang wegblijven," zeg ik, terwijl ik de enige kracht terugneem die ik kan gebruiken terwijl ik mijn stoel naar achteren duw.

Mijn hart bonst snel. Een tweede seconde passeert, dan weer een, en dan gaat Alex langzaam zitten, maar niet voordat hij de blik van Igor heeft opgevangen, die niet ver van onze tafel staat.

Meer dan opgelucht, verontschuldig ik me en loop ik weg. Dania slaat haar arm om de mijne alsof we vriendinnen zijn en praat vriendelijk terwijl ik de bordjes van het toilet naar het einde van de gang volg.

Ik hoor geen woord van wat ze zegt. Mijn geest voelt aan alsof hij met watten gevuld is. Het enige waar ik aan kan denken is hoe vernederd ik me voel, ook al weet ik logischerwijs dat dat niet Alex zijn bedoeling was. Hij probeerde me alleen maar veilig te houden, maar door dat te doen, vertelde hij mij en iedereen dat ik nergens heen kan zonder zijn toestemming.

"Hé." Dania duwt tegen mijn schouder als we het damestoilet binnengaan. "Gaat het met je? Je ziet er bleek uit."

Ik ga naar de wasbak en zie mijn spiegelbeeld in de spiegel. Mijn wangen zijn inderdaad bleek ondanks de make-up en de natuurlijke olijftint van mijn huid. Met een bronzer uit mijn clutch veeg ik een beetje over mijn jukbeenderen.

"Behandelt Alex je goed?" vraagt ze en ze maakt met een hand haar perfect gestylede haar glad. Het zit aan het uiteinde van haar nek in een ballerinaknot.

"Ik weet wat je daar aan het doen was," zeg ik en kijk haar hard aan. Als ze denkt dat ik haar spelletjes ga spelen als we alleen zijn, dan kan ze beter nog eens nadenken.

Ze aait haar haren. "Wat ik deed was het voor je opnemen."

Ik grinnik humorloos. "Is dat zo?"

"Luister," zegt ze met een zucht. "Alex heeft me verteld wat er aan de hand is toen hij gisteren contact met me opnam."

Is hij naar haar toe gegaan met onze problemen? Dat geloof ik helemaal niet. Ik bestudeer haar gezicht in de spiegel terwijl ik lippenstift uit mijn tas haal. "En wat zou dat kunnen zijn?"

"Hij heeft me over de schietpartij in New York verteld. Hij maakt zich zorgen."

"Hij maakt zich zeker zorgen. Iemand probeert hem te *vermoorden*."

Ze leunt met haar rug tegen de wasbak. "Hij kan voor zichzelf zorgen. Hij maakt zich zorgen om *jou*. Je bent een zwakte."

Ik haal scherp adem. "Ik heb hier niet om gevraagd."

"Nee." Ze glimlacht wrang. "Dat is duidelijk. Je bent hier niet uit vrije wil. Je bent niets anders dan een gevangene. Helaas houd jij Alex nu gevangen."

Ik staar haar aan. "Wat?" Heeft Alex haar verteld dat hij me zowat heeft ontvoerd? Of is ze gewoon aan het gissen? En wat bedoelt ze met dat laatste?

Ze haalt haar schouders op. "Alex voelt zich verantwoordelijk voor je. Hij moet hier blijven tot hij zeker weet dat je veilig bent. Je doet hem geen plezier door in de buurt te blijven."

Ze is gewoon aan het gissen over mijn status, ik ben er bijna zeker van. Hoe dan ook, ik heb geen reden om de waarheid te verbergen. "Zoals je zei," zeg ik, terwijl ik de lippenstift dicht doe en deze in mijn tas laat vallen, "Ik heb niet echt een keuze."

"Wat als je een keuze had?"

Ik verstijf. "Wat wil je daarmee zeggen?"

"Wat als je weg kon komen?"

Het bevalt me niet waar dit gesprek heen gaat, helemaal niet. "Dat zal ik Alex niet aandoen."

"Wat aandoen? Hem een kans geven om op zijn aanvaller te jagen zonder dat jij een blok aan zijn been bent? Je belemmert niet alleen zijn inspanningen. Je vermindert ook aanzienlijk zijn kansen om hier levend uit te komen."

Ik klem mijn vingers om mijn tas en draai me naar haar toe. "Wat probeer je te zeggen, Dania?"

"Als Alex bij mij was, zoals hij hoort te zijn, dan zou mijn vader allang achter de aanvaller van mijn verloofde aan zijn gegaan. Inmiddels zou de dreiging voor mijn toekomstige echtgenoot niet meer bestaan."

Mijn greep wordt strakker. "Bullshit."

"Je beseft niet hoe machtig mijn vader is." Haar uitdrukking is wreed. "Het lijkt me duidelijk dat we in de toekomst geen vriendinnen zullen zijn. Het enige wat we gemeen hebben is dat we allebei om Alex geven. Dat is het enige feit waar we het over eens zijn, heb ik gelijk?"

"Precies." Ik vernauw mijn ogen tot spleetjes. "Wat voor punt probeer je te maken?"

"Hem vasthouden is een egoïstische zet, Kate. Je komt niet uit onze wereld. Ik heb je dat al een keer verteld, en als je me toen niet geloofde, kijk dan vanavond maar eens om je heen. Kijk naar de mensen aan onze tafel. Denk je dat je erbij hoort? Je kunt niet eens onze taal spreken. Als je ook maar iets om Alex gaf, zou je hem bevrijden en hem het leven laten leiden dat hij voorbestemd is om te leven, een goed en lang leven. Mijn vader kan dat laten gebeuren. Zodra we onze verloving aankondigen, zal mijn vader alles uit de kast halen laten om de man te pakken die zijn toekomstige schoonzoon en dus de toekomst van zijn enige dochter bedreigt."

"Je hebt waanvoorstellingen," zeg ik, terwijl ik wegloop.

Ze slaat haar vingers om mijn pols en houdt me tegen. "Is dit het soort leven dat je wilt? Voor altijd onder Alex zijn duim zitten? Doen wat hij zegt en je alleen kan gaan waar hij je heen laat gaan — *als* hij je dat laat doen?"

Ik trek me los. "Je weet niets over Alex en mij."

"En jij weet niet hoe het in onze wereld werkt, maar ik denk dat je begint te beseffen dat Sint-Petersburg niet New York is. Je zult hier geen baan hebben en naar buiten kunnen gaan om vrienden te ontmoeten. Als Alex je voorgoed aan hem bindt, ben je net een bratva-vrouw. Je hebt er niets over te zeggen. Jouw mening zal er niet toe doen. Je hebt geluk als je je familie ooit weer ziet."

Dat steekt, en flink, maar ik trek mijn lippen in een spottende glimlach. "En voor jou zal het anders zijn?"

"Dat zal het zijn, want mijn vader is Mikhail Turgenev en ik ben de enige erfgenaam van zijn bedrijf." Ze kijkt me met een blik vol medelijden aan en vraagt, "Wie is *jouw* vader?"

De pijl raakt me recht in het hart. Niet wetende dat mijn afkomst me nooit eerder heeft gestoord, haat ik het dat deze vrouw de macht heeft om het er toe te laten doen.

"Nog een ding dat je over Alex moet weten," vervolgt ze, "is dat hij niet verliefd wordt. Nooit."

Van alles wat ze heeft gezegd, raken die woorden me het hardst. "Dat weet je niet."

Mijn masker moet afglijden, omdat haar uitdrukking vol medelijden wordt. "Waarom denk je dat hij je nooit heeft verteld dat hij van je houdt?"

Haar uitspraak steekt als een mes in mijn maag. Het kost me alles en nog veel meer om haar niet te laten zien hoeveel pijn het doet. Als ik mijn kin optil, zeg ik op mijn meest zelfverzekerde toon, "Dat weet je ook niet."

Ze slaat haar armen over elkaar en zet een heup naar voren. "Oh, maar dat weet ik wel schat." Het medelijden in haar houding neemt toe. "Dat heeft hij me gisteren zelf verteld."

Als ze me met een zwaard had gespietst, dan had ze me niet meer kunnen martelen. Zonder haar nog een blik te geven, loop ik het toilet uit.

Igor en een paar bewakers die ik niet ken staan buiten te wachten. Dania vertrekt na mij en glimlacht heel onschuldig.

De bewakers volgen ons stilletjes terug naar de hal. Alex en Mikhail staan op als we aan onze tafel komen. Twee obers springen in actie en trekken onze stoelen tevoorschijn. De hapjes zijn geserveerd. De anderen wachten tot Dania en ik zitten voordat ze hun eetgerei oppakken.

"Is alles goed?" fluistert Alex in mijn oor en wrijft met een duim over mijn schouder.

Er loopt een rilling over mijn arm. "Ja." Ik forceer een glimlach. "Volkomen."

"Ik begon je te missen," zegt hij met een hese stem.

"Wijn?" vraagt Mikhail.

"Wodka, alsjeblieft," zegt Dania.

Feba geeft haar een goedkeurende knik.

Mikhail knipt met zijn vingers, waarbij een ober nadert en wodka voor Dania en wijn voor mij inschenkt. Mikhail gaat maar door over de zoete wijn die bij het voorgerecht hoort, maar ik sluit hem buiten. Het enige waar ik aan kan denken zijn Dania's wrede woorden.

Er zit een kern van waarheid in Dania's argument. Twee eigenlijk.

Eén: zal ik voor altijd de marionet van Alex zijn? Hij houdt ervan om de controle te hebben. Zal hij me mijn leven teruggeven als dit allemaal voorbij is? En twee: schaad ik Alex door in zijn leven te zijn? Igor suggereerde dat ik de reden was dat Alex ons leven riskeerde door me mee te nemen om bezienswaardigheden te bezoeken. Waar, Igor geloofde dat ik zo egoïstisch was om Alex te vragen om me mee uit te nemen; hoewel ik eigenlijk voorstelde om thuis te blijven, nam Alex nog steeds het risico voor mij, en dat maakt me verantwoordelijk. Op een indirecte manier heeft mijn aanwezigheid een negatieve impact op het leven van Alex. Wat als *ik* hem zwak maak? Wat als zijn obsessie met mij hem meer een doelwit maakt?

Gedurende het vijfgangendiner blijven de vragen in mijn hoofd rondspoken. Ik herinner me niet wat ik eet en drink, of waar de vrouwen over praten. Als het tijd is voor de hoofdtoespraak over kernenergie, vertaalt Alex aandachtig voor me, me in mijn oor fluisterend wat er wordt gezegd.

De inhoud van de toespraak gaat het ene oor in en het andere oor uit. Wat blijft hangen is mijn groeiende overtuiging dat deze potentiële joint venture belangrijk is voor Alex, omdat hij in betaalbare warmte voor iedereen gelooft, met inbegrip van de minder fortuinlijke gemeenschappen.

Het voelt als een eeuwigheid voordat we afscheid nemen, wat een goed uur duurt, omdat Alex veel mensen moet begroeten. Eindelijk in de auto ontspan ik voor het eerst een beetje.

"Wat is er aan de hand, kiska?" vraagt Alex, terwijl hij een arm om mijn schouder legt.

Ik doe nog een dappere poging om te glimlachen. "Niets."

Hij trekt me dichterbij. "Je hebt tijdens het diner nauwelijks twee woorden gezegd."

Ik ontsnap aan zijn doordringende blik door uit het raam te kijken. "Het was moeilijk om het gesprek te volgen."

Hij pakt mijn kin en draait mijn gezicht naar hem terug. "Het gesprek was in het Engels. Daarom heb ik ervoor gezorgd dat de vrouwen die aan onze tafel zaten, vloeiend in je moedertaal waren."

"Bedankt daarvoor," zeg ik met oprechte dankbaarheid.

"Het is gewoon normaal." Hij onderzoekt mijn gezicht. "Er is iets anders dat je me niet vertelt." Hij vernauwt zijn ogen en vraagt, "Heeft Dania in het toilet iets tegen je gezegd?"

"Eigenlijk wel." Ik bestudeer hem terug. "Ze zei dat ze je gisteren heeft gezien."

"Dat zei ze," zegt hij langzaam, een vraag in de zin.

Dan loog ze daar niet over. "Ze zei dat ik je zwakte ben."

In het zachte licht van de auto worden zijn blauwe ogen donkerder. "Dat ben je." Hij volgt de lijn van mijn kaak met zijn duim en zegt met een lage, diepe stem, "De enige die ik ooit heb gehad."

Ik zuig mijn adem naar binnen. "Als ik je zwak maak —"

Zijn toon wordt hard. "Waag het niet om het te zeggen."

"Ik was gewoon –"

Hij legt zijn vingers over mijn wangen, tuit mijn lippen en gromt, "Ik laat je niet gaan. Nu niet. Nooit. Is dat duidelijk?"

De waarheid draait zich in me om en snijdt een beetje dieper.

"Dit is geen liefde," fluister ik. "Dit is een obsessie."

Zijn blauwe ogen glinsteren terwijl hij ze nog een fractie vernauwt. Mijn hartslag gaat sneller. De man die naar me kijkt is een roofdier met ongelooflijke intelligentie en sluw menselijk inzicht, een van de meest slimme zakelijke en intelligente mensen in de wereld. Hij heeft enorm veel macht, zowel de natuurlijke soort waar sommige mannen mee geboren zijn als de soort die met geld komt. Hij is de machtigste persoon die ik ken, en hij observeert me als een jager die niet van plan is om zijn prooi te laten ontsnappen.

Zijn stem is gevaarlijk zacht als hij zijn hand naar mijn nek laat gaan. "Het maakt niet uit hoe je het noemt. Je bent van mij en je leven is nu hier." Hij houdt zijn vingers om mijn nek en houdt me in een bezitterige greep vast. "Het zal een gelukkig leven zijn als je er niet zo hard tegen vecht."

Ik slik, mijn keel beweegt tegen de druk van zijn handpalm.

Hij laat zijn hoofd zakken en streelt een vraag over mijn lippen. "Is dat duidelijk, Katyusha?"

"Ja," zeg ik, zonder te durven ademen.

Ik weet waar dit heen gaat als hij me naar beneden duwt, maar ik hou hem niet tegen. Er is alleen een scheidingswand tussen ons en Yuri, maar het is niet de enige keer dat hij me in een auto heeft genomen. Als mijn rug de stoel raakt, protesteer ik niet. De smaak van een nederlaag is bitter in mijn mond, maar ik probeer mijn verlies te nemen zonder hem mijn tranen te laten zien. Mijn maag trekt zich samen van verwachting terwijl ik op het moment wacht dat hij me grijpt.

Hij laat me niet lang wachten. Hij plant de zachtste kus op mijn lippen en duikt met een hand onder mijn rok en tussen mijn benen. Mijn ondergoed is geen partij voor zijn kracht. De kanten stof geeft met een scheurend geluid mee dat zich met mijn snak naar adem mengt net voordat hij twee vingers krachtig in me duwt. Hij geeft me nauwelijks tijd om adem te halen en neukt me met harde stoten met zijn vingers.

Mijn lichaam buigt voor zijn ritme en reageert met genot. Hij bijt in mijn onderlip en zegt tedere Russische woorden terwijl hij mijn clitoris met de hiel van zijn handpalm wrijft terwijl hij zijn vingers naar binnen krult. Het is een slagveld, en de oorlog is voorbij voordat het begonnen is.

Ik kom binnen enkele seconden klaar, en geef me over als een verslagen vijand. Het maakt niet uit dat mijn ontlading elke spier in mijn lichaam met ondraaglijke extase sluit, of dat hij zoete lof met kusjes op mijn hals drukt voor mijn recordbrekende optreden. Toch is het een verlies.

Want zo werkt het in een oorlog.

Er zijn slechts twee uitkomsten, slechts twee kanten.

Als je niet de winnaar bent, dan ben je de verliezer.

21

ALEX

*H*et is rustig op het werk, het gebouw is verlaten, alleen ik, Igor en een paar bodyguards zijn er. De lucht buiten is nog donker. Een vergezicht van stadslichten verspreidt zich onder mijn kantoorraam, flikkerend op een deken van sneeuw. De straten bruisen nog niet van de ochtendspits. Ik ben de eerste die binnenkomt, wat me tijd geeft om zaken in te halen voordat iedereen mijn aandacht vraagt.

Terwijl ik me achter mijn bureau installeer, bestudeer ik het rapport voor me. Het gala was een groot succes. Veel invloedrijke zakelijke spelers hebben hun steun voor kernenergie toegezegd. Er staat druk op de overheid om groen licht te geven voor de nieuwe technologie. Zoals gewoonlijk is er een hoop bureaucratie, maar het is slechts een kwestie van tijd.

Ik sluit het rapport en haal mijn e-mails op. Na erdoorheen gescand te hebben, file ik de minder dringende in een map voor later en open de belangrijkste berichten. De eerste is van Konstantin Molotov, die vraagt hoe het gala is gegaan en die mij over een paar foutjes informeert die zijn ingenieurs in de nieuwste versie van de draagbare reactoren eruit hebben gewerkt. Konstantin is het brein achter de technologie, en hoewel we de papieren voor de joint venture nog niet formeel hebben ondertekend, werken mijn ingenieurs en ik al enkele maanden met hem samen als onderdeel van ons due diligence-proces.

De Molotovs zijn een machtige familie uit Moskou met goede connecties. Hun rijkdom en positie in de samenleving gaan generaties terug, helemaal tot het tsaristische Rusland. Konstantin Molotov is de oudste van drie broers en een zus en wordt algemeen als een technisch genie beschouwd, terwijl zijn jongere broer, Nikolai, de zakelijke kant van de dingen runt — of tot voor kort deed. De jongste broer van Molotov, Valery, lijkt nu het grootste deel van hun bedrijf te beheren, hoewel Nikolai toezicht houdt op dit specifieke project, ondanks het feit dat hij onlangs met een Amerikaanse vrouw is getrouwd en momenteel in een klein bergdorp in Idaho, in de Verenigde Staten woont.

Ik reageer op Konstantin en vertel hem dat het evenement goed ging en dat we een stap dichter bij de goedkeuring van de overheid voor zijn technologie zijn. Natuurlijk hangt dit er allemaal van af of de joint venture doorgaat. Als de Molotovs op het laatste moment terugkrabbelen of me op een of andere manier proberen te naaien, dan zijn er maar een paar woorden nodig die in de juiste oren gefluisterd worden om het project met bureaucratie te verstikken. Dat zeg ik natuurlijk niet tegen Konstantin. Dat hoef ik niet te doen. Hij begrijpt heel goed hoe dingen in onze wereld werken.

Ik sta op het punt om de nieuwe veiligheidsvoorschriften te bekijken die we bij een van mijn oliebronnen implementeren wanneer het scherm van mijn telefoon oplicht met een oproep. Meestal stuur ik mijn oproepen naar mijn voicemail tot later in de ochtend, waarbij ik gebruik maak van het enige moment dat ik zonder onderbrekingen van mijn werknemers constructief kan werken, maar één blik op de nummerweergave en ik neem de oproep aan.

"Alex," zegt Adrian. "Mijn excuses voor het tijdstip, maar ik weet dat je vroeg opstaat en ik dacht dat je dit zonder vertraging zou willen horen."

Ik verstrak mijn greep op de telefoon. "Zeg me dat je Mukha hebt gevonden."

"Inderdaad. Het was niet makkelijk, maar mijn hacker ontdekte eindelijk een maas in Mukha's cybersporen. We hebben een bug in de elektronische valuta geplant die ik hem als betaling had gestuurd voor de informatie die hij me had gegeven. De bug op de munt ging helemaal van de Kaaimaneilanden en weer terug naar Rusland. Het blijkt dat hij voor de zorg van zijn moeder in een verpleeghuis in Moskou betaalt. Ik heb haar een bezoekje gebracht."

"Bespaar me de details," zeg ik ongeduldig. "Waar is die klootzak?"

"Hij huurt een huis aan de rand van Moskou. Ik ben er nu op weg naar toe."

Ik ga rechtop zitten en verwachting laat mijn ingewanden zich aanspannen. "Betaal hem elke prijs die hij voor dat bestand wil, en als hij nog steeds niet bereid is om te verkopen, dan zorg je dat je de informatie op welke manier dan ook krijgt." Ik leg de nadruk op de volgende woorden. "Tegen elke prijs."

"Begrepen. Ik neem vanavond contact met je op."

De lijn gaat dood.

Eindelijk. Het zal tijd worden. Als alles goed gaat, dan zal ik tegen de avond weten waarom Stefanov me dood wil hebben.

22

WONING VAN VLADIMIR STEFANOV, SINT-PETERSBURG

*V*ladimir beweegt zijn been onder zijn bureau op en neer. Hij voelt zich vanavond nogal gespannen. Alex Volkov weet dat hij achter de moordaanslag zit. Dat is de boodschap die Volkov stuurde door het hoofd van Vadim in een toiletpot vol stront te laten weken. Daarom laat Volkov zijn huis in de gaten houden. De enige reden dat Volkov nog niet heeft toegeslagen is, omdat hij niet weet waarom Vladimir probeerde een kogel door zijn hersenen te schieten. De enige mensen in de wereld die dat wel weten zijn Oleg en Vladimir zelf.

Oleg is de zwakke schakel. Waarom had hij het anders als een hond met zijn staart tussen zijn benen op een lopen gezet om zich met zijn familie in Californië te verstoppen? De enige gedachte die Vladimir kalmeert is dat deze puinhoop snel voorbij zal zijn. Voordat de klok twaalf slaat, zal de nu nog zeurende zorg tot het verleden behoren. Eindelijk zal hij in staat zijn om die kast vol skeletten te verzegelen en hem naar de bodem van de Nevarivier te laten zinken met de lichamen die hij daar wil dumpen.

Het blijkt dat Oleg Pavlov een uur geleden op het vliegveld is aangekomen en nu ongeveer aan zou moeten bellen —

Ding dong.

Van binnen glimlacht Vladimir.

Om veiligheidsredenen is zijn studeerkamer geluiddicht, maar hij heeft de deur opengelaten zodat hij het geluid van de voetstappen kan volgen terwijl ze zijn kant opkomen.

Olegs stem weerkaatst van het gewelfde plafond van Vladimirs statige huis. "Hoe gaat het met je familie?"

"Goed, dank je," zegt Galina, de vrouw van Vladimir. "Hoe gaat het met Annika en de kinderen?"

"Alles in orde," antwoordt Oleg op gespannen toon.

Galina komt de studeerkamer binnen, gevolgd door Oleg. "Ik zal jullie niet verder storen."

"Galina," zegt Vladimir. "Ga wat van die Napoleontaart voor ons halen die Oleg zo lekker vindt. Die van de bakkerij in Nevsky Prospekt."

Haar glimlach is onzeker. "Dat is zo ver weg. Het zal me met het verkeer een uur of langer kosten. Ik ga wel gewoon naar Lastochka."

"Nee." Vladimirs dubbele kin trilt terwijl hij zijn hoofd schudt. "Die is niet goed. Ga naar degene die ik je heb gezegd. Vertel de eigenaar dat ik je gestuurd heb."

"Oké," zegt ze met een knikje, terwijl ze Oleg een gespannen glimlach geeft als ze de kamer verlaat.

Olegs schouders zakken in overduidelijke opluchting. Vladimir weet hoe Olegs geest werkt. Oleg denkt dat als Vladimir zijn vrouw wegstuurt om wat taart voor hem te kopen, hij zich geen zorgen hoeft te maken. Hij is minder nerveus over waarom Vladimir hem heeft bevolen om helemaal hierheen te vliegen vanuit Californië. Hij voelt zich precies zoals Vladimir wil dat hij zich voelt — veilig.

"Ga zitten," zegt Vladimir vrolijk, naar de stoel tegenover zijn bureau wijzend.

Oleg trekt aan de knoop van zijn stropdas terwijl hij gaat zitten. "Wat is er zo dringend dat het niet tot na mijn vakantie kon wachten?"

Vakantie, zijn *zhopa*. Nadat hij Vladimir aan Bes verkocht had, had Oleg zich in een gat verstopt zoals de rat die hij is.

Vladimir bestudeert hem met een sluwe blik. "We hebben een probleem."

Oleg gaat als een houten pop rechtop zitten. "Wat voor probleem?"

"Volkov heeft ons door."

Oleg trekt weer aan zijn stropdas. "Is dat zo? Hoe weet je dat?"

Vladimir gooit de foto van Vadims lichaam over de tafel. Om het plan van vandaag in gang te zetten, had Vladimir het nieuws over de moord op Vadim voor zichzelf gehouden. Het is beter om Oleg te overrompelen.

Oleg verbleekt als hij de foto bestudeert. Het is geen mooi gezicht. "Hoe weet je dat het Volkov was?" vraagt hij en draait de foto ondersteboven.

Vladimir wijst naar de foto. "Omdat dat de man is die ik heb gestuurd om Katherine Morrell te pakken."

"Ik wist het." Oleg verschuift naar de rand van zijn stoel, zijn stem gaat in volume omhoog. "Het was een vergissing om je ermee te bemoeien."

Vladimir neemt de juiste harde blik aan. "Heb jij kritiek op mij?"

"Nee, maar..."

"Maar wat?" vraagt Vladimir hard.

Oleg schraapt zijn keel. "Wanneer is dit gebeurd?"

"Niet zo lang geleden," zegt Vladimir. "Ik heb je gevraagd om te komen zodra ik erachter kwam. Dat is echter nog niet alles. Volkov laat op dit moment je huis in de gaten houden. Hij heeft waarschijnlijk ook een mannetje achter je aangestuurd in Californië."

"Wat?" Olegs stem wordt schel. "Hoe is hij erachter gekomen?"

"Wie weet?" Vladimir haalt zijn schouders op. "Waar het om gaat, is waarom hij terug is gekomen naar Sint-Petersburg."

Olegs adamsappel beweegt op en neer terwijl hij slikt. "Waarom is dat?"

"Om een oorlog te beginnen. We moeten ons voorbereiden. We moeten onze mannen klaarmaken."

"*Mudak*." Oleg trekt een hand over zijn kalende, met levervlekken gevlekte hoofd. "Wanneer denk je dat hij zal aanvallen?"

Het ontgaat Vladimir niet dat Olegs hand trilt. "Vandaag. Mijn informanten vertellen me dat zijn mannen zich aan het bewapenen zijn. Je moet je meest vertrouwde mannen bellen voor een vergadering. Er is geen tijd te verliezen."

"Hoe zit het met Bes? Ik moet hem over Volkovs plannen vertellen."

"Bes verspilt tijd door achter de vrouw aan te gaan. Hij kreeg de eerste klus niet eens voor elkaar. En wat dat betreft de tweede keer ook niet. Het is nu aan ons."

Vladimir kan de radars in Olegs hoofd bijna zien draaien. Hij denkt dat Vladimir niet weet dat hij een verrader is. Hij denkt dat Bes ze allebei wil naaien, maar dat kan hij Vladimir niet vertellen zonder zijn verraad toe te geven. Hij denkt zoals Vladimir van hem verwacht, en als hij zijn mond opendoet, zegt hij de woorden die Vladimir had voorspeld.

"We moeten iets met Bes. Hij beledigt ons. Het is niet goed voor onze reputatie."

Van binnen grijnst Vladimir. "Alles op zijn tijd. Onze prioriteit is Volkov. Als we niet snel handelen, dan zijn we vanavond allebei dood."

Zweet parelt op Olegs voorhoofd. Hij pakt een zakdoek uit zijn zak en dept zijn voorhoofd. "Hoeveel denk je dat Volkov weet?"

Vladimir zet een ernstige uitdrukking op. "Het is moeilijk te zeggen."

"Hoe is hij erachter gekomen?" vraagt Oleg opnieuw en hij knippert een paar keer. "Alleen jij en ik kennen de waarheid. Dat betekent dat Bes de verrader is." Hij vermant zich en zegt met bravoure, "Dat is dubbel zoveel reden die nutteloze huurmoordenaar nu te doden." Terwijl hij dit zegt, ziet Oleg er bijna opgelucht uit. In zijn gedachten zal het doden van de huurmoordenaar al zijn problemen oplossen. Weet hij veel.

"We moeten al het bewijs vernietigen dat met een vinger naar ons kan wijzen," zegt Vladimir. "Ik heb alles aan mijn kant weggegooid op dezelfde dag dat Volkov uit de pleegzorg ontsnapte." Natuurlijk heeft hij dat niet gedaan. Net als Oleg, heeft hij het bewijs in zijn kluis bewaard als verzekering voor de dag dat hij iets nodig had om Oleg mee te chanteren. De enige die weet dat Vladimir het bewijs nooit heeft verbrand, is hijzelf. "Heb je iets dat ons zal beschuldigen?"

"Nee," zegt Oleg, terwijl hij zijn ogen even afwendt voordat hij Vladimirs blik weer ontmoet.

Vladimir glimlacht. Oleg heeft hem net een geldige reden gegeven om hem af te maken. Niemand in de Bratva zal het hem kwalijk nemen dat hij een verrader heeft geëxecuteerd.

"Bel je mannen." Vladimir kijkt voor een dramatisch effect op zijn horloge. "We moeten Volkov in een hinderlaag lokken voordat hij uit zijn huis komt. Als hij ons hier betrapt, zijn we de lul."

Oleg houdt de armleuningen van zijn stoel vast. "Tussen jouw mannen en de mijne, zal hij in de minderheid zijn."

"Hij heeft Turgenev aan zijn zijde, weet je nog?"

"*Mudak*," zegt Oleg, die nu zo uitbundig zweet dat er

donkere vlekken op zijn shirt rond zijn oksels zijn ontstaan.

Oleg duwt zichzelf overeind en haalt zijn telefoon uit zijn zak en belt zijn onderbevelhebber met een snelle instructie om de hoogstgeplaatste mannen in zijn organisatie naar Vladimirs vesting van een huis te laten komen. Snel.

"Laten we op onze overwinning drinken," zegt Vladimir wanneer Oleg het gesprek beëindigt en een fles wodka produceert.

Oleg ziet er verbijsterd uit. "Je weet dat het ongeluk brengt om te drinken voordat de deal is gesloten."

"Kom op," zegt Vladimir met een spottende glimlach. "We moeten ons als overwinnaars gedragen, niet als verliezers. Trouwens, we zullen Volkov verrassen. Hij verwacht niet dat we zijn huis bestormen. Hij zal verwachten dat we ons in onze forten verstoppen waar we het best beschermd zijn."

Oleg bevochtigt zijn lippen. Aarzelend pakt hij het glas dat Vladimir aanbiedt.

Ze drinken een toast, en dan nog een. Olegs mannen arriveren net als ze de derde afronden. De vijf mannen die de hoogste rang in zijn organisatie hebben, zijn neven, een oom, en een achterneef.

Vladimir staat moeiteloos op, zijn gewrichten kreunen onder zijn gewicht. Zijn woorden zijn geladen. Hij kiest de juiste uitdrukking om hen te vergezellen, van het kleine drama genietend dat hij opvoert. "Laten we ergens gaan praten waar het veilig is."

De mannen knikken allemaal. Vladimir doorzoekt zijn studeerkamer dagelijks op afluisterapparatuur, maar de oppositie en de schone spelers bij de politie vinden altijd nieuwe manieren. Hun laatste favorieten zijn drones.

Vladimir loopt voorop. Zijn mannen wachten buiten de deur van zijn studeerkamer. Ze hebben Oleg en zijn mannen laten passeren en ze dekken discreet Vladimirs rug voordat ze de entourage naar de kelder volgen.

Net als de studeerkamer is de kelder geluiddicht, maar om een andere reden.

Vladimir loopt de goed verlichte trap af naar waar onderaan een bewaker staat. Hij pakt zijn pistool van zijn tailleband en geeft het aan de bewaker, die het op een tafel legt waar een fles wodka en borrelglazen klaar staan om het eruit te laten zien als een voorproefje van een viering.

"Heren," zegt Vladimir, terwijl hij naar de tafel wijst om hen zich ook te ontwapenen.

Eén voor één leggen ze hun wapens op tafel.

Wanneer de bewaker ze op verborgen wapens en messen fouilleert, zegt Vladimir, "Mijn excuses voor de nodige voorzorgsmaatregelen, maar je weet hoe warm wij mannen het kunnen krijgen als de testosteronniveaus hoog oplopen."

Iedereen lacht erom, behalve Olegs oom. Hij kijkt naar Oleg. "Ik vind dit niks."

Vladimir laat zijn hoofd naar Olegs oor zakken en zegt op een samenzweerderige toon, "Ik hoef je er niet aan te herinneren dat Volkov op dit moment al op weg hierheen zou kunnen zijn. We hebben maar één kans om hem uit te schakelen. Als we het verpesten..." Hij laat de zin in de lucht hangen, waardoor Oleg zich het ergste voor kan stellen.

Oleg beveelt zijn oom met een klap tegen zijn hoofd. Net als de rest van de mannen ontwapent zijn oom zich en overhandigt hij het pistool dat aan zijn enkel zit.

"Hierlangs." Vladimir wijst naar de deur in de gang die zijn bewaker opent. "Ik heb een verrassing voor jullie."

Oleg raakt gespannen bij het woord *verrassing*. "Wat is daar binnen?"

Vladimir geeft hem een schouderklopje. "Kijk zelf maar."

Olegs oom is het lam dat zich opoffert voor de slachting en als eerste naar binnen gaat. Hij steekt zijn hoofd om de deuropening en zegt met een frons, "Het is een vrouw."

"Een vrouw?" vraagt Oleg verward.

Even verbijsterd antwoordt de oom, "Gehandboeid."

"Ga verder," zegt Vladimir, die nauwelijks in staat is om de vonk van opwinding die in hem ontbrandt te bedwingen.

Oleg ziet die vonk. Zijn ogen schitteren van boze bedoelingen terwijl hij vergeet bang te zijn en hij gaat naar binnen om te zien welke hoer Vladimir hem en zijn mannen geeft. Hij heeft het eerder gedaan. Het is logisch dat Oleg de leugen gelooft.

Als Oleg en zijn hele bemanning binnen zijn, pakken Vladimirs mannen hun wapens en volgen ze. De bewaker doet de deur op slot.

Oleg knippert naar de angstige vrouw in de goedkope, onthullende kleding die aan het metalen frame van het bed is geboeid. Haar dunne armen en benen zijn vuil en haar gebleekte haar is vettig. Meestal nemen ze eersteklas hoeren, en spelen ze graag verkleedspelletjes. Olegs favoriet is een dominatrix-uniform en een zweep.

"Waarom is ze zo gekleed?" vraagt Oleg, terwijl hij zijn neus optrekt. "Ze ziet eruit als een hoer die je van een straathoek hebt geplukt." Hij draait zich op zijn hielen om. "Wat is er aan de hand, Vlad?"

Vladimirs mannen trekken hun wapens.

Oleg steekt zijn handen op, met de handpalmen naar voren. "Vladimir." Zijn stem trilt. "Waar ben je mee bezig?"

"Op je knieën," zegt Vladimir tussen zijn tanden door. "Jullie allemaal."

Als ze niet reageren, pakt Vladimir een pistool van een van zijn mannen en slaat het wapen tegen de zijkant van Olegs hoofd.

Oleg valt op zijn knieën.

"Zakken," zegt Vladimir, met zijn loop tussen Olegs ogen wijzend.

Eén voor één knielen Olegs mannen.

Mooi. Ze zouden in het vuil aan zijn voeten moeten kruipen.

"Vuile verrader," zegt Vladimir. "Dacht je dat ik er niet achter zou komen?"

"Alsjeblieft." Oleg krimpt ineen met zijn handen voor zijn gezicht. "Bes chanteerde me. Hij zei dat hij mijn familie zou vermoorden als ik hem de informatie niet gaf." Als Vladimir alleen maar grijnst, roept Oleg uit, "Hij heeft me erin geluisd."

Vladimir snauwt. "Dat weet ik, jij stomme idioot."

"Hij heeft het je verteld," zegt Oleg, over de woorden struikelend. "Het is Bes die het je heeft verteld. Hij bespeelt ons, Vladimir. Hij bespeelt ons allebei."

"Denk je echt dat ik dom ben?" Vladimir streelt de trekker met zijn vinger. "Het was een test. *Mijn* test. Een waar je jammerlijk voor bent gefaald."

"Vladimir," smeekt Oleg.

En dat is, heel toepasselijk, het laatste woord dat hij zegt.

Vladimir haalt de trekker over.

De hoer schreeuwt terwijl Oleg achterovervalt als het dode gewicht dat hij is.

De hel breekt los. Olegs mannen proberen Vladimirs bewakers te ontwapenen, maar het is niets anders dan een nutteloze vertoning van moed. Ze sterven zoals het hoort, met kogels in hun achterhoofd.

Geëxecuteerd.

Vladimir veegt bloedspatten van zijn hand en zegt

tegen zijn leidinggevende man, "Ruim deze rotzooi op en zorg dat die vrouw haar mond houdt."

"Graag," zegt de man, terwijl hij zijn pistool tussen haar ogen richt en de trekker overhaalt.

Het hoge geschreeuw stopt.

Eindelijk. Zoete stilte.

Vladimir klimt over de lichamen en loopt naar de deur. "De volgende," zegt hij tegen zichzelf, vanuit de deurpost terugkijkend op het bloedbad, "is Volkov."

23

KATE

Terwijl het galadiner Alex blij had gemaakt, had het het tegenovergestelde effect op mij. Dania's woorden herhalen zich in mijn gedachten als ik naar beneden ga voor het ontbijt. Alex laat me misschien nooit meer een eigen leven hebben, en hij gaat misschien nooit van me houden. Hoe meer ik erover nadenk, hoe meer ik ervan overtuigd ben dat liefde geen rol speelt. Zou hij me van alles en iedereen waar ik om geef hebben beroofd als hij echt van me hield? Dat betwijfel ik. Ware liefde is onbaatzuchtig. Een obsessie is daarentegen egoïstisch.

Ik sta hoe dan ook machteloos om mijn omstandigheden te veranderen. Ik kan niets doen.

"Waarom zo'n lang gezicht?" vraagt Tima wanneer ik de keuken binnenloop. "Het je gisteravond niet van het chique feestje genoten?"

Ik glimlach eerlijk naar hem. "Niet echt."

Hij is de enige in Sint-Petersburg bij wie ik me kan

ontspannen. Voor de rest moet ik een masker dragen. Ik vertrouw ze niet met mijn gevoelens. Helaas hoort Alex daar ook bij.

"Waren de vrouwen teven?" vraagt hij, terwijl hij een kom havermout voor me neerzet terwijl ik aan tafel ga zitten.

"Slechts één vrouw in het bijzonder."

Hij slaat zijn armen over elkaar en kijkt me met een sympathieke glimlach aan. "Laat me raden. Dania Turgeneva."

Ik kijk hem verbaasd aan. "Hoe wist je dat?"

"Ik heb haar geobserveerd als ze hier met haar vader was. Ze geeft meneer Volkov sterke signalen."

Ik trek de honing dichterbij. "Wat voor soort signalen?"

"De signalen die een vrouw een man geeft om hem te laten weten dat ze beschikbaar en bereid is."

"Ah." Dat laat ik bezinken, terwijl ik honing over de pap druppel. "Ze heeft me verteld dat zij en Alex aan elkaar waren beloofd, zoals in een gearrangeerd huwelijk."

"Ha." Hij gnuift. "Dat zouden zij en haar vader zeker leuk vinden."

Ik dompel de lepel in de pap en schep een handje noten en bessen op de havermout. "Dus het is niet waar?"

"Als dat zo was, dan zou jij hier niet zijn." Hij knipoogt. "Luister niet naar wat juffrouw Turgeneva zegt. Jaloezie maakt je afschuwelijk. Is dat niet hoe de uitdrukking gaat? Trouwens, meneer Volkov heeft haar nooit kiska genoemd. Hij heeft die term van genegenheid nooit voor iemand anders gebruikt."

Ik heb het opgezocht. Het betekent kitten. Eerst dacht ik dat het denigrerend was, zoals het reduceren van een persoon tot een huisdier, maar toen las ik dat de term liefdevol wordt gebruikt voor iemand om wie je geeft, vooral door een man voor zijn vrouwelijke partner.

"Bedankt," zeg ik met een dankbare glimlach, en ik bedoel niet alleen voor de geruststelling en het ontbijt. Door hem is de keuken mijn toevluchtsoord in het huis geworden.

"Eet op," zegt hij met een belachelijke, strenge nep uitdrukking, zoals mijn moeder dat deed toen ik klein was.

Ik kan nog steeds niet geloven dat Alex me meeneemt om haar met Kerstmis te zien. Het voelt onwerkelijk, en ik ben bang dat hij van gedachten zal veranderen als er iets op het beveiligingsfront gebeurt.

Tima gaat verder met het bereiden van de lunch en laat me mijn ontbijt in stilte opeten. Als ik klaar ben, spoel ik mijn kom af en neem ik een mok koffie mee naar de bibliotheek, waar zoals gewoonlijk een vuur brandt. Even weet ik niet hoe ik me bezig moet houden. Er zijn geen mannen met kwalen die vanmorgen op de deur kloppen. Ik heb bijna alle seizoenen van *Downtown Abbey* ingehaald. Mijn werk heeft me altijd beziggehouden. Ik genoot van de tijd die ik vrij had en gebruikte het om mijn moeder en mijn vrienden te zien of om op te laden door op de bank te hangen. Sinds we hier zijn, ben ik vooral aan het bankhangen, en het wordt eentonig. Het enige positieve aan zoveel vrije tijd is dat mijn trainingsregime weer op de rails is, maar op dit moment heb ik geen zin om te sporten of te zwemmen.

Ik ga op de bank zitten met een boek, maar tegen de tijd dat ik mijn koffie op heb, dwaalt mijn geest weer af. Ik kan niet stoppen met denken aan wat Dania heeft gezegd, dat ik Alex belemmer in zijn pogingen om de man te vinden die hem probeert te vermoorden. Wat als ze gelijk heeft? Wat als hij het grootste deel van zijn middelen gebruikt om mij te beschermen in plaats van zijn vijand te volgen? Doet hij ons een plezier door me hier te houden?

Het antwoord is moeilijk onder ogen te zien, omdat het me raakt. En omdat het me raakt, doet de waarheid pijn.

IK MOET INGEDOMMELD ZIJN, WANT ALS IK OP DE BANK wakker word, ligt er een deken over me heen. Het boek dat ik zat te lezen is op de bijzettafel gelegd. Iemand heeft een bladwijzer achtergelaten om bij te houden waar ik gebleven was.

Knipperend ga ik rechtop zitten. Ik draag mijn horloge niet, maar ik kan de tijd al raden door het feit dat de gordijnen dicht zijn. Het moet buiten al donker zijn. Lena sluit altijd de gordijnen als de zon ondergaat. Ik heb van vanochtend tot de middag geslapen. We kwamen gisteravond laat thuis, en ik heb niet veel geslapen toen we naar bed gingen. Ik lag te draaien en te woelen en piekerde over de scène met Dania in het damestoilet en de manier waarop Alex zijn bezit van mij achter in de auto had bewezen.

Ik gooi de deken opzij en ga staan. Mijn maag rommelt en herinnert me eraan dat ik de lunch heb overgeslagen. Ik sta op het punt om naar de deur te gaan als die opengaat en Alex binnenkomt.

"Je bent wakker," zegt hij. "Ik kwam net bij je kijken."

Ik kijk hem verbaasd aan. Wat doet hij zo vroeg thuis? Hij is nog steeds voor kantoor gekleed, in een marineblauw pak broek en een wit getailleerd shirt. Hij komt nooit voor het eten thuis.

"Hoe laat is het?" vraag ik.

Hij kijkt op zijn horloge. "Net na vijven."

"Waarom ben je zo vroeg thuis?" Bezorgdheid laat mijn maag zich aanspannen als ik me het incident met mijn moeder herinner. "Wat is er gebeurd?"

"Niets," zegt hij met een glimlach en sluit de deur voordat hij naar me toe komt. "Je hoeft je geen zorgen te maken." Hij staart me aan en pakt mijn gezicht vast. "Het lijkt erop dat ik je verwaarloos als je denkt dat er iets mis moet zijn om vroeg thuis te zijn."

Onzeker bestudeer ik hem. "Het is gewoon niets voor jou."

Zijn glimlach wordt lief. "Het zal niet altijd zo blijven. Ik weet dat ik de laatste tijd veel op kantoor ben geweest, maar de voorbereidingen voor het gala en de due diligence voor de joint venture hebben veel van mijn tijd verbruikt."

"En proberen de man te vinden die je dood wil hebben," zeg ik, mijn lichaam raakt automatisch gespannen bij de gedachte.

Me met een zachte blik in zijn ogen aankijkend, streelt hij mijn wang met zijn duim. "Daarom ben ik vroeg thuis. We hebben vandaag een doorbraak gehad."

Mijn ademhaling versnelt. "Echt waar?"

"Herinner je je de informant die je op de cocktailparty in New York hebt ontmoet?"

"Adrian? De man waarvan je zei dat ik hem niet moest vertrouwen?"

"Ja, die. Hij heeft me wat informatie gegeven die licht zal werpen op wat er aan de hand is."

Ik slik. "Zou *jij* hem moeten vertrouwen?"

"Nee. Hij is een man zonder loyaliteit die aan niemands kant staat. Zijn enige alliantie is met geld, maar de informatie die hij levert, is altijd goed. Daarom heeft hij als informant een goede reputatie opgebouwd."

"Ik begrijp het," zeg ik, hoewel ik dat niet doe. Ik zou zo iemand niet vertrouwen, maar ik veronderstel dat Alex ervaring heeft in onorthodoxe zaken en een beter beoordelingsvermogen heeft dan ik. "Wanneer zul je wat weten?"

"Hopelijk vanavond," zegt hij met een glans in zijn ogen.

De kennis lijkt hem te prikkelen, maar het maakt me alleen maar meer gestrest.

"Hé, ontspan je," zegt hij, terwijl hij zijn hand op mijn schouder legt en de gespannen spier masseert. "Ik zal alles regelen." Hij laat zijn hoofd zakken en voegt er met een zachte stem aan toe, "Ik zal voor je zorgen."

Hij legt zijn mond op de mijne en laat onze lippen elkaar nauwelijks raken. Hij test het water, meet mijn reactie. We hebben gisteravond niet gevreeën, en dat was niet omdat hij dacht dat ik moe was en dat hij attent was. Het was vanwege de manier waarop hij me in de auto had genomen — met dominantie en bezit. Het was bedoeld om te bewijzen dat hij mij bezit. Het was geen uitwisseling van wederzijdse verlangens of een uiting van genegenheid. Het was een straf. Een les. Hij wilde dat de boodschap bij me doordrong. Hij wilde dat ik me herinnerde dat vertrekken geen optie is. Vandaag niet, nooit niet.

Ik buig me achterover en zorg voor wat afstand tussen ons voordat hij de kus kan verdiepen. Ik voel me van binnen nog steeds gekneusd over gisteravond, niet alleen vanwege hoe hij me in de auto behandelde, maar ook vanwege wat er op het feest gebeurde. Ik ben in de war. Ik ben een puinhoop, en mijn hoofd in een mist van lust begraven zal me niet helpen om duidelijkheid te krijgen.

Alex legt zijn vingers op mijn achterhoofd en houdt me op mijn plek terwijl hij op zijn doelwit afgaat en mijn lippen opeist, zonder nee als antwoord te accepteren. Als ik tegen zijn schouders duw, grijpt hij mijn pols en loopt met me naar de bank.

Ik draai mijn gezicht zijwaarts en fluister uit protest, "Alex."

"Zeg me dat je me wilt," zegt hij, terwijl hij mijn pols loslaat om een grote hand over mijn onderrug te bewegen. Hij drukt onze lichamen samen, zodat ik de hardheid tussen zijn benen kan voelen. "Want ik wil jou absoluut."

De woorden zouden geen vonk in mijn buik moeten ontsteken. Ze zouden mijn lichaam niet moeten verhitten en me nat moeten maken, maar ik kan niks aan mijn reactie op hem doen. Op een vleselijke manier is de fysieke genegenheid een balsem voor mijn gekneusde gevoelens. Ik heb een soort van zorg nodig. Ondanks dat mijn gedachten me vertellen dat dit niet verstandig is, wil mijn hart dat hij me vasthoudt. Juist nu. Vooral na gisteravond.

"Katyusha," mompelt hij, terwijl hij mijn slaap besnuffelt. "Ik ga dit niet forceren als je het niet wilt, maar je martelt me."

Ik heb gisteravond laten gebeuren, omdat sommige ruzies de ruzie niet waard zijn. Deze keer gaat het niet over het verstandig kiezen van mijn ruzies, maar over het nodig hebben van een plaatsvervanging voor liefde. Als hij me aanraakt, laat hij me niet alleen vergeten. Hij laat me geloven dat wat er tussen ons is dieper gaat dan puur fysieke behoefte. Daarom maak ik geen bezwaar als hij de rits van mijn rok omlaag trekt en over mijn heupen duwt. Als hij naar de zoom van mijn trui grijpt, til ik mijn armen gehoorzaam op. Stuk voor stuk kleedt hij me uit tot ik naakt voor hem sta.

Hoewel de kamer niet koud is, ril ik een beetje. Hij moet het vuur hebben opgestookt toen hij me met een deken bedekte. De vlammen branden hoog. De warmte laat een aangename gloed op mijn huid achter. Hij gaat met zijn ogen over me heen en neemt me van top tot teen in zich op. De hitte in zijn ogen verwarmt me meer dan het vuur, het verlangen dat hij openlijk toont waardoor elektrische vonken door me heen stromen. Met een enkele stap sluit hij de afstand tussen ons en grijpt me zo plotseling vast dat er een snak naar adem tussen mijn lippen ontsnapt.

Hij pakt mijn gezicht vast en kust me wreed. De onthouding van gisteravond heeft hem nog hongeriger gemaakt dan normaal. Hij trekt zijn jas uit zonder de kus te verbreken, verslindt mijn mond terwijl hij zijn overhemd losknoopt en de zoom uit zijn broek trekt. Zijn gesp maakt een klinkend geluid, en dan is zijn riem los. Hij doet zijn schoenen al uit terwijl hij zijn rits openmaakt.

Even later is hij ook naakt, hij torent boven me uit met zijn perfecte lichaam en mannelijke kracht. Er zijn geen barrières meer tussen ons, althans niet van het fysieke soort. Op emotioneel niveau zijn er genoeg, maar hij geeft me geen tijd om erover na te denken. Hij gaat recht op zijn doel af, duikt met een hand tussen mijn benen terwijl hij een borst met de andere omsluit terwijl hij me weer gaat kussen.

Ik verwacht dat hij ongeduldig is, maar de man die mij met geoefende vaardigheid verteert, is iemand die altijd de controle heeft. Hij scheidt mijn plooien met een vinger, test mijn opwinding en kreunt als hij ontdekt dat ik nat ben. Mijn tepel wordt hard tegen zijn handpalm terwijl hij zachtjes de ronding kneedt en met ontspannen bewegingen zijn vinger begint te bewegen.

Hij tilt zijn hand van mijn borst, sluit zijn vingers om mijn nek en trekt me tegen zich aan. De houding drukt mijn borsten plat tegen zijn borst. Terwijl hij mijn lippen laat gaan met een beet, onderzoek hij mijn ogen om de ravage te bestuderen die hij aanricht als hij twee vingers diep naar binnen laat zinken.

Mijn inwendige spieren spannen zich rond de inbreuk. Een vonk van nerveuze opwinding ontsteekt in mijn buik wanneer hij zijn vingers lichtjes om mijn nek aanspant.

"*Skazhi mne trakhnut' tebya,*" zegt hij tegen mijn lippen, een zin die hij me in bed heeft geleerd. *Zeg dat ik je moet neuken.*

"*Ya khochu chtoby ty trakhnul menya,*" zeg ik in mijn gebroken Russisch. *Ik wil dat je me neukt.*

Een roofzuchtige blik vermengt zich in zijn ogen met mannelijke voldoening. Als hij zijn hand tussen mijn benen vandaan trekt en een lichte druk op mijn schouder uitoefent, ga ik gewillig op mijn knieën zitten.

Zijn pik steekt trots, zwaar en hard naar voren. Terwijl hij de basis vastpakt, zegt hij met een doordringende stem, "Smeer hem goed, kiska."

Ik begrijp de waarschuwing. Ik weet wat hij wil.

Hij staat stoïcijns als ik mijn lippen nat maak en

strek ze wijd uit om zijn dikke omvang te kunnen nemen. Ik ontspan mijn kaak en breng hem naar mijn mond. Hij kijkt met niet aflatende aandacht toe hoe ik de top van zijn pik met mijn tong volg voordat ik hem dieper zuig. Hij ondersteunt de achterkant van mijn hoofd met één grote hand, houdt de basis van zijn pik in de andere en duwt zich naar de achterkant van mijn keel.

Ik adem door mijn neus terwijl hij in- en uitglijdt. Hij gaat niet diep genoeg om me te laten kokhalzen. Hij draait zijn heupen met een gemakkelijk tempo en neemt mijn mond met langzame, ondiepe stoten. Als ik op zijn ritme beweeg, laat hij zijn pik los om mijn wang te strelen. De aanraking is zacht en evaluerend, wat me aanmoedigt om te slikken.

Hij dwingt me nooit meer te nemen dan ik aankan. Hij verstikt me niet en strekt mijn keel niet pijnlijk uit, maar mijn ogen tranen toch van de inspanning. Hem pijpen is opwindend, waardoor ik nog natter word. Hij toont de grootste terughoudendheid, verliest geen greintje controle, maar de aardse smaak van zijn voorvocht op mijn tong zegt me dat hij niet onaangetast is door mijn optreden.

Terwijl ik zijn dij vastgrijp voor balans, streel ik de zware zak tussen zijn benen. Een gladde druppel zoute vloeistof spuit op mijn tong. Zijn uitdrukking blijft stoïcijns, maar de lijn van zijn kaak verstrakt terwijl hij op zijn tanden knarst.

Ik verdubbel mijn snelheid en neem hem sneller. Ik wil dat hij me zijn kracht geeft. Ik wil dat hij deze ronde verliest en in mijn mond komt, maar hij heeft andere ideeën. Hij draait mijn lange haar om zijn vuist en trekt voorzichtig mijn hoofd naar achteren totdat zijn pik met een plop van mijn lippen glijdt.

Hij kijkt neer op het resultaat van mijn werk. Zijn pik is glad en nat. Hij pakt een kussen van de bank en gooit het op het tapijt voor de open haard.

Als hij mijn blik weer opvangt, staan zijn ogen in vuur en vlam en is zijn stem vol van lust. "Ga op je handen en knieën voor me zitten."

Hij grijpt mijn ellebogen en trekt me overeind om mijn gehoorzaamheid te vergemakkelijken. Niet dat ik overgehaald moet worden om te doen wat hij zegt. Tegenover het brullende vuur kniel ik op het kussen en zet mijn handpalmen op het tapijt.

"Houd je knieën tegen elkaar gedrukt," zegt hij achter me.

Ik volg die opdracht ook op.

Hij gaat met een hand over mijn ruggengraat, beginnend bij mijn onderrug en eindigend tussen mijn schouderbladen. "Leg nu je ellebogen op de vloer."

Ik buig mijn armen en draag mijn gewicht op mijn onderarmen. De positie zet mijn kont in de lucht en presenteert mijn beide openingen voor zijn gebruik. Ik weet wat er gaat komen. We hebben dit al vaak genoeg gedaan. Het enige wat ik moet doen is mijn wang op mijn arm leggen, mijn ogen sluiten, en hem mijn lichaam laten manipuleren. Alex heeft graag de controle, maar hij is in bed geen controlefreak. Als ik de leiding moet nemen, moedigt hij me aan dat te doen.

Hij vindt het heerlijk als ik bovenop zit. Maar vanavond heb ik dit nodig. Ik moet ontsnappen, en ik kan het alleen doen als hij mijn grenzen verlegt totdat de wereld om ons heen niet meer bestaat.

Iets heets en fluweelzachts streelt over mijn clitoris, waardoor ik schrik. Ik open mijn ogen en til mijn hoofd op om van over mijn schouder naar hem om te kijken. Hij wrijft de kop van zijn pik over mijn klit, masseert in cirkels met precies de juiste hoeveelheid druk. Ik bijt op mijn lip en vecht tegen het genot dat zich al in mijn buik krult als het likken van een vlam. Ik wil niet te vroeg komen, maar het heeft geen zin. Ik heb ermee ingestemd om als een instrument te worden bespeeld toen ik in een onderdanige positie knielde, en Alex zal de reacties die hij wil op zijn wil en tempo uit mijn lichaam halen.

Vanavond wil hij dat ik snel kom. Hij scheidt mijn plooien met zijn duimen en schuift zijn pik langzaam naar binnen. Mijn tenen krommen van de stretch. Het is anders dan eerder, maar het is niet minder intens. Hij beweegt met luie bewegingen, waardoor ik tijd heb om me aan te passen, en als mijn inwendige spieren zachter worden rond de inbreuk, stoot hij diep en snel.

Zweet parelt op zijn voorhoofd. Zijn krachtige borst is in het licht van het vuur prachtig gedefinieerd. Diepe schaduwen lopen over zijn gezicht en de groeven van zijn biceps terwijl hij mijn heup in de ene hand pakt en de andere tussen mijn benen laat glijden. Ik wil naar de spectaculaire show kijken, maar als hij mijn klit tussen zijn vingers rolt, kromt mijn lichaam van genot. Mijn nek kan het gewicht van mijn hoofd niet langer dragen. Ik laat mijn gezicht weer op mijn arm vallen en ervaar het aanspannen van mijn spieren met elk zenuwuiteinde in mijn lichaam.

Ik hoef het hem niet te vertellen als ik kom. Ik klem me hard om hem heen, elk deel van me zit opgesloten in extase. Voordat de climax me uit zijn greep heeft bevrijd, trekt hij zich terug en laat me leeg achter, maar niet voor lang. Er bouwt zich een vertrouwde druk op rond mijn achteringang. Het orgasme ebt weg, waardoor mijn lichaam in de nasleep en soepel aanvoelt en alsof ik geen botten meer heb. Dat is het moment dat hij ervoor kiest om bij me naar binnen te gaan, met mijn opwinding als smering. Ik neem hem zonder problemen, mijn kont strekkend om hem tegemoet te komen zoals het getraind is.

Dit genot is ook anders. Het is duisterder. Het is niet zonder pijn, maar het ongemak ontsteekt mijn zenuwuiteinden alleen maar opnieuw, waardoor elke centimeter van me hypergevoelig wordt voor zijn bewegingen en aanraking. Ik graaf mijn nagels in de wol van het tapijt terwijl hij zo diep zinkt dat zijn kruis tussen mijn billen wordt gedrukt. Mijn ademhaling is hard en snel, de manier waarop ik lucht in mijn longen zuig oncontroleerbaar. Ik adem de geur van wol uit het tapijt in en rook uit het vuur, elk zintuiglijk detail wordt in mijn gedachten ingeprent. Mijn behoefte gaat omhoog, mijn verzadigde lichaam eist weer ontlading.

Als hij eindelijk begint te pompen, gaan mijn lippen weer uit elkaar in een geluidloze snak naar adem. Ik slik mijn kreun in terwijl hij tegen me aan stoot en mijn lichaam op een veel harder ritme heen en weer beweegt. Ik ben ervaren genoeg in ons anale spel om het te nemen. Ik hunker er zelfs naar. De pijn wordt heviger totdat het verward raakt met het genot, en ik niet kan zeggen of ik vlieg of val. Het enige bewustzijn dat in mijn bewustzijn overblijft, is de extreme behoefte om klaar te komen.

Zulke orgasmes zijn veel krachtiger. Het voelt dieper. Het houdt langer aan. Als ik eindelijk breek, scheurt een golf van intens genot door me heen. Als een gewelddadige oceaan, scheurt het me uit elkaar, slaat het me in stukken op de rotsen en spoelt uiteindelijk de verwoesting aan land. Mijn geest is half aanwezig en half aan het zweven, me slechts gedeeltelijk bewust van Alex die nog steeds tussen mijn billen stoot. Hij zegt iets in het Russisch, maar mijn geest is een te grote puinhoop om de woorden te vertalen. Hij stoot nog een laatste keer voordat hij verstijft, zijn strakke lichaam diep in de mijne opgesloten. Warme vloeistof vult mijn ingewanden, baadt mijn uitgerekte huid en laat een lichte prikkeling achter.

Al mijn energie is uitgeput en ik kan alleen maar knielen en de vreemde hybride van pijn en plezier me laten pijnigen. Hij leunt over me heen, bedekt mijn rug met zijn borst en kust mijn nek. Hij houdt me warm met zijn lichaam en vraagt hoe het met me gaat, denk ik. Niet in staat om genoeg kracht op te brengen om hem te antwoorden, laat ik hem mijn zijkant strelen terwijl ik doe alsof ik in de cocon van zijn armen veilig ben. Hij vertelt me hoe goed ik het deed door meer woorden van lof toe te voegen, maar ik kan alleen de sensaties en een ander soort steek die in mijn hart weerklinkt internaliseren.

"Blijf," zegt hij, terwijl hij een kus op mijn slaap drukt.

Ik krimp ineen als hij zich terugtrekt. Ik moet wel erg moe zijn, want ondanks het feit dat ik de hele dag heb geslapen, wordt mijn geest alweer wazig. Ik focus me nauwelijks op Alex terwijl hij naar de salontafel loopt en een doos tissues pakt en achter me knielt. Nadat hij me heeft schoongemaakt, pakt hij de deken van de bank, slaat hem om me heen en tilt me in zijn armen.

"Waar gaan we naar toe?" vraag ik terwijl hij me de kamer uit draagt.

Ongegeneerd door ons gebrek aan kleding, gaat hij naar de dichtstbijzijnde badkamer, die bij het zwembad ligt. Gelukkig komen we onderweg niemand tegen.

Zijn nazorg is zacht. Hij wast onder de douche mijn haar en lichaam voordat hij me met een zachte handdoek droogt. Als we allebei in zachte badjassen gewikkeld zijn, draagt hij me naar zijn slaapkamer en stopt me in bed met de instructie om te rusten terwijl hij het eten haalt.

Ik kan het niet uitstaan. Ik kan niet tegen de onzekerheid. Tegen beter weten in, doe ik mijn mond open, maar ik *moet* het weten. Ik moet weten of Dania loog.

"Alex?"

Hij stopt in de deuropening en draait zich om om naar me te kijken.

Ik zet me schrap voor vernedering. "Hou je —"

De telefoon gaat schril op het nachtkastje.

Hij fronst, loopt ernaartoe en tilt de hoorn op. "Ja?" Zijn stem draagt een vleugje prikkelbaarheid.

Zijn frons verdiept zich als hij luistert. Na een moment zegt hij gespannen, "Ik snap het."

Hij kijkt even vluchtig naar mij en ziet me kijken. Hij draait zijn rug naar me toe en vervolgt met een gespannen stem, "Dat zal niet nodig zijn. Ik ben niet meer op kantoor. Ik bel je over vijf minuten terug." De telefoon maakt een klikgeluid terwijl hij de draadloze ontvanger terugzet op de basis.

Ik klem de deken tegen mijn borst. "Is alles goed?"

Als hij weer naar me kijkt, is zijn uitdrukking gesloten, maar de rimpeltjes van bezorgdheid zijn nog steeds zichtbaar rond zijn ogen. "Er is een complicatie opgetreden. Ik ben bang dat ik vanavond nog geen informatie heb over de man die op me jaagt."

Een vormt zich een steen in mijn maag. "Het spijt me."

Hij glimlacht gespannen naar me. "Het is niet jouw fout. Ik ga het avondeten halen, maar ik zal niet met je mee-eten. Ik moet dit afhandelen."

Ik zwaai met mijn benen over de zijkant van het bed. "Ik haal het avondeten wel."

"Nee," zegt hij op een commanderende toon.

Zachter voegt hij eraan toe, "Blijf in bed, mijn liefste. Je moet rusten."

"Is er iets dat ik kan doen?" vraag ik. Het lethargische effect van mijn orgasmes verdwijnt als angst een nieuwe golf van spanning teweeg brengt.

"Nee, maar bedankt." Hij kijkt op zijn horloge. "Je wilde me iets vragen voordat de telefoon ging."

Ik trek mijn knieën op en omhels mijn benen. "Het is niets belangrijks."

"We zullen het er later wel over hebben."

Ik knik, hoewel ik dat niet van plan ben. Mijn moed heeft me al laten zitten, en in het licht van dat telefoongesprek, hebben we veel serieuzere zaken om ons zorgen over te maken dan of Alex wel of niet van me houdt.

24

ALEX

Tima is nog steeds in de keuken als ik naar beneden ga. Ik draag hem op een dienblad voor Katerina en een broodje voor mij te maken. Terwijl hij ons eten klaarmaakt, pak ik een T-shirt en een joggingbroek uit de kast in de sportschool en kleed me aan. Het eten is klaar als ik terug ben in de keuken.

Na het dienblad aan Katerina te hebben gegeven, die in mijn bed al half ligt te slapen, laat ik haar achter met een kus en ga naar mijn studeerkamer. Op het bureau staat een gastronomisch broodje en een glas water. Ik bel Adrian en eet de sandwich in drie grote happen, terwijl ik wacht tot hij antwoordt.

Hij neemt op na meerdere keren over te zijn gegaan.

"Wat de fuck is er gebeurd?" vraag ik, terwijl ik het water opdrink.

"Iemand anders dan wij wilde Mukha vinden. Hij was al dood toen ik daar aankwam."

"Fuck." Ik verfrommel het servet in mijn vuist.
"Hoe?"

"Een kogel in zijn achterhoofd."

Er zit het luchtje van Vladimir Stefanov aan. Het is zijn favoriete stijl van executie. Hij schiet graag tussen de ogen, maar als zijn mannen orders opvolgen, doen ze het op de oneervolle manier, door de persoon die ze vermoorden niet in het gezicht te kijken.

"Ik heb de plek kunnen doorzoeken voordat de politie er was," vervolgt Adrian. "Er was geen teken van een computer of laptop. Al zijn apparatuur was meegenomen. Als Mukha een papieren kopie van het bestand had gemaakt, dan heeft degene die hem te grazen heeft genomen het meegenomen."

Ik knars met mijn kiezen. "Met andere woorden, het is een doodlopende weg." Letterlijk.

"Zo ongeveer," zegt Adrian met berusting. "Kan ik nog iets voor je doen?"

"Voorlopig niet." Ik duw me weg van het bureau en ga staan. "Houd je oren open. Als je toevallig iets nuttigs tegenkomt, wil ik het weten."

"Dat zal ik doen," zegt hij voordat hij het gesprek beëindigt.

Fuck.

Ik sla met een hand op het bureau. Mukha was mijn enige aanwijzing naar wat er bij Stefanov speelt. Er is nog steeds geen teken van Besov. Volgens het mannetje dat zijn appartement in de gaten houdt, is hij nog niet thuis. Dan heb ik nog één alternatief — een laatste redmiddel. Ik moet de informatie van Stefanov zelf krijgen. Ik ben niet tegen het idee om die klootzak te martelen, maar ik zal het vuil dat uit zijn mond komt niet kunnen vertrouwen. Ik had de hoop dat ik de informatie zou hebben voordat ik het tegen hem op zou nemen. Als hij zoveel moeite doet om het te verbergen, dan is er een goede kans dat hij niets gaat zeggen, zelfs niet als ik zijn vingernagels er één voor één aftrek.

Ik loop naar het raam en trek het gordijn terug. Het is donker en er valt sneeuw in de gele gloed van de krachtige spots die de tuin verlichten. Aan de overkant van de rivier zit iemand in een kamer op de bovenste verdieping van een flatgebouw met een verrekijker, die de activiteit in mijn huis op dit moment aan Stefanov rapporteert. Dat idee zorgt dat ik naar buiten wil gaan en de keel van de kakkerlak wil doorsnijden voordat ik zijn lichaam op Stefanovs stoep gooi en de informatie krijg die ik wil. Als ik in het leven echter iets geleerd heb, dan is het dat je een oorlog met geduld wint en niet met impulsieve acties. Er is nog tijd. Stefanov heeft nog geen zet gedaan. Ik geef het tot na Kerstmis, tot we Laura in de VS hebben bezocht. Daarna gaan de handschoenen uit.

Ik laat het gordijn vallen en bel Nelsky. Het is na werktijd, maar mijn beveiligingschef neemt 24 uur per dag op.

Hij antwoordt met een trillende stem. "Meneer Volkov?"

"Wat is de status van het vinden van dat bestand?"

Hij slikt hoorbaar. "Nog niets, meneer."

Mijn temperament schiet omhoog. "Waar betaal ik je verdomme voor, Nelsky?"

"We hebben het geprobeerd, meneer. Onze hacker kan niets vinden."

"Is de hacker wel de ruimte waard die hij in mijn kantoor inneemt?"

"Hij is goed, meneer." Hij klinkt onzeker. "De beste."

"Dan kan hij het maar beter bewijzen. Geef me iets, of kom niet naar kantoor als ik volgende week terug ben."

"Ja meneer. Dank u, meneer. We werken de klok rond."

"Doe dat," zeg ik tussen mijn tanden door voordat ik op de rode knop druk om het gesprek te beëindigen.

Te gespannen om te slapen, open ik mijn e-mails op mijn telefoon. Er is een bericht van Konstantin Molotov. Zijn broer Nikolai is eindelijk klaar om de papieren te tekenen die de joint venture formaliseren. Het enige addertje onder het gras is dat hij me persoonlijk wil ontmoeten om dat te doen, wat betekent dat ik naar zijn afgelegen kamp in Idaho moet gaan. Nikolai staat in de cc van de e-mail, dus ik antwoord, bedank Konstantin voor de introductie en stel voor dat Nikolai en ik elkaar de dag na Kerstmis ontmoeten. Katerina en ik zullen toch in Amerika zijn, en ik kan net zo goed twee vliegen in één klap slaan.

Nikolai antwoordt snel, bevestigt de bespreking en zegt dat hij aanwijzingen en veiligheidsinstructies zal sturen.

Mooi. Net als ik, moet hij een voorstander van

beveiliging zijn. Maar aan de andere kant hebben we in onze positie geen keus. We zijn niet zover gekomen door niet op onze rug te letten.

Ik ga naar het dienblad met drank, schenk een dubbele shot wodka in, en drink het in één keer op. Nog een dubbele later, voel ik me nauwelijks aangeschoten. Wat ik nodig heb, is een goede sparpartij met de mannen.

Ik ben misschien niet dichter bij het hebben van de informatie die ik wil, maar dossier of geen dossier, voor het nieuwe jaar zal Stefanov dood zijn. Gegarandeerd.

25

KATE

Op de ochtend van kerstavond maakt Alex me vroeg wakker. Hij haast me door een douche en ontbijt, en veertig minuten later, zijn we aan boord van zijn privévliegtuig met de geschenken waar hij op had gestaan om voor mijn moeder en vrienden te kopen toen hij me mee had genomen om bezienswaardigheden te bekijken en voor een bezoek aan boetieks. We zullen de nacht in Deep Creek doorbrengen, waar Alex reserveringen heeft gemaakt in een B&B. Hij moet de hele zaak hebben geboekt, aangezien Igor, Dimitri, Leonid, Yuri en vier andere mannen met ons meereizen.

Ik slaap het grootste deel van de vlucht en krijg wat goede rust dankzij het comfortabele bed in de slaapkamercabine van Alex. Alex is de workaholic die hij is en gebruikt de tijd om zaken in te halen.

Hij maakt me net voor vier uur 's middags wakker voor de landing. Net als toen we in Rusland aankwamen, praat hij constant via een satelliettelefoon, vermoedelijk om er zeker van te zijn dat we veilig zijn. Er staan vier auto's bij de privé hangar geparkeerd waar ons vliegtuig in taxiet. De gewapende mannen verlaten eerst het vliegtuig. Als ze de auto's en de hangar hebben gecontroleerd, stappen Alex en ik in een auto met Yuri. Geklemd tussen twee auto's aan de voorkant en één aan de achterkant, gaan we op weg naar Deep Creek.

Vanuit de stad is het een korte rit naar de kliniek. Het moderne gebouw ligt op een paar hectare grond in de buurt van een meer. Sneeuw bedekt de grond en het blauwe meer is bevroren en vormt een prachtig plaatje.

Mijn moeder staat in de lobby te wachten als we aankomen. Ze rent naar ons toe en trekt me in een knuffel.

"Katie!" Na het kussen van mijn wang, houdt ze me op armlengte. "Kijk jou eens. Je bent afgevallen." Haar wenkbrauwen fronzen. "Eet je wel genoeg?"

Het is moeilijk om mijn emoties in bedwang te houden en niet in tranen uit te barsten. "Meer dan genoeg. Ik ben zo blij om je te zien."

"Ik jou ook." Mijn moeder wendt zich tot Alex. "Dit is het beste cadeau ooit."

Alex buigt voorover om haar wang te kussen. "Je ziet er geweldig uit, Laura. Het is goed om je te zien."

Mijn hart verwarmt als ik haar in me opneem. Ze lijkt inderdaad fit te zijn. Haar huid heeft een gezonde gloed en haar ogen schitteren.

"Wauw," zeg ik. "Kijk *jou* eens."

Ze steekt haar armen op en draait in een cirkel. "Wat denk je ervan?"

"Mam, je ziet er geweldig uit."

"Dank je," zegt ze stralend. "Ik voel me nu al zoveel beter. Ik heb nog steeds een paar momenten met pijn, maar het is niets vergeleken met hoe het vroeger was. Ik ben weer behendig. Het is geweldig om zonder ongemak normale klusjes te doen."

"Ik ben zo blij voor je." Ze verdient dit en nog veel meer.

Ze strijkt met een hand over haar jurk. "Allemaal dankzij jou, Alex. Ik kan je nooit genoeg bedanken."

"Geen dank nodig," zegt Alex met een warme glimlach.

Mam kijkt over zijn schouder naar Igor en Leonid, die net binnen de deur staan. "Horen ze bij jou?"

"Ja," zegt Alex. "Maak je over hen maar geen zorgen. Met bodyguards reizen, is voor mij protocol."

Wacht maar tot ze de mannen buiten ziet. Hun wapens zitten tenminste onder hun jassen verborgen. Ik wil niet eens weten hoe Alex de kliniek zover heeft gekregen om wapens binnen te laten.

"Echt?" Mama houdt haar hoofd schuin. "Betekent dat dat je een kandidaat voor ontvoering bent, als in gevangen genomen worden voor losgeld?"

"Niet waarschijnlijk," antwoordt Alex grinnikend.

"We hebben wat Russisch eten meegebracht dat door de chef-kok van Alex is gemaakt," zeg ik snel om van onderwerp te veranderen. "Ik hoop dat je het lekker vindt. We dachten dat het gezelliger zou zijn om hier te lunchen dan ergens in de stad."

"Er is morgen niet veel open in de stad," voegt Alex eraan toe.

Mijn moeder gooit een arm om mijn schouders. "Daar gaat mijn dieet."

"Maak je geen zorgen." Alex pakt de koeltas aan zijn voeten. "Ik heb mijn chef-kok geïnstrueerd om alleen ingrediënten te gebruiken die in je dieetplan zijn toegestaan."

"Wat attent van je." Mam glimlacht naar hem. "Dat is maar goed ook. Anders heb ik problemen met William."

"William?" vraag ik als ze ons naar de lift stuurt.

De gloed op haar wangen verdiept zich tot een blos. "Dokter Hendricks."

Ik zet grote ogen op. "Je spreekt elkaar aan bij voornaam?"

Ze laat haar stem zakken en zegt met een glinstering in haar ogen, "Wij zijn ook op het eerste honk."

"Mam!" roep ik fluisterend uit.

Ze knipoogt naar me. "Ik heb een verrassing voor je." Ze leidt ons de lift in als de deuren opengaan. "Je hoeft niet naar de B&B in de stad te gaan," vervolgt ze. "Iemand heeft zich uit het programma teruggetrokken — noodsituatie in de familie — dus er is een lege kamer. William stelde voor dat jullie hier verbleven om je de reis naar de stad en terug te besparen. Zonder kosten."

De lift stopt op de tweede verdieping.

"Dat is erg aardig van hem," zeg ik, terwijl ik naar Alex kijk, "maar we willen ons niet opdringen."

Alex houdt de deur voor ons open. "Katerina heeft gelijk. We moeten ons waarschijnlijk aan het plan houden en in de stad slapen."

"Onzin." Mam neemt mijn arm, leidt me door de gang en zegt over haar schouder naar Alex, "Hij zou het niet hebben aangeboden als hij het niet wilde."

Ze opent de deur aan het einde en gaat voor ons naar binnen. "Deze kamers zijn iets kleiner dan die op mijn verdieping, maar ze zijn nog steeds comfortabel. Wat zeg je ervan?"

Ik kijk naar Alex voor een antwoord. Hij heeft een heleboel veiligheidsmaatregelen genomen. Alles veranderen zal een grote reorganisatie vergen.

Hij verrast me door te zeggen, "Het ziet er geweldig uit. Als je zeker weet dat het geen ongemak voor het management is, dan blijven we graag."

"Geweldig," zegt mama. "Dat is dan geregeld."

"Ik laat het Yuri weten om onze tassen naar boven te brengen," zegt Alex.

Ik kijk om me heen terwijl ik mijn jas losknoop. De kamer is gezellig. Ondanks de strakke, moderne uitstraling van het gebouw ligt de focus binnen op comfort. Een tweepersoonsbed en nachtkastje nemen de ene helft van de kamer in beslag, en een bureau, barkoelkast, bank en salontafel de andere helft. De kleuren zijn neutraal, zachte tinten beige met accenten van groen. Een groot raam omlijst het meer tegen de achtergrond van de bergen, waardoor er veel licht is.

"Je kunt je spullen hier uitpakken," zegt mama, die een kleine kleedkamer laat zien die op een badkamer aansluit.

Ik hang mijn jas aan de haak achter de deur en doe mijn sjaal af. "Een deel van het eten moet in de vriezer. Daar zal ik mee beginnen."

Alex draagt de koeltas die Tima had ingepakt naar het bureau.

"Laat me je een handje helpen." Mam pakt de bevroren gerechten uit de tas. "Wat is dit allemaal?" vraagt ze en ze brengt ze naar de vriezer. "Je chef had niet zoveel moeite moeten doen, Alex."

"Het was geen moeite," zegt hij, terwijl hij zijn jas uittrekt.

"Veel mensen wilden hun behandeling niet onderbreken en besloten hier met Kerstmis te blijven," zegt mama terwijl ze alles netjes in de vriezer stapelt. "We hebben vanavond een speciaal diner."

"Dat is erg attent van het personeel," zeg ik en geef haar de laatste plastic bak.

Ze sluit de vriezer en loopt naar de bank. "Ze zijn allemaal geweldig. Iedereen hier is zo aardig." Ze gaat zitten en kijkt van Alex naar mij. "En hoe zit het met jou? Hoe is het in Sint-Petersburg? Vertel me alles."

Glimlachend ga ik naast haar zitten. "Ik heb je alles al aan de telefoon verteld. Hoe zit het met je appartement? Verzorgt je buurman het goed?"

Ze klopt op mijn hand. "Thuis is alles in orde. Weet je zeker dat je niet langer kunt blijven?"

"Ik ben bang van niet," zegt Alex, terwijl hij zijn telefoon uit zijn zak pakt. "Ik heb in Rusland een aantal zakelijke verplichtingen."

Mam trekt een gezicht. "Ik klaag niet. Ik kan gewoon niet geloven dat je voor een paar dagen helemaal hierheen bent gevlogen."

"Ik heb de vrijheid genomen om een van de privélounges te boeken voor onze lunch morgen," zegt Alex. "Ik hoop dat dat voldoende is."

Mam schraapt haar keel. "Over lunch gesproken, William stelde voor om bij hem thuis te gaan lunchen in plaats van in de bezoekerslounge. Hij denkt dat het voor ons comfortabeler zal zijn."

Ik kijk nog een keer naar Alex. "Hoe zit het met zijn familie? Ik wil hen niet in de weg zitten."

"Hij is een weduwnaar." Ze kruist haar benen. "Zijn kinderen zijn volwassen en bezoeken dit jaar hun schoonfamilie in het noorden, wat betekent dat hij ook alleen zal zijn met Kerstmis."

"Oh, het spijt me dat hij zijn vrouw heeft verloren," zeg ik. "Is het lang geleden gebeurd?"

"Vijf jaar geleden. Het was een slepende ziekte." Ze slaakt een zucht en werpt me een zijdelingse blik toe. "Ik denk dat het voor hem en de kinderen erg moeilijk was."

"Ik kan het me alleen maar voorstellen."

Alex typt iets op zijn telefoon. "Geef me zijn adres. Ik laat mijn chauffeur zijn GPS programmeren."

Waarschijnlijk zal hij ervoor zorgen dat de omgeving veilig is.

"Ik stuur je een bericht met de routebeschrijving als ik terug ben op mijn kamer." Een glimlach verzacht de mooie gelaatstrekken van mijn moeder. "Je zult wel moe zijn na de lange reis. Wil je voor het eten een dutje doen?"

"Ik heb eerlijk gezegd in het vliegtuig veel geslapen," zeg ik, "maar een douche is welkom."

Ze komt overeind. "Ik laat jullie alleen om je te settelen. Zullen we rond zeven uur afspreken?"

"Dat klinkt goed," zegt Alex, terwijl hij zijn telefoon in zijn zak stopt.

"Klop gewoon op mijn deur als jullie er klaar voor zijn," zegt mama op haar weg naar buiten. Na nog even te hebben gezwaaid, verdwijnt ze met een flinke tred.

"Ze ziet er echt goed uit," zegt Alex na de deur achter haar te hebben gesloten.

Ik loop naar hem toe en sla mijn armen om zijn middel. "Bedankt, niet alleen voor het bezoek, maar ook om dit voor mijn moeder te doen."

Hij kust de bovenkant van mijn hoofd. "Ik heb je al gezegd, Katyusha, jouw familie is mijn familie."

Ik smelt tegen hem aan, niet in staat om mezelf tegen te houden. Als hij zo aardig is, is het moeilijk te onthouden dat hij mijn vrije wil gegijzeld houdt.

~

HET DINER IS EEN JOVIALE AANGELEGENHEID. DE gerechten zijn plantaardig, hebben een laag gehalte aan verzadigd vet en natrium, met veel groenten en volkoren granen. Het thema van het menu is mediterraan, die een mengelmoes van gebakken artisjok, ratatouille, stoofpot van zongedroogde tomaten en kikkererwten, en een heerlijke gazpacho van meloen, knoflook, basilicum en munt omvat. Het dessert is aardbeiensoep geserveerd met flinterdunne, zuivel- en glutenvrije gembertuiles.

Dokter Hendricks — of William — is er niet. Mijn moeder zegt dat hij ons tijd alleen wil geven om bij te praten. Gezien hoeveel ze over hem praat, lijkt het erop dat ze nogal wat van haar vrije tijd samen doorbrengen.

We ontmoeten de andere patiënten die hier met Kerstmis blijven. De groep is divers, met mannen en vrouwen van alle leeftijden. Gedurende een paar weken samenwonen heeft zich een kameraadschap gevormd die duidelijk is in hun geplaag.

Megan is tien jaar ouder dan mijn moeder en komt oorspronkelijk uit Hawaï. George is een veteraan die eigenaar is van een veehouderij in Texas. Daphne is veertig en opent in het nieuwe jaar een bloemenwinkel. Ik geniet van het levendige gesprek en het ontmoeten van nieuwe mensen. Het is een welkome afwisseling van mijn isolement in Rusland. Voor een paar uur, vergeet ik de verschrikkelijke realiteit van Alex zijn leven en hoe het de mijne heeft beïnvloed.

Na het diner hebben we zelfgemaakt, alcoholvrij

gemberbier in de lounge bij de kerstboom, terwijl Daphne pianospeelt en George ons allemaal aan het lachen maakt met zijn imitatie van Billy Macks "Christmas Is All Around" uit de film *Love Actually*.

Tegen bedtijd, doet mijn buik pijn van het lachen.

Als we bij onze kamer aankomen geef ik mijn moeder een knuffel, nog steeds de tranen van het lachen uit mijn ogen wegvegend. "Ik heb vanavond zoveel plezier gehad."

Alex kijkt me met een warme glimlach om zijn lippen aan. Zelfs hij had een paar keer gelachen.

"Ik ook," zegt mama.

"Alex en ik hebben een cadeau voor je."

"Oh liefje. Dat had je niet moeten doen." Ze zwaait met een hand door de ruimte en zegt, "Dit is al te veel en je bezoek is het beste cadeau waar ik om had kunnen vragen, en dan heb ik het nog niet eens over hoe duur en vermoeiend de reis voor jou moet zijn."

Ik pak haar hand, doe de deur open en trek haar naar binnen. "Kom op."

"Je dacht toch niet dat we met lege handen zouden komen?" vraagt Alex met een grinnik en volgt ons naar binnen.

"Zal ik mijn ogen dichtdoen?" vraagt ze met een kreet.

Ik lach. "Het is ingepakt. Je kan kijken." Ik pak het eerste cadeau uit mijn tas en geef het aan haar.

Ze schudt ermee en draait het alle kanten op. "Wat is het? Ik heb geen idee wat ik moet raden."

"Open het," dring ik aan.

Ze scheurt het inpakpapier eraf en tilt het deksel van de doos op. "Oh, Katie," roept ze uit, terwijl ze de kasjmier trui eruit haalt. "Dit is prachtig. En blauw, mijn favoriete kleur."

"Ik ben blij dat je hem mooi vindt. Het komt uit een boetiek in Sint-Petersburg."

Ze geeft eerst mij en dan Alex een knuffel. "Ik vind het geweldig."

Ik geef haar het tweede cadeau. "Deze is van Alex."

Ze laat de trui op het bureau liggen om het cadeaupapier van de doos te scheuren. Als ze het deksel optilt en de touwtjes van de fluwelen zak losmaakt, snakt ze naar adem. "Mijn hemel. Dit is prachtig. Kijk eens naar de details."

"Het is een replica van Fabergé," zegt Alex. "Helaas is het niet echt."

"Ik vind het geweldig." Ze tilt het delicate ei uit de doos en bestudeert het in het licht. "Zijn dat...?"

"De edelstenen zijn echt," zegt Alex. "Het is een verzamelstuk, onderdeel van een gelimiteerde oplage. Het taxatiecertificaat zit in de doos."

"Oh hemeltje." Ze staart hem aan. "Ik kan dit niet aannemen."

"Nu klink je als Katherine," zegt hij met humor. "Natuurlijk kan je dat wel. Ik sta erop."

"Dit is prachtig." Ze stopt het terug in de fluwelen zak voordat ze het voorzichtig terug in de doos legt. "Dank je, Alex."

"Het is met veel plezier gegeven," zegt hij hartelijk.

"Ik kan je niet genoeg bedanken." M'n moeders

ogen glinsteren van de tranen. "Niet alleen vanwege de cadeaus, maar ook omdat je zo goed voor mijn dochter hebt gezorgd."

Alex geeft geen krimp. Zijn antwoord is soepel, geoefend. "Ze zorgt ook goed voor mij."

Een deel van mijn opwinding verdampt. De leugens die we mijn moeder voorschotelen zijn een domper op mijn kortstondige duizelingen. Ik voel me verachtelijk, als een verrader, maar hoe kan ik haar illusie vernietigen als het zo goed met haar gaat en er zoveel beter uitziet? Hoe kan ik haar de waarheid vertellen als het haar zal verpletteren? Nee, het is beter dat ze de leugens gelooft, hoe vreselijk ik me er ook bij voel als ik ze vertel.

Ze klopt op mijn wang en zegt, "Ik zou jullie wat moeten laten rusten. Welterusten, kinderen. Nogmaals bedankt dat jullie me zo verwend hebben."

"Graag gedaan, mam," zeg ik, in mijn keel zit een brok van duistere emoties.

Ze draait zich om naar de deur. "Het beste cadeau is dat je hier nog steeds bent."

Ik vertrouw mijn stem niet en blaas haar een handkus toe voordat ze de deur sluit.

Shit. Ik ben een vreselijk persoon om mijn eigen moeder zo te bedriegen. Zo heeft ze me niet opgevoed. Met Alex samenwonen dwingt me om iemand anders te worden, en ik weet niet zeker of ik die iemand leuk vind.

Ik draai me naar het raam en verberg mijn uitdrukking voor Alex, die het gelukkig druk heeft met het uittrekken van zijn jas. Ik wil niet dat hij ziet wat er openlijk op mijn gezicht te lezen zal zijn — dat ik ons op dit moment allebei veracht.

Ik kijk naar de maanverlichte scène. Het sneeuwt niet meer. Het landschap is een helder wit van vers poeder dat onder de lantaarnpalen van de tuin glinstert. Ongerept. Niet troebel en vol vieze leugens. Er zijn geen andere gebouwen in de buurt, maar toch sluit ik de gordijnen. Met alles wat er aan de hand is, begin ik paranoïde te worden.

Ik schrik als Alex mijn schouder aanraakt.

"Hé," zegt hij, me ronddraaiend om hem aan te kijken. "Waarom ben je plotseling zo gespannen?"

"Is het veilig om hier te slapen?" Ik kan de spanning in mijn stem niet verbergen. "Ik wil het gevaar niet direct naar mijn moeder brengen."

"Alles is geregeld," zegt hij op een kalmerende toon, terwijl hij over mijn armen wrijft. "De mannen staan op wacht en we hebben satellietbewaking."

"Hoe zit het met de lunch bij dr. Hendrick thuis?" vraag ik, niet gerustgesteld.

"Ik heb Dimitri al gestuurd om dingen te controleren. Ik neem geen enkel risico, Katyusha."

"Oké." Ik bijt op mijn lip. "Ik ben heel blij om hier te zijn, meer dan je ooit zult weten. Maar ik —"

"Laat de zorgen maar aan mij over." Hij knijpt in mijn biceps. "Het enige wat ik wil dat je doet, is van de tijd met je moeder genieten."

"Je hebt gelijk." Mijn glimlach is halfhartig. "Ik zou

er het beste van moeten maken." Het is gemakkelijker gezegd dan gedaan.

Hij bestudeert mijn gezicht. "Je zag er vanavond gelukkig uit. Zorgeloos."

"Dat was ik ook." Ik denk na over hoeveel ik hem moet vertellen. Ik wil niet dat hij denkt dat ik ondankbaar ben. "Het was leuk. Het liet me alles vergeten."

Spijt flitst in zijn ogen, maar het is in een oogwenk verdwenen. Hij trekt me dichterbij en zegt, "Ik weet hoe ik je kan laten vergeten."

Zijn mond zit op de mijne voordat ik kan antwoorden. Hij steekt zijn vingers in mijn haar, streelt met zijn tong over de mijne en brengt me, zoals beloofd, naar een plek waar geen gevaar bestaat.

26

ALEX

*D*e trilling van mijn telefoon op het nachtkastje maakt me wakker. Ik ben een lichte slaper. Het is onderdeel van mijn programmering om altijd alert te zijn. Naar de telefoon reikend, kijk ik op het scherm. Nelsky. Het is hier amper vijf uur, maar in Rusland is het middag.

Ik maak mezelf voorzichtig van Katerina los. Haar gelaatstrekken worden verlicht door het zwakke blauwe licht van de elektronische thermometer op de koelkast. Ze ziet er in haar slaap vredig uit. Kwetsbaar. Ik kijk nog een laatste keer naar haar mooie gezicht, sta rustig op en ga naar de badkamer, waar ik de deur sluit voordat ik het licht aandoe. Het is veilig om hier te praten. Dimitri heeft de kamers op camera's en afluisterapparatuur onderzocht, terwijl we gisteravond aan het eten waren.

Mijn maag staat strak van de anticipatie terwijl ik

de oproep aanneem. Nelsky zou me niet voor lichtzinnige redenen om vijf uur 's ochtends bellen.

"Ik hoop dat ik u niet wakker heb gemaakt, meneer," zegt hij met een hoge stem.

"Wat is er aan de hand?" vraag ik, terwijl ik mijn spiegelbeeld in de spiegel zie.

"We hebben het gevonden, meneer."

Ik word stil. De tijd stopt met tikken.

"Meneer? Het bestand. We hebben het bestand gevonden."

Mijn hart gaat in overdrive, met triomfantelijke slagen in mijn borst kloppend. "Waar?"

"In iCloud, meneer. Mukha heeft daar een kopie verborgen, misschien om als verzekering te gebruiken als zijn leven op het spel stond."

Het heeft niet veel nut gehad.

"Het was niet gemakkelijk," vervolgt Nelsky, "maar onze hacker heeft uiteindelijk genoeg cyberdraden ontrafeld om ons daarheen te leiden."

"Ik neem aan dat je het al hebt gedownload en het origineel hebt gewist."

"Ja, meneer. We konden niet riskeren dat iemand anders het zou vinden."

"Goed werk," zeg ik, terwijl ik zachtjes praat, zodat ik Katerina niet wakker maak. "Stuur het naar me door."

Hij hoest. "Er is nog steeds één klein probleempje waarmee we te maken hebben voordat ik het kan verzenden, meneer."

Ik klem mijn kaken op elkaar. "Wat voor probleempje?"

"Het bestand is versleuteld en we kunnen de code niet kraken." Hij voegt er haastig, "Nog niet" aan toe.

"Fuck," zeg ik binnensmonds.

"Ik laat het u weten zodra er een update is."

"Doe dat." Ik wrijf met een hand over mijn gezicht. "Het maakt niet uit op welk tijdstip van de dag of nacht."

"Ja, meneer."

"En Nelsky?"

"Meneer?"

"Je bent niet ontslagen."

Hij lacht nerveus.

Ik beëindig het gesprek.

Ik haal een paar keer diep adem en verwerk het nieuws. Het bestand is in mijn handen. Eindelijk. Als die hacker die ik elke maand een fortuin betaal zijn geld waard is, dan zal ik de informatie snel hebben. Hoewel ik het gevoel heb dat ik het niet leuk zal vinden wat ik zal ontdekken.

Ik doe het licht uit en ga terug naar bed. Het matras zakt naar beneden als ik naast Katerina ga liggen.

Fronsend knippert ze met haar ogen open. "Alex?"

Mijn naam op haar lippen verwarmt mijn borst en verhardt mijn pik. Ik sla mijn armen om haar heen en kus haar voorhoofd. "Ga weer slapen, kiska."

"Is alles goed?"

"Ja."

De leugen komt gemakkelijk. Als de prijs voor haar

rust een onwaarheid is, dan draag ik graag de last van die zonde.

Haar stem is hees van de slaap. "Waar was je?"

"Ik ben net naar het toilet gegaan voor een slokje water."

"Er staan flessen in de koelkast." Ze kruipt dichter bij me, onder mijn arm. "Wil je dat ik er een voor je haal?"

Het aanbod verwarmt me op de een of andere manier, een manier die ik zelden of nooit ervaar. Er is niemand anders die voor me probeert te zorgen zonder er iets voor terug te verwachten.

"Nee, kiska," zeg ik zachtjes, terwijl ik mijn armen om haar heen aanspan. "Het is goed."

Ze zucht en laat haar wang op mijn borst rusten. Ze is schattig als ze half slaapt en niet meer weet dat ze boos op me is. Nu ik eindelijk dat verdomde bestand heb, zullen haar negatieve gevoelens snel verleden tijd zijn. Ik zal haar op alle mogelijke manieren aan me binden. Ze zal nooit kunnen ontsnappen, maar ik zal haar zo gelukkig maken dat ze te veel zal ijlen om te beseffen hoe effectief ik mijn web rond haar heb gesponnen. En zelfs als ze dat wel weet, zal ze te extatisch zijn om het erg te vinden. Ik geef haar alles wat haar hartje begeert, alles wat een man met geld en macht kan. Niet dat materiële dingen zo belangrijk voor haar zijn. Tuurlijk, ze houdt van mooie jurken en schoenen en zelfs van de sieraden waarvan ze zegt dat ze te duur zijn. Maar wat ze echt wil zijn de simpele dingen — een baan die ze leuk vindt, een gelukkig thuis, vrienden, een gezin.

Ik zal haar een gezin geven.

Binnenkort.

Zodra ik de dreiging op ons leven geëlimineerd heb.

De gedachte alleen al maakt me hard. Mijn semi-erectie verandert in een volledige stijve die mijn pyjamabroek in een tent verandert. Ik schuif een hand langs de ronding van haar ruggengraat en duw het zijden hemdje van haar slaapset omhoog. Ze drukt zich dichter tegen me aan en gooit haar dij over de mijne.

De non-verbale toestemming is het enige wat ik nodig heb. Er is een plotseling vuur in mijn aderen, een drang om mijn zaad diep in haar te planten. Het is anders dan het verlangen dat ik altijd voor haar voel of de dwangmatige noodzaak om haar constante genegenheid te tonen. Het is meer een oergevoel en tegelijkertijd meer een bewuste beslissing. Dit is geen impuls. In mijn achterhoofd heb ik altijd geweten dat dit is waar we heen gaan. En nu mijn geest en lichaam kennis hebben genomen van mijn vastberadenheid, ben ik vol ongeduld om dat doel na te jagen.

Ik steek een hand onder het elastiek van haar broek en volg de plooi van haar kont voordat ik een bil vastpak. Ze kromt haar heupen en wrijft de zoete plek tussen haar benen tegen mijn dij. Ze is zo nat dat ik haar opwinding door de stof van mijn pyjamabroek voel. Het feit dat ik haar opwind, dat haar lichaam al die room en honing voor me maakt, bevredigt een primitieve kant van me waarvan ik niet eens wist dat ik die bezat.

Ik sluit mijn handen om haar kleine middel en til haar op, zodat haar lichaam op het mijne wordt uitgestrekt, haar dijen over mijn heupen worden gespreid en haar borsten tegen mijn borst worden gedrukt. Ik trek haar een beetje omhoog en schuif haar met zijde bedekte vagina over mijn keiharde pik. Wanneer ze zich op haar armen omhoog tilt, strelen de uiteinden van haar borsten door de zijde van het hemd over mijn borst. Ik pak haar gezicht tussen mijn handpalmen en kus haar hard, te hard misschien, maar ze kust me terug, verwart haar tong met de mijne. De diepte van haar mond is zoet, haar gekreun een afrodisiacum.

Als ik het elastiek van haar pyjamabroek vastgrijp, sluit ze haar benen zodat ik de shorts over haar heupen kan schuiven. Ik laat hem net onder haar kont hangen, te gretig om mijn bestemming te bereiken om haar volledig uit te kleden. Me omhoog bewegend, verbreek ik de kus niet terwijl ik een handpalm over haar billen en tussen haar benen schuif. Ik krom een vinger om haar plooien te scheiden. Ze is niet alleen glad. Ze is druipnat. Voor mij.

Ik wil graag in haar zakken, maar ik wil zien wat ik met haar doe. Terwijl ik de kus vertraag, druk ik onze lippen nog een laatste keer tegen elkaar voordat ik haar van me af rol en tegen het hoofdeinde ga zitten. Ze kijkt me verward aan terwijl ik de dekens opzij schuif.

"Kom hier," zeg ik, naar mijn schoot wijzend.

Ze pakt het elastiek van haar korte broek, alsof ze hem uit wil doen, maar ik schud mijn hoofd en doe het nachtlampje aan voor een beter zicht.

"Leg je poes op mijn schoot, kiska." Mijn stem is donker van de lust. "Ik wil je kunnen zien."

Ze ziet er onzeker uit.

"Kont omhoog," zeg ik, om ervoor te zorgen dat mijn instructies duidelijk zijn.

Ze bijt op haar lip en overweegt het commando even voordat ze vraagt, "Je gaat me toch niet slaan?"

Geamuseerd til ik een wenkbrauw op. "Niet tenzij je dat wilt. Wil je dat?"

"Nee," zegt ze snel.

"Ga dan liggen."

Ze kijkt naar mijn kruis, waar de kop van mijn pik door het elastiek van mijn pyjamabroek duwt en tegen mijn buik drukt. "Wil je die niet uitdoen?"

Haar gretigheid laat mijn lippen met voldoening omhoogkomen. "Zo meteen."

Langzaam voert ze de opdracht uit en kijkt me behoedzaam aan terwijl ze zich over mijn schoot drapeert, zodat haar vagina op mijn benen ligt en haar kont in de lucht hangt. Er is iets pervers aan dat ze zo wordt gepresenteerd, met haar korte broek om haar dijen en haar kont naakt. Ik vind het leuk dat ze onder die zijden pyjamabroek geen slipje draagt. Ik vind het leuk dat ik alles vanuit deze hoek kan zien.

Met een handpalm op haar onderrug streel ik haar zachte huid. Haar lichaam krijgt kippenvel als ik haar stevige billen streel. Haar blote vagina glinstert van de nattigheid, de volle lippen gezwollen en roze. Ik volg langzaam de naad, waardoor ze rilt. Ze buigt haar ellebogen en laat haar wang op haar arm rusten, terwijl ze naar me kijkt, maar ze kan niet zien hoe erotisch het zicht is als ik die mooie lippen in de V van twee vingers scheid om de kleine parel eronder te onthullen. Ik streel met de duim van mijn vrije hand over de knop. Zelfs de lichte aanraking laat haar schokken. Ze spant haar billen aan als ik meer druk uitoefen.

Ik trek mijn blik weg van het werk van mijn handen om haar uitdrukking te peilen. Haar ogen zijn gesloten en haar lippen zijn een beetje uit elkaar, haar ademhaling gaat snel. Ik richt mijn aandacht weer tussen haar benen en wrijf sneller terwijl ik meer druk uitoefen. Ze tilt haar kont een beetje op en de onvrijwillige beweging geeft me betere toegang, genoeg om wat van haar gladheid te verzamelen. Terwijl ik haar tussen mijn vingers open houd, draai ik mijn andere handpalm omhoog en laat ik twee vingers in haar zakken. Ze ziet er zo heet uit met haar kont in mijn schoot en mijn vingers in haar vagina dat er een hete straal van voorvocht uit de punt van mijn pik loopt.

Ik had nooit gedacht dat ik het leuk zou vinden om de broek van een vrouw naar beneden te trekken en haar met mijn vingers op mijn schoot te laten komen, maar hier ben ik, klaar om in mijn broek te ejaculeren, want dit is niet zomaar een vrouw. Dit is *mijn* vrouw. Ik breek het tempo van mijn vingers niet als ik mijn andere hand optil en mijn duim in mijn mond zuig. Ik besmeer hem goed voordat ik op haar achteringang druk. De strakke ring rekt zich gemakkelijk uit en laat mijn duim binnen tot aan de knokkel. Er zijn maar een paar stoten voor nodig om haar te brengen waar ik haar heen wil brengen. Ik ontplof bijna als ze met een kreet komt en haar inwendige spieren om mijn vingers spant. Als dit niet het heetste ding is dat ik ooit heb gezien, weet ik niet wat het wel is.

De naschokken gaan nog steeds door haar lichaam als ik de korte broek van haar benen trek. Ik neem net genoeg tijd om mijn eigen broek over mijn heupen te duwen voordat ik haar in een zittende positie til, zodat ze over mijn dijen zit. Ik doe mijn handen om haar middel en help haar op haar knieën. Ik hou haar op haar plaats met de ene hand en pak de stam van mijn pik met de andere om hem bij haar ingang te positioneren. Zij doet de rest van het werk en laat zich over me heen zakken. Met elke centimeter die ik in haar zink, trekken mijn ballen strakker aan. Ik hou het niet lang vol, maar daar gaat het niet om. Daarom heb ik eerst voor haar genot gezorgd.

Ze leunt achterover en beweegt zachtjes heen en weer terwijl ze haar handen op mijn benen laat rusten. Haar tepels zijn harde punten die zichtbaar zijn door de zijde van haar hemd. Haar rondingen stuiteren met haar beweging, het feit dat ze op de een of andere manier verborgen zijn maakt het zicht nog heter. Ik zoom in op de driehoek tussen haar benen, waar haar vagina zich uitstrekt om mijn pik te kunnen nemen.

Dat is het enige wat er voor nodig is. Ik pak haar

taille vast om haar op haar plaats te houden en draai mijn heupen en neem haar met harde stoten. Zweet parelt over mijn lichaam terwijl ik in haar stoot, en alles pak wat van mij is. Het voorspel was te opwindend. Lang voordat ik er klaar voor ben, bouwt de ontlading zich aan de basis van mijn ruggengraat op. Nog twee stoten, en zoet, pijnlijk genot pompt door mijn lichaam en laat me verbijsterd achter. Ik adem hard, verdwaald in het moment en vergeet cruciale details zoals alert zijn.

Ik sla mijn armen om haar heen en druk haar tegen mijn borst. Ik ben terughoudend om me terug te trekken. Mijn lichaam is verzadigd. Het zou tevreden moeten zijn dat ik mijn bezit op haar heb gedrukt, maar nu het idee van eerder wortel heeft geschoten, wil het meer. Ik wil alles met haar, inclusief het gezin dat ik nooit dacht te kunnen hebben. Ik zal niet rusten totdat het gedaan is, totdat ik haar aan mij gebonden heb zonder mogelijkheid om te ontsnappen. Voordat dat kan gebeuren, moet ik een ring om haar vinger doen. Degene die ik mee heb gebracht is nog niet degene die haar aan mij zal binden, maar voor nu is het genoeg.

Met tegenzin verplaats ik haar opzij. Seks met Katerina is altijd heet, maar vooral onze ochtendseks is intens. Nadat ik haar heb schoongemaakt, dwing ik haar om met me te douchen, en dan breng ik haar terug naar bed. Het is nog vroeg, maar geen van ons is moe genoeg om weer in slaap te vallen.

Na het aantrekken van een joggingbroek en een T-shirt, haal ik twee kopjes warme johannesbrood amandelmelk uit de automaat in de gang en draag ze terug naar de kamer.

Ze glimlacht als ik haar het drankje aanbied. "Je verwent me altijd met ontbijt op bed." Plagend voegt ze eraan toe, "Je realiseert je dat ik er nu aan gewend ben geraakt en het nu voor het leven zal verwachten?"

Voor het leven. Fuck, ja. "Daar kan ik mee leven."

Ik laat mijn drankje op het nachtkastje staan en pak de doos met cadeautjes uit mijn tas. Terug in bed naast haar, zeg ik, "Vrolijk kerstfeest."

Ze bijt op haar lip en kijkt naar de doos die ik op haar schoot achterlaat.

"Hé." Ik veeg een haar van haar gezicht. "Wat is er aan de hand?"

Haar glimlach wordt verdrietig. "Ik heb niets voor jou gekocht. Dat zou ik hebben gedaan, maar..."

Ze zegt niet dat het is, omdat ik haar toegang tot haar geld had ontnomen en haar vrijheid om te gaan waar ze wil.

"We vieren in Rusland op deze datum geen kerst." Het is een slecht excuus, een zwakke poging om de pijn weg te nemen die ten grondslag ligt aan het onuitgesprokene, maar ik zeg tegen mezelf dat deze situatie slechts tijdelijk is. "Trouwens, ik heb niets nodig."

Ze kijkt me snel aan. "Daar gaat het niet om. Een cadeau geven gaat niet over iets aanbieden wat de ontvanger *nodig heeft.*"

Mijn woorden zijn zacht, rustgevend. "Ik weet het,

mijn liefste." Mijn glimlach is een troost. "Maar ik waardeer de intentie. En dat is het enige dat telt."

Te oordelen naar de plooi tussen haar wenkbrauwen, is ze het daar niet mee eens. Omdat ik de nasleep van onze geweldige seks niet wil bederven met een ruzie, kies ik ervoor om van onderwerp te veranderen. "Ga je dat niet openmaken? Ik weet dat je al weet wat het is, maar het leek me een geschikt moment om het je te geven."

"Dank je," zegt ze, terwijl ze een goede poging doet om me het verdriet dat in haar ogen blijft, niet te laten zien.

Ik hou mijn toon licht. "Open het eerst voordat je me bedankt."

Ze scheurt het inpakpapier eraf en tilt het deksel van de doos op. "Het is echt voortreffelijk."

Ik til de ring uit de doos en neem haar hand om hem om haar vinger te schuiven. "Robijnen passen bij je."

"Dus daar is de ring voor? Voor Kerstmis?"

"Ja," zeg ik, weer een leugen die soepel van mijn tong glijdt.

"Dat had je niet moeten doen."

"Ik wilde het." En dat is geen leugen.

"Nogmaals bedankt." Ze houdt haar hand tegen het licht en bestudeert de ring.

"Weer graag gedaan."

"Wat gaan we met de cadeaus doen die we voor Joanne, June, en de meiden op de SEH hebben meegebracht?" Hoop klinkt in haar toon. "Maken we een omweg via New York?"

"Nee." Ik probeer de klap zachtjes aan te laten komen. "Leonid heeft de cadeaus gisteren al vanuit de stad opgestuurd."

"Ik begrijp het." Ze knikt een paar keer. "Dat was een goed idee." Ze laat de papieren beker op het nachtkastje staan en stapt uit bed.

"Katyusha."

"Ik ga me aankleden," zegt ze, terwijl ze me niet aankijkt. "Mijn moeder staat altijd vroeg op. Ik wil graag met haar ontbijten."

Het vergt elk greintje wilskracht die ik in me heb en meer om niet achter haar aan te gaan, maar mijn gevoel zegt me haar even de tijd te geven. Zo hecht als we tijdens de seks waren, zo snel trekt ze zich nu weer van me af. Haar gedrag bevestigt alleen wat ik al weet. Katerina is geen vrouw die ik met geschenken kan kopen en die ik gelukkig kan houden door haar met sieraden te overladen.

Wat ze nodig heeft zijn dingen die geld niet kan kopen, zoals de vrijheid die ik haar nog niet kan geven... en die ik haar nooit zal kunnen geven als ze geen ja zegt.

27

KATE

*A*lex heeft me net een enorm cadeau gegeven, maar in plaats van me gelukkig te maken, herinnerde het me aan wat hij me had afgenomen. Ik ben niet ondankbaar. Ik kan gewoon niet vergeten dat ik in werkelijkheid niets anders ben dan een gevangene, zoals Dania me zo vriendelijk herinnerde.

Vastbesloten om mijn verdriet de weinige tijd die ik met mijn moeder heb niet te laten verpesten, maak ik me klaar en ga ik om zeven uur naar beneden om op haar deur te kloppen. Ze doet open in een mooie rode jurk en een bijpassend jasje. Rood staat haar goed. De kleur complimenteert haar teint en brengt haar blonde haar en blauwe ogen naar voren.

"Goedemorgen, schat," zegt ze en trekt me in een knuffel. "Vrolijk Kerstmis. Waar is Alex?"

"Vrolijk kerstfeest, mam." Ik kus haar wang. "Alex is met iets voor zijn werk bezig. Hij is in de kamer aan het ontbijten en zal zich later bij ons voegen."

Ze laat haar blik over mijn jeans, trui en Uggs gaan. Ze legt een vuist op haar heup en zegt, "We moeten gaan winkelen."

Ik til een vinger op. "Oh, nee hoor. Daar trap ik niet nog een keer in."

De laatste keer dat mijn moeder me meenam om te winkelen, zijn we uren bezig geweest om kleren te passen. Tegen de tijd dat ik haar eindelijk mee naar huis kon slepen, had ik de blaren op mijn voeten zitten. Om het nog erger te maken, had ze me ervan overtuigd om een korte zwarte jurk te kopen die een rib uit mijn lijf had gekost en die ik nooit heb durven dragen.

Naar adem snakkend, grijpt ze mijn rechterhand. "Moet je dat zien. Die ring is prachtig." Ze ontmoet mijn blik met een twinkeling in haar ogen. "Laat me raden. Alex?"

Ik knik. "Mijn kerstcadeau."

"Die man is me er eentje. Ik ben blij voor je. Je hebt het verdiend." Ze slaat haar arm door de mijne. "Kom op. Laten we ontbijten en dan neem ik je mee op een rondleiding."

Een deel van de last die op me drukt, verdwijnt. Haar enthousiasme is besmettelijk.

"Laten we dat doen," zeg ik. "Het kan door het weer in de bergen komen, maar ik ben uitgehongerd."

In de eetkamer nemen we een kleine tafel op het gesloten terras. Met het uitzicht op het meer en de zon die door het raam filtert, is het prachtig. Terwijl we van een heerlijk brouwsel van johannesbrood en kaneel genieten, vertelt mijn moeder me over haar behandelingsproces. Ik voel me een beetje schuldig dat ik van het ontbijt van bevroren bessen en veganistische yoghurt geniet, wetende dat Alex ervoor betaalt, maar ik schuif de gedachte aan de kant. Hij heeft me herhaaldelijk verteld dat hij dit wil doen. Eerst dacht ik dat hij van me hield, maar nu weet ik beter. Alex is een zeer gul persoon, en hij houdt ervan om geschenken te geven. Dat is wat dit is — een enorm geschenk. Hoewel voor een man zo rijk als Alex de prijs van deze behandeling op kleingeld moet lijken. Ik was een dwaas om er meer in te zien.

"Heb je gehoord wat ik zei?" vraagt mam.

Ik trek mezelf met een interne berisping terug naar het heden. Nu is niet het moment om mijn gedachten weg te laten zweven. "Het spijt me. Ik was aan het dagdromen."

"Mm." Ze kijkt me goedkeurend aan. "Iemand is verliefd. Ik vroeg of je na het ontbijt de rest wil zien."

"Tuurlijk." Ik drink m'n drankje op en pak mijn vork. "Heel graag."

Nadat we klaar zijn met eten, neemt mam me mee op een korte rondleiding en laat me de gedeeltes zien die ik tijdens mijn eerste bezoek niet heb gezien, waaronder de fitnessruimte, het verwarmde zwembad, de yoga- en meditatieruimtes, het kantoor van de diëtist, de collegezaal waar ze educatieve sessies hebben en de vleugel van de fysiotherapie.

De fysiotherapie omvat massages en mobiliteitsoefeningen, legt mama uit. Naast de vleugel waar ze de behandelingen uitvoeren is een kleine schoonheidssalon waar patiënten een knipbeurt of een manicure kunnen krijgen. De meeste patiënten blijven een paar maanden, wat een dergelijke service noodzakelijk maakt.

Aan het einde van de rondleiding kijkt mama op haar horloge. "Oh, mijn hemel. Kijk eens hoe laat het is. We kunnen beter het eten gaan halen dat je hebt meegenomen."

Als we bij onze kamer komen, zit Alex aan zijn laptop aan het bureau te werken. Nadat hij en mijn moeder kerstwensen hebben uitgewisseld, halen we de gerechten uit de vriezer terwijl hij zijn laptop inpakt en in de kluis opsluit. Net voor twaalven gaan we naar beneden.

Dr. Hendricks staat in de verlaten ontvangstruimte te wachten. Lang en donkerharig, met grijs dat in zijn bakkebaarden kruipt, is hij een knappe man die er zowel slim als ontspannen uitziet in een overhemd met knopen en een paar chino's. Bij onze nadering gaat hij rechtop staan van waar hij tegen de toonbank leunde. Als zijn blik op mijn moeder valt, gaan zijn groene ogen wijd open.

"Laura." Hij komt ons halverwege tegemoet, en pakt de boodschappentas van mijn moeder over. "Je ziet er geweldig uit."

"Dank je." Een blos maakt haar wangen donkerder. "Dit is mijn dochter, Kate, en haar vriend, Alex."

"Kate." Hij steekt een hand uit, eerst die van mij en dan die van Alex schuddend. Zijn glimlach is warm, zijn ogen vriendelijk. "Het is goed om jullie beiden te ontmoeten."

"Bedankt dat je ons bij je thuis hebt uitgenodigd, dr. Hendricks," zeg ik.

"Noem me William, alsjeblieft. Bedankt dat jullie het geaccepteerd hebben." Hij reikt naar de boodschappentas die ik draag. "Mag ik?"

We laden alles in zijn auto terwijl hij vraagt hoe onze vlucht was. Alex antwoordt met een vaag antwoord, zonder te vermelden dat we met een privévliegtuig zijn gekomen. Terwijl William mijn moeder in de passagiersstoel van zijn auto helpt, vertelt hij ons over de lokale attracties in de nabijgelegen Smoky Mountains voor het geval we besluiten om in de zomer terug te keren.

Hij kijkt op als de bewakers van Alex in hun auto stappen, maar hij onthoudt zich van het stellen van vragen terwijl Alex en ik naar onze auto gaan. Mam moet hem al over het zogenaamde protocol van Alex hebben ingelicht.

Het voertuig van William neemt de leiding, en wij volgen. Ik kijk rond als we het terrein van de kliniek verlaten. Waar zijn de mannen die op mijn moeder letten? Alex had gezegd dat ze niet eens zou weten dat ze er waren. Verstoppen ze zich ergens in een nabijgelegen hut, of houden ze haar via satelliet in de gaten? Misschien allebei.

We nemen een weg die de berg op slingert. Vanaf daar duurt de rit slechts een kwartier. Williams huis is een modern gebouw gelegen op een afgrond met uitzicht op het meer en de bergen. Terwijl mijn moeder de boodschappentassen uitpakt, neemt hij Alex en mij mee op een rondleiding. Het huis is klein, maar de kamers zijn ruim en de minimalistische inrichting zorgt voor een onbelemmerde doorstroming tussen de woonkamer, eetkamer en keuken. Twee slaapkamers op de bovenverdieping delen een badkamer en een balkon. Mijn favoriete deel is het buitenterras dat over de helling hangt.

We stoppen bij de balustrade om het uitzicht te bewonderen. Alex leunt met een elleboog op de balustrade en drapeert zijn andere arm om mijn middel. Zoals altijd verleidt zijn nabijheid mijn zintuigen, waardoor al het andere onbeduidend lijkt. Zelfs het uitzicht kan niet met hem concurreren, hoewel het uitzicht prachtig is.

"Dit is spectaculair," zeg ik.

"Ik ben blij dat je het leuk vindt," antwoordt William. "Ik heb het huis vijf jaar geleden laten bouwen toen ik vanuit Oakland hierheen verhuisde."

Alex werpt een geoefende blik naar de horizon, zijn blauwe ogen alert als hij de omgeving in zich opneemt. Schijnbaar tevreden met zijn visuele evaluatie, controleert hij zijn telefoon voordat hij zegt, "Ik ga kijken of Laura hulp nodig heeft in de keuken."

"Kate?" zegt William wanneer Alex weg is.

Ik kijk weg van het uitzicht om naar hem te kijken.

"Ik wil dat je weet dat je je geen zorgen hoeft te maken als het om je moeder gaat. We vinden elkaar leuk." Een kleine glimlach verschijnt om zijn lippen.

"Heel erg leuk. Ik ben dol op haar optimisme en haar levenslust. Ze is een geweldige vrouw. Ik realiseer me ook dat ze een beetje een vrije geest is, dus ik ben niet van plan om haar ergens in te overhaasten."

Hij lijkt zo oprecht dat ik niet anders kan dan hem geloven. "Dat is goed om te weten."

"Als ik deze zomer mijn vakantie neem, dan wil ik haar graag in New York City bezoeken. Ik had gehoopt dat" — hij wijst naar hem en mij — "wij elkaar beter konden leren kennen. Ik weet dat je het druk hebt. Je moeder heeft me over je baan verteld."

Ik glimlach terug. "Dat zou ik fijn vinden."

"Geweldig." Hij lacht zachtjes. "Ik wil je niet de verkeerde indruk geven, zoals dingen overhaast doen terwijl ik had gezegd dat ik dat niet zou doen, maar mijn kinderen zullen in Florida zijn. Misschien kunnen we met z'n allen een weekend samen doorbrengen? Ik zou het leuk vinden als jij en je moeder ze zouden ontmoeten. En Alex, natuurlijk."

De haren van mijn gezicht vegend die er door de wind op zijn geblazen, zeg ik, "Ik zal dat in gedachten houden wanneer ik mijn zomerdiensten plan." Als ik dan tenminste weer aan het werk ben. "Ik weet zeker dat ik vast wel een lang weekend kan regelen."

"Heel goed." Hij tikt tegen de balustrade. "Zullen we naar binnen gaan waar het warm is?"

Als we terug zijn in de keuken, zijn mijn moeder en Alex klaar met uitpakken.

"Wat denk je ervan?" vraagt ze zachtjes, als William

biologisch druivensap voor ons inschenkt terwijl Alex hem gezelschap houdt.

"Hij lijkt echt aardig," zeg ik oprecht.

Ze gloeit bijna. "Ik wist dat je hem aardig zou vinden."

"Alsjeblieft," zegt William en geeft ons elk een glas sap. "Zelfgemaakt van Californische druiven."

We brengen een aangenaam half uur samen door, nippend aan onze drankjes in de keuken terwijl we Tima's gerechten opwarmen en William de laatste hand aan de gerechten legt die hij heeft bereid. Ik luister aandachtig als hij me over het programma en de ontwikkeling ervan vertelt. Op een persoonlijk niveau, want alles met betrekking tot mama's welzijn gaat mij aan, en op een professioneel niveau, want ik vind de medische informatie fascinerend.

Onze lunch strekt zich tot ver in de middag uit. Het is donker als we William eindelijk bedanken, afscheid nemen en terugrijden.

Ondanks de vriendelijke middag, kan ik mijn gespannenheid niet van me afschudden als we bij de kliniek aankomen. Aangezien mijn moeder me zo goed kent, heeft ze het door.

"Is alles goed?" vraagt ze terwijl we de hal binnengaan.

"Ja," zeg ik, voor haar bestwil glimlachend. Ik haat mezelf, omdat ik tegen mijn moeder lieg. "Alles is perfect."

VERRASSEND GENOEG SLAAP IK GOED EN WORD IK DE VOLGENDE OCHTEND UITGERUST WAKKER. Ik dacht dat de onrust me de hele nacht zou laten woelen.

Behalve het openen van mijn ogen, beweeg ik niet. Alex ligt op zijn rug, nog steeds in slaap. Ik maak van de gelegenheid gebruik om hem te bestuderen. Zijn gezicht draagt niet de spanning die zijn gelaatstrekken overdag belast. Voor de verandering ziet hij er ontspannen uit. Stoppels verduisteren zijn kaak. Zijn wimpers zijn lang voor een man, wat de rechte, harde lijnen van zijn sterke botstructuur verzacht. Hij ziet er in zijn slaap kwetsbaar uit. De manier waarop mijn hart zich samenknijpt, herinnert me eraan hoe gevoelig ik voor hem ben.

Ik probeer stil te zijn, glip uit het bed, maar zodra ik opsta, opent Alex zijn ogen. De onbewaakte glimlach die hij me geeft, is mijn ondergang. Zijn blauwe ogen zijn zacht van de slaap, maar toch doordringend als hij mij evalueert. Een gevoel als fladderende vleugels roert zich in mijn borst.

"Goed geslapen?" vraagt hij met een sexy stem van de slaap.

"Ja, dat heb ik inderdaad." Ik kijk hem van onder mijn wimpers aan terwijl ik door mijn tas graaf voor kleding. "Jij?"

Hij schuift omhoog en laat zijn hoofd op het hoofdeinde rusten om naar me te kijken. "Als een roos." Zijn lippen komen omhoog. "Zoals altijd als ik naast je slaap."

Mijn blik wordt naar de sexy ronding van die

lippen getrokken. Mijn antwoord is als een slim antwoord bedoeld, maar mijn stem klinkt beschamend hees. "Met de nadruk op slapen. Het verbaast me dat je me niet besprong toen we naar bed gingen."

Zijn lippen vormen een luie glimlach. "Je klinkt teleurgesteld."

Met mijn ogen rollend ga ik naar de badkamer.

"Katyusha."

Ik blijf staan waar ik ben.

Zijn stem is verontschuldigend. "Ik wou dat we langer konden blijven, maar we moeten vandaag gaan."

Ik had niet anders verwacht, maar het nieuws is toch teleurstellend. "Wanneer?"

"Na het ontbijt."

Ik knik. "Ik zal klaar zijn."

Als ik in de badkamer klaar ben met aankleden, ga ik weer de kamer in. Alex zit aan de telefoon, met iemand in het Russisch te praten. Hij heeft nog steeds zijn pyjamabroek aan en ijsbeert op de vloer. Ik kan het niet helpen, maar staar naar de brede, goed gedefinieerde uitgestrektheid van zijn borst en de platte ribbels van zijn buik.

Hij legt een hand op de microfoon van zijn telefoon. "Ga maar vast, mijn liefste. Ik kom zo."

Igor wacht voor onze deur om me naar beneden te begeleiden. Ik vind mijn moeder op het terras waar ze aan het ontbijten is.

"Daar ben je," zegt ze als ze me opmerkt. "Waar is die lieve man van je?"

"Aan het bellen. Hij komt zo naar beneden."

"Hij klinkt als een workaholic." Ze schuift opzij. "Ik hoop dat je het niet erg vindt dat ik zonder jou aan het ontbijt ben begonnen, maar ik dacht dat je misschien uit zou slapen."

Ik neem de stoel naast haar en zeg, "Alex wil niet te laat naar huis. Ik ben bang dat we na het ontbijt moeten vertrekken."

"Hij is erg plichtsbewust."

Als ze eens wist.

Ik ben half klaar met mijn ontbijt als Alex aankomt. Zodra hij binnenkomt, kijkt iedereen op. Hij heeft dat effect op mensen. Het is niet alleen zijn imposante lengte of krachtig mannelijke kenmerken. Het is de zelfverzekerde manier waarop hij zich gedraagt.

Hij glimlacht naar ons en komt naar ons toe. Ondanks het vriendelijke gebaar is de spanning weer op zijn gezicht te zien. De vierkante lijn van zijn kaken is meer uitgesproken door de manier waarop hij ze altijd klemt, en zijn ogen zijn gespannen van bewustzijn. Hij lijkt permanent waakzaam, voor altijd op zijn hoede.

"Goedemorgen, Laura." Hij neemt mijn moeder in zich op. "Je ziet er prachtig uit. Ik vind dat nieuwe kapsel je echt goed staan."

Ze aait over haar haar. "Heel erg bedankt. Wat ben je toch een charmante man. Ga zitten."

Als hij een hand op mijn schouder legt, merkt mijn lichaam dat op. Bewustzijn tintelt in mijn zenuwuiteinden en reist over mijn arm terwijl kippenvel over mijn huid onder mijn trui loopt.

"Als je het niet erg vindt, pak ik snel even wat ontbijt in de lounge," zegt hij. "Ik heb zaken te regelen. Trouwens, ik heb je gisteren van Katerina beroofd. Je verdient het om haar vanmorgen helemaal voor jezelf te hebben."

Hij knijpt in mijn schouder voordat hij wegloopt.

"Oh, jeetje," zegt mama. "Die man is perfectie. Zou hij nog geweldiger kunnen zijn?"

Geweldig. Nu is ze verliefd op het idee van Alex en mij. Ik bijt op mijn lip. Wat als het niet lukt tussen ons? Ze zal zo teleurgesteld zijn, en ik kan haar nooit de waarheid vertellen.

"Waarom trek je zo'n lang gezicht?" vraagt ze, terwijl ze mijn hand pakt.

Ik schud mezelf uit mijn gedachten. "Ik zal je missen."

"Ik ben thuis voordat je het weet."

Ik blaas een bibberige adem uit, zonder haar te vertellen dat er een goede kans is dat ik op dat moment nog in Rusland ben. "Geniet gewoon van de tijd die je hier nog hebt. Je hebt het verdiend."

"Ik moet toegeven dat dit meer als een vakantie dan als een behandeling voelt. Ik heb met de andere patiënten zo veel plezier, en dan is er natuurlijk William."

Ik knik. "Hij wil dat we deze zomer zijn kinderen in Florida ontmoeten."

Bezorgdheid speelt over haar gezicht. "Vind je dat goed?"

"Natuurlijk." Nogmaals, op voorwaarde dat ik terug

ben in de VS. Ik duw de verontrustende gedachte opzij. "Hij lijkt serieus, maar hij vertelde me dat hij je niet zal overhaasten." Mijn ervaring met Alex laat me zeggen, "Beloof me dat je geen overhaaste beslissingen zult nemen."

"Je kent me." Ze knijpt in mijn hand en trekt het sap dichterbij. "Ik mag dan impulsief zijn, maar ik neem mijn tijd voordat ik me ergens aan vastzet."

Ik wil niet dat ze denkt dat ik tegen een langdurige relatie met William ben. "Ik wil alleen dat je gelukkig bent."

"Dat ben ik," zegt ze met een gemakkelijke glimlach. "Dat is ook het enige wat ik voor jou heb gewild, Katie. Ik ben echt blij dat je eindelijk je match hebt gevonden."

Zonder te antwoorden, neem ik het sap dat ze in heeft geschonken en verberg mijn gezicht achter het glas.

Als het tijd is om te gaan, zwaait ze ons uit. We nemen afscheid, mijn moeder knuffelt zowel mij als Alex en laat hem beloven niet te hard te werken. Ze zwaait tot we de hoek om zijn.

Het is dan dat de leegte me raakt.

Dat is het moment dat ik denk dat ik misschien had moeten vluchten toen ik de kans had.

28

ALEX

We vliegen naar een klein privévliegveld in het noorden van Idaho, waar ik een ontevreden Katerina in het vliegtuig met genoeg mannen om haar te bewaken achterlaat. Ik vertel haar niet waar ik heen ga of over het contract dat ik met Nikolai Molotov ga tekenen. Als ik dat deed, dan zou ik haar moeten vertellen waarom ik haar niet meeneem, en ik wil niet dat ze zich zorgen maakt over het feit dat ik Nikolai niet vertrouw. Hoewel ik al maanden met Konstantin werk en geen reden heb om te denken dat zijn broer me kwaad wil doen, vertrouw ik niemand die ik niet persoonlijk ken.

Ik ga pas weg als we de alarmen hebben ingesteld en Igor satellietbewaking op zijn laptop heeft staan. Een beveiligde verbinding voert de informatie naar mijn telefoon. Niemand behalve ik, Igor en de piloot kent ons vluchtschema. Het is onwaarschijnlijk dat iemand ons hier komt zoeken, maar ik herhaal mijn instructies, en beveel de mannen om Katerina met hun leven te bewaken. Igor verzekert me dat hij het protocol zal volgen zodra hij beweging in de buurt oppikt, wat betekent dat hij een verkenningsteam zal sturen om uit te zoeken wie er onderweg is. De piloot is klaar om in geval van nood op te stijgen. Zijn bevel is om onmiddellijk te vertrekken als er een bedreiging is. Ik kan altijd mijn eigen weg terug vinden. Ik weet hoe ik voor mezelf moet zorgen.

De rit naar het kamp is gespannen. Yuri zit achter het stuur en Leonid rijdt voorin. Het is een koude, grijze dag met mist in de lucht. Ik kan amper tien meter voor me kijken.

Als we hoger in de bergen komen, bel ik Igor. "Hoe gaat het met haar?"

"Nog steeds boos," zegt hij met zijn norse stem.

"Ze komt er wel overheen." Hoewel ik het zelf op mijn telefoon kan zien, vraag ik, "Hoe staat het met de bewaking?"

"Alles loopt soepel."

De woorden stellen me niet gerust. Ik ben niet graag weg van mijn kiska.

Leonid kijkt me vanaf de voorste passagiersstoel aan wanneer ik het gesprek beëindig, zijn vlezige gezicht is in een frons getrokken. Hij vindt het niet prettig dat ik Katerina praktisch gevangen houd. Mijn mannen respecteren haar. Ze zijn haar aardig gaan vinden. Nou, pech gehad. Ik neem geen risico's met haar veiligheid. Leonid en alle anderen kunnen de pot op.

Ik richt me in een korte toon tot Yuri. "Hoelang nog?"

Hij werpt een snelle blik op de GPS. "Tien minuten."

De weg slingert de berg op. Precies tien minuten later komen we bij een statig metalen hek. Bij onze nadering glijdt de zware poort open, waardoor meer dichte bossen en een smalle, onverharde weg worden onthuld.

Waarom zou Nikolai Molotov zich hier in niemandsland verstoppen? Ik veronderstel dat het isolement voor verhoogde veiligheidsmaatregelen zorgt, zelfs meer dan mijn woning in Sint-Petersburg. Misschien moet ik ook een kamp in niemandsland bouwen en Katyusha daar houden. Voor haar veiligheid.

Yuri stopt bij een modern huis. De lichten schijnen goudkleurig door de grote ramen. Al die ramen geven me een ongemakkelijke jeuk die tussen mijn schouderbladen kruipt. Zonder jaloezieën of gordijnen zijn de inzittenden een schietschijf, een gemakkelijk doelwit voor elke stalker of moordenaar. Als Nikolai Molotovs reputatie als wantrouwende klootzak waar is, dan is het glas kogelvrij. Toch heb ik me nooit graag blootgesteld gevoeld.

De voordeur gaat open en Molotov zelf stapt naar buiten.

Leonid doet mijn deur open. Hij volgt met Yuri terwijl ik erheen loop en Molotov de hand schud.

Molotov leidt ons naar binnen en nodigt mijn

mannen uit om iets te drinken in de keuken terwijl hij en ik naar zijn studeerkamer gaan.

"Hier naar binnen," zegt hij, terwijl hij opzij stapt zodat ik naar binnen kan.

Het uitzicht achter het raam is door de mist verborgen. Een paar schijnwerpers kleuren de voetpaden van de tuin met een smaragdgroen licht. Het uitzicht moet op een heldere dag spectaculair zijn.

"Ga zitten," zegt hij en leidt me naar een ronde conferentietafel in de buurt van zijn bureau.

Als ik zit, neemt hij een fles wodka uit een ijsemmer en schenkt twee glazen in. "Ik geloof dat je een moordenaar achter je aan hebt."

Ik kijk hem van onder mijn oogleden aan. "Nieuws gaat snel."

"In onze kringen wel." Hij zet een glas voor me neer en neemt plaats op de stoel achter het bureau. "Kom je al in de buurt om de man te vinden die je dood wil hebben?"

Ik adem diep in en adem door mijn neus uit als ik hem overweeg. Zoals ik al zei, ik vertrouw niemand, niet gemakkelijk. "Eerlijk gezegd wel, ja."

Als ik niet uitweid, vraagt hij, "En wie is die persoon die je dood wil hebben, als ik vragen mag?"

Mijn glimlach voelt plat aan. "Dat mag je niet."

"Mag ik dan om het waarom vragen?" Hij traceert de rand van zijn glas. "Macht?"

"Macht is altijd een goed motief om te doden."

Er verschijnt een grijns op zijn gezicht. Hij weet dat

ik hem niets ga vertellen. "Waarom doe je zo ontwijkend?"

Ongeduld glijdt in mijn toon. "Waarom ben je zo nieuwsgierig?"

"Ik wil graag weten met wie ik zaken doe." Achterover leunend bestudeert hij me met een nieuwsgierige blik. "Nog niet zo lang geleden paradeerde je met een vrouw in New York City, een vrouw die je mee hebt genomen naar Rusland. Katherine Morrell, heb ik gelijk? Het stond overal in de roddelbladen."

Ik verstevig mijn greep op het glas. "Als je je leven waardeert, dan zul je haar naam niet meer zeggen."

"Prima," zegt hij, en hij geeft niet alleen zijn instemming, maar ook zijn begrip met een knik. "Wat is er gebeurd? Ging je jager achter haar aan om jou te pakken?"

Als ik het glas nog harder vasthoudt, dan zal het breken.

"Ah," zegt hij als ik niet antwoord. "Ik zie dat ik gelijk heb."

Ik vernauw mijn ogen en zeg op een berekende toon, "Je lijkt erg geïnteresseerd te zijn in zaken die je niet aangaan."

Hij bekijkt me even, zowel bedachtzaam als attent. "Je hebt veel vijanden."

Ik trek een wenkbrauw op. "Jij ook."

"Deze joint venture garandeert je een alliantie met mijn familie. Tot op zekere hoogte. Is dat de echte reden voor je interesse in Konstantins project?"

"Het zal je ook een alliantie met mij verzekeren. Is dat waarom je de papieren ondertekent?"

Hij lacht om mijn antwoord. Er is even een stilte voordat de spanning breekt en een meer gemoedelijke sfeer ontstaat.

"Waarom al die vragen, Nikolai? Ik dacht dat je blij was met mijn voorwaarden. Twijfel je?"

Hij trekt zijn glas dichterbij en zegt, "Ik wil gewoon zeker weten dat je in leven blijft totdat het project daadwerkelijk van de grond komt."

Ik kijk hem koud aan. "Ik ben niet van plan om dood te gaan."

"Goed." Hij heft zijn glas op. "Op onze wederzijdse doelstellingen."

Ik proost met mijn glas tegen de zijne. "Op de joint venture."

We gooien de drank allebei in één keer achterover. Als ik mijn lege glas opzij zet, pakt hij een map uit de lade en schuift die over het bureau.

Ik draai de hoes om. Terwijl ik het contract lees, schenkt hij meer wodka in. Tevreden dat alles is vermeld zoals afgesproken, pak ik een pen uit mijn zak en zet mijn handtekening.

"Dit verdient nog een toost," zegt hij.

Nadat hij heeft getekend, drinken we nog twee keer. Als hij de fles voor een vierde ronde optilt, sta ik op.

"Ik kan maar beter gaan." Ik knoop mijn jas dicht. "We hebben een lange reis voor de boeg."

Hij volgt mijn voorbeeld. "Er is hier genoeg ruimte als je wilt overnachten."

"Bedankt, maar ik ga liever terug."

Als hij langs het bureau komt, zegt hij, "Ik zal met je mee naar buiten lopen."

We gaan via de woonkamer waar Yuri en Leonid televisie kijken terwijl ze hun gezichten volproppen met een heleboel snacks.

Bij de voordeur wacht ik even. "Vertel me eens, Nikolai."

Hij wacht.

"Wat doet een man die zogenaamd meer van opera houdt dan wie dan ook hier in de wildernis?"

Zijn ogen vernauwen zich. "Ik hou van vissen."

Juist. Heeft het iets met de jonge Amerikaanse vrouw te maken met wie hij niet zo lang geleden is getrouwd? Hoe dan ook, elke man heeft recht op zijn geheimen, dus laat ik het daarbij. Ik ben halverwege de auto als hij iets zegt.

"Het is mijn beurt om jou iets te vragen, Alex."

Pauzerend, kijk ik hem aan.

"Waarom heb je voor Konstantins project gekozen?" vraagt hij. "Er zijn honderd andere beleggingen met een veel lager risicoprofiel."

"Omdat iedereen betaalbare energie verdient."

Hij lacht zachtjes. Yuri en Leonid doen mee. Ik ook. Laat ze denken wat ze willen. Ze hoeven niet te weten dat ik het meen. Wat mijn reputatie betreft, ben ik harteloos.

Net als we in de auto stappen, gaat mijn telefoon.

Het is Igor.

Elke spier in mijn lichaam wordt stijf. Ik neem de

oproep aan nog voordat Leonid mijn deur heeft gesloten.

"Wat is er aan de hand?" vraag ik, mijn stem gespannen.

"Hier is alles in orde," zegt Igor. "Kate is veilig. Er is in Sint-Petersburg iets gebeurd." Hij wacht, de stilte is doods. "Ik heb iets gehoord van onze man die Stefanovs huis in de gaten houdt. Ik dacht dat je het zou willen weten."

"Een momentje." Ik zet mijn telefoon op de luidspreker voor Leonid. Als er iets gebeurt, bespaar ik tijd als ik het bericht niet hoef te herhalen. "Wat is er gebeurd?" snauw ik als we door de poorten van Molotovs eigendom gaan.

"Stefanov heeft Pavlov geëxecuteerd en zijn hele team van senior commandanten uitgeroeid."

Wat de fuck? "Hij heeft wat?"

"Dat is nog niet alles." Weer een stilte. "Hij onthoofdde het lichaam en heeft het lichaam zonder hoofd bij Pavlovs voordeur afgeleverd, blijkbaar om een boodschap te sturen."

"Wat voor boodschap?"

"Hij beweert dat Pavlov hem heeft verraden," zegt Igor.

Yuri kijkt me in de achteruitkijkspiegel aan. "Stefanov is aan het opruimen."

Precies wat ik dacht.

"Wat heeft onze man gezien?" vraag ik.

"Hij zegt dat Pavlov eerst aankwam en later zijn onderbazen. Hij heeft ze niet zien vertrekken, maar hun auto's werden weggereden. Toen vermoedde hij dat er iets aan de hand was. Kort daarna werden de lichamen op klaarlichte dag het huis uit gedragen zodat iedereen ze kon zien. Hij heeft het aan je leidinggevende man doorgegeven, die een drone heeft gestuurd. Hij heeft beelden van het lichaam dat op de stoep van Pavlovs huis werd gedumpt."

Dat is een sterke boodschap om te sturen. Iedereen in Rusland zal twee keer nadenken voordat hij Stefanov bedriegt. Hij heeft het bloedbad opgezet om op een terechte bratva-executie te lijken, maar het feit dat hij Pavlov het zwijgen op heeft gelegd betekent dat hij nerveus wordt.

Mooi.

Ik heb het gevoel dat er meer actie staat te gebeuren.

Ik kan nauwelijks wachten.

29

KATE

We komen met dezelfde strenge beveiliging in Sint-Petersburg aan als eerst en komen zonder incidenten bij het huis van Alex aan. Lena en Tima verwelkomen ons in de foyer. Ik bedank Tima namens mijn moeder en William voor het eten en verontschuldig mezelf om een douche te nemen.

Als ik beneden kom eten, roept Alex me naar de bibliotheek. Ik ga voorzichtig naar binnen. Hij zit op de bank met zijn laptop op de salontafel voor hem.

"Is er iets aan de hand?" vraag ik.

Hij verstrengelt zijn vingers en kijkt hij me onderzoekend aan. "Helemaal niet. Waarom zou je denken dat er iets mis is?"

"Omdat je door een moordenaar wordt opgejaagd? Omdat mijn moeder ziek is, en er veel slechte dingen kunnen gebeuren als ik er niet ben? Omdat je er serieus uitziet, en dat altijd slecht nieuws betekent?"

Zijn mond verstrakt. "Je overdrijft."

Ik loop naar de bank. "Wat is het dan?"

"Joanne heeft je een bericht gestuurd om vrolijk kerstfeest te zeggen."

Ik verstijf. Het feit dat Alex mijn berichten filtert, is in zoveel opzichten verkeerd. Mijn stem klinkt harder dan ik van plan was. "Wat aardig van je om de boodschap door te geven. Ik hoop dat je haar ook een vrolijk kerstfeest van mij hebt gewenst?"

Zijn blauwe ogen vernauwen zich marginaal, maar hij maakt het goed met een glimlach. "Wat dacht je ervan om het haar zelf te vertellen?"

Ik kijk naar zijn laptop. "Nu?"

"Als het je schikt. Ze is beschikbaar. Ze zijn voor Kerst naar Joanne's ouders in Hudson geweest, maar ze zijn vanochtend weer thuis gekomen. Ze spaart haar vakantietijd voor warmere dagen."

"Wauw." Ik lach even. "Jij weet tegenwoordig meer over het leven van mijn vriendin dan ik doe."

"Katerina," zegt hij met een frons.

Ik haal mijn schouders op. "Het is waar. Dus? Wat heb je tegen haar gezegd?"

"Ik heb haar verteld dat we naar je moeder zijn gevlogen, maar dat we meteen terug moesten vanwege mijn zakelijke verplichtingen."

"Oké" Mijn glimlach is wrang. "Is het dan zinvol dat ik nog met haar praat? Omdat je haar al alles hebt verteld wat je wilt dat ze weet."

Hij komt overeind. "Waarom ben je hier zo

overstuur over? Ik dacht dat je blij zou zijn om met haar te praten."

"Weet je wat me blij zal maken? De berichten te lezen die ze me stuurt zonder dat ze door jou gecensureerd en doorgegeven worden."

Hij loopt om de bank heen. "Wat is er met je aan de hand?"

"Wat is er met mij aan de hand?" Ik doe een stap achteruit. "Wat is er met *jou* aan de hand?"

Ik draai me om naar de deur, maar hij pakt mijn pols en trekt me terug. "Katyusha. Dit is niets voor jou. Ik dacht dat we het in Deep Creek leuk hadden gehad. Ik dacht dat je blij was om je moeder te zien."

"Ik was blij om haar te zien. Heel blij. Dat heb ik je al verteld."

"Wat bezielt je dan?"

"Alles," zeg ik, terwijl ik me losmaak van zijn greep. "Dit." Ik zwaai door de kamer. "Het feit dat je me hier opsluit en mijn berichten filtert. En wat dacht je van het feit dat ik geen leven meer heb? Je landt je vliegtuig in het midden van Idaho en laat me daar achter terwijl jij gaat doen wat je daar in vredesnaam ook deed. Ik weet niet hoe je dat gedrag tegenover jezelf kunt rechtvaardigen, maar het is niet oké, Alex."

Zijn frons wordt dieper. "Ik had een zakelijke bijeenkomst. Meer niet."

"Het maakt niet uit waarom je daar bent geweest. Het gaat erom dat je selectief bent met de informatie die je met mij deelt. Hoe verwacht je dat ik je vertrouw als je al mijn e-mails leest, maar me in het ongewisse laat over jouw zaken?"

Hij kijkt me stilletjes aan, zijn ogen glanzen van woede, maar ik ben zo overstuur dat het me niets kan schelen.

Na een kort moment zegt hij, "Mijn excuses dat ik je in het vliegtuig heb achtergelaten. Het was voor je eigen veiligheid. Het zal niet meer gebeuren."

Het gaat er niet eens om om vast te zitten in een vliegtuig in het midden van het bos. Om eerlijk te zijn, ben ik mezelf niet meer sinds we uit Deep Creek zijn vertrokken. Mijn emoties gaan alle kanten op. Deze hele waanzinnige situatie wordt te veel. De onzekerheid maakt me gek.

Een paar keer diep ademhalend om mezelf te kalmeren zeg ik, "Het was niet mijn bedoeling om zo tegen je tekeer te gaan."

"Ik begrijp het." Hij slaat zijn armen om me heen en trekt me tegen zijn borst. "Het zal snel voorbij zijn, kiska."

Ik strek mijn nek om naar hem te kijken. "Is dat zo? Waarom? Wat is er aan de hand?" Wat verzwijgt hij voor me?

Hij kust mijn voorhoofd. "Wil je dat ik het gesprek met Joanne uitstel totdat je je meer als jezelf voelt?"

"Nee," zeg ik snel, mezelf van zijn omhelzing bevrijdend en mijn handen over mijn haar borstelend. "Ik wil graag met haar praten."

Hij kijkt me nog een keer doordringend aan, gaat terug naar de bank, neemt plaats en start het scherm van zijn laptop om een videogesprek op te zetten. Ik ga op de rand van de stoel naast hem zitten.

Drie seconden later vult het gezicht van mijn vriendin het scherm. "Katie! Wat goed om je te zien." Ze loopt door een ruime kamer met ruwe bakstenen muren. "Jou ook, Alex. Nogmaals vrolijk kerstfeest." Ze ploft op een bruine leren bank, vouwt een been onder zich en zet de laptop op een salontafel.

"Dank je," zeg ik met een oprechte glimlach, waarbij een deel van mijn spanning afneemt. "Jullie ook een vrolijk kerstfeest."

Ricky zwaait van achter fornuis aan een kookeiland waar hij in een pan staat te roeren. "Vrolijk kerstfeest, jongens."

"We zijn bij Ricky thuis," zegt Joanne. "Hij huurt een appartement in het Meatpacking District." Ze lacht over haar schouder naar hem. "Hij kookt."

Ze draagt make-up en haar haar is steil geföhnd. Ik kan op één hand tellen hoeveel keer ik haar zonder haar spiraalvormige krullen heb gezien.

"Je ziet er geweldig uit," zeg ik.

"Dank je." Een blos kleurt haar wangen. "Het is een speciale gelegenheid."

Ricky komt achter het aanrecht vandaan met een fles wijn in de ene hand en twee glazen in de andere. "Als jullie klaar zijn met jullie huwelijksreis," zegt hij, terwijl hij naast Joanne gaat zitten, "nodig ik jullie ook uit voor het diner."

"Dat zouden we leuk vinden," zegt Alex.

Ricky knipoogt terwijl hij de wijn inschenkt. "Ik zal je eraan houden."

"Hoe gaat het met je moeder?" vraagt Joanne. "Ik kan niet geloven dat je helemaal naar North Carolina bent gevlogen en niet bent langsgekomen om ons te zien."

Alex slaat een arm om me heen. "Zoals ik in mijn bericht al zei, de plicht riep."

"Je werkt te hard, Alex." Joanne neemt het glas aan dat Ricky haar aanbiedt. "Als ik dat zeg, dan zegt dat veel."

Alex grinnikt. "Het is een drukke periode. Na het nieuwe jaar zal het wel wat rustiger worden."

Joanne neemt een slok van haar wijn. "Terug naar je moeder, Katie. Nog nieuws?"

"Ze voelt zich zoveel beter," zeg ik.

"Dat is geweldig." Joanne gaat dichter bij Ricky zitten. "Ik ben blij om dat te horen."

"Hoe gaat het met je ouders?" vraag ik.

Ze kijkt Ricky met puppy-ogen aan. "Het gaat prima met ze. Het ging echt goed."

Ik kijk tussen hen heen en weer. "Wat ging er goed?"

Ricky pakt Joanne's knie vast. Zijn glimlach is een en al tanden. "Ik besloot het op de ouderwetse manier te doen en heb Joanne's vader om toestemming gevraagd om met haar te trouwen."

"Wat? Zijn jullie verloofd?" Ik staar naar Joanne. "Dat is fantastisch! Gefeliciteerd. Is dit wat het vanavond is? Een feestdiner?"

Joanne gloeit. "We wilden dat jij het als eerste zou weten voordat we het iedereen vertellen."

"Gefeliciteerd," zegt Alex. "Dat is heel goed nieuws."

Ik leg een hand op mijn hart en zeg, "Ik ben zo blij voor je. Wanneer is de grote dag?"

"Snel," zegt Ricky, terwijl zijn blik warmer wordt als hij naar Joanne kijkt.

"Ik weet dat het snel is," zegt ze, "maar we weten dat we goed bij elkaar passen. Waarom zouden we nog wachten?"

"Inderdaad, waarom?" Ik slaak een kreet. "Mijn beste vriendin gaat trouwen! Ik kan het niet geloven."

Ze schuift dieper op haar stoel en laat een arm op de rugleuning rusten. "Ricky wil in het geheim trouwen. Ik denk dat we een kleine, intieme ceremonie moeten houden."

Vreugde verwarmt mijn borst terwijl ik hun gelukkige gezichten bestudeer. "Ik weet zeker dat jullie er wel uitkomen."

"Ik hoop dat ik op je kan rekenen," zegt Joanne. "Ik zou het leuk vinden als je mijn bruidsmeisje zou zijn."

"Natuurlijk," zeg ik impulsief. "Het zal een eer zijn." Te laat kijk ik naar Alex en bijt op mijn lip, me realiserend dat ik net een belofte heb gedaan die ik misschien niet na kan komen. De gedachte is een domper op de gelukkige stemming. Ik wil het moment niet bederven, dus verander snel van onderwerp. "Wanneer ga je de ring uitzoeken?"

"We nemen geen ringen," zegt Ricky. "We nemen

tatoeages. Het is een cliché, maar het lijkt voor ons de juiste keuze te zijn."

"Mooi zo," zeg ik met een glimlach. "Dit is een geweldige kerstverrassing."

Joanne trekt een gezicht. "Mijn moeder is teleurgesteld dat ik tegen een ring en een grote bruiloft heb besloten."

"Ze respecteert je keuze," zegt Ricky. "Ze heeft alleen wat tijd nodig om aan het idee te wennen."

"Vertel ons over jullie bezoek aan Deep Creek," zegt Joanne.

Ricky steekt een vinger op. "Ik ga even in de saus roeren, maar ik luister."

Terwijl hij weer gaat koken, vertel ik ze over de kliniek en de vooruitgang van mijn moeder, maar ik noem William voorlopig niet. Het heeft geen zin om hem in het gesprek te betrekken, tenzij hun relatie, die nog in een vroeg stadium is, buiten het behandelcentrum voortduurt. Ik heb mijn lesje geleerd door te snel hoop te krijgen. Mijn moeder is een vlinder. Niet veel mannen houden haar aandacht lang vast, en dan is er nog haar ziekte. Net als haar ex-vriend Martin, gaan de meeste mannen weg als het moeilijk wordt.

Te snel kijkt Alex op zijn horloge. "Ik ben bang dat we jullie moeten verlaten. We staan op het punt om te gaan eten en we willen niet dat jullie lunch koud wordt."

Om precies te zijn, wil hij ervoor zorgen dat we niet

te lang in gesprek blijven. Het is een van zijn beveiligingsregels.

"Het was goed om je te zien," zegt Joanne, terwijl ze haar been onder zich uitstrekt. "We bellen je snel weer."

"Dat zou ik leuk vinden," zeg ik. "Ik wil alles weten over je plannen voor de bruiloft."

Nadat we afscheid hebben genomen, beëindigt Alex het gesprek.

Hij beschouwt me even plechtig voordat hij zegt, "Het spijt me dat je er niet kunt zijn voor Joanne. Ik weet dat je graag met de bruiloftsarrangementen had willen helpen."

Ik zit met een stijve rug, op de echte klap te wachten.

Zijn toon is spijtig. "Het doet me pijn om dit te zeggen, Katyusha, maar we zijn misschien niet op tijd terug voor de bruiloft, niet als ze binnenkort gaan trouwen."

Ik draai mijn hoofd om om hem aan te kijken. "Je hebt me meegenomen naar mijn moeder voor Kerstmis. Ik vraag niet om er te zijn om mijn beste vriendin te helpen met haar huwelijksvoorbereidingen, maar waarom kunnen we haar bruiloft niet bijwonen?"

"*Als* ze besluiten om een ceremonie te houden."

"Hypothetisch gesproken dan."

Hij blaast een zucht uit. "Ik weet zeker dat ze de grote dag zullen uitstellen als je het ze vraagt."

Ik staar hem met open mond aan. "Meen je dat serieus? Ik ga Joanne en Ricky niet vragen om een van de belangrijkste dagen van hun leven uit te stellen om *mij* tegemoet te komen. Hoe egoïstisch denk je dat ik ben?"

Er gaat een moment van stilte voorbij terwijl hij me rustig bestudeert voordat hij zegt, "Zoals je wilt, maar er zal tot eind januari niet meer worden gereisd."

Ik spring overeind. "Tot eind januari? Dat is meer dan een maand weg."

Hij kijkt me met een gezicht zonder expressie aan. "Ik ben me bewust van de tijdlijn."

"En als we bij eind januari aankomen, wordt het dan eind februari?"

Er tikt een spier in zijn slaap. "Het zal zo lang duren als nodig is."

Ik lach even. "Je bent ongelooflijk."

Hij staat op. "Dit is voor ons beiden een moeilijke tijd. Maak het niet moeilijker dan het al is."

Tranen branden in mijn ogen, maar ik knipper ze weg.

"Als het enigszins mogelijk is, zul je er zijn." Hij pakt mijn hand. "Er zijn dingen die eerst moeten gebeuren, dingen die onze veiligheid in gevaar brengen als ik die niet eerst afhandel, en als ik ze heb afgehandeld, dan moeten we ons misschien een tijdje gedeisd houden."

"Dat blijf je zeggen."

Hij slaat een arm om mijn middel en trekt mijn lichaam tegen het zijne aan. Ik leun achterover, maar niet ver genoeg om aan zijn lippen te ontsnappen. Hij plant ze over de mijne in een brandende kus en stuurt een onmiddellijk vuur naar mijn onderlichaam.

Ik duw tegen zijn schouders, vechtend voor afstand tot hij zijn greep losmaakt.

"Katerina," zegt hij, terwijl hij me met een roofzuchtige blik aanstaart.

"Nee, Alex." Ik pak zijn pols vast en haal zijn arm van me af. "Deze keer kun je jezelf niet uit een ruzie kussen."

Zonder hem nog een blik te geven, loop ik de kamer uit. Mijn hart doet pijn — en niet alleen omdat ik misschien niet in staat ben om de bruiloft van mijn beste vriendin bij te wonen.

30

ALEX

*I*k ben de volgende ochtend vroeg op. Ik kon niet slapen, want mijn kiska is boos. Ze heeft welterusten gezegd en liet me haar kussen, maar de boodschap kwam duidelijk door toen ze me haar rug toekeerde en ging slapen.

Na het afblazen van wat stoom in de fitnessruimte, neem ik een douche en informeer Tima dat ik thuisblijf en er zal zijn voor de lunch. Ik instrueer hem om iets speciaals te bereiden voor Katyusha, een van haar favoriete gerechten, en dan ga ik naar mijn studeerkamer om wat werk gedaan te krijgen.

Ik heb me amper achter mijn bureau gevestigd als Igor op de open deur klopt.

"Binnen," zeg ik en zwaai hem naar binnen.

"Er is een ontwikkeling die je moet weten," zegt hij als hij mijn bureau nadert.

Ik geef hem mijn volle aandacht.

Hij stopt achter de stoel voor bezoekers. "Stefanov

heeft een prijs op het hoofd van Besov gezet. Er is net een bericht verspreid. Het nieuws circuleert in de bratva-kringen."

"Interessant." Ik wrijf met een duim over mijn lippen. "Wat is zijn reden?"

"Stefanov beweert dat Pavlov hem aan Besov heeft verraden. Volgens hem is Pavlov een verrader en is Besov een afperser."

"Dit drama wordt met de minuut intrigerender."

Er is niet veel voor nodig om de punten te verbinden. Stefanov en Pavlov werkten onder één hoedje. Een of beide van hen hebben de opdracht voor de aanslag op mijn leven gegeven, door Besov voor de klus in te huren. Stefanov heeft Pavlov al vermoord. Nu zet hij een doel op de rug van de huurmoordenaar. Als de prijs hoog genoeg is, zal iemand uiteindelijk Besov vinden en zijn hoofd op een dienblad afleveren. Stefanov legt iedereen het zwijgen op die betrokken was bij zijn plan om van mij af te komen. Het enige losse eindje dat overblijft, ben ik, wat maar één ding kan betekenen. Hij maakt zich klaar om achter mij aan te komen.

"Zeg de mannen extra waakzaam te zijn. Ik heb het gevoel dat het niet lang zal duren voordat Stefanov toeslaat."

Igor knikt en vertrekt.

Ik ontgrendel mijn laptopscherm met mijn duimafdruk en haal mijn e-mails op. Er komt een telefoontje binnen van Nelsky. Sinds ik terug ben uit de VS, rapporteert hij dagelijks aan me.

Ik neem het gesprek aan vanaf mijn laptop, die met mijn telefoon verbonden is. "Je kunt maar beter iets voor me hebben."

"Dat heb ik ook, meneer."

Ik blijf met mijn vingers boven het toetsenbord hangen. "Heb je de code gekraakt?"

"Tien seconden geleden, meneer."

Mijn lichaam is gespannen van verwachting. "Heb je de inhoud bekeken?"

"Nee, meneer. Ik stuur u nu een versleuteld bestand."

Er verschijnt een bericht van Nelsky in mijn inbox. "Begrepen. Ik bel je terug als ik verdere instructies heb."

Ik beëindig het gesprek en download het bericht in de versleutelingsapplicatie die de code decodeert. Het is een beveiligingsopname van een man vastgebonden in een stoel, zijn gezicht is tot moes geslagen. Ik herken nauwelijks de symmetrische kenmerken en de vierkante kin, maar ik herken wel de ronde tafel met het geruite tafelkleed en de houten schaal met fruit.

Onze keuken.

Mijn vader.

Een flashback naar vroeger raakt me in de buik, een herinnering van thuiskomen van school bij de geur van mijn moeder die *blini* bakt. Ik kan haar glimlach zien toen ze tegen me zei dat ik mijn handen moest wassen.

"Eerst een sinaasappel," had ze gezegd, terwijl ze mijn haar in de war maakte terwijl ik een *blini* met honing in mijn mond stopte nadat ik mijn handen bij de gootsteen had gewassen. "Waar zijn sinaasappels voor, *malysh*?"

"Om niet verkouden te worden," antwoordde ik plichtsgetrouw met een volle mond, en ging op een stoel aan de tafel zitten.

De lijnen rond haar blauwe ogen verzachtten. "En waarom is dat?"

Ik rol met mijn ogen. Hadden deze vragen niet fundamenteler kunnen zijn? "Omdat ze vitamine C bevatten."

Ze sloeg een arm om me heen en omhelsde me tegen haar middel. "Goed."

De ruwe stof van haar schort voelde schurend aan tegen de eerste stoppels op mijn wang. Ze rook naar frituurolie en zeep. Ik omhelsde haar rug, maar toen schaamde ik me en trok me terug.

"Ik ben te oud voor knuffels," had ik met een hese stem gezegd.

Ze klopte op mijn wang. "Je hebt gelijk. Je bent nu bijna een man, mijn Sasha."

Haar borst zwol van trots. "Ik ben Alex. Ik ben ook te oud voor Sasha."

"Alex," stemde ze zachtjes in.

De herinnering vervaagt en mijn borst knijpt zich samen van de pijn. Als ik had geweten wat er de volgende dag zou gebeuren, dan had ik haar langer omhelsd en gezegd dat ik van haar hield.

Me uit het verleden trekkend, dwing ik mijn aandacht terug naar mijn laptop. Pijn en woede mengen zich om een gewelddadige cocktail in mijn bloed te creëren.

Op het scherm staan twee mannen voor mijn vader. Beide zijn dik om hun middel en hebben slappe armen. Mijn vader, een politieagent die regelmatig het ergste van de mensheid tegenkwam, had voor het geval dat beveiligingscamera's in het appartement geplaatst. De mannen moeten zich niet bewust zijn van de verborgen camera's, want ze keren mijn vader de rug toe en onthullen hun gezichten.

Mijn hartslag gaat omhoog.

Vladimir Stefanov en Oleg Pavlov.

Pavlov houdt zijn hoofd dicht bij dat van Stefanov en zegt, "Hij gaat niet praten."

Stefanov grijnst. "Oh, dat gaat hij wel." Hij gaat weer voor mijn vader staan. "Vertel ons welk bewijs je tegen ons hebt en waar het is, en we zullen je vrouw en zoon laten leven."

Mijn vader spuugt bloed op de vloer. "Ik heb niets. Je verdoet je tijd."

Stefanov knipt met zijn vingers naar Pavlov. Pavlov loopt ergens heen en verdwijnt uit het zicht. Even later is hij terug en sleept hij een stoel met zich mee.

Mijn hart staat stil.

Mijn moeder zit in de stoel, haar handen zijn achter haar rug gebonden. Hij zet de stoel naast die van mijn vader, zodat hun schouders elkaar raken. Mijn moeder huilt zachtjes, maar ze schreeuwt niet.

"Je zult praten," zegt Stefanov. "Of je zult toekijken hoe zij sterft."

"Ze heeft hier niets mee te maken. Alsjeblieft, laat

haar gaan," smeekt mijn vader. Een wanhopige smeekbede is in het ene oog te zien en het andere is zo opgezwollen dat het dicht zit.

Stefanov buigt voorover, waardoor hij en mijn vader op ooghoogte zijn. "Praat."

Pavlov pakt het haar van mijn moeder en wikkelt haar donkere krullen om zijn vingers. Ze jammert als hij zijn andere arm opheft, klaar om toe te slaan, maar ze krimpt niet ineen.

"Stop," schreeuwt mijn vader. "Stop, alsjeblieft! Ik zal het je vertellen."

"Waar?" eist Stefanov.

"In de badkamer. Er zit een losse tegel in het bad. Het zit achter de leidingen."

"Ga," zegt Stefanov tegen Pavlov, zelfs als de laatste zich al uit de kamer haast. Dan zegt hij tegen mijn vader, "Dacht je dat je me kon chanteren?"

"Nee," zegt mijn vader met walging. "Ik wilde het overdragen zodra ik wist wie ik kon vertrouwen."

"Niet erg slim." Stefanov schudt zijn hoofd. "Ik bezit de politie."

"Niet iedereen," zegt mijn vader dapper.

Pavlov keert terug met een plastic zak die aan zijn vingers bungelt. "Hebbes. Hij heeft foto's van onze ontmoeting met zijn meerdere en documenten waaruit blijkt dat we hem betalen."

Stefanov knikt. "Je hebt het juiste gedaan, Viktor. Nu zullen jij en je familie blijven leven. Ik zal je zelfs rijkelijk belonen voor de moeite. Is er nog iets dat je me wilt geven? Voor elk ander stukje informatie dat je overhandigt, verdubbel ik de prijs."

Mijn vader laat zijn hoofd zakken. "Nee."

"Ik denk dat hij de waarheid spreekt," zegt Pavlov.

Stefanovs stem is helder, zijn commando koud. "Zet het gas aan."

Mijn moeder knippert met haar ogen. Haar hoofd draait zich om terwijl ze Pavlov met haar blik naar het fornuis volgt. "Nee." Het gefluisterde woord is met angst gevuld.

Pavlov zet het gas aan.

Stefanov haalt een aansteker uit zijn zak en steekt de dikke witte kaars aan die op de tafel staat, degene die mijn moeder gebruikte om elektriciteit te besparen.

"Nee," huilt mijn moeder.

"Je zei dat je ons zou laten gaan," schreeuwt mijn vader, terwijl er druppels bloed uit zijn mond op zijn vest spatten.

"De jongen is bijna vijftien," zegt Pavlov. "Hij zal later een probleem voor ons zijn."

"Nee!" zegt mijn moeder.

"Maak je over het kind geen zorgen." Vladimir loopt naar de deur. "Hij zal in het systeem belanden. Hij zal geluk hebben als hij het overleeft."

"Tot ziens, mijn vrienden," zegt Pavlov op een spottende toon, Stefanov in zijn voetsporen volgend.

Mijn ouders zitten zij aan zij, ze kijken elkaar aan. Mijn moeder glimlacht bevend naar mijn vader en dan wordt het scherm zwart.

Ik klem de rand van het bureau zo hard vast dat mijn nagels afdrukken in het hout achterlaten.

Ik zie mijn omgeving door een waas van rood.

Pavlov en Stefanov hadden de baas van mijn vader bij de politie in hun bezit. Het is jammer dat die klootzak allang dood is, anders zou ik hem persoonlijk zijn graf in martelen. Ik verwed er mijn linkerarm om dat hij degene was die de beveiligingsvideo eruit had gehaald en hem aan Oleg Pavlov had overhandigd. Pavlov gaf de tape vervolgens via Mukha aan Besov, die het bestand versleutelde.

Waarom had Pavlov de tape aan Besov gegeven? Daar kan maar één reden voor zijn. Besov had Pavlov met de dood bedreigd. Wie had naast mij die tape nog meer gewild? Stefanov. Het is bewijs dat hem aan de moord op mijn ouders linkt. Hij zou ervoor willen zorgen dat het nooit in mijn handen zou vallen. Ik durf te wedden dat Stefanov Besov beval om Pavlov voor het bewijs te bedreigen. Zodra Stefanov het bestand had, vermoordde hij Pavlov. Nu moet hij Besov uit de weg ruimen, en dan mij. Netjes opgeruimd.

Er rest nog één vraag. Hoe weet Stefanov wie ik ben? Volkov is in Rusland een veel voorkomende achternaam, en Alexander is een populaire voornaam. Nadat ik het systeem ontweken had, kon hij me niet meer in de gaten houden. Als hij dat had gedaan, dan had hij me allang vermoord. Nee, hij moet er pas geleden achter gekomen zijn dat ik de zoon ben van het koppel dat hij in koelen bloede had vermoord, niet lang voordat Besov op me had geschoten. Ik stel me zijn verbazing voor toen hij ontdekte dat ik toch niet in het systeem was overleden. Het moet zijn ergste nachtmerrie zijn geweest die uitkwam, toen hij ontdekte dat ik een van de machtigste mannen in dit land ben geworden. Hij wist dat als ik ooit achter de moord zou komen, ik met alles wat ik in me heb achter hem aan zou komen.

De koude woede is niet in mijn stem te horen als ik opsta, mijn telefoon pak, en Igor bel. "Het is tijd," zeg ik als hij opneemt. "We gaan naar binnen."

"Wil je niet wachten tot Stefanov de eerste stap zet?" vraagt hij.

"Het is niet langer nodig." Ik loop met grote stappen het kantoor uit. "Ik heb de informatie gekregen die ik wilde."

"Ik zal de mannen inlichten," zegt hij met berusting.

Ik haast me naar de achterkant van het huis, neem de kortste route naar de kazerne om me te bewapenen en loop Katerina bijna omver als ze met een mok in haar hand de keuken uitkomt. Ik pak haar ellebogen vast om haar overeind te houden en controleer of ik haar niet per ongeluk met de hete vloeistof heb verbrand.

"Alex," roept ze uit terwijl ze naar mijn gezicht staart. "Wat is er aan de hand?"

"Niets," zeg ik, terwijl ik haar opzij zet. "Blijf in het huis. Vandaag geen wandelingen in de tuin. Ik ben over een paar uur terug."

"Alex," zegt ze opnieuw, ze laat de mok op een gangtafel achter om achter me aan te rennen.

Ik vertraag mijn pas niet. "Katerina, niet nu, alsjeblieft."

Tima kijkt op van het fornuis, zijn gezicht is voor een keer serieus.

Ik pak Katerina's arm en leid haar terug naar de keuken. "Ik heb dingen voor te bereiden en ik wil niet dat je er tussenkomt." Ik pak haar bij haar kaken en plant een kuise kus op haar lippen. "Wees nu een braaf meisje voor me."

Ze knippert met haar ogen en kijkt naar me met licht gescheiden lippen en een frons terwijl ik me op mijn hielen omdraai, maar ik kan me nu geen zorgen om haar maken.

Stefanovs tijd op aarde is ten einde. Voordat ik met hem klaar ben zal hij om zijn moeder huilen.

31

KATE

"*W*acht," roep ik, terwijl ik weer achter Alex aan ga.

"In godsnaam, Katerina," zegt hij bijna grommend. "Ga naar onze kamer en blijf daar."

Ik haal hem in en pak zijn arm. "Vertel me wat er aan de hand is."

Hij draait zich om en zegt met samengeknepen ogen, "Laat me het je geen twee keer vertellen. Als je die opdracht niet kunt opvolgen, dan sluit ik je daar zelf op."

Dan zal hij wat? Dit brengt het spel naar een nieuw dieptepunt.

Ik recht mijn rug. "*Jouw* kamer, bedoel je, omdat het nooit van *ons* is geweest."

Hij werpt een blik op Leonid, die ons in de gang met stevige treden passeert. Als Leonid buiten gehoorsafstand is, zegt Alex met een lage stem, "Ik heb geen tijd voor woordspelletjes." Hij trekt zich los uit mijn greep en vervolgt zijn weg.

Ik jog vooruit en stop in de deuropening van de keuken en blokkeer zijn weg. "Als je van plan bent dit huis te verlaten, dan zul je eerst langs mij moeten."

"Katerina." Hij klemt zijn kaken op elkaar. "Ik ga je niet met geweld aanraken, dus ga alsjeblieft opzij."

Als ik me niet beweeg, keert hij zich de andere kant op, richting de voorkant van het huis.

Ik blijf daar als bevroren naar hem staan staren. Wat bezielt hem? Ik begrijp dat hij onder enorme druk staat, maar dat is geen reden om je als een eikel te gedragen. Ik wil antwoorden, maar dit is duidelijk niet het moment om hem onder druk te zetten.

Een paar keer diep ademhalend, bijt ik op mijn tong en marcheer ik naar de trap terwijl Alex de foyer oversteekt. Net als ik de onderkant van de trap bereik, gaat de deur open en komt Igor binnen. Alex pauzeert in zijn pas.

"Je hebt bezoekers," zegt Igor en hij sluit de deur achter zich. "Mikhail en Dania staan bij de poort."

Alex knijpt in de brug van zijn neus en kantelt zijn gezicht naar het plafond. "Fuck. Wat een slechte timing."

Igor verschuift zijn gewicht. "Zal ik zeggen dat ze later terug moeten komen?"

Alex slaakt een zucht voordat hij Igor weer aan kijkt. "Nee." Zijn kaak beweegt zich terwijl hij naar de deur kijkt alsof hij erdoorheen kan kijken. "Mikhail zal het als een belediging zien als hij weggestuurd wordt.

Laat ze binnen." Als hij me van over zijn schouder aankijkt, zegt hij met een gespannen uitdrukking, "Je kunt beter nog even hier blijven voordat je naar *onze* kamer gaat."

Ik bal mijn handen tot vuisten. Ik ben het zat om als de ondergeschikte van Alex behandeld te worden. Hij is misschien een van de machtigste mannen ter wereld, een zelfgemaakte oligarch, maar ik ben nog steeds mijn eigen persoon. Ik heb hard moeten werken voor mijn onafhankelijkheid en vertrouwen. Ik laat hem die kwaliteiten niet ondermijnen, alleen omdat hij meer macht heeft dan ik.

Voordat ik mijn mond open kan doen om ruzie te maken, opent Igor de deur en onthult vier auto's die op de oprit stoppen. Net als wij reizen Michail en Dania met bodyguards. Een man stapt uit de eerste auto om de achterdeur van het tweede voertuig te openen. Een slank, bleek been is te zien als Dania uitstapt. Haar rok komt ietsje te hoog. Ze ontvouwt haar lichaam sierlijk en strijkt met een hand over haar heup om haar rok glad te maken. Ze is in een rood, tweedelig, figuur omhelzend pak gekleed met bijpassende hakken en een bontjas die over haar schouders is gedrapeerd, en ze is de belichaming van elegantie. Haar houding is vorstelijk terwijl ze wacht tot haar vader om de auto heen loopt. Omringd door mannen in zwarte gevechtsuitrusting met een doolhoflogo, waarvan ik vermoed dat het het embleem van Mikhail is, banen ze zich een weg naar de deur.

Het is te laat om te ontsnappen – niet dat ik haar

alleen zou laten met Alex. Ik vertrouw haar zo ver als ik haar kan gooien. Haar toespraak van in het damestoilet klinkt nog steeds helder in mijn gedachten.

Alex steekt een hand uit als Mikhail hem bereikt. Behalve de stijfheid van zijn schouders, verraadt hij zijn stress niet. Zijn gezicht is rustig en zijn houding beheerst — een beoefend masker. "Mikhail. Wat een onverwachte verrassing."

Er blijven drie bewakers buiten staan. Vier stappen het huis in voordat Igor de deur sluit. Ze staan in de wachthouding bij de ingang en mengen zich met het meubilair.

Mikhail schudt Alex de hand. "Je kon niet bij het diner zijn en sindsdien hebben we niets meer van je gehoord." Zijn lippen komen iets omhoog terwijl hij een zijdelingse blik op zijn dochter werpt. "Dania stond erop dat we zouden kijken hoe het met je gaat. Ze maakte zich zorgen." Hij duwt zijn kin naar beneden en bestudeert Alex. "Dat deden we allebei."

"We waren in de VS," zegt Alex. "Dat heb ik je verteld."

"Ja, ja." Mikhail trekt zijn leren handschoenen uit. "Je hebt me echter niet verteld dat je terug bent."

Lena verschijnt op dat moment en haast zich door de foyer om Mikhails handschoenen en jas aan te pakken.

"Dania," zegt Alex, die haar met een knik erkent, maar hij kust haar wang niet als ze haar gezicht omhoog kantelt.

Ik mis de kleine verstrakking van haar ogen niet.

"Ik hoop dat je het ongenode bezoek niet erg vindt," zegt ze met een zoete glimlach naar Alex.

"Helemaal niet," zegt Alex, terwijl hij terug glimlacht. Het bereikt niet zijn ogen. "Je kent Katerina nog wel."

Dania en Mikhail richten hun aandacht op mij.

Mikhail bekijkt me kritisch van top tot teen, en neemt mijn oversized off-shoulder trui en leggings in zich op. "Natuurlijk. Hoe gaat het, Kate?"

Ik til mijn kin op en loop met een rechte rug naar ze toe. "Het gaat prima, bedankt voor het vragen. En met jou?"

Terwijl hij zijn armen opheft, zegt hij met een neerbuigende kanteling van zijn lippen, "Zoals je kunt zien."

"Het is heerlijk om je weer te zien," zegt Dania tegen me. "Je ziet er..." Ze gaat met haar ogen over me heen. "Leuk uit?"

"Dank je," zeg ik, bij haar suikerzoete toon passend. "Jij ziet er... formeel uit? Ben je op weg naar een evenement?"

Lena, die Dania's jas pakt, verstikt een gnuif. Wanneer Alex haar een harde blik geeft, houdt ze zich snel bezig met het ophangen van de jas in de kast.

Dania grinnikt. "Dit is mijn dagelijkse kleding, schat."

Alex steekt een arm uit en wijst richting de formele lounge. "Zullen we?"

Hij leidt de weg.

Om zich heen kijkend, gaat Dania achter hem aan.

"Er is hier niet veel veranderd. Het wordt tijd dat een vrouw deze muffe oude plek opnieuw inricht."

"Dania," zegt Mikhail met berisping. "Alex zal denken dat je zijn smaak beledigt."

"Ik ken de smaak van Alex," zegt ze, terwijl ze met haar heupen zwaait als ze hem de lounge in volgt. "Die is modern, zoals zijn huis in New York."

De stoot raakt me hard, precies zoals ze wilde. Het is als een herinnering bedoeld dat ze de binnenkant van zijn huis heeft gezien, en meer specifiek, de binnenkant van zijn slaapkamer. Het was voordat hij mij kende, maar toch. Als ik nu haar ogen uit kon krabben, dan zou ik dat doen.

"Willen jullie iets drinken?" vraagt Alex, terwijl hij naar de bank wijst om daar te gaan zitten. "Wodka?"

"Thee voor mij, als je het niet erg vindt," zegt Dania, terwijl ze naast haar vader gaat zitten. "Ik ben uitgedroogd."

Alex neemt plaats op de bank en trekt me met hem naar beneden. Tegen Lena, die met haar handen voor zich gevouwen in de deuropening staat, zegt hij, "Thee en wodka, alsjeblieft." Naar mij kijkend, vraagt hij, "Wat wil jij, Katyusha?"

"Thee is prima, dank je," zeg ik.

"Je weet welke thee ik lekker vind, Lena," zegt Dania. "Dat heerlijke zelfgemaakte brouwsel van je met zoethout en verbena."

"Ja, mevrouw," zegt Lena voordat ze de kamer verlaat.

Dania spreekt mij aan. "Vertel ons over jullie reis naar de VS."

Niet in de stemming om mijn familie of privéleven met hen te bespreken, antwoord ik vaag, "Het was geweldig."

Alex strekt zijn arm over de rugleuning en streelt met een vinger over de naakte huid van mijn ontblote schouder. "Te kort, ben ik bang."

We kletsen nog een paar minuten verder, en dan gaat de discussie over op zaken, wat mij van het gesprek uitsluit.

Lena komt met een dienblad dat ze op de salontafel zet. Ze schenkt voor Dania kruidenthee in uit een kleine porseleinen theepot en biedt mij een kopje Earl Grey aan. Nadat ze iedereen een plakje van Tima's amandeltaart heeft geserveerd, vertrekt ze.

Alex schenkt de wodka in en geeft Mikhail een glas. Het lijkt vroeg voor het drinken van sterke drank, maar ik weet dat het een Russische gewoonte is. Mikhail gaat door over zaken terwijl wij onze thee opdrinken. Hij zit midden in een zin als Dania hem onderbreekt door abrupt te gaan staan.

Ze legt een hand op haar buik en zegt, "Ik voel me niet goed. Kate, kun je me alsjeblieft naar het toilet vergezellen?"

"Natuurlijk," zeg ik, al op mijn voeten staand.

De mannen gaan met gefronste wenkbrauwen staan.

"Zal ik een dokter bellen?" vraagt Mikhail.

"Het is gewoon een beetje misselijkheid, papa."

Ik haast me achter Dania aan terwijl ze zich naar de deur haast.

"Katerina is een verpleegster," zegt Alex. "Ze zal het ons laten weten als we moeten bellen."

Dania weet de weg in huis. Ze rent naar het gastentoilet en slaat de deur tegen de muur terwijl ze hem opent.

Ik volg en sluit de deur voor privacy. Haar gezicht is bleek en zweet parelt op haar voorhoofd. Ze ziet eruit alsof ze bijna moet overgeven. Voor het geval dat, doe ik het toiletdeksel open.

"Hoe voel je je?" vraag ik. "Alleen misselijk of heb je ook maagkrampen?"

"Luister naar me," zegt ze, en ze laat me schrikken door mijn schouders vast te pakken. Ze gaat op een dringende toon verder. "We hebben niet veel tijd. Ik ga zo ziek worden. Echt *heel erg* ziek."

Ik leun van haar weg en neem haar koortsige gezicht in me op. "Waar heb je het over?"

"De thee. Lena heeft er iets ingestopt."

"Wat?" roep ik uit.

Ze schudt me door elkaar. "Luister naar me. Dit is je enige kans om te ontsnappen." Ze kantelt haar kin naar het toilet. "Er ligt een tas achter de deur. Kleed je om. Er zal zo chaos zijn. Het zal lijken alsof ik doodga. Ze zullen denken dat het een vergiftiging is. Mijn vader zal me snel naar het ziekenhuis brengen. Ik zal bij hem in de auto stappen. Terwijl iedereen afgeleid is, stap jij in de tweede auto. Mijn bodyguard is de chauffeur. Ga achterin liggen. Hij zal je naar het vliegveld brengen.

Lena heeft een tas voor je ingepakt. Hij zit al in de kofferbak met geld en een vals paspoort."

Te geschokt om woorden te vinden, kan ik haar alleen maar aanstaren.

"Het is je enige kans om weg te komen," zegt ze, terwijl ze mijn schouders loslaat. "Ik ga mezelf niet twee keer voor je vergiftigen."

"En jij dan?" vraag ik, vechtend om te verwerken wat er gebeurt. "Wat heeft Lena je gegeven?"

"Maak je over mij maar geen zorgen," zegt ze en ze veegt haar voorhoofd met de rug van haar hand af. "Het was een kleine dosis. Ik overleef het wel."

"Ik kan niet geloven dat je dit hebt gedaan," zeg ik van top tot teen trillend. "Het is zo gevaarlijk en onverantwoordelijk."

"Laat het niet voor niets zijn." Ze duwt me naar het toilet. "Ga. Snel. We hebben bijna geen tijd meer." Als ik me niet beweeg, zegt ze, "Het is nu of nooit, Kate. Begrijp je wat ik zeg?"

Mijn hersenen gaan in de afsluitmodus, zelfs als mijn training zegt dat ik haar moet helpen. Als haar schouders naar binnen krommen en haar borst beweegt, pak ik haar arm.

"Kom," zeg ik, terwijl ik haar naar het toilet leid. "Ik roep Alex."

Ze duwt me weg. "Pak die verdomde tas, Kate. Wees geen idioot."

Ik kijk naar de tas in de hoek achter de deur. "Hoe is hij hier gekomen?"

"Mijn bodyguard heeft hem naar Lena gesmokkeld,"

zegt ze voor het toilet knielend. "Maakt het verdomme uit hoe hij daar is gekomen?"

Ik veeg haar haar over haar schouder en zeg, "Ik kan je niet zo achterlaten."

Ze lacht. "Ik zal genoeg mensen hebben die zich zorgen om me gaan maken. Alle jullie —" Gewelddadig gekokhals kapt de rest van haar zin af.

Ik hou haar haren vast terwijl ze haar maag leegmaakt. Als het ergste voorbij is, ren ik naar de deur.

Er wordt op de deur geklopt als ik op het punt sta naar de hendel te reiken.

"Katerina?" roept Alex. "Is alles goed?"

"Nee," zeg ik, terwijl ik de deur open doe.

Alex en Mikhail staan op de drempel, hun gezichten gespannen van zorgen.

"Het lijkt op vergif," zeg ik met een trillende stem. "Ze moet naar een ziekenhuis."

"Ontbijt, papa," zegt Dania gedwee vanuit het toilet. "*Blini.*"

Mikhail gebruikt een reeks scheldwoorden.

Alex zegt kortaf, "Ik bel een ambulance."

"Nee." Dania's lichaam begint weer te kokhalzen. Ze ademt in en zegt, "Ik wil dat jij me brengt, papa. Ik vertrouw de ambulance niet."

"Vertel je chauffeur om de motor te starten," zegt Alex tegen Mikhail. "Ik zal mijn mannen zeggen dat ze ervoor moeten zorgen dat de wegen vrij zijn. Je kunt beter onderweg naar huis bellen en monsters van het ontbijt nemen. Misschien de keuken controleren."

Mikhail knikt voordat hij door de gang rent.

"Kun je het fort hier bewaken terwijl ik de beveiliging controleer?" vraagt Alex me. Zijn woorden zijn stil, maar gehaast. "Ik stuur Igor om Dania naar de auto te dragen."

Mijn maag draait zich om. "Natuurlijk."

Hij geeft me een vluchtige glimlach van dankbaarheid en volgt Mikhail op de hielen.

Nog een aanval van braken laat Dania over het toilet zakken. Er is niet veel wat ik voor haar kan doen, behalve haar haren uit haar gezicht houden. Als de dosis gif die ze nam niet dodelijk is, zal het zichzelf in een paar uur uit haar systeem werken. Ze moeten haar echter nog steeds in het ziekenhuis in de gaten houden om op orgaan- of zenuwschade te controleren. Ze zullen waarschijnlijk haar maag leegpompen om aan de veilige kant te zijn en haar tijdens het testen aan een glucose-IV koppelen. Na een nacht observatie, zullen ze haar ontslaan en haar naar huis sturen. Haar leven zal weer normaal worden en haar lijden zal tijdverspilling zijn geweest.

Ik kijk van haar naar de tas.

"Krijg de klere, Kate," zegt ze, terwijl haar borst met snelle ademhalingen omhoog en omlaag gaat. "Ik vermoord je als ik dit voor niets doormaak."

Shit. Ik weet niet wat ik moet doen. Ze heeft over één ding gelijk. Dit is mijn enige kans. Er zal geen andere kans komen. Het huis is chaotisch en ik zit vast in de maalstroom, gedwongen om een overhaaste beslissing te nemen.

Instinct begint te werken, overlevingsmodus neemt

het over. Ik sleep de tas van achter de deur naar de wastafel van de badkamer. Mijn handen trillen als ik de rits naar beneden trek en een zwart T-shirt, een gevoerde jas, een gevechtsbroek en een pet met een labyrintlogo eruit haal.

Ga ik dit echt doen? Ik denk niet meer logisch na. Pure adrenaline bepaalt mijn gedrag. Ik trek mijn trui uit en trek het T-shirt over mijn hoofd. Ik doe geen moeite om mijn legging uit te doen. Ik trek alleen mijn sneakers uit voordat ik de te grote gevechtsbroek aantrek. Ik zit midden in het bundelen van mijn haar onder de pet als de deur naar binnen open zwaait.

Angst verstijft me en houdt me op mijn plaats. Als Alex me betrapt, weet ik niet wat hij met me zal doen. Ik weet alleen dat het te laat is. Ik ben schuldig. Dat was ik vanaf het moment dat ik de tas openritste.

Lena stapt de badkamer in.

Ik blaas een adem uit, bijna instortend van opluchting.

"Kom op," zegt Lena, terwijl ze een paar gevechtslaarzen uit de tas pakt. "Igor is onderweg. Je moet opschieten." Ze geeft me de laarzen en duwt mijn trui en sneakers in de tas. "Doe ze in de kamer hiernaast aan. Ik zal je kleren verstoppen en voor Dania zorgen."

Ik aarzel.

"Nu, Kate," zegt Lena streng en zet me aan tot actie.

Ik handel op de automatische piloot, neem de laarzen en kijk om de open deur heen. Er is commotie in de foyer, mannen rennen alle kanten op. De voordeur staat open. Mikhail staat bij de ingang en trekt zijn jas aan terwijl hij iets in het Russisch tegen een van zijn mannen blaft. Alex heeft zijn telefoon tegen zijn oor gedrukt, waarschijnlijk om de beveiliging bij Mikhails huis te waarschuwen, of misschien waarschuwt hij het ziekenhuis over Dania's aankomst.

Ik glip stilletje door de deuropening en ga de verlaten zomerlounge naast de badkamer binnen. Het is een van de vele kamers die we niet gebruiken. Ik druk mijn rug tegen de muur achter de deur en haal diep adem terwijl er harde voetstappen in de gang klinken. Ik schraap al mijn moed bij elkaar en trek de laarzen aan. Mijn handen trillen zo erg als ik de veters strik dat het resultaat op zijn best rommelig is.

Igors stem komt uit de badkamer hiernaast. Hij zegt iets in het Russisch. Lena geeft antwoord. Ik buig mijn hoofd, verberg mijn gezicht achter het vizier van de pet en schuif om de deuropening. Mijn hart klopt met oorverdovende bonzen in mijn borst terwijl ik stevig door de gang loop.

Opgeslokt in de ravage, kijkt niemand op terwijl ik achter twee mannen aan loop die geweren dragen. Igor komt uit de badkamer en draagt Dania in zijn armen. Alex beëindigt zijn telefoongesprek en haast zich naar hen toe. Mikhail volgt.

Ik maak van de gelegenheid gebruik om door de voordeur te glippen. De mannen van Alex hebben metaaldetectors en wapens bij zich. Na wat er gebeurd is, zal Alex ervoor zorgen dat onze beveiliging niet wordt geschonden. Ik loop naar de auto's op de oprit, mijn hart dreigt bij elke stap die ik zet uit mijn borstkas te barsten. Het is te laat om terug te keren. Door actie te ondernemen, werk ik samen met Dania. Alex zal misschien zelfs denken dat ik dit plan bedacht heb, maar er is geen tijd om over de mogelijke gevolgen na te denken. Er is maar één manier om vooruit te komen, en dat is door te zorgen dat ik hier wegkom. Ik zoek de rest wel uit als ik op Amerikaanse bodem ben.

De achterdeur van de tweede auto staat open. De man naast de auto knikt bijna niet waarneembaar als hij mijn blik ontmoet. Ik kijk over mijn schouder naar hem. Niemand kijkt. Ik glijd achterin en kijk recht vooruit. De man sluit de deur. Als er niemand schreeuwt en er niets gebeurt, glij ik onderuit en ga plat liggen. Er ligt een deken op de vloer die onder de passagiersstoel uitsteekt. Ik bedek mezelf en durf niet te ademen.

Mikhails stem bereikt me in mijn schuilplaats. Voetstappen kraken op het grind. Als mijn longen beginnen te branden, realiseer ik me dat ik mijn adem heb ingehouden. Ik adem de geur van de leren zitting in en een vrouwelijke parfum dat aan de kasjmier deken hangt. De wol komt iets omhoog met mijn uitademing, de ruwe vezels kietelen mijn neus.

Niet niezen, Kate. Alsjeblieft, niet niezen.

De motor start. De auto rolt langzaam naar voren. Ik tel de seconden. Na vijftien tellen gaan we sneller rijden. Hoe sneller we gaan, hoe sneller mijn hartslag gaat.

De man zegt iets in het Russisch.

Het klinkt als '*syad*'. *Sta op* of *ga zitten*.

Ik duw de deken opzij en staar door het raam naar de lucht. De dag is bewolkt. Het lijkt erop dat het gaat sneeuwen. Ik recht mijn rug. We zijn nog steeds in de stad, in een buurt die ik niet herken, maar er is een wegwijzer met een vliegtuigsymbool verderop.

Ik kijk door het achterraam. We zijn niet de enige auto op de weg, maar ik zie geen van de bekende zwarte auto's van Alex. We worden niet achtervolgd.

Het interieur van de auto is warm en het jasje dat ik draag is dik, maar ik ril nog steeds. In plaats van opluchting word ik door een onverklaarbaar gevoel van verlies overvallen. Ik voel me stuurloos. Verloren. Verscheurd en verward. Ik moet nog verwerken wat ik heb gedaan. Het was een spontane beslissing, niet iets wat ik gepland had. En de stress is nog lang niet voorbij. Niets is opgelost totdat ik in dat vliegtuig ben gestapt. Op dat moment ben ik vrij. Daar moet ik me nu op focussen.

Allemachtig.

Dania heeft het gedaan.

Ik heb het gehaald.

Ik wrijf mijn handpalmen over mijn gezicht. Ik kan nog steeds niet geloven dat ik uit Alex zijn grip ben ontsnapt.

Ik draai mijn gezicht naar het raam en staar met een nietsziende blik naar buiten. Mijn gedachten zijn op de toekomst gericht, op wat ik zal doen als ik thuis kom. Ik zal Alex laten weten dat ik veilig ben. Dat verdient hij. Maar ik zal duidelijk maken dat ik niet langer bereid ben om een gevangene te zijn. Terwijl hij met zijn huurmoordenaar afrekent, zal ik verdwijnen en de tijd nemen om alles te overdenken. In de tussentijd ga ik niet stilstaan bij waarom Dania me heeft geholpen. Ze heeft het niet om onbaatzuchtige redenen gedaan, dat is zeker.

De bestuurder trapt op het gas als we het stoplicht naderen. Het is groen voor ons. Een paar koplampen naderen de kruising, richting het rode licht, maar de auto vertraagt niet.

Knipperend, frons ik. Te laat realiseer ik me dat hij niet zal stoppen.

"Pas op," schreeuw ik, in een poging de bestuurder te waarschuwen.

Hij trekt het stuur naar rechts.

De auto botst op ons vanaf de zijkant en raakt de passagiersdeur aan de voorkant. De airbags knallen open. Metaal kraakt en glas breekt als de stuwkracht ons over het asfalt duwt. Mijn lichaam wordt met geweld tegen de deur gegooid terwijl onze auto zich om een lantaarnpaal vouwt.

Elk botje in mijn lichaam doet pijn als ik in shock met mijn ogen knipper, worstelend om te verwerken wat er is gebeurd. De bestuurder van de auto die ons raakte, stapt uit. Hij loopt om onze auto heen naar de bestuurderskant. Het raam is door de inslag geëxplodeerd. De lantaarnpaal blokkeert de deur, en de andere kant van de auto is zo erg ingeslagen dat ik niet zeker weet of hij de deur kan openen. Hij moet de brandweer bellen om ons eruit te knippen.

Hij stopt voor het gebroken raam.

"Help ons," zeg ik en veeg iets nats weg dat over mijn wang loopt. Ik tril helemaal, de kou van buiten zit op de een of andere manier al in mijn lichaam, de kou omhult mijn ingewanden, verstoort mijn gedachten.

Hij lacht naar me. Hij pakt een pistool met een geluiddemper die onder zijn jas op de loop is geschroefd, duwt het pistool tegen de airbag en vuurt een schot af. Een schreeuw blijft in mijn keel hangen. Een auto stopt naast ons, vermoedelijk om hulp te bieden, maar de ogen van de bestuurder gaan wijd open als hij het pistool ziet. Hij gaat zonder een woord te zeggen weg.

Ik schuif naar de andere kant, met trillende handen probeer ik aan de deur te trekken, maar hij zit vast.

De man legt twee vingers op de hals van de bestuurder en controleert op een polsslag.

Oh, God. Misschien heeft hij gewoon op de airbag geschoten om hem leeg te laten lopen.

Ik steek mijn handen op, mijn maag draait zich om van angst en hoop. "Alsjeblieft." Begrijpt de man wel Engels? "Alsjeblieft, doe ons geen pijn."

De man richt de loop op de slaap van de bestuurder en haalt de trekker over.

32

ALEX

Igor neemt de tredes met twee tegelijk en stopt naast me waar ik op de veranda sta. Geflankeerd door Dimitri en Leonid zien we Mikhail en zijn gevolg vertrekken.

"Vergiftiging?" zegt Leonid. "Wie zou Dania Turgeneva willen vergiftigen?"

De auto's gaan door de poorten. Ik volg hun snelle vertrek met een bedachtzame blik. "Wie hij ook is, hij is ten dode opgeschreven."

"Reken daar maar op!" Dimitri schudt zijn hoofd. "Niemand rotzooit met de prinses van Mikhail. Ik kan niet geloven dat iemand zo dom is geweest."

"Hoe zit het met de operatie?" vraagt Igor. "Gaan we nog steeds?"

"Nee." Ik steek mijn handen in mijn zakken. "Laten we wachten tot er nieuws is over Dania. Het zou respectloos zijn om een volledige oorlog te beginnen als Mikhails dochter stervende is. We moeten wachten tot Mikhail meer over de vergiftiging weet en hoe het is gebeurd."

"Hoe zit het met Kate?" Igors wenkbrauwen trekken zich samen. "Heeft ze enig idee wat voor soort gif het kan zijn?"

"We hebben nog geen tijd gehad om te praten," zeg ik. "Blijf alert en verdubbel de bewakers rondom het huis. Laat het me weten als je iets opneemt op de satelliet. Ik ga met Katerina praten."

De mannen knikken allemaal. Ik laat hen de beveiliging regelen en ga terug het huis in. De deur klikt achter me dicht, het elektronische bord piept als het slot wordt geactiveerd. Twee mannen bewaken de deur. Een ander staat bij de gang.

"Iets gevonden?" vraag ik als ik hem nader.

"Nee, meneer," zegt hij, recht vooruitkijkend. "De kamers beneden zijn veilig. We zijn op dit moment boven aan het controleren."

Ik laat het huis wekelijks doorzoeken en onmiddellijk nadat ik bezoek heb gehad. Ik vertrouw Mikhail, maar het kan geen kwaad om voorzichtig te zijn. Vooral in het licht van wat er is gebeurd.

Als ik langs hem loop, ga ik naar het gastentoilet. Er hangt een geur van bleekmiddel in de lucht. Lena dweilt de vloer. Ze kijkt op als ik in de deuropening stop.

"Heb je Katerina gezien?" vraag ik.

"Nee, meneer. Misschien is ze naar boven gegaan."

Op weg naar de lounge controleer ik de bibliotheek en mijn studeerkamer. Beide kamers zijn verlaten. De lounge is leeg. Ik probeer de kamer die Igor tot een geïmproviseerde kliniek heeft omgebouwd, maar als ik haar daar ook niet vind, ga ik naar boven.

Het huis is groot. Drie mannen doorzoeken de tweede verdieping. Ik passeer ze in de gang en open *onze* slaapkamerdeur.

Leeg.

Ik ga naar de andere kant van de kamer en ga de kleedkamer binnen.

Geen spoor van haar te bekennen.

Ik klop op de badkamerdeur. "Katerina?"

Geen antwoord.

Een naar voorgevoel groeit in mijn maag. Ik doe de deur open, maar ik weet al wat ik zal vinden.

Niets. Niemand.

Fuck.

Ik ruk mijn telefoon uit mijn zak en bel Igor, en ren al naar de trap. Als hij opneemt, blaf ik, "Katerina is weg. Doorzoek het huis, de tuin en de kazerne."

"Ja, meneer."

"Jij," zeg ik, naar een van de mannen wijzend die de voordeur bewaken.

Hij springt in de houding.

"Heeft juffrouw Morrell na meneer Turgenev en mij het huis verlaten?"

"Nee, meneer."

"Verdomme," mompel ik tegen mezelf en ren naar de keuken.

"Wat is er aan de hand?" vraagt Tima wanneer ik in het midden van de vloer slippend tot stilstand kom.

"Is Katerina hier?"

"Nee," zegt hij fronsend.

Ik hou nog steeds mijn telefoon vast en haal mijn vingers door mijn haar. "Ze is weg."

Zijn gezicht betrekt, zijn ogen en mond zakken naar beneden. "Hoelang?"

"Niet meer dan tien minuten."

Hij legt een snijmes opzij en leunt met zijn handpalmen op het aanrecht. "Ze kan zich in het huis verstoppen."

"Ik laat het pand doorzoeken."

"Als ze er niet is..." Hij kijkt me van onder zijn wenkbrauwen aan.

"Dan is ze weggeglipt toen de noodsituatie met Dania bezig was." Ik voel me al ziek worden als ik die woorden alleen maar zeg.

"Ze kan niet door de poorten zijn gelopen. De bewakers zouden het hebben gemerkt."

Ik knars met mijn kiezen. "Ze zouden het ook hebben gemerkt als ze in een van de auto's was gestapt. Ze moet in het huis zijn."

Hij zuigt lucht door zijn tanden naar binnen.

"Wat?" vraag ik.

"Als ze niet in het huis is en niemand haar zag vertrekken, dan moet je aannemen dat ze met Mikhail is vertrokken."

Ik sla een vuist op de tafel. "Mikhail zou dat nooit doen. Hij weet dat ik hem zou vermoorden."

"En hoe zit het met Dania?" vraagt Tima. Zijn ogen vernauwen zich tot spleten.

433

"Dania was haar longen eruit aan het kotsen."

"Er klopt iets niet met dit vergiftigingsscenario." Hij gaat rechtop staan en slaat zijn armen over elkaar. "Ik heb vroeger een paar gifstoffen toegediend gekregen en ik kan je vertellen dat als Dania bij het ontbijt was vergiftigd, de symptomen niet drie uur later zouden zijn opgetreden. Ze zouden zich bijna meteen hebben gemanifesteerd."

Ik verstijf. "Wil je zeggen dat ze hier is vergiftigd?"

"Het kan niet de taart zijn geweest. Lena heeft vier lege borden mee naar de keuken genomen, dus jullie hebben allemaal de taart opgegeten, toch? Wat heeft Dania gedronken of gegeten dat niemand anders heeft genomen?"

Ik schuif mijn blik naar het afdruiprek waar de theekopjes en theepot opgestapeld zijn. "Kruidenthee."

De wetenschap zinkt als een steen in mijn buik. Ik weet het instinctief als ik naar het afdruiprek loop en de theepot optil om erin te kijken.

"Lena heeft hem al afgewassen," zegt Tima. "Ze reinigt het porselein met bleekmiddel om de theevlekken te verwijderen."

"Daarbij alle sporen verwijderend van de inhoud die erin zat," zeg ik langzaam. Oncontroleerbare woede begint zich in mijn borst te ontvouwen.

Hij geeft me een vlakke blik. "Precies."

Mijn stem is kalm en verraadt niet het geweld dat door mijn aderen stroomt. "Breng haar hier."

Tima loopt langs het aanrecht en door de gang.

Ik bel Igor.

Hij antwoordt met, "Er is nog geen spoor van haar te bekennen."

"Controleer alle passagierslijsten voor binnenlandse en internationale vluchten. Ik wil mannen op elk station en vliegveld in Sint-Petersburg. Katerina is misschien met de entourage van Mikhail vertrokken."

"Fuck. Ik ga ermee aan de slag."

Vervolgens bel ik Nelsky. "Ik wil de satellietbeelden van mijn huis van de laatste dertig minuten. Stuur ze naar mijn telefoon."

Ik breek het gesprek af wanneer Tima Lena bij haar arm naar binnen leidt.

Ze rukt haar biceps uit zijn greep en tilt haar kin op. "Kan ik iets voor u doen, meneer Volkov?"

Ik loop naar het aanrecht. "Hoelang werk je al voor me, Lena?"

"Sinds u het huis heeft gekocht, meneer."

Ik pak het mes dat Tima gebruikte en bestudeer het mes in het licht. "Dat zijn nogal wat jaar."

"Ja, meneer," zegt ze, terwijl ze minachtend naar Tima kijkt, die wijdbeens voor haar staat en haar pad effectief blokkeert voor als ze het in haar hoofd zou halen om het op een lopen te zetten.

"Ben je loyaal, Lena?"

Ze kijkt me recht in de ogen aan. "Ja, meneer."

"Aan wie?" vraag ik, terwijl ik het mes langs mijn mouw veeg.

Ze slikt zichtbaar.

Ik ga naar haar toe. "Was je loyaal aan de vorige eigenaren?"

"Dat was ik, meneer," zegt ze met een trilling in haar stem.

"Waarom?" vraag ik, om haar heen lopend.

"Meneer?"

"Waarom?" herhaal ik, ik leg de nadruk op het woord. "Wat maakte je loyaal aan hen?"

Ze knippert met haar ogen. "Ze waren van koninklijke afkomst. Ze waren geschikte bewoners voor dit huis."

Ik trek een wenkbrauw op. "En ik ben dat niet?"

Ze lacht ongemakkelijk. "U bent de nieuwe eigenaar, meneer."

Ik stop voor haar en kijk haar recht in de ogen. "Heb je Dania vergiftigd?"

Ze knippert weer met haar ogen.

Mijn geduld raakt op. "Heb je wel of niet gif in haar thee gedaan?"

Geen antwoord.

Ze schreeuwt als ik haar haren pak en haar op haar knieën duw. Ik ga achter haar staan, trek haar hoofd naar achteren en druk de scherpe rand van het mes tegen haar hals.

"Antwoord me, Lena, of ik zweer dat ik je als een varken open zal snijden."

Ze pakt mijn onderarm vast en probeert hem weg te trekken. "Alstublieft, meneer Volkov."

"Geef antwoord. Je weet dat ik nooit bluf."

"Het was D-Dania's idee," stottert ze, terwijl spuug overal heen vliegt. "Ze had tegen me gezegd dat ik de alsem in haar thee moest doen."

"Waarom?" vraag ik, op het mes drukkend totdat ik een dunne straal van bloed laat verschijnen.

"Alstublieft..." Haar keel probeert te slikken, de tranen lopen over haar wangen. "Ze wilde juffrouw Morrell helpen ontsnappen."

Woede vervaagt haar gelaatstrekken in mijn zicht. "Heeft Katerina Dania om hulp gevraagd?"

"Ik w-weet het niet," schreeuwt ze.

Ik geef haar haar een ruk. "Waarom heb je het gedaan?"

Tima beschouwt haar met minachting, zijn gezicht staat in een uitdrukking van afkeer. "Omdat ze een royalist is."

"Omdat juffrouw Turgeneva een geschikte meesteres voor dit huis is," roept ze uit. "Alstublieft, ik wilde alleen het beste!"

Ik laat haar met een duw gaan. "Sluit haar op in de zomerlounge. Pak haar telefoon en zorg ervoor dat ze de kamer niet verlaat."

"Met plezier," zegt Tima terwijl hij haar arm vastpakt en haar overeind trekt.

Ik laat de taak aan Tima over en roep Yuri, Igor en Leonid op om te komen. Op weg naar de auto breng ik Dimitri op de hoogte van de situatie en geef hem de leiding over de beveiliging in het huis.

Leonid controleert de GPS om de minst drukke route naar het ziekenhuis te vinden, terwijl ik Mikhail bel en hem vertel wat ik heb ontdekt.

We zijn in recordtijd op de eerste hulp. Mikhail

staat buiten Dania's privékamer te wachten, zijn wangen zijn bleek.

"Hoe gaat het met haar?" vraag ik, terwijl ik met mijn hoofd naar de deur wijs.

"Het komt wel goed met haar," zegt hij met een verontrustende uitdrukking. "Laten we niet in de gang praten. Het is het beste als we naar binnen gaan."

Dania ligt bleek tegen de witte lakens, met haar donkere haar over het kussen uitgespreid. Ze duwt zich op haar ellebogen als mijn mannen en ik binnenkomen en haar vader de deur sluit.

"Alex," zegt ze verrast. "Wat aardig van je om bij me langs te komen."

Ik klem mijn kaken op elkaar. "Stop met de onzin, Dania. Lena heeft me alles verteld."

Haar blik wordt gesloten. "Ik weet niet waar je het over hebt."

Ik werp een donkere blik op Mikhail.

"Dania," zegt hij, "als je jezelf opzettelijk hebt laten vergiftigen om Katerina te helpen ontsnappen, dan kun je het ons beter nu vertellen."

"Papa!" Ze staart hem aan. "Denk je dat ik dit mezelf aan zou doen?"

"Ik hou van je, prinses, maar deze keer ben je te ver gegaan. Er is geen spoor van gif in ons huis." Hij voegt er met een boze stem aan toe, "Wat betekent dat je tegen me hebt gelogen."

"Papa, ik weet niet —"

Hij steekt een hand op. "Je hebt me onteerd en een smet op onze familienaam aangebracht. Als je de waarheid niet vertelt, dan laat je me geen andere keuze dan je te verstoten. Je zult een niemand zijn, alleen op straat, zonder iemand om je te beschermen en geen cent op je naam."

Een blik van pijn flitst over haar gezicht. "Papa, alsjeblieft. Jij bent de enige die ik heb. Mama kan niet —"

"De waarheid, Dania, en denk goed na voordat je je mond opent en nog een leugen vertelt," zegt Mikhail.

Ze vouwt haar handen op de dekens en kijkt wanhopig van mij naar haar vader.

"Vertel ons wat er is gebeurd," zegt Mikhail, "en ik zal de verantwoordelijkheid voor je daden nemen."

Ze kijkt naar het raam.

"Dania," zeg ik, mijn toon hard. "Je hebt geen idee wat je hebt gedaan. Katerina's leven zou op dit moment in gevaar kunnen zijn."

Als ze nog steeds niets zegt, loop ik naar de deur. "Het zij zo. Je hebt je keuze gemaakt."

"Wacht," roept ze en kijkt me van onder haar wimpers aan.

Ik wacht.

"Goed dan. Ik heb tegen Lena gezegd om een paar druppels stoom gedestilleerde olie van alsem in mijn thee te doen. Ik probeerde alleen Katerina te helpen." Ze kijkt haar vader smekend aan. "Je moet me geloven, papa."

Mikhail zegt een vloekwoord. Dania springt op als hij tegen de bezoekersstoel schopt.

"Hoe heb je het gedaan?" vraagt hij met

opengesperde neusgaten.

"Mijn bodyguard heeft een uniform naar Lena gesmokkeld toen we bij Alex thuis aankwamen. Kate heeft zich in de badkamer omgekleed. Terwijl iedereen afgeleid was, is ze in de auto gestapt waarin mijn bodyguard reed."

Ik bal mijn handen zo hard tot vuisten dat mijn knokkels een krakend geluid maken. "Waar heeft hij haar naartoe gebracht?"

Ze laat haar blik op haar handen vallen. "Naar het vliegveld."

Ik pak mijn telefoon uit mijn zak en bel Nelsky terwijl ik tussen mijn tanden door zeg, "Zonder paspoort?"

Dania kijkt me niet aan. "Ik heb een vals paspoort geregeld. Lena heeft een tas voor haar ingepakt."

"Waar vliegt ze heen?" eis ik.

"Amerika, neem ik aan," zegt Dania, die eindelijk mijn blik ontmoet. "Ik heb genoeg geld in de tas achtergelaten om overal een ticket naartoe te kunnen kopen."

"Fuck," zeg ik, terwijl ik een hand over mijn gezicht laat gaan.

"Onze mannen zijn op het vliegveld," zegt Igor, zijn telefoon al in zijn hand. "Ik zal het ze laten weten."

"Dit was met opzet," zegt Mikhail tussen smalle lippen door, terwijl hij teleurgesteld naar zijn dochter kijkt.

Nelsky antwoordt op een hoge toon. "Meneer?"

"Ze is op het vliegveld. Bestemming onbekend." Ik

ga er niet op in. Hij weet wat hij moet doen.

"Ik weet dat mijn verontschuldiging het niet goed kan maken wat Dania heeft gedaan," zegt Mikhail en hij draait zich naar me toe. "Ik geef je toegang tot al mijn bronnen. Ik zal alles doen wat in mijn macht ligt om je te helpen haar te vinden. Wees gerust, Dania zal op gepaste wijze gestraft worden." Zijn blik verhardt. "Wat Lena betreft, ik vertrouw erop dat je met haar zult afrekenen."

Mijn telefoon piept met een melding. Ik bekijk het bericht. Het is een update van Nelsky. Het team bekijkt de satellietbeelden van de wegen van mijn woning naar het vliegveld, maar ze hebben nog niets gevonden.

Ik tril van woede en angst. Ik heb zin om Dania te wurgen en het leven uit haar ogen te zien vloeien.

"Als er iets met Katerina gebeurt," zeg ik op een koude, gevaarlijk rustige toon tegen Dania, "dan zal ik jou verantwoordelijk houden."

"Alex." Mikhail spreidt zijn handen uit. "Vertel me wat ik kan doen om te helpen."

"Voorlopig niets," snauw ik. Ik verlaat de kamer en sla de deur achter me dicht.

Ik ben halverwege de gang voordat Leonid en Igor me inhalen.

"We vinden haar wel," zegt Leonid. "Als ze op weg is naar het vliegveld, komt ze niet ver. Je hebt genoeg connecties om te voorkomen dat het vliegtuig opstijgt."

Ja, die heb ik. Maar zelfs als ze al in de lucht is, zal ik haar vinden, en als ik dat doe, dan zal de hel losbarsten.

33

KATE

*M*ijn mond is droog als ik wakker word. Het duurt even om mijn ogen te focussen. De kamer is onbekend. Een grote lamp werpt licht op de betonnen wanden en vloer. Het enige meubilair is het bed waar ik op lig.

Mijn maag draait. Wat is er gebeurd? Waar ben ik?

Ik probeer rechtop te zitten, maar mijn armen zitten boven mijn hoofd vast. Ik kan ze niet bewegen. Ik krom mijn nek en zie de handboeien om mijn polsen.

In een flits komt het allemaal bij me terug — het ongeluk, de man die Dania's chauffeur neerschoot en me toen met iets injecteerde.

Mijn hartslag versnelt. Wat wil hij van me? Of hij heeft me ontvoerd voor losgeld, of hij is de man die Alex dood wil hebben. Als het laatste het geval is, dan hoef ik me niet hard af te vragen waarom hij me mee heeft genomen. Er loopt een rilling over mijn lichaam.

Wie is hij? In het duister tasten maakt mijn situatie alleen maar erger. Kennis is macht. Op dit moment heb ik geen macht. Het enige wat ik nog heb, is controle. Mijn kalmte verliezen is geen optie. Ik moet ademen en mijn hoofd erbij houden om een manier te vinden om te ontsnappen.

Diep ademhalen, Kate. In en uit. Focus.

Het geluid van een sleutel die in een slot wordt gestoken komt van de andere kant van de deur. Ik span mijn nek om iets te kunnen zien om het gevaar te beoordelen. De deur zwaait open en er komt een man binnen die ik niet herken. Een vest strekt zich uit over zijn zwaarlijvige romp. Dunner wordend grijs haar omlijst zijn ronde gezicht. Hij kijkt naar me met samengeknepen ogen terwijl hij naar het bed gaat.

Wie hij ook is, deze man is slecht. Het is duidelijk in de opwinding die over zijn lelijke gelaatstrekken flitst als hij mijn vastgebonden positie in zich opneemt. Ik slik hard en probeer mijn angst te verbergen.

Over me heen torent, zegt hij met een zwaar Russisch accent, "Je moet je afvragen wat je hier doet."

Niet langer in staat om met mijn nekspieren het gewicht van mijn hoofd te dragen, laat ik mijn hoofd achterover op het matras vallen. "De vraag is bij me opgekomen."

Hij lijkt geamuseerd te zijn. "Ik moet je feliciteren. Je bent voor iemand in jouw situatie erg kalm."

Dat ben ik niet, maar ik ben blij dat hij dat denkt. "Wie ben je? Waar ben ik?"

"Vladimir Stefanov." Hij gaat op de rand van het bed zitten. "Je bent een gast in mijn huis."

Ik schuif naar de andere kant van het matras, zo ver mogelijk van hem vandaan, terwijl meer angst mijn aderen vult. Ik heb de naam eerder gehoord. Alex heeft me verteld dat Vladimir Stefanov degene was die de man had ingehuurd om me in New York te ontvoeren. "Wat wil je van me?"

"Je gaat Alex Volkov naar me toe brengen."

Ook al was dat het antwoord dat ik had verwacht, word ik koud. "Hoe?"

"Een ruiling." Hij lijkt tevreden met zichzelf. "Jij voor hem."

Mijn mond wordt droog. "Hoe weet je dat Alex het zal doen? Wie zegt dat hij zoveel om me geeft?"

Stefanov grinnikt. "Oh, dat zal hij doen. Waarom is hij anders naar Rusland gerend om je te beschermen toen mijn huurmoordenaar je met de dood bedreigde?"

Ik zuig adem naar binnen. "Mijn toegangspasje voor het ziekenhuis. Dat was jouw schuld."

"Ja," zegt hij.

"Wie heeft hem meegenomen?"

Hij trekt een wenkbrauw op. "Herinner je je Ivan Besov?"

Het duurt even voordat ik de naam kan plaatsen. Als het bij me terugkomt, roep ik uit, "De man die zijn pols had gebroken?"

"Je had geluk dat hij in de sneeuw uitgleed." Stefanov vouwt zijn handen over zijn buik. "Dat deel was niet gepland."

Ik word nog kouder als mijn verdenking bevestigd wordt. Toen de poging om me uit de steeg te ontvoeren mislukte, had deze man, Stefanov, Besov gestuurd om me op weg naar mijn werk te ontvoeren.

Hoe wist Stefanov dat ik op weg was naar het vliegveld? Mijn maag draait zich om. Heeft Dania me verraden?

"Hoe heb je me gevonden?" vraag ik met een onstabiele stem. "Wie heeft je verteld waar ik heen ging?"

"Een van mijn mannen hield Volkovs huis in de gaten vanuit een gebouw aan de overkant van de rivier. Hij zag een klein persoon achter in een auto stappen en is erin geslaagd om een foto te maken. Stel je mijn verbazing eens voor toen jij het bleek te zijn."

"Je liet ons volgen." Woede vermengt zich met mijn angst. "Je gaf opdracht aan de man die me meenam om tegen onze auto te botsen. We hadden bij dat ongeluk om kunnen komen." Mijn stem escaleert in volume. "Hij heeft de chauffeur neergeschoten."

Stefanov haalt zijn schouders op. "Jij bent niet dood."

"Ik ben een Amerikaans staatsburger," zeg ik. Mijn hart bonkt met een wilde beat in mijn borst. "Je kunt me niet zomaar op klaarlichte dag ontvoeren."

"Misschien niet in Amerika." Hij grijnst. "Maar dit is Rusland."

Mijn hartslag gaat in overdrive. "Alex zal je hier niet mee weg laten komen."

"Dat zal hij wel. Deze keer ben ik niet van plan om te falen."

Ademloos van angst, vraag ik, "Hoe gaat dit in zijn werk? Wat gaat er nu gebeuren?"

"Nu wachten we tot Alex er is. En dan..." Hij duwt een vinger tegen zijn slaap en doet alsof hij met zijn duim een trekker overhaalt. "Bam."

Ik heb de grootste moeite om mijn pseudo-kalmte te behouden. "Waarom? Waarom wil je Alex dood hebben? Wat wil je? Geld?"

Hij komt overeind. "Als het om geld ging, had ik je gewoon kunnen ruilen."

"Wacht," zeg ik terwijl hij naar de deur loopt, maar hij vertrekt zonder me nog een blik te geven.

Doodsangst overspoelt me als de situatie me vreselijk duidelijk wordt.

Alex en ik gaan hier niet levend wegkomen.

34

ALEX

*H*et is een uur geleden dat ik het ziekenhuis heb verlaten, en er is nog steeds geen nieuws over Katerina's verblijfplaats. Ik ijsbeer in mijn studeerkamer en controleer om de paar seconden mijn e-mail en telefoon. De lunch die Tima heeft gebracht staat onaangeroerd op mijn bureau. Mikhail laat Dania's inmenging niet ongestraft, maar ik wil haar toch vermoorden. Ik weet nog steeds niet wat ik met Lena aan moet.

Er wordt op de deur geklopt. Leonid komt binnen, zijn gezicht staat somber.

"Nog nieuws?" vraag ik.

Hij schudt zijn hoofd. "Hoe zit het met Nelsky?"

Mijn telefoon trilt in mijn zak. Ik haal hem eruit en kijk naar het scherm. Ik heb zakelijke telefoontjes naar mijn voicemail gestuurd; ik heb liever dat de lijn open blijft voor het geval er een update is van een van mijn mannen.

Mijn hartslag neemt toe als ik de naam op het scherm registreer.

"Hebben ze —" vervolgt Leonid.

Ik steek een hand op om hem het zwijgen op te leggen. "Het is Igor."

Leonids uitdrukking wordt gespannen en weerspiegelt wat ik van binnen voel.

Ik veeg over de antwoordknop en zet de telefoon op de luidspreker. "Zeg me dat je nieuws hebt."

"Ze is niet op het vliegveld," zegt Igor gehaast. "Niemand die aan haar beschrijving voldoet, heeft ingecheckt."

Ik neem aan dat ze zich normaal zou hebben gekleed voordat ze het luchthavengebouw binnenkwam. We weten niet wat ze draagt, maar mijn mannen hebben haar pasfoto op hun telefoon. Ze ondervragen zowel passagiers als luchthavenpersoneel en vragen of iemand de vrouw op de foto heeft gezien.

"Hoe zit het met de parkeerplaatsen?" vraag ik hard.

"Er was geen teken van Mikhails auto." Hij pauzeert. "We hebben echter wel de chauffeur gevonden."

Ik verstrak mijn greep op de telefoon. "Dania's bodyguard?"

"Ja."

Ik kijk Leonid aan en vraag, "Waar?"

"In het mortuarium."

Mijn hart komt tot stilstand.

Leonid komt dichterbij, zijn verontruste blik wordt intenser.

"Ik ben hier nu met een van Mikhails mannen," vervolgt Igor. "Hij heeft het lichaam geïdentificeerd."

Mijn opdracht is bruusk. "Vertel me wat er gebeurd is."

"Auto-ongeluk, maar dat is niet de doodsoorzaak. Iemand heeft hem in zijn hoofd geschoten."

"Fuck." IJs vult mijn maag. Dit is mijn ergste nachtmerrie die uitkomt. Als er iets met Katerina is gebeurd... Ik kan er niet eens aan denken. Woede brandt als zuur in mijn borst. "Enig teken van Katerina?"

"Nee," zegt hij met spijt. "Maar we hebben de tas met de kleding, het geld en het paspoort dat Dania had vermeld in de kofferbak gevonden."

Dania loog niet. Mijn kiska zat in die auto.

"Hoe zit het met satellietbeelden?" vraag ik, terwijl ik de telefoon hard vastklem. "Zijn er getuigen van het ongeluk?"

"Niemand heeft het ongeval gemeld toen het gebeurde," zegt Igor. "Er is een goed half uur verstreken voordat iemand het heeft gemeld."

"Informeer Nelsky." Ik bedek de microfoon met een hand en geef een opdracht aan Leonid. "Ik wil die satellietbeelden. Nu."

Hij haast zich naar de deur. "Ik zal het hem laten weten."

"Kam het gebied uit waar het ongeluk plaatsvond," zeg ik tegen Igor. "Vertel onze mannen om in een straal van twintig kilometer te beginnen met zoeken. Klop op elke deur en vraag iedereen die in die buurt woont of iemand iets heeft gezien. Bied geen geld aan. Ze spugen onzin uit om de beloning te krijgen. Gebruik in plaats daarvan angst." Dat is sneller.

"Begrepen," zegt hij en hangt op.

Ik sluit even mijn ogen, biddend dat ik Katerina zal vinden voordat ik Laura moet bellen om haar iets te vertellen dat haar net zo zeker zal vernietigen als mij.

Mijn telefoon pingt een seconde later. Ik kijk naar het scherm, maar het is niet de satellietopname die ik van Nelsky verwacht. Het is een afbeelding van Katerina, liggend op een bed in een cel, geboeid aan het bedframe. Het bericht is door Vladimir Stefanov ondertekend.

Klootzak.

Woede zoals ik nog nooit heb meegemaakt stroomt door mijn aderen, zelfs als angst koud en angstaanjagend door me heen scheurt.

Leonid loopt terug de kamer in. "Nelsky zegt dat je de beelden over vijf minuten hebt." Een blik op mijn gezicht laat hem stoppen waar hij staat. "Wat is er aan de hand?"

Ik draai het scherm van mijn telefoon naar hem toe, bevend van woede terwijl ik hem het beeld laat zien.

Hij verbleekt. "Fuck."

"Maak de wapens klaar." Ik klem mijn tanden zo hard op elkaar dat het voelt alsof mijn kaak op het punt staat om los te komen. "We gaan achter Stefanov aan. Ik ga haar terughalen."

Hij duwt een hand tegen mijn borst terwijl ik een stap naar de deur zet. "Het is een valstrik."

Ik pak zijn pols vast en haal zijn hand weg. "Natuurlijk is het een valstrik."

"Meneer Volkov," zegt hij voorzichtig, terwijl hij mijn blik vasthoudt. "Je moet er rekening mee houden dat ze misschien al dood is."

Voordat hij kan knipperen, pak ik hem bij de revers van zijn jas en ram zijn lichaam tegen de muur. "Ze leeft en is gezond." Dat moet ik geloven.

"Voor nu, misschien," zegt hij, onaangedaan door het geweld. "Zodra Stefanov je heeft, heeft hij haar niet meer nodig. Als we een aanval op zijn huis beginnen, welke garantie heb je dan dat Stefanov haar keel niet doorsnijdt? Hij zal niet met een witte vlag gaan zwaaien en haar gewoon overhandigen. Als hij denkt dat hij gaat verliezen, dan neemt hij haar liever met zich mee het graf in dan haar aan jou terug te geven."

Dat is niet wat ik in gedachten had. Ik ga niet al schietend naar binnen en op het beste hopen.

Leonid moet de intentie in mijn ogen zien, want zijn kaak wordt slap.

"Je gaat een ruil voorstellen," zegt hij, verbijsterd klinkend. "Jouw leven voor dat van Kate."

"Wat anders?" grom ik en laat hem met een duw gaan.

"Denk er over na," zegt hij, als hij achter me aankomt terwijl ik door de gang loop. "Dat is wat Stefanov van je verwacht. Dat is wat hij wil."

"Dan is dat wat hij zal krijgen."

Ik stuur een bericht naar Dimitri om hem te zeggen de mannen te verzamelen, alle verdomde tweehonderd van hen. Dan stuur ik een bericht naar Igor om hem op de hoogte te brengen en hem te laten weten dat ons ontmoetingspunt Stefanovs huis is.

Buiten staat Yuri tegen de motorkap van mijn auto te leunen. Hij gaat rechtop staan als ik dichterbij kom. Ik controleer of mijn wapen geladen is en stap in de auto.

"Meneer Volkov," zegt Leonid.

Ik sla de deur dicht en kap verdere gesprekken af.

Met een hand tegen zijn voorhoofd, ijsbeert Leonid naast de auto.

Ik doe het raam naar beneden. "Kom je nog of hoe zit het?"

Hij laat zijn hand op zijn heup vallen en kijkt me met een verslagen blik aan. "Ik werk voor je, omdat ik je respecteer. Dat doe we allemaal — Igor, Dimitri, en elke bewaker die bij je in dienst is."

"Ga je sentimenteel worden?" vraag ik met een koude glimlach.

"Niemand van ons is de leider die jij bent. Daarom ben jij de baas. Daarom volgen we je bevelen op. Als je sterft, zal alles wat je hebt opgebouwd een verspilling zijn."

Het zal naar Katerina gaan. Ik heb het al met mijn advocaat geregeld. Niet dat ik het Stefanov gemakkelijk wil maken. "Ik ga. Als je meegaat, stap dan in. Zo niet, dan was het goed om je te kennen, mijn vriend."

Met een vloek stapt hij in op de voorste passagiersstoel.

Yuri start de motor. We spreken niet tijdens de rit. Ik staar door het raam naar het vertrouwde landschap, maar van binnen kookt mijn bloed.

Onderweg krijg ik de satellietbeelden van Nelsky op mijn telefoon. Ik zie het ongeluk met gebalde handen gebeuren, vanaf het moment dat de klootzak hun auto raakt tot waar hij een bewusteloze Katerina naar een truck draagt die een halve straat verderop geparkeerd staat. Van daaruit rijdt hij rechtstreeks naar Stefanovs huis.

"*Svoloch*," mompel ik tegen mezelf en knijp zo hard in de telefoon dat de kunststof behuizing in het midden barst.

"We zijn er," zegt Leonid, terwijl hij mijn aandacht van de scène trekt die ik opnieuw op mijn telefoon afspeel.

Ik kijk omhoog naar de imposante poorten van Stefanovs huis. "Zijn de mannen onderweg?"

"Ze zullen er over vijf minuten zijn. Ze zijn kort na ons vertrokken." Zijn blik is smekend. "Ga daar niet alleen naar binnen, meneer Volkov."

Als ik het niet doe, dan is Katerina dood.

Ik neem niet de moeite om te antwoorden en bel Stefanov.

"Volkov," antwoordt Stefanov met een vrolijke stem. "Ik zat al op je telefoontje te wachten."

Mijn stem is gespannen van onderdrukte woede. "Ik wil met haar praten."

"Natuurlijk wil je dat. Wacht even."

Er klinkt geschuifel en voetstappen, en dan komt haar lieve stem aan de lijn. "Alex?"

Ik zak onderuit in mijn stoel, fysiek zwak van opluchting. "Gaat het met je?"

Een verstikte snik.

"Ik kom je halen, Katyusha," zeg ik, mijn stem hard als ik me voorstel wat Stefanov haar heeft aangedaan of nog steeds aan kan doen. "Hou nog even vol, mijn liefste."

"Niet doen," fluistert ze. "Het is een —"

"Zoals je hebt gehoord," onderbreekt Stefanovs stem, "is ze nog heel erg in leven."

Ik ga die klootzak verpletteren. "Hoe wil je dat de uitwisseling in z'n werk gaat?"

"Kom alleen, ongewapend, en ik zal haar laten gaan."

Leonid, die het gesprek afluistert, schudt zijn hoofd.

"Heb ik je woord?" vraag ik.

"Ik zweer het op het graf van mijn moeder," zegt de dikke klootzak.

In dat geval, "Ik ben hier."

Ik beëindig het gesprek en geef mijn telefoon en pistool aan Leonid.

"Meneer Volkov," zegt Leonid met een smeekbede in zijn stem terwijl hij de items aanpakt. "Alex."

Ik open de deur en stap uit in het grijze licht van de dag. De sneeuw is even gestopt. Er is in het landschap een griezelige stilte ontstaan.

Leonid volgt mijn voorbeeld.

Vier bewakers gewapend met automatische geweren lopen door de poorten naar ons toe.

Degene die voorop loopt zegt, "Je moet ongewapend zijn. Geen telefoon."

Mijn armen omhoog stekend, sta ik te wachten en geef mijn toestemming om gefouilleerd te worden. De man die het commando gaf, overhandigt zijn pistool aan degene links van hem voordat hij me fouilleert. Als hij zeker weet dat ik geen verborgen wapens draag, wijst hij naar me om vooruit te lopen.

Leonid kijkt met hulpeloze woede op zijn gezicht toe.

"Kijk me niet aan alsof ik al dood ben," zeg ik, terwijl ik de stemming met een glimlach verlicht.

Hij reageert niet. Hij volgt me met zijn blik zoals je naar een begrafenismars kijkt.

Ik aarzel niet. Leonid verdwijnt uit mijn zicht als ik door Vladimir Stefanovs poorten loop.

35

KATE

De deur rammelt als hij opengaat. Er stapt een bewaker naar binnen. Ik krimp ineen op het bed wanneer hij nadert en mijn lichaam platdrukt op het matras. Zonder naar me te kijken, ontgrendelt hij de handboeien om mijn polsen en gaat opzij staan. Een andere bewaker komt binnen met een dienblad dat hij op de grond zet. Beide mannen vertrekken, en een seconde later weerklinkt het geluid van de sleutel die in het slot wordt omgedraaid in de ruimte.

Ik wrijf over mijn armen om mijn bloedcirculatie op gang te krijgen en sta op. Het licht in de kamer is niet al te helder, maar het reikt ver genoeg om de inhoud van het dienblad te verlichten. Ze hebben me eten gebracht — een sandwich en een glas water.

Ik raak het niet aan. Het kan gedrogeerd zijn. Ik kan hoe dan ook niet eten zoals ik nu ben. Stefanov wil me tenminste nog niet dood hebben. Anders had hij geen eten gestuurd. Hij moet me in leven houden tot hij Alex in de val heeft gelokt. Op de lange termijn ben ik dood, maar Alex is nog steeds vrij. Ik hoop alleen dat hij slim genoeg is om niet in Stefanovs val te lopen.

Ik kijk in de kamer rond, op zoek naar een manier om te ontsnappen, maar de enige uitweg is door de deur. Ik verwacht dat hij is afgesloten en bewaakt wordt. Zodra de bloedsomloop naar mijn benen is teruggekeerd, ren ik toch naar de deur en voel aan het handvat. De deur beweegt niet.

Mijn blik valt op het dienblad. Het is van metaal. Ik kan er iemand mee op z'n hoofd slaan. Als ik hard genoeg sla, kan ik mijn slachtoffer een hersenschudding geven die een black-out zou veroorzaken. Een bewaker uitschakelen zal me tijd winnen, maar ik heb meer nodig dan een metalen dienblad om over de drempel te komen waar een andere bewaker zal staan wachten.

Ik kijk nog eens rond. Als er camera's zijn, dan zijn ze goed verborgen. Toch kan ik geen risico's nemen. Ik moet aannemen dat mijn ontvoerder me in de gaten houdt. In mijn omstandigheden wordt een agressieve uitbarsting verwacht.

Ik mik en schop met al mijn kracht tegen het dienblad. Het vliegt weg en raakt met een dreun de muur. Het bord en het glas breken tegen het beton. Water druppelt over het grijze oppervlak en de sandwich valt open, met een plakje kaas aan de ene kant en de beboterde kant aan de andere kant op de vloer. Glas knispert onder mijn laarzen terwijl ik over de rotzooi loop en er middenin gehurkt ga zitten. Ik selecteer de scherpste stukken van porselein van het gebroken bord, pak ze discreet op en verberg ze achter mijn rug. Dan trek ik me terug aan de andere kant van de kamer, ga op de grond zitten en wacht.

Als de deur weer opengaat, ben ik er klaar voor. Ik sta op en houd de gebroken stukken van het bord achter mijn rug, maar in plaats van dat er een bewaker binnenkomt om het bedorven voedsel te verwijderen, zoals ik had verwacht, komen er vier van hen binnen.

Mijn hart bonst al een gek als ik mezelf kleinmaak in de hoek en me stilhoud, proberend om geen aandacht naar mezelf te trekken.

De man aan de voorkant kijkt naar de rommel op de vloer voordat hij zijn blik naar mij opheft. Hij spreekt met een zwaar accent Engels. "Dat was een domme zet." Zijn glimlach bereikt zijn ogen niet. "Wie weet? Het had je laatste maaltijd kunnen zijn."

Ik heb zin om hem in zijn oog te steken, maar ik bijt op mijn tong en kijk weg. Ik moet geduldig zijn en mijn tijd afwachten.

Degene die me aansprak staat op wacht terwijl de anderen emmers en bezems naar binnen dragen. Ze gooien water over de vloer en schrobben de rommel weg met de bezems. Een geur van chloor bereikt mijn neusgaten. Stefanov moet ervoor zorgen dat er in zijn gevangenis geen ziektes uitbreken.

Aangezien ze me niet aanvallen, durf ik een blik op de bewaker te werpen die Engels sprak. "Waar ben ik?" Ik kijk rond. "Wat is dit voor plek?"

"Je bent in het huis van Vladimir Stefanov." Hij zegt het met plezier, alsof hij wil dat de informatie me bang maakt.

Dat doet het ook. Het verklaart ook waarom ze opruimen. Geuren en infecties verspreiden zich snel.

Ze vegen het gebroken servies en het verspilde voedsel op. Wanneer de vloer schoon is, dweilen ze het water op, spoelen het beton af met schoon water en vertrekken met hun emmers en bezems.

En ik ben weer alleen. Het is pas dan dat ik me bewust word van hoe erg ik tril. Het is een natuurlijke reactie op de schok, maar ik vind het niet leuk. In een poging om mezelf te kalmeren en te verwarmen, loop ik rond en strek ik mijn pijnlijke spieren.

Mijn isolement duurt niet lang. Een geluid aan de deur waarschuwt me. Ik ga tegen de muur aanstaan en pak mijn geïmproviseerde wapens terwijl de adrenaline mijn aderen overspoelt. Er vormt zich een plan in mijn hoofd. Ik zal ze om een glas water vragen en degene die het brengt in zijn nek steken. Ik heb geen idee wat er achter die deur wacht, maar ik moet gewoon mijn kansen wagen.

Een stukje licht valt over de vloer door de kier als de deur opengaat. Ik blijf onbeweeglijk staan, meet het gevaar af, maar de man die binnenkomt is niet een van Stefanovs bewakers.

Het is Alex.

Opluchting en vrees voeren oorlog in mijn borst.

Hij struikelt als iemand hem duwt, en dan verdwijnt het licht van buitenaf terwijl de deur wordt gesloten.

Bij gebrek aan woorden, kan ik alleen maar naar hem staren. Ondanks de situatie, is het moment zoet. Ik dacht dat ik hem nooit meer zou zien. In zijn lange, op maat gemaakte jas en mooie, nette schoenen, ziet hij er net zo formidabel uit als altijd. Zijn dikke donkere haar is naar achteren geborsteld. Zijn lange wimpers gaan naar beneden als hij me van top tot teen in zich opneemt. Tekenen van spanning zijn zichtbaar op zijn gezicht. Zijn blauwe ogen hebben zorgrimpels, en de paar dagen aan stoppels die zijn kaak donkerder maken, laten de bleekheid van zijn huid naar voren komen.

Zijn stem is hees. "Hebben ze je pijn gedaan?"

De rasp van dat timbre is als water voor mijn oren. "Nee."

Hij kijkt me aan alsof hij me op kan eten. "Kom hier."

Ik aarzel niet. Als hij zijn armen opent, leg ik mijn geïmproviseerde wapens op de grond en ren in zijn omhelzing. Zijn lichaam is sterk en warm, de warmte die van hem uitgaat, omhult me. Ik adem de vertrouwde geur van kardemom in terwijl ik mijn gezicht in de ruwe wollen stof van zijn jas begraaf. Hij laat me zijn aanwezigheid opsnuiven voordat hij me op armlengte houdt.

Hij voert nog een visuele evaluatie uit, en scant me van top tot teen. "Hebben ze je aangeraakt?"

"Het gaat met me." Mijn stem is mak in de nasleep van mijn opluchting, ook al zal die opluchting van korte duur zijn.

Er trekt een spier in zijn kaak. "Ik zal ze vermoorden, omdat ze je hebben meegenomen. Ik zweer het op het graf van mijn ouders."

Ik slik de droogte van mijn keel weg. "Waarom ben je gekomen? Het is een valstrik."

Zijn glimlach is scheef. "Dacht je dat ik je hier zou achterlaten?"

Ik sla mijn armen om hem heen en druk mijn wang tegen zijn borst. Ik geef mezelf nog een seconde om getroost te worden door zijn aanwezigheid voordat ik me terugtrek. "Het spijt me dat ik weg ben gelopen. Dat had ik niet moeten doen. Alles gebeurde zo snel. Er was geen tijd om na te denken."

Een glimlach verzacht zijn gelaatstrekken. "Ik begrijp waarom je het hebt gedaan. Ik heb je in een onmogelijke situatie gebracht." Spijt vult zijn ogen. "Zonder mij zou je hier niet zijn."

"Ben je niet boos op me?"

"Ik ben woedend, kiska," zegt hij met een lage, hese stem. "Je hebt je leven in gevaar gebracht."

"Dania —"

"Ik weet wat ze heeft gedaan. Ze heeft alles toegegeven."

"Gaat het met haar?" vraag ik.

De lijn van zijn kaak wordt hard. "Het komt wel goed met haar."

Zijn gezicht zwemt in mijn zicht. "We gaan dood, of niet?"

Hij streelt met zijn handen over mijn armen en verstevigt de grip van zijn vingers op mijn schouders.

"Ik laat je niet sterven, Katyusha." Hij trekt me naar zich toe en verplettert me tegen zijn borst. "Ik werd helemaal gek van de zorgen. Je hebt geen idee."

Ik bevrijd mezelf van zijn omhelzing en ga naar de hoek. "Kijk," zeg ik, terwijl ik mijn wapens van de vloer pak. "Het is me gelukt om deze te bemachtigen."

Zijn ogen worden groter en dan weer kleine als hij naar me toe loopt. "Ik kan niet beslissen of ik trots moet zijn of je een pak slaag moet geven, omdat je zelfs maar zoiets gevaarlijks hebt overwogen." Hij pakt de scherven uit mijn handen en bestudeert ze in het licht.

"We kunnen ze uitschakelen als ze de deur openen," zeg ik hoopvol.

"*Wij* zullen niets doen." Hij kijkt me met een harde blik aan. "Jij blijft in de hoek staan, zo ver mogelijk uit de buurt van gevaar. Ik regel het wel."

Voordat ik in discussie kan gaan, klinken er voetstappen aan de andere kant van de deur.

Mijn hart klopt als een gek. Er is maar één reden waarom Stefanovs mannen nu naar ons toe komen, en dat is niet om ons eten te brengen.

36

ALEX

*V*ladimir Stefanov stapt zelf door de deuropening.

Haat duwt zich omhoog mijn keel in. Ik wil hem bespringen en in stukken hakken, maar drie bewakers gewapend met automatische geweren volgen hem op de voet. Als ik alleen in dit gat was geweest, dan zou ik niet aarzelen om zijn hart eruit te rukken. Maar ik moet aan Katerina denken. Ik moet haar beschermen, wat ik alleen kan doen als ze me niet afleidt door zichzelf in gevaar te brengen.

Ik draai mijn hoofd naar de hoek en geef haar zonder woorden een bevel. Tot mijn opluchting trekt ze zich langzaam terug totdat de schaduwen haar vorm hebben ingeslikt. Ik haal diep adem, maak mijn hoofd leeg en laat mijn instinct het overnemen. Ik moet me op overleven concentreren en niet op de vrouw van wie ik hou, want liefde is een krachtige herinnering aan alles wat ik kan verliezen.

Ik recht mijn schouders als Stefanov nadert en discreet glijden mijn handen achter mijn dijen om de scherven van porselein te verbergen.

Zijn opgeblazen gezicht is zelfvoldaan als hij voor me stopt. "Ik vroeg me al af of we elkaar ooit persoonlijk zouden ontmoeten. Als ik jou was, had ik gehoopt dat die dag nooit zou komen."

Ik heb veel zin om zijn dikke nek te breken, maar dat zou te gemakkelijk zijn. "Je hebt me. Laat Katerina gaan."

De lagen van zijn kin trillen als hij lacht. "Je dacht toch niet dat ik een getuige zou laten gaan, of wel?"

Ik knars met mijn tanden en houd het geweld tegen dat uit dreigt te barsten. "Een man die zich niet aan zijn woord houdt, is een oneerbare man." Zelfs in onze onethische kringen.

Hij trekt een lip op en zegt in een spottende toon, "Ik ben van erger beschuldigd."

Mijn glimlach is koud. "Niemand wil een oneerbare man volgen."

"Wie zouden ze liever volgen? Jou?" Hij lacht weer en kijkt naar zijn mannen. Op zijn teken beginnen ze allemaal te grinniken. "In dat geval zouden ze een geest volgen."

"Houd je aan onze afspraak en laat haar gaan. Er is nog tijd. Over een minuut heb je geen keuze meer."

Hij gnuift. "Denk je dat je in een positie bent om te onderhandelen?"

Ik zet een stap naar hem toe. "Met het bestand dat in mijn handen is gekomen, heb ik *alle* macht."

Zijn vrolijke uitdrukking verdwijnt. "Wat voor bestand?"

"Kom op, Stefanov. Je bent een vreselijke acteur."

Zijn ogen stuiteren in hun kassen. Ik stel me voor dat de radars in zijn hoofd draaien als hij probeert uit te zoeken wie hem verraden heeft. Hij heeft zich van Oleg Pavlov ontdaan, de enige andere man naast Besov die van hun misdaad wist. Hij moet tot de conclusie komen dat Besov de schuldige is.

"Je vraagt je af wie het me heeft gegeven," zeg ik honend.

"Je wat gegeven?" vraagt hij, terwijl hij de show voortzet.

Mijn stem is koud, de haat die ik voor deze man voel, kleurt elk woord dat ik uitspreek. "De video waarin je mijn ouders vermoordt."

Er komt een hap naar adem uit de hoek, maar ik sluit dat buiten. Ik moet me op Stefanov concentreren. Hij is op z'n best een slang, iemand die graag toeslaat als ik niet op m'n hoede ben.

Angst kruipt in zijn ogen, maar hij knippert het snel weg.

Ik lach. "Dacht je dat ik er niet achter zou komen?"

Hij grijnst. "Het maakt niet uit. Je bent toch al ten dode opgeschreven."

Stefanov is niet naïef. Hij weet dat ik er nooit op zou vertrouwen dat hij zich aan zijn deel van de afspraak zou houden. Hij is voorbereid op een oorlog, maar dat maakt niet uit. Mijn leger is veel groter dan de dertig mannen die mijn huis bewaken. Stefanov zal niet weten wat hem overkomt. Ik zal voordat de dag voorbij is dit huis platbranden. Hij kan daar met zijn zelfvoldane blik staan, denkend dat de vijftig man op zijn eigendom het zullen redden, maar binnenkort zal hij voor zijn leven smeken. Alleen voordat het zover komt, moet ik weten wie *mij* heeft verraden.

Ik let goed op hem als ik vraag, "Hoe ben je erachter gekomen wie ik was?"

Zijn grijns zegt dat hij al van zijn voortijdige overwinning geniet. "De grafbewaarder had me verteld dat er een man was die de graven kwam bezoeken. Ze heeft een foto genomen en heeft die naar me gestuurd."

"De oude vrouw? Je hebt haar betaald om je te informeren als iemand de graven bezocht?" Geen wonder dat ik het gevoel had dat mijn ouders me probeerden te waarschuwen nadat ik ze de eerste keer had bezocht, kort voordat ik naar New York vertrok. Ik grinnik grimmig. "Ik moet het je nageven, Stefanov. Je laat niets aan het toeval over."

Hij lijkt tevreden met zichzelf te zijn. "Voor het geval je volwassen was geworden en wraak aan het beramen was. Ik moet zeggen, ik had niet gedacht dat je het op straat zou overleven."

"Ik heb het redelijk goed overleefd," zeg ik met een spottende glimlach.

Hij kijkt me sluw aan. "Wie heeft het je verteld? Wie heeft je de tape gegeven? Vertel het me nu en ik zal je snel afmaken."

Ik denk het niet.

Plop, plop, plop.

Er klinken schoten van boven.

Het is de afleiding waar ik op heb gewacht.

Stefanov schrikt. "Wat de —?"

Voordat hij klaar is met zijn zin, heb ik een arm om zijn keel gewikkeld, die hem als een schild voor me houdt terwijl ik de scherpe punt van het porselein tegen zijn hals duw.

"Laat jullie wapens vallen," zeg ik tegen de bewakers. "Er is maar een beetje druk voor nodig om hem als een varken te laten doodbloeden."

"Schiet hem neer," schreeuwt Stefanov.

De bewakers richten hun wapens, onzeker. Als ze op mijn hand schieten, schieten ze een kogel in zijn nek. Ze kunnen niet op mijn hoofd schieten zonder door zijn schedel te gaan. Ze zijn getraind om Stefanov te beschermen, en die training zal niet toestaan dat ze een onberekend risico nemen.

"Schiet de vrouw neer," zegt Stefanov gorgelend terwijl ik mijn grip verstevig.

"Als je haar neerschiet," zeg ik, "is je vrouw dood."

Op dat moment klinkt de schelle stem van een vrouw vanaf de bovenkant van de trap. "Niet schieten, Vlad! Het is Galina. Alsjeblieft. Ze hebben me."

Stefanov vloekt als er voetstappen op de trap klinken. Een groep mannen filtert door de deur. Ze zijn tot de tanden bewapend met granaten, gevechtsmessen en AK-47's. Dimitri volgt met Galina en hij heeft een pistool op haar achterhoofd gericht. Igor komt achter hen aan en veegt zijn voorhoofd af met zijn mouw als hij me ziet.

"*Yob tvoyu mat'*," mompelt Stefanov.

Ik richt me tot Igor. "Neem Katerina mee. Haal haar hier weg."

"Ik laat je niet achter," zegt ze terwijl Igor zich naar haar toe haast.

Ze is te dapper voor haar eigen bestwil.

"Je hebt Alex gehoord," zegt Igor. "Laten we gaan, Kate."

"Laten we het uitvechten," zegt Stefanov uitdagend. "Man tegen man."

"Doe het niet," schreeuwt Katerina als Igor haar arm pakt en haar naar de deur sleept. "Hij zal vies vechten. Kom met me mee, Alex. Laat wraak je beslissingen niet vertroebelen."

Haar stem spoelt over me heen, het zoete geluid aardend in plaats van me af te leiden. Ik ben nog nooit zo in het moment aanwezig geweest. Mijn geest is nog nooit zo helder geweest.

"Ik hou van je," zeg ik.

Daarbij blijft ze staan. Igor ook, voor het moment. Het is niet de plaats of de tijd, maar ik was haar die woorden verschuldigd. Ik moest ze zeggen voordat de dingen nog lelijker worden.

Ze geeft haar worsteling op en knikt. Met dat ene gebaar biedt ze me acceptatie aan. Haar vertrouwen verwarmt mijn borst met trots. Ik ben hierheen gekomen en had veel verschillende reacties verwacht. Boven aan mijn lijst stond schuld. Het is mijn schuld dat ze in deze puinhoop zit. Maar als ze Igor langs me heen volgt, dan zijn haar zachte lichtbruine ogen als spiegels die weerspiegelen wat ik in mijn hart voel. Haar wimpers gaan omhoog en omlaag. In een oogwenk vertelt ze me alles wat ik wil weten. Ze zegt dat ze van mij is en dat ze ondanks alles van me zal houden.

De haat verdwijnt en verandert in ijzige kalmte. Ik ben cool en beheerst. De kracht die ik Stefanov heb gegeven door hem te haten, verdwijnt. Zomaar ineens telt hij niet meer. Zijn acties raken me niet. Hij is gewoon een zak vuilnis die moet worden aangepakt. Een los eindje dat vastgeknoopt moet worden.

Hoewel ik al deze macht en rijkdom heb verworven, heb ik me nooit echt gelukkig of vrij gevoeld. Mijn verleden hing altijd als een onzichtbaar zwaard boven mijn hoofd. Ik heb mezelf de schuld gegeven van de dood van mijn ouders. Ik heb 's nachts wakker gelegen, denkend dat ik het gaslek had moeten ruiken, dat ik mijn vader had moeten zeggen niet in het appartement te roken. Ik heb het mezelf kwalijk genomen, omdat ik mijn stripboeken las en geen aandacht aan een defecte kachel had besteed die vlak onder mijn neus stond. Nu, voor het eerst sinds de dood van mijn ouders, proef ik de zoetheid van vrijheid terwijl de ketenen van mijn verleden wegvallen.

Dimitri duwt Galina naar het midden van de vloer. "Het huis is omsingeld. Stefanovs mannen hebben zich overgegeven." Hij geeft Galina een duwtje. "Vertel het hem."

"Het is waar," zegt ze door haar tranen heen. "Ze

hebben alle wapens weggehaald en iedereen in de lounge opgesloten."

"Slachtoffers?" vraag ik.

"Twee van Stefanovs mannen," zegt Dimitri. "We hebben ze verrast."

Stefanov in zijn nek knijpend, zeg ik tegen zijn mannen, "Er hoeft niemand anders te sterven. Laat jullie wapens zakken."

Stefanov zegt moeizaam, "Ze zullen jullie vermoorden."

"Jullie zijn in de minderheid," ga ik verder en negeer hem. "Wees dus geen dwaas. Leg jullie wapens neer. In tegenstelling tot je ex-baas, schieten we geen ongewapende mannen neer. Ik bied elke man die zijn loyaliteit aan mij belooft een baan aan."

Spuug vliegt uit Stefanovs mond. "Hij liegt."

Ik druk hard genoeg op de punt van de scherf om zijn huid kapot te maken. "Pavlovs familie wil wraak. En vergeet Ivan Besov niet, op wiens rug je een doelwit hebt gezet."

Hij wordt stil.

Mijn lach is neerbuigend. "Inmiddels heeft de familie van Pavlov het hoofd van Oleg al uit je vriezer gehaald. Jij weet dat net zo goed als ik."

Hij haalt moeizaam adem. "Dood me, en jij zal ook niets anders dan een koelbloedige moordenaar zijn."

Ik lach koud. "Wie van ons is dat niet? We hebben allemaal bloed aan onze handen. Toch wil niemand een verrader steunen." Ik wend me tot mijn mannen.

"Neem zijn bewakers mee naar boven en sluit ze op met de anderen."

Stefanovs bewakers gaan niet in discussie. Ze lopen de kamer uit als een kudde schapen die hun nieuwe herder volgen.

Als alleen Dimitri, Stefanov en zijn vrouw nog over zijn, richt ik me tot haar. "Wil je met hem sterven?"

Ze schudt haar hoofd en laat haar blonde haar naar de zijkant zwaaien. "Nee. Alsjeblieft niet."

"Stuk stront," zegt Stefanov binnensmonds. "Wat een vrouw ben jij."

Ze spuugt voor zijn voeten. "Verdoem je naar de hel, Vladimir Stefanov. Moge je daar verbranden."

Ik knik naar de trap. "Neem haar mee."

Terwijl Dimitri zich omdraait met zijn gevangene, beweegt Stefanov met verrassende behendigheid voor een man van zijn grootte. Hij trekt een arm naar achteren en slaat een elleboog tegen mijn buik. De klap slaat de lucht uit mijn longen. Op het moment dat mijn greep loskomt, draait hij zich in mijn greep en plant een vuist tegen mijn kaak. De kracht laat me struikelen. Uit balans, heb ik nauwelijks tijd om de volgende klap af te weren die hij op mijn gezicht richt.

Hij rukt de scherf uit mijn hand en steekt hem in mijn zij, waar mijn jas en vest open zijn gevallen. De pijn brandt koud. Het is een sensatie waar ik intiem bekend mee ben. Toen ik op straat leefde, werd ik met verschillende geslepen voorwerpen aangevallen. Ik weet hoe ik het moet blokkeren en de adrenaline moet gebruiken om me op de bewegingen van mijn tegenstander te concentreren.

Dimitri schiet niet. Onze gevechten zijn altijd eerlijk. Stefanov neemt een brede houding aan en ademt zwaar. Hij heeft zwaar overgewicht en is niet fit. Hij heeft al jaren niet meer gevochten. Zodra hij op adem komt, sla ik toe. Met de andere scherf snij ik in zijn gezicht van zijn wenkbrauw tot zijn lip.

Bloed spuit boven zijn oog. Het ziet er erger uit dan het is — een hoofdwond vloeit altijd veel bloed — maar hij gilt als een varken dat wordt afgeslacht.

Galina schreeuwt.

Stefanov komt op me af, maar het bloed dat over zijn gezicht stroomt, verblindt hem. Hij steekt in de lucht. Ik pak zijn pols en knijp hard genoeg om zijn botten te breken. Hij slaakt een kreet en spreidt zijn vingers uit, terwijl hij zijn wapen laat vallen.

"Dat is beter," zeg ik en buig zijn arm achter zijn rug.

Dimitri gooit me een pistool toe.

Ik duw de loop tussen Stefanovs schouderbladen. "Lopen."

We gaan de trap op en volgen in Dimitri en Galina's kielzog. Ik schuif mijn jas opzij en kijk even naar mijn zij. Bloed druipt door de scheur in mijn shirt. De snee moet gehecht worden, maar dat zal moeten wachten.

"Haal iedereen uit het huis," zeg ik tegen Dimitri. "Leonid weet waar ze heen moeten."

Terwijl Dimitri en Galina naar de lounge gaan, duw ik Stefanov voor me uit naar de keuken. "Niet bewegen. Als ik je in de rug schiet, maak je je leven af in een rolstoel. Ik denk niet dat dat het soort leven is dat een bratva-baas wil."

Hij zegt niets en houdt zich stil.

Ik hou het pistool op zijn rug gericht terwijl ik door de lades ga. Het duurt niet lang om te vinden wat ik nodig heb. Het is een springtouw van een kind, in de lade met kleurpotloden en pennen geduwd. Zijn dochters zitten op de universiteit. Het springtouw moet een aandenken zijn. Mooi. Dat lijkt me gepast.

Ik maak er snel werk van om hem in een stoel vast te binden. Hij beschouwt me met haat totdat ik naar het fornuis loop en het gas aanzet. Dan begint hij te smeken.

"Nee, alsjeblieft," zegt hij, terwijl hij het bloed weg knippert dat het wit van zijn ogen rood kleurt.

Ik blijf voor hem stilstaan. "Mijn vader heeft dezelfde woorden gezegd. Hij smeekte alleen niet om zijn eigen leven, alleen om dat van mijn moeder." Ik buig mijn hoofd en bestudeer zijn gelaatstrekken, zodat ik me altijd de blik van een nederlaag op zijn gezicht zal herinneren. "Je toonde toen geen genade, maar nu vraag je erom?"

"Ik heb geld," zegt hij kwijlend en in tranen. "Heel veel."

Ik buig voorover en breng ons op ooghoogte. "Denk je dat ik je geld nodig heb?"

"Ik heb macht. Ik kan alles laten gebeuren. Wat wil je?" Zijn manier van doen wordt koortsig. "Een mooi groot huis vol vrouwen? Wil je dat mannen knielen als je een kamer binnenloopt? Zeg het," dringt hij aan, naar me toe leunend. "Zeg het woord en het is van jou."

"Spaar je adem voor de duivel," zeg ik met walging.

"Nee," schreeuwt hij terwijl ik een sierlijke kaars van een plank pak en op de tafel voor hem zet.

De geur van gas tast de lucht al aan.

"Alsjeblieft, Volkov," zegt hij, over de woorden struikelend.

Ik pak de doos met lucifers naast het fornuis. Ik haal er een uit en breng de vlam naar de kaars. De lont vat vlam. Een oranje vlam komt tot leven.

"Ik ben een vader," huilt hij. "Ik heb twee dochters."

Ik luister niet meer. Ik gooi de verkoolde lucifer over mijn schouder als ik de kamer verlaat.

Dimitri wacht bij de voordeur.

"Heb je het huis geëvacueerd?" vraag ik.

Hij knikt. "Leonid en de rest van je mannen hebben de bewakers weggereden, meneer. Galina heeft haar zus gebeld om haar te halen."

Ik heb haar geen tijd gegeven om iets waardevols uit het huis te pakken. Stefanov heeft mij met niets achtergelaten. Zijn familie zal ook met niets achterblijven.

"Waar is Katerina?" vraag ik terwijl ik de oprit afga.

"Ze wacht in de auto," zegt hij en verlengt zijn pas om me bij te houden. "Igor is bij haar. Yuri staat bij je auto te wachten op je instructies."

Mijn borst zet zich uit als ik inadem.

"Meneer. Alex?"

De manier waarop hij mijn naam zegt, laat me naar hem kijken. "Wat?"

Hij wijst naar mijn zij. "Je bloedt."

"Het kan wachten."

Hij weet wanneer hij niet met me in discussie moet gaan.

We stoppen buiten de poorten. Igor leunt tegen de motorkap van de auto en rookt een sigaret. Ik kan op één hand het aantal keren tellen dat ik hem heb zien roken. Ik adem nog makkelijker als ik Katerina in de passagiersstoel van de auto zie. Ze pakt het dashboard met beide handen vast en haar ogen staan vol tranen. Ik moet haar hier weghalen. Ze is in haar beroep geweld tegengekomen, maar ze heeft het niet uit de eerste hand meegemaakt. Ik heb nog even een momentje nodig.

Ik draai me om. Dimitri staat naast me, onze rug recht en onze gezichten plechtig als we naar het huis kijken. Het is stil, net als toen ik aankwam. De griezeligheid rijdt over het briljante zonlicht dat door de wolken is gebroken. De stralen maken een waaier van licht, en dan gaat de kloof dicht en wordt alles grijs. De vogels zijn stil, alsof ze het weten.

Boem!

Een explosie laat het huis heen en weer schudden en blaast de dakpannen de lucht in. Golven van oranje barsten door de ramen en creëren hittegolven over het witte landschap. Vlammen springen in de lucht, hun zwartgetinte tongen krullen van rook.

"Kom op," zeg ik tegen Dimitri. "Er is hier niets meer." Fysiek of emotioneel.

"Wil je dat ik rijd?"

"Ga met Yuri en Igor mee. Ik zal volgen." Ik moet alleen zijn met Katerina.

"Direct naar huis of via het ziekenhuis?" vraagt hij, terwijl hij weer naar mijn zij kijkt.

"Naar huis." Katerina kan me daar hechten. "Ontmoet ons bij het huis."

"We zullen beginnen Stefanovs mannen te ondervragen," zegt hij, terwijl hij al onderweg is naar de auto waar Yuri wacht. "We zullen bepalen wie er aan onze kant komt en van wie we ons moeten ontdoen."

Igor maakt de sigaret uit en laat de peuk in zijn zak vallen. Hij geeft me een respectvolle knik voordat hij met Dimitri en Yuri in de auto stapt.

Ik sta op de weg terwijl ze wegrijden en kijk naar hun auto tot ze de hoek om gaan. Het voelt als het einde, als het afsluiten van een hoofdstuk dat niet gelukkig eindigde. Na die laatste punt ligt hoop. Een nieuwe bladzijde. Tijd om het verleden los te laten en verder te gaan.

Galina staat er alleen voor, maar ze heeft wat mijn moeder niet had — haar leven en haar kinderen. Hoe ze haar nieuwe toekomst opbouwt, is aan haar. Dat op een verwrongen manier een ring van vrijheid in zich heeft.

Ik ben Mikhail een telefoontje schuldig om hem te vertellen wat er is gebeurd. Maar niet nu. Ik bel hem wel als we thuis zijn.

Ongeduldig om bij Katerina te zijn, sluit ik de afstand met gehaaste stappen. Als ik de deurkruk vastgrijp, klinken er sirenes in de verte.

Ze geeft me de kleinste schudding van haar hoofd, tranen stromen over haar gezicht terwijl ik naast haar ga zitten.

Ik doe de deur dicht en leg het pistool in het dashboardkastje. "Hé." Haar gezicht vastpakkend, trek ik haar dichterbij. "Het is voorbij. Je bent in orde. Het komt wel goed met ons."

Een schaduw die van achteren beweegt, trekt mijn aandacht. In een oogwenk begrijp ik Katerina's reactie, het lichte schudden van haar hoofd.

Er zit iemand achterin verstopt.

Een man gaat rechtop zitten. "Beroemde laatste woorden."

Mijn gevechtsinstinct neemt het over, maar voordat ik mijn vingers in zijn ogen kan steken, drukt hij een pistool tegen Katerina's slaap.

Mijn ingewanden trillen van woede. De aanblik van dat pistool tegen haar hoofd maakt dat ik elke vinger van de hand die het pistool vasthoudt wil breken voordat ik de hersenen van de man eruit schiet.

Overspoeld door hulpeloze woede, ontmoet ik zijn blik in de achteruitkijkspiegel. Hij heeft vierkante trekken en blond haar. Ik herken hem voordat hij zegt, "De naam is Ivan Besov. Het is een genoegen om je eindelijk te ontmoeten, Alexander Volkov."

37

KATE

*D*e loop van het pistool is koud tegen mijn slaap. Ik staar naar degene die Alex in het dashboardkastje heeft achtergelaten. Hoe snel kan ik hem pakken?

"Tsk, tsk," zegt Besov, terwijl hij tussen de stoelen naar het pistool van Alex reikt.

"Je bent ten dode opgeschreven," zegt Alex tussen zijn tanden door.

Besov lacht. "Voor het geval je het nog niet gemerkt hebt, ben ik degene met de wapens."

Alex draait zich om. "Wat wil je?"

Besov haalt zijn schouders op. "Niets."

"Waarom ben je dan hier?" vraagt Alex met een ijzige blik.

"Ik laat een klus nooit onafgemaakt achter." Besov lacht naar me in de achteruitkijkspiegel. "En ik faal nooit. Het is niet goed voor mijn professionele reputatie. Trouwens, je bent zo'n uitdagende prooi geweest. Het zal een eer zijn om je eindelijk te doden."

Mijn tranen terug knipperend, staar ik naar hem. Hij moet in de auto zijn geslopen toen de actie in het huis plaatsvond. Igor en ik — iedereen — waren te afgeleid om over het doorzoeken van de auto's na te denken. Pas toen ik al in de auto zat, besefte ik dat ik niet alleen was.

"De politie zal hier snel zijn," zegt Alex.

De lichten van de sirenes zijn in de verte al zichtbaar.

"Rijden," zegt Besov en duwt de loop harder tegen mijn slaap.

Alex glimlacht geruststellend naar me. Zijn stem is zacht. "Doe je gordel om, Katerina."

Het is makkelijk om zijn bevel op te volgen. Het is altijd makkelijk geweest om hem te volgen. Hij is het soort leider dat mensen vertrouwen.

Hij maakt zijn eigen veiligheidsgordel vast voordat hij de motor start. "Waar wil je heen?"

"Terug naar de hoofdweg," zegt Besov, terwijl hij het pistool naar mijn zij laat zakken. "Links op het kruispunt."

De knokkels van Alex worden wit als hij het stuur vastpakt. Zijn lichaam is als een strak gespannen veer, maar hij rijdt soepel, draait de auto om en gaat richting de hoofdweg. We gaan naar links op het moment dat de politieauto's de bocht omrijden en de weg oprijden.

Ik draai mijn nek om naar hen te kijken als we in de

tegenovergestelde richting rijden. Mijn hart bonst. Misschien kan ik een van de mannen waarschuwen.

Besov duwt het pistool in mijn ribben. "Ogen naar voren."

Ik heb geen keus en kijk naar voren. Wat zou ik hebben gezegd als de politie ons had tegengehouden? Alex heeft net Stefanovs huis opgeblazen. Met Stefanov erin.

De somberheid van onze situatie komt plotseling bij me binnen. We zijn de lul. Ironisch genoeg had ik in de cel hoop. Maar hier? Onze kansen zien er niet goed uit. We hebben geen wapens en Besov, een ervaren huurmoordenaar, heeft er twee. En Alex bloedt. Ik kijk naar zijn zij waar zijn jas open is gevallen. Onder het jasje is zijn shirt gescheurd en doordrenkt van bloed. Het lijkt op een steekwond. Hij moet gehecht worden. Als het bloeden niet stopt, dan zal hij snel te zwak zijn om te rijden, laat staan zichzelf te verdedigen.

"Sla hier rechtsaf," zegt Besov.

De chique buurt met de grote huizen maakt plaats voor appartementsgebouwen. We steken een brug over en rijden langs de rivier. Het begint te sneeuwen, vlokken dwarrelen naar beneden op de voorruit. Alex zet de ruitenwissers aan.

We rijden nog een paar minuten, volgens de aanwijzingen van Besov, tot er amper nog gebouwen zijn en we uiteindelijk Sint-Petersburg achter ons laten. We bevinden ons op een weg die naar het platteland leidt. Hij moet ons ergens heen brengen om ons te doden.

De stilte in de auto is verstikkend. De weg loopt voor zover ik kan zien rechtdoor. Besov geeft geen aanwijzingen meer. Zonder getuigen in de buurt heft hij beide wapens op en duwt hij de ene tegen mijn hoofd en de andere tegen dat van Alex.

Alex beweegt zijn kaak, maar hij houdt zijn ogen op de smalle weg, navigeert ons door de sneeuwval die in een storm verandert als de wind aantrekt. De ruitenwissers maken zwiepende geluiden, ze gaan van links naar rechts terwijl Alex ze op de maximale snelheid zet. Ons zicht neemt af. De sneeuw valt harder naar beneden, de vlokken worden in de koplampen van de auto verlicht.

Er staan bomen langs de weg. Het worden er al snel meer. We gaan een bos in. Ik hou de randen van mijn stoel vast en kijk naar Alex. Hij is bleek, een teken van bloedverlies. Hij draait zijn hoofd niet meer dan een centimeter en beweegt vluchtig zijn blik van de weg naar mijn gezicht.

"Ik hou van je," fluistert hij.

De woorden zijn stil, maar hun betekenis is krachtig. Geladen.

Alle moed bij elkaar rapend die ik op kan brengen, glimlach ik naar hem. Onze blikken houden elkaar vast. Hij is niet meer op de weg gefocust. Het duurt maar even, maar ik weet instinctief dat dit het moment is waarop ons leven voor onze ogen voorbij zou moeten flitsen.

Met een scherpe beweging trekt hij het stuur naar links. Onze lichamen worden opzij gegooid terwijl de auto over de weg glijdt. De gordel snijdt in mijn borst. Ik schreeuw. Ik kan er niets aan doen. Tegelijkertijd stuwt de stuwkracht Besov door de lucht. Met zijn armen zwaaiend, slaat hij tegen de deur, maar niet voordat er een schot afgaat.

Pijn vormt zich in mijn schouder.

De auto crasht door een barrière en schiet van een talud af. Ik word naar voren gegooid als de banden de grip verliezen. We torpederen vooruit en raken op volle snelheid een greppel. De dikke sneeuw breekt onze snelheid. Mijn nek schudt heftig heen en weer als we abrupt tot stilstand komen. De neus van de auto duikt naar voren, en het gewicht van de achterkant trekt het ondersteboven. De wereld tuimelt langs mijn raam terwijl we op het dak rollen. De crash schokt mijn ruggengraat. De auto slaat tegen de grond, metaal kreunt en ramen exploderen.

Dan is het stil.

Ik hou me ook nog even stil. Gedesoriënteerd.

Het sneeuwt te hard om iets anders te zien dan dat ik ondersteboven in een smalle ruimte geperst zit.

"Katerina!"

De stem van Alex dringt door de vreemde gevoelloosheid die me omringt.

Een warme hand raakt mijn arm. "Katyusha, praat met me."

Ik dwing mijn stembanden om te functioneren. "Ik ben..." Ik slik. "Ik ben in orde."

Hij zegt iets in het Russisch, een vloek of misschien

een uitroep van opluchting. "Ik maak je veiligheidsgordel los. Zet je schrap."

De clip maakt een klikkend geluid. De lucht verlaat mijn longen met een oef als mijn rug het dak raakt.

"Ik kom je halen," zegt hij, terwijl hij zijn veiligheidsgordel losmaakt voordat hij zichzelf door het raam duwt.

Verdwaasd lig ik in het wrak. We hebben een ongeluk gehad. Ik scan de ruimte voor me. Besov is naar de zijkant geslingerd, zijn nek is tegen het raam gebogen. De wapens heeft hij niet meer in zijn handen. Ze zijn nergens te bekennen.

Pijn brandt in mijn schouder. Mijn linkerarm voelt gevoelloos aan. Ik ga met mijn rechterarm naar achteren en voel met een hand aan de pijnlijke plek.

Het is nat.

Ik hef mijn hand op naar mijn gezicht.

Bloed.

Ik ben neergeschoten.

"Katerina," zegt Alex naast me.

Ik draai mijn hoofd. Hij zit in de sneeuw geknield, zijn gezicht staat in een masker van bezorgdheid.

"Duw je bovenlichaam door het raam," dringt hij aan. "Ik trek je wel naar buiten."

Ik probeer te doen wat hij zegt, maar mijn linkerarm wil niet meewerken.

"Nog een klein beetje, mijn liefste." Zijn toon is kalm, maar hij kan de angst niet verbergen die in de gedwongen rust van zijn uitdrukking te zien is. "Ik heb je."

Hij haakt een hand onder mijn rechterarm en trekt me door het gebroken raam naar buiten. Het glas is in kleine stukjes verbrijzeld, maar de gevoerde jas beschermt me tegen de ruwheid van hun gebroken randen.

"Het komt wel goed," zegt Alex, terwijl hij mijn gezicht op zijn schoot vastpakt.

"Alex." Mijn stem is hees. "Ik ben neergeschoten."

Zijn lippen worden smal. Chaos wervelt in zijn ijzige blauwe ogen en vertelt me de waarheid, zelfs als hij naar me glimlacht. "Het komt wel goed."

Ik kreun als hij me in zijn armen neemt en opstaat.

"Je telefoon," zeg ik, door de scherpe golven van pijn ademend. "Bel om hulp."

"Ik moet je eerst in veiligheid brengen."

We moeten een beschermengel hebben, want de wind staat stil en de sneeuwstorm kalmeert genoeg om iets te kunnen zien.

Hij houdt me tegen zijn borst en zet een stap. De sneeuw is zo dik dat hij er tot aan zijn knieën in zakt. Aan de andere kant van de greppel strekt zich voor het bos een veld uit. Hij moet die afstand oversteken voordat we ons in de dichtere vegetatie kunnen verstoppen. We zullen niet zo ver komen, niet nu hij gewond is en me door de sneeuw draagt.

"Zet me neer," zeg ik hees. "Bel."

Hij pauzeert, aarzelt.

"Je hebt te veel bloed verloren. Je kunt me niet de hele weg dragen. De sneeuw is te diep."

De besluiteloosheid flitst in zijn ogen. Hij weet dat

ik gelijk heb, want na een seconde laat hij me voorzichtig zakken. De sneeuw is koud onder me. Mijn jas zal snel vochtig zijn. Als ik niet doodbloed, dan komt er wel onderkoeling. Als de kogel een slagader heeft doorgesneden, dan moet ik snel geopereerd worden. De professionele kant van me berekent op de automatische piloot de risico's als hij zijn jas uittrekt en hem als een deken neerlegt.

"Nee," zeg ik tussen bloedeloze lippen door. "Houd hem aan. Je zult doodvriezen."

Hij grijst naar me. "Ik ben aan deze kou gewend. Ik ben erin opgegroeid, weet je nog?"

Ik kom ook niet uit Florida, maar dat maakt ons niet immuun voor simpele wetenschap. Zodra zijn lichaamstemperatuur tot onder de vijfendertig graden daalt, dan is hij dood.

"Alex, alsjeblieft." Ik protesteer nog wat terwijl hij me oppakt en me op zijn jas legt, maar hij laat zich niet overhalen.

Hij hurkt naast me en veegt het haar van mijn gezicht. "Ik kan je niet in de natte sneeuw laten liggen. Je zult onderkoeld raken."

Een beweging bij de auto trekt mijn aandacht. Alex blokkeert gedeeltelijk mijn zicht met zijn lichaam, maar als hij rechtop staat, zie ik Besov overeind komen.

"Alex," schreeuw ik, mijn ingewanden veranderen in ijs.

Hij volgt mijn blik en draait zich om.

Besov leunt tegen de auto en richt een pistool op

Alex. Te oordelen naar het bloed dat langs de zijkant van zijn gezicht stroomt en de manier waarop hij op zijn voeten heen en weer zwaait, heeft hij een harde klap gekregen. Alex positioneert zich voor me en beschermt me met zijn lichaam, maar ik zie het afschuwelijke beeld zich tussen de brede houding van zijn benen ontvouwen.

"Jij verliest," zegt Besov lachend terwijl hij het pistool op Alex richt.

Alex valt aan.

Mijn schreeuw scheurt door de lucht.

Besov haalt de trekker over, maar zijn hand is onstabiel en de kogel raakt de sneeuw links van Alex. Besov struikelt zijwaarts. Voordat hij zijn evenwicht heeft gevonden, duikt Alex door de lucht. Het pistool vliegt uit Besovs greep als beide mannen tegen de grond vallen. Ze rollen door de sneeuw, vuisten en ellebogen gaan alle kanten op.

Ik negeer mijn gevoelloze arm en worstel me op mijn voeten. Mijn laarzen zinken in de sneeuw. De rommelig geknoopte schoenveters helpen niet. Mijn voeten passen niet goed en glijden heen en weer in de te grote laarzen. De linker komt vast te zitten in de modderige grond onder de sneeuw en ik val op mijn gezicht. Ik duw me op mijn goede arm omhoog en sleep mezelf van de grond. Mannelijke oorlogskreten en kreunen komen van waar de mannen vechten. Ik veeg de sneeuw van mijn gezicht en spuug de mondvol die ik naar binnen heb gekregen uit voordat ik mijn benen dwing om weer te bewegen.

Alex en Besov proberen elkaar met hun blote handen te vermoorden. Ze rollen van een tweede talud naar de rand van een bevroren rivier. Adrenaline pompt door mijn lichaam en overwint de kou. Ik ga sneller, mijn longen branden van de inspanning, en in een paar stappen bereik ik het pistool.

Het metaal is koud als ik het uit de sneeuw pak. Het gewicht is zwaar in mijn handpalm. Ik heb nog nooit geschoten, maar mijn vinger krult zich instinctief rond de trekker. Terwijl ik de arm aan mijn gewonde kant tegen mijn lichaam hou, ren ik zo snel als de sneeuw het toelaat, terwijl ik het pistool in de richting van het vuistgevecht richt.

Beide mannen bloeden erger dan eerst. Een druppel bloed stroomt uit Alex zijn neus, en Besovs wenkbrauw is opengespleten.

"Alex," schreeuw ik als ik de rivierdijk bereik. De sneeuw is hier dunner, bijna bevroren. Voordat ik mezelf kan stoppen, glijd ik van de helling af. Mijn voeten glijden onder me vandaan. Pijn schiet door mijn rug terwijl mijn stuitje de grond raakt, maar ik laat het pistool niet los. Ik pak het stevig vast en hou het met al mijn macht vast.

"Alex!" Ik richt blindelings voor me.

De mannen stoppen niet. Gekreun wordt door de doffe dreunen van hun vuisten gevolgd terwijl ze elkaar slaan. Alex zit bovenop. Hij deelt een klap uit waardoor Besovs gezicht naar de zijkant slaat. Een straal bloed vliegt uit Besovs mond en schildert een rode streep over de sneeuw. Besov steekt een vuist in de gewonde zij van Alex. Alex schreeuwt, zijn hoofd valt achterover. Het geeft Besov de kans om Alex om te gooien en hun posities om te draaien. Kraakbeen breekt terwijl hij een vuist tegen Alex zijn neus slaat.

Ik heb geen vrij schot. Als ik de trekker overhaal, dood ik misschien Alex. Ik richt het pistool in de lucht en schiet.

Plop!

Het schot geeft een echo in de ruimte. Een zwerm vogels stijgt op uit de bomen in het bos en stijgt luidruchtig de lucht in.

Beide mannen bevriezen. Ik glijd op mijn kont naar de onderkant van de rivierdijk en til mijn voeten op om te voorkomen dat mijn hielen in de sneeuw graven en me tegenhouden.

Nu Alex even afgeleid is, breekt Besov los. In plaats van de dijk op of af te rennen, gaat hij recht op de bevroren rivier af. Als hij halverwege is, ver genoeg om zich veilig te voelen voor mijn amateuristische mikpunt, stopt hij.

Een van zijn ogen is opgezwollen en zijn lip is gespleten, maar dat voorkomt niet dat een spottende glimlach zijn lippen kromt. "Je komt nu misschien weg, maar ik kom voor je terug." Zijn stem weergalmt. "Je zult nooit meer rustig kunnen slapen. Dat is mijn geschenk aan jullie beiden." Hij blaast een kus naar me toe voordat hij zijn ontsnapping hervat, dit keer in een spottend normaal tempo.

Mijn zicht wordt wazig. Het is als een scène uit een film waarin de slechterik ontsnapt. Je kijkt naar het scherm, wachtend, want niemand verdient het om in angst te leven, maar dan wordt het scherm zwart, de muziek speelt en de aftiteling loopt. Ik zie het nu gebeuren, zie onze toekomst als een toeschouwer die vanuit de veiligheid van haar bank toekijkt. Ik zie Igors bewusteloze gestalte op de eerste hulp en de kogel die de dokter eruit haalde, de kogel die de bodyguard voor Alex had opgevangen. Ik zie Alex op dat bed, hij ademt niet meer, zijn blauwe ogen zijn niet meer alert. Ik zie mezelf, mijn moeder, Joanne, mijn vrienden en iedereen die Besov zal gebruiken om bij ons te komen. Omdat hij niet zal stoppen. Niet tenzij ik hem tegenhoud.

Zonder er nog over na te denken, richt ik op zijn voeten en haal de trekker over.

Hij stopt en werpt een verbaasde blik op me van over zijn schouder. Een moment van stilte volgt terwijl de geur van buskruit mijn neusgaten vult. Alex beweegt zich in mijn ooghoek. Ik weet niet of hij zegt dat ik me terug moet trekken of moet kalmeren, maar ik doe geen van beide als Besovs lach door de lucht klinkt.

Ik haal de trekker weer over. Het ijs rond zijn voeten barst. Zijn lach sterft weg. Het geluid drijft weg met de sneeuw.

Krak.

Hij verstijft, zijn ogen worden groter.

Het is te laat.

De bevroren laag begeeft het. Het breekt. Zijn gewicht trekt hem naar beneden.

Er gaat een seconde voorbij. En nog een. Mijn hart

slaat tegen mijn ribben, elke hartslag is pijnlijk. Een tweede seconde tikt in het niets weg, maar Besov komt niet boven.

Het ijs dat brak zit nu in mijn aderen.

Ik heb iemand vermoord. Ik heb hem niet neergeschoten, maar ik heb de trekker overgehaald. Het spijt me niet. Ik weet niet wat me het meest schokt. Dat ik het heb gedaan of dat ik geen spijt heb.

"Katerina!"

Ik kijk richting het geluid van die stem. Alex baant zich een weg door de sneeuw, zijn handen voor het steile deel gebruikend.

Net als hij me bereikt, begeven mijn benen het. Het pistool valt uit mijn hand als ik op de grond val.

Hij valt op zijn knieën naast me en pakt mijn gezicht tussen zijn handen. "Katerina, kijk me aan. Kijk me aan, mijn liefste. Blijf bij me. Blijf verdomme bij me. Ik haal je hier weg."

Ik vecht om eraan te voldoen, maar het scherm vervaagt, de aftiteling loopt al.

"Het is een gelukkig einde," fluister ik terwijl hij me tegen zijn borst houdt.

Hij lacht naar me en kijkt me aan alsof het de laatste keer is dat hij me zal zien. Hij lijkt ruzie te willen maken, maar dat doet hij niet. In plaats daarvan streelt hij met een hand over mijn voorhoofd en zegt met de droevigste stem die ik ooit heb gehoord, "Ja." Hij verzegelt het met een tedere kus. "Dat is het."

Ja.

Dat was het.

38

ALEX

*D*e kamer van de privékliniek in Sint-Petersburg ligt in de schemering. Het plafondlampje is gedimd om Katerina niet te storen. Haar gezicht is bleek op het kussen, dezelfde kleur als het witte linnen.

Ik leg een hand over de hare waar die op de dekens ligt, en bestudeer haar zoals ik de afgelopen vier uur heb gedaan. Haar ogen bewegen zich achter haar oogleden als in een diepe slaap en haar adem beweegt het fijne, bijna onzichtbare haar op haar huid terwijl ze uitademt.

Dat zijn tekenen van leven, net als haar vitale functies die op de monitor naast haar bed piepen. Toch voel ik een drang om naar haar te kijken, een behoefte om mezelf gerust te stellen. Door mij was ze bijna dood. Het mag nooit meer gebeuren. De loutere gedachte laat mijn geest in een neerwaartse spiraal gaan en maakt van mijn ingewanden een strakke bal.

Igor komt binnen met een papieren beker die hij aan me geeft. "Hoe gaat het met haar?"

"Stabiel." Tenminste, dat is wat de chirurg zei. Ik zal niet ontspannen totdat ze haar ogen opent en het me zelf vertelt.

Zijn ruige gezicht wordt zachter als hij naar haar kijkt. "Ik denk dat we nu iets gemeen hebben. We hebben allebei een kogel voor je opgevangen."

Hij maakt een grapje, probeert de zware atmosfeer te verlichten, maar mijn kaken klemmen zich onwillekeurig op elkaar. Zoals ik net tegen mezelf heb gezegd, *het kan nooit meer gebeuren*. Daar zorg ik wel voor. Ivan Besov is niet langer een bedreiging. Stefanov is er niet meer om een zwaard boven mijn hoofd te houden. En omdat niemand me bij de autoriteiten durft te verraden, ben ik een vrij man. Na de boodschap die ik heb afgeleverd door Vladimirs huis op te blazen, zal niemand me naaien.

"Nog nieuws over Besov?" Ik zeg zijn naam met minachting.

Zoals Igors bovenlip omhoogkomt vertelt me dat hij hetzelfde voor die klootzak voelt. "Het lichaam zal waarschijnlijk in de zomer aanspoelen wanneer het ijs smelt."

Ik neem een slokje van de ziekenhuiskoffie en heb de cafeïne nodig om alert te blijven. Ik heb al twee dagen niet geslapen.

"Waarom ga je niet een paar uur slapen?" zeg ik tegen Igor. Hij is al net zo lang op de been als ik. "Het personeel heeft een kamer voor ons klaargemaakt. Leonid kan het overnemen."

Hij wrijft in zijn ogen en geeft me een dankbaar knikje. "Ik ben over vier uur terug."

"Maak er zes van." Ik heb niks aan hem als hij half slaapt.

Het laatste beetje lauwe koffie opdrinkend, verfrommel ik het bekertje in een vuist en gooi het in de vuilnisbak.

"Heb je nog iets nodig?" vraagt Igor op weg naar de deur. "Avondeten?"

"Dat heeft de verpleegster al aangeboden."

Hij vertrekt met een knik.

Ik richt mijn aandacht weer op Katerina. Ze heeft geluk. De kogel heeft het vlezige deel van haar schouder geraakt, en er werden geen vitale organen beschadigd. De chirurg heeft gezegd dat ze over een paar dagen weer op zal zijn en over een paar weken weer de oude zal zijn. Dat kan zo zijn, maar ze zal altijd een litteken dragen — een herinnering aan hoe ik haar bijna kwijt ben geraakt. Ik ben niet opgehouden met mezelf de schuld te geven van het ongeluk, ook al hadden we weinig kans om het op een andere manier te overleven. Als ik Besov had toegestaan om ons naar zijn bestemming te rijden, zou hem in mijn gewonde staat zonder wapen overmeesteren zelfmoord voor me zijn geweest en Katerina zou zijn vermoord. Woede verteert me als ik eraan denk.

Haar wimpers bewegen. Een zacht gekreun ontsnapt aan haar lippen.

Ik leun dichterbij. "Katyusha? Ik ben hier, mijn liefste."

Ze opent haar ogen. De prachtige honingkleurige poelen zijn wazig totdat ze knippert en focust. Haar stem is hees. "Waar ben ik?"

Ik pak een glas water van het nachtkastje en breng het rietje naar haar lippen. "In een privékliniek in Sint-Petersburg." Ik ondersteun haar nek en help haar een slokje te nemen. "Meer?"

Ze likt een druppel weg. "Ik heb genoeg."

Een golf van tederheid stroomt door me heen. "Hoe voel je je?"

Haar glimlach is zwak. "High van de morfine, denk ik."

"Goed." Ik wil niet dat ze pijn lijdt.

"Heb je het lijk gevonden?"

Ik knars met mijn tanden bij de herinnering aan haar bloedend in de sneeuw aan de oever van de bevroren rivier. "Nee. Het zal in de zomer wel aanspoelen."

Haar pupillen verwijden zich zelfs als haar ogen groot worden. "Wat dan?"

"Dan niets," zeg ik en leg de nadruk op *niets*.

Ze bijt op haar lip en kijkt me gepijnigd aan. "Ik heb hem vermoord."

Ik knijp haar hand in de mijne. "Je hebt ons leven verdedigd." Mijn onuitgesproken boodschap is duidelijk. Ik zie haar niet als een moordenaar. Ik laat haar die last niet dragen. "Begrepen?"

De frons op haar voorhoofd wordt niet glad. "Wat

ik bedoel, is dat ik me niet slecht voel over wat ik heb gedaan." Ze kijkt me onderzoekend aan. "Wat maakt dat van mij, Alex?"

"Een mens," zeg ik zonder aarzeling.

Wat ook betekent dat ze posttraumatische stress zal hebben van de gebeurtenissen. Nachtmerries. Schuldgevoelens. Misschien angstaanvallen. Maakt niet uit. Ik heb al de beste psychiater in New York City benaderd.

"Dank je," fluistert ze en ze ontspant zich een beetje terwijl ze de absolutie accepteert die ik aanbied.

De zwaarte van de situatie zakt in mijn borst. Ik heb haar een deel van mijn wereld gemaakt door verliefd op haar te worden. Ik heb haar in de vuiligheid gesleept, en er is geen weg meer terug. Nu niet. Nooit. Ze is van mij en ik ben van haar geweest vanaf het moment dat ik mijn ogen op haar richtte.

Ze pakt mijn wang vast en zegt met een zachte stem, "We komen er samen wel doorheen. We komen samen overal doorheen." Haar blik is smekend. "Goed?"

Dankbaarheid veegt de duisternis weg, en ontsteekt een vonk van opwinding voor de toekomst waar we samen aan beginnen. "Dank je."

"Voor wat?" vraagt ze, terwijl ze haar hand op het bed laat vallen alsof het te veel moeite kost om haar arm omhoog te houden.

"Voor het weten wie ik ben en hoe dan ook van me te houden."

"Dat doe ik. Ik hou van je, Alex," zegt ze met een

zachtaardig licht in haar ogen en ze geeft me de bevestiging waar ik naar verlang.

Een glimlach begint in mijn borst en werkt zich een weg naar mijn lippen. Het voelt goed, die glimlach die van binnenuit komt. Normaal is het andersom. Normaal gesproken is een glimlach niets anders dan een non-verbale vorm van communicatie die mijn geest in geschikte omstandigheden dicteert. Maar deze komt uit het hart. Ik heb sinds de dood van mijn ouders niet meer zo gelachen. Het is zo lang geleden dat ik ben vergeten hoe een man hoort te glimlachen.

"Wat?" vraagt ze, waarbij haar lippen op een vergelijkbare manier omhoog komen.

Ik veeg haar haren van haar voorhoofd en neem haar prachtige gezicht in me op. "Hier zijn we dan, in Sint-Petersburg, alleen niet onder de omstandigheden die we ons hadden voorgesteld."

"Nee," beaamt ze. "Het is niet helemaal gegaan zoals ik had verwacht. Heb je mijn moeder gebeld?"

"Nog niet. Ik wilde eerst dat je wakker werd." Ik vond dat het aan haar was om te bellen.

"Goed." Ze ontspant zichtbaar. "Ik wil niet dat ze zich zorgen maakt. Ik denk..."

"Wat denk je, kiska?"

"Dat ze niet alles hoeft te weten."

Ik knik. "Ik respecteer je wens."

Ze kijkt me onderzoekend aan. "Kunnen we naar huis? Ik bedoel, naar New York?"

"Zodra je weer gezond bent."

Haar uitdrukking wordt hoopvol. "Meen je dat?"

Schuldgevoel verstrakt mijn borst opnieuw. "Ja. Niets weerhoudt me ervan om mijn bedrijf vanuit New York te runnen, zoals ik had gedaan toen we elkaar ontmoetten. We zullen hier af en toe terug moeten komen, maar ik beloof je dat het onder veel aangenamere omstandigheden zal zijn en ik zal ervoor zorgen dat het je werk niet verstoort."

Uitademend, zegt ze, "Daar kan ik mee leven."

Ik til haar hand naar mijn lippen en kus elke vinger terwijl ik mijn woorden afweeg. Dit is moeilijk voor me om te zeggen, omdat ik iets van haar ga vragen dat ik niet verdien. "Katerina," begin ik, mijn toon serieus. "Over je hier naartoe brengen..."

"Ik vergeef je," zegt ze voordat ik verder kan gaan.

Ik staar naar haar en verwerk het geschenk dat ze aanbiedt. Er is maar één manier waarop ik haar kan terugbetalen. Plechtig beloof ik, "Ik zal je nooit meer verdrietig maken."

Ze grijnst. "Daar houd ik je aan."

"Nog één ding."

Ze trekt wachtend een wenkbrauw op.

Het extreme gebrek aan romantiek in onze omgeving is me niet ontgaan, maar toch voelt het goed. Onze relatie begon in een ziekenhuis, dus het lijkt gepast dat ik de grote vraag in een ziekenhuis stel. "Katyusha, mijn liefste, wil je mijn ring dragen?"

"Je bedoelt mevrouw Volkova worden?"

Verdomme, dat klinkt zo perfect. Mijn stem is hees. "Ja."

Haar antwoord weerspiegelt de mijne. "Ja."

Ik had nooit verwacht dat mijn leven ooit weer goed zou draaien, maar hier in deze kamer, in deze stad die zoveel ellende voor me heeft gebracht, is het zo perfect als het maar kan worden.

Dat is maar goed ook.

Want ongeacht haar antwoord, zou ik haar nooit laten gaan.

Ze zeggen dat er weinig verandert in de zogenaamde slaapwijken van Sint-Petersburg. Mensen lijken veel op elkaar. We hebben een aangeboren weerstand tegen verandering. Ik ben niet anders. Ik zal nooit een goed mens zijn. Wreedheid en vriendelijkheid zullen in mijn leven altijd zij aan zij gaan. Maar terwijl mijn vijanden altijd mijn duisternis zullen tegenkomen, wakkert Katerina het licht aan waarvan ik dacht dat ik het allang kwijt was. Dat is wat ik van plan ben vast te houden, de goede herinneringen en de nieuwe die ik met de vrouw maak waar ik van hou.

Mijn Katyusha.

EPILOOG

KATE

"*K*iska," zegt Alex, terwijl hij mijn aandacht van de grafstenen trekt. Hij verstrengelt onze vingers met elkaar, tilt onze handen op en wijst in de verte. "Daar is het."

De diamanten ring aan mijn vinger schittert in het zonlicht, de steen lijkt de heldere stralen te vangen en vast te houden. Het is een geslepen briljant omringd door robijnen — tijdloos en perfect.

Ik volg de richting van zijn blik. Het is onmogelijk om de engel met de gebroken vleugel te missen die op de trappen van een graf ligt te rouwen. Haar betonnen jurk sleept over het gras, de zoom vochtig van de sprinklers.

De stilte valt tussen ons in als we erheen lopen. Terwijl ik de in het marmer gegraveerde namen lees, houd ik Alex zijn hand vast en bied mijn man zoveel mogelijk troost als ik kan.

Viktor Volkov.

Anastasia Volkova.

Het Russisch-orthodoxe kerkhof in Sint-Petersburg is prachtig. Het gras is felgroen, en kleurrijke irissen en cannalelies groeien rond de bomen. Het parfum van kamperfoelie hangt zoet in de lucht. De zomerdag is aangenaam warm. Met het gezang van vogels en het gezoem van bijen om ons heen, is het vredig. Het is een goede rustplaats.

Niet zo lang geleden, toen het kerkhof bedekt was met een witte laag sneeuw en ik van een kogelwond in een privékliniek aan het herstellen was, had Alex de oude grafwachter bij de poort gevonden: ze was doodgevroren. Dat is maar goed ook. Hij zou niet stoppen totdat hij iedereen had laten boeten voor hun aandeel in het in gevaar brengen van ons leven.

Ivan Besovs lichaam spoelde aan op de oever van de rivier toen het ijs smolt, net zoals Alex had voorspeld. De politie opende een onderzoek toen bekend werd dat Stefanov een prijs op het hoofd van de moordenaar had gezet, maar het werd vanwege een gebrek aan bewijs gesloten. De explosie in Stefanovs huis werd als een ongeluk afgeschreven als gevolg van een gaslek. Ik kan alleen maar aannemen dat de invloed van Alex een rol heeft gespeeld bij de snelle oplossing van beide zaken.

Lena is ontslagen. Alex zorgde ervoor dat iedereen wist dat ze Dania had vergiftigd, maar hij liet de details van de samenzwering weg. Met die smet op haar reputatie, was het enige werk dat ze kon vinden de was doen in een gevangenis. Voor zo'n eeuwige snob moet het wassen van de lakens van de *lagere klasse* die ze veracht haar ergste nachtmerrie zijn die uit was gekomen. Een paar weken later viel ze van de trap en brak ze haar nek. De getuigen zeiden dat ze uit was gegleden, omdat de vloer nat was, maar ik vermoed dat Mikhail een handje in haar voortijdige dood had. Ik hoop tenminste dat het Mikhail was. Ik kan de hand van mijn man hierin niet helemaal uitsluiten — een gedachte die me 's nachts wakker zou moeten houden, maar vreemd genoeg niet doet.

Wat Dania betreft, haar vader regelde een huwelijk met een oude oligarch, een man die haar onder zijn duim houdt. Uiteindelijk kan ze nog steeds zijn bedrijf overnemen, maar voor nu moet ze met het feit dealen dat haar vader nauw samenwerkt met Alex, de man die ze nu veracht.

"Klaar om te gaan?" vraagt Alex.

Als ik me omdraai, bestudeert hij me met die doordringende blauwe ogen, waar ik hem zo vaak op betrap. "*Jij?*"

"Ja," zegt hij.

Het woord wordt rustig op de bries weggedragen. Het is zacht, rustig. De ondertoon van kwelling die aanwezig was toen Alex me vertelde over hoe zijn ouders waren gestorven, is niet langer in zijn stem te horen. Er is nog steeds verdriet, maar onder het verdriet ligt een toon van acceptatie.

Ik bestudeer hem met dezelfde intensiteit. De rimpels rond zijn ogen zijn strak van bewustzijn. Hij is eeuwig waakzaam, maar er zijn ook momenten dat hij zijn waakzaamheid volledig laat varen. Zoals in bed.

"Wat?" vraagt hij zachtjes, een glimlach vormt zich om zijn lippen, terwijl hij met zijn duim een lok haar van mijn wang veegt.

"Je bent belachelijk knap." En ik ben duizelig gelukkig.

Hij grinnikt. "Jij moet de enige zijn die dat denkt."

Hij heeft het mis. Hij is niet knap op een conventionele manier, dat klopt, maar ik bedoel niet alleen de sterke kanten van zijn gezicht en de spieren die onder zijn kleren uitpuilen. Ik heb het over wat er in zit, over de man die ik heb leren kennen. Hij is gevaarlijk. Dodelijk. Maar hij is ook betrouwbaar en beschermend. Hij is een goede echtgenoot, die niet alleen mijn carrière als gediplomeerd verpleegkundige ondersteunt, maar me ook aanmoedigt om mijn doctoraat in de verpleegkunde af te ronden. Hij accepteert mijn vrienden en hij houdt van mijn moeder alsof ze zijn moeder is.

Hij kijkt me onderzoekend aan. "Soms," zegt hij zachtjes, "moet ik je aanraken om er zeker van te zijn dat je echt bent." Hij begeleidt de woorden met actie en pakt mijn hand stevig in zijn beide handpalmen vast.

Wat er met mij is gebeurd, heeft een litteken op hem achtergelaten. Ik ben al lang over het trauma heen van neergeschoten worden, zowel fysiek als emotioneel, maar hij wordt nog steeds midden in de nacht badend in het zweet wakker van de nachtmerries.

Ik ga op mijn tenen staan en kus zijn lippen. "Ik ben hier."

Het blauw van zijn ogen verduistert, de felle intensiteit van zijn aandacht richt zich alleen op mij. "Ja, en je gaat nergens heen."

"Nergens," stem ik in. "Niet zonder jou."

Hij ontspant zich bij de belofte, de rimpels van bezorgdheid verdwijnen van zijn gezicht en de harde setting van zijn kaak verzacht.

"Kom," zegt hij, terwijl hij aan mijn hand trekt, zich naar de auto draaiend waar Yuri wacht.

Niet ver achter Yuri is een entourage van bewakers gestationeerd. Hun formele zwarte jassen verbergen geweren en messen. Meer wapens zijn onder de vloer van hun auto's verborgen. Alex laat me nooit ergens heen gaan zonder minstens zes bodyguards, maar ik ben eraan gewend geraakt. Igor rapporteert nu aan mij. Nou ja, min of meer. Hij is het hoofd van mijn persoonlijke bescherming, maar hij luistert nog steeds naar mijn man.

"Ik ben blij dat je me hierheen hebt gebracht," zeg ik terwijl Alex mijn elleboog vastpakt om me te stabiliseren wanneer mijn hiel in het dikke gras vast komt te zitten.

"Ik ben blij dat je met me mee bent gegaan," antwoordt hij.

Alsof ik dit zou hebben willen missen.

Ik begrijp nu waarom hij opdracht gaf voor het standbeeld in zijn tuin in New York City. Het is een replica van de grafsteen van zijn ouders.

Onderaan de helling stopt hij om mijn sandaal te inspecteren. Terwijl hij op zijn hurken gaat zitten, pakt hij mijn enkel in zijn grote hand, zijn vingers overlappen elkaar om de omtrek, en veegt de modder en het plukje gras weg dat aan mijn hiel vastzit. Ik pak zijn schouder vast voor evenwicht, wacht geduldig terwijl hij voor me zorgt. Ik heb geleerd dat hij dit nodig heeft. Hij moet voor me zorgen, me beschermen en troosten. Op zijn beurt laat hij mij hetzelfde voor hem doen.

Naar zijn donkere hoofd starend, zijn dikke haar glanzend in de zon, vraag ik, "Mis je ze nog heel erg?"

Hij kijkt me even aan. "Ja." Er gaat een seconde voorbij voordat hij rechtop gaat staan. "Maar dat is het verleden en wij zijn het heden. Jij bent nu mijn familie." Zijn stem zakt, het timbre donker en verwarmend terwijl hij met zijn knokkels over mijn buik streelt. "En binnenkort hebben we een grotere familie."

Een vlaag van hitte kruipt over mijn wangen. Ik weet dat de bewakers kijken. "Het kan even duren," waarschuw ik. Ik ben pas een maand van de pil af.

Terwijl hij zijn hoofd laat zakken, houdt hij mijn blik met onmiskenbare intentie vast terwijl hij de woorden over mijn lippen ademt. "Ik heb de tijd. Veel ervan als ik elke dag mag oefenen."

Dat maakt me aan het lachen. "Je wilt gewoon indruk op me maken zoals op de eerste nacht, waardoor ik geloof dat je viriel bent voor je rijpe leeftijd."

Zijn ogen krijgen rimpeltjes in de hoeken. Hij tuit

zijn lippen en probeert zijn glimlach tegen te houden. Mijn hartslag gaat omhoog.

Hij pakt mijn pols en trekt me tegen zich aan, waardoor ons lichaam botst. "Plaag je me, mevrouw Volkova?"

De plotselinge beweging doet me naar adem snakken. Op het moment dat mijn lippen uit elkaar gaan, glipt hij naar binnen, mijn geluiden inslikkend, en onderzoekt met zijn tong de diepte van mijn mond. Mijn knieën beginnen te knikken. Ik klamp me vast aan zijn armen en voel de spieren onder mijn handpalmen bewegen terwijl hij zijn brede handen over mijn rug uitspreidt en me onmogelijk dicht tegen zich aan drukt, dicht genoeg om mijn rug te krommen en me de hardheid te laten voelen die tegen mijn buik groeit.

Een begraafplaats is niet echt een geschikte plaats. De mannen kijken discreet naar voren en doen alsof ze niets zien, wat het nog minder gepast maakt, maar ik zou me niet aan zijn omhelzing kunnen onttrekken als ik het probeerde. Hij maakt me hulpeloos. Vlammen barsten over mijn huid uit, brandend door mijn lichaam tot in mijn kern.

Hij pakt mijn kont vast en trekt me strakker tegen hem aan. De mannen in hun zwarte pakken en de zwarte auto's vervagen. Het maakt niet meer uit waar we zijn. Het gevoel van de zomer die op de lucht rijdt, groeit uit tot een zeepbel die ons in geluk isoleert. In euforie.

Mijn telefoon gaat.

Alex kreunt.

Verward trek ik me terug en zeg zacht, "Niet hier."

"Je hebt gelijk," zegt hij met een hese stem. "Je moet opnemen." Hij haalt zijn vingers door zijn haar en gooit het in de war op de manier waar ik zoveel van hou. "Je laat me vergeten waar ik ben." Zijn lippen komen in een hoek omhoog. "Dat effect heb je op me. Altijd al, sinds de eerste nacht."

Ik trek mijn blik van de zijne af, graaf in mijn tas naar mijn telefoon en kijk naar het scherm. "Het is mijn moeder."

"Neem je tijd." Hij vist zijn eigen telefoon uit zijn zak en tikt op het scherm, al door zijn berichten scrollend. Hij draait zich zijwaarts om me een illusie van privacy te geven en zegt, "Doe Laura de groeten van me."

Ik haal diep adem voordat ik de telefoon tegen mijn oor duw. "Hoi, mam."

"Katie! Je klinkt buiten adem. Bel ik ongelegen?"

Ik kijk naar de imposante rug van Alex. "Uhm, nee. Ik was gewoon aan het lopen."

"Hoe is de huwelijksreis?"

"Geweldig. Alex heeft me meegenomen om alle populaire toeristische attracties te zien die we tijdens ons eerste bezoek hebben gemist. Hij neemt me vanavond mee naar een minder drukke plek. En jij? Hoe is je vakantie?"

"Fantastisch. William en ik hebben besloten om het naaktstrandje eens te proberen."

"Ik dacht dat je in Kroatië was?"

"Dat zijn we, schat. We hebben hier een plek gevonden waar ik met mijn hele lichaam kan zonnen."

Ondanks haar enthousiasme, kan ik er niets aan doen dat ik me zorgen maak. "Hoe is het getrouwde leven voor je?" Voorzichtig voeg ik eraan toe, "Voel je je nog niet te claustrofobisch?"

"Oh, nee hoor. William gaat morgen met een gids in de bergen wandelen. Dat geeft me een paar dagen voor mezelf op het strand. Daarna ontmoeten we elkaar in dat chique hotel waar ik je over vertelde."

"Dat klinkt geweldig." Ik ben blij dat ze de formule hebben gevonden die voor hen werkt.

"Hoe gaat het met Alex?"

"Het gaat goed met hem. Hij doet je de groeten."

"Geef hem een kus van me." Haar stem wordt gehaast. "Oh, jeetje. Kijk eens hoe laat het is. Ik moet gaan, schat. We gaan uit eten. Ik bel je over een paar dagen weer."

Als ik mijn telefoon weg leg, vraagt Alex, "Is ze gelukkig?"

"Extatisch."

"Ik ben blij om dat te horen." Hij grijnst. "Ik ben de afgelopen zes maanden met jou naar meer bruiloften geweest dan in mijn hele leven."

Ik lach naar hem. "Klaag je?"

Hij pakt mijn hand en gaat verder op het pad dat we zijn ingeslagen voordat we werden afgeleid. "Niet over de onze. Hoe gaat het met Jo en Ricky?"

"Ze zijn net terug uit Brazilië. Ze willen ons uitnodigen voor een etentje als we thuis zijn."

"Alleen als Ricky kookt." Hij trekt een gezicht. "Jo kan wel wat lessen gebruiken."

Ik sla hem op zijn arm. "Dat is niet aardig."

Hij neemt een serieuze uitdrukking aan. "Maar waar."

"Oké, vooruit. Ik geef toe dat haar moussaka een beetje aan de aangebrande kant was."

We komen aan bij de auto. Yuri doet de deur met een stoïcijnse uitdrukking open. Alex zorgt ervoor dat ik goed zit en gaat naast me zitten. Hij neemt mijn hand in zijn schoot en wijst naar plekken op onze weg terug naar huis. Als we samen zijn, moet hij me altijd aanraken, maar daar klaag ik niet over. Ik hou van zijn obsessie met mij. Ik heb het net zo hard nodig als dat hij voor mij moet zorgen.

"Heb je honger?" vraagt hij wanneer we terug zijn in onze slaapkamer.

"Ik ben uitgehongerd. Het moet door alle frisse lucht komen."

Hij knikt met goedkeuring. "Goed. Ik heb Tima al gevraagd om een spread voor te bereiden."

Op dat moment wordt er op de deur geklopt. Alex doet open en laat Tima binnen met een trolley met borden. Eén voor één tilt Tima de zilveren deksels op om elk denkbaar Russisch voorgerecht en elke hapklare hap te onthullen.

"Geniet ervan," zegt Tima met een grijns en geeft me op weg naar buiten een knipoog.

"Ik dacht dat we gewoon aan een selectie konden knabbelen," zegt Alex wanneer Tima is vertrokken. "De gerechten worden allemaal koud geserveerd, dus je hebt tijd om te douchen als je wilt."

Mijn maag warmt op bij de nuance van zijn toon. "Tuurlijk. Ik kan wel een douche gebruiken."

Als ik naar de badkamer loop, weet ik dat hij me volgt. Zijn stappen zijn rustig, zoals die van een licht, katachtig roofdier, maar ik weet dat hij er is. Zijn aanwezigheid is te groot om te negeren, zijn mannelijke energie te overweldigend om me niet bewust te zijn van hoe hij me in de kamer op mijn hielen volgt. Het haar op mijn armen komt omhoog met bewustzijn.

Voordat ik de rits aan de achterkant van mijn jurk kan pakken, heeft hij hem al vast. Hij trekt hem langzaam naar beneden en laat zijn vingertoppen over mijn ruggengraat strijken terwijl het geluid van de rasp van de rits weerkaatst. Wanneer de jurk van de bovenkant naar de onderkant van mijn rug valt, duwt hij de mouwen over mijn schouders. Het katoen valt over mijn voeten, zich om mijn enkels draperend.

Vervolgens werkt hij aan de sluiting van mijn beha en maakt die met perfecte efficiëntie los. Ik sta stil terwijl hij een vinger in het elastiek van de bijpassende string haakt. In plaats van hem over mijn heupen te trekken, geeft hij een harde ruk. Een scheurend geluid snijdt door de ruimte, het kant snijdt even in mijn huid voordat de koele lucht over mijn huid stroomt. De bruuskheid van de daad staat in schril contrast met de zachte manier waarop hij zich van de rest van mijn kleding heeft ontdaan, en die korte show van urgentie zorgt ervoor dat vloeibare warmte zich tussen mijn benen verzamelt.

Hij grijpt mijn middel, draait me naar hem toe en gaat langzaam naar beneden op zijn hurken zitten, terwijl hij zijn grote, warme handpalmen over mijn armen, mijn dijen en uiteindelijk mijn kuiten laat gaan. Ik slik terwijl ik zijn blik vasthoud en de donkere, hongerige intentie in die prachtige blauwe poelen in me opneem.

Zachtjes verwijdert hij de ene sandaal en dan de andere. Als ik helemaal naakt voor hem sta, gaat hij rechtop staan. Terwijl hij een van mijn borsten omhult, wrijft hij een duim langs de onderkant. Mijn tepels worden onmiddellijk hard. Ik wil hem zo graag dat het pijn doet. Zijn hand is groot genoeg dat de helft van zijn handpalm mijn ribben bedekt. Hij houdt me even zo vast en streelt de onderkant van mijn borst terwijl hij in mijn ogen staart. Hij leest graag mijn reacties als hij me aanraakt. Hij wil graag leren hoe hij me kan laten schreeuwen.

Als hij genoeg heeft van mijn ogen laat hij zijn blik op mijn lippen vallen. Zijn ogen snijden een langzaam pad over me heen en blijven even op mijn borsten hangen. Ik pak zijn schouders als hij zijn hoofd laat zakken en op een tepel mikt. Op het moment dat hij zijn lippen rond de harde punt sluit, ontsnapt er een kreun aan mijn mond. Zijn tong is heet, zijn tanden kwaadaardig. Hij weet hoe hij me gek kan maken door niets anders te doen dan mijn borsten te strelen, maar vanavond laat hij me niet smeken. Hij gaat naar beneden en kust zich een weg langs mijn lichaam naar beneden totdat hij weer voor me hurkt.

Ik snak naar adem als hij mijn been over zijn schouder gooit. Ik weet al waar dit heen gaat. Toch ben ik niet voorbereid op de aanval van genot die me overvalt als hij recht op zijn prijs afstevent. Hij likt en zuigt en in een kwestie van seconden kom ik klaar. Mijn benen zijn in de nasleep van die snelle en intense ontlading als gelei, maar hij geeft me geen kans om uit te rusten. Hij kleedt zich met bliksemsnelheid uit, ontbloot zijn harde mannelijke lichaam en flinke opwinding.

We halen de douche niet. Hij vangt mijn gezicht tussen zijn handen en kust me alsof hij mijn lucht nodig heeft om te ademen. Ik proef mezelf op zijn lippen, het bewijs van hoe graag ik hem wil. Als ik een hand om het fluwelen vlees van zijn pik sluit, grijpt hij mijn haar in een paardenstaart en duwt me op mijn knieën. Ik neem hem in mijn mond en lik aan de schacht totdat zijn ademhaling versnelt en hij met zijn heupen pompt terwijl ik hem dieper zuig.

Zoals altijd slik ik elke druppel door als hij komt, en bezit zijn ontlading net zoals hij de mijne bezit. Zo komen neemt de spanning weg, maar het vertraagt hem niet. Het maakt hem hebberiger naar mij. Hij trekt me overeind, zwaait me in zijn armen en draagt me naar de douche. Hij houdt me met de ene hand vast en spreidt zijn vingers over mijn middel terwijl hij met de andere de kraan opent. Terwijl het water opwarmt, kust hij me en zorgt hij ervoor dat hij me met zijn lichaam tegen de koude mist van de druppels beschermt.

Als de straal warm is, neemt hij me mee eronder, komt met één stoot bij me binnen en pauzeert dan om me me aan te laten passen. De hitte die me van binnen verbrandt, is anders, groter dan het genot van eerder. Het is het soort extase dat mijn geest steelt. Het ontneemt me mijn zintuigen en doet me al het andere vergeten.

Na een paar stoten begint hij langzaam te bewegen, zichzelf dieper naar binnen te werken. Mijn gekreun spoort hem aan. Mijn gejammer laat hem harder met zijn heupen pompen, maar als ik met mijn nagels over zijn schouders krab, duikt hij naar binnen en bezit hij mij. De tegels zijn koel tegen mijn rug. Elke stoot beweegt mijn lichaam tegen het gladde oppervlak op. De richels van de hoeken van de tegels schrapen langs mijn huid, maar ik ben me nauwelijks bewust van het ongemak. Zolang hij me naar een ondraaglijk hoogtepunt drijft, is elke andere sensatie slechts achtergrondgeluid.

Hij pakt een borst en knijpt in mijn tepel. De sensatie ontsteekt meer vonken in mijn kern. Hij stopt met me te kussen om in mijn ogen te kijken. Er hangen druppels aan zijn donkere wimpers, glinsterend als diamanten tegen de achtergrond van zijn blauwe irissen. De kleur is fascinerend, maar het is de vonk en felheid van het bezit in hun dieptes waar ik me op concentreer. Het is de allesverslindende liefde die naar me terugkaatst die mijn aandacht vasthoudt terwijl hij een hand tussen onze lichamen schuift en mijn clitoris vindt. Hij wrijft met zijn duim op de manier die me altijd op mijn knieën brengt, en als mijn benen het beginnen te begeven, draait hij zijn heupen en komt hij klaar op het moment dat mijn inwendige spieren zich om hem heen aanspannen.

Zeggen dat ik sterren zie is een cliché, maar dat is wat hij met me doet. Het genot dat door me heen trekt, is als een explosie van meteorieten die door de atmosfeer schieten. Als ik mijn ogen sluit, zijn de witgloeiende punten van de sterren als ze in de lucht branden als het statische geluid op een tv-scherm. Maar dat is niet wat de hoogte van mijn euforie veroorzaakt. Wat me tot dat punt drijft, is de band tussen ons. Die is altijd aanwezig, wat we ook doen, maar ik voel hem het sterkst op deze manier, naakt in zijn armen, kwetsbaar en blootgesteld. Dit is wanneer zowel ons lichaam als onze ziel blootgelegd worden.

Hij drukt zijn voorhoofd tegen het mijne en zegt met een bevende stem, "Katyusha."

De vertedering spoelt over me heen en vult me met warmte.

Hij kust mijn lippen en vangt de onderlip met zijn tanden. "Je maakt me gek. *Sumashedshim.*"

"*Sumashedshim,*" zeg ik instemmend.

Zijn stem is hees. "Zeg dat je me wil."

"*Vsegda.*" Constant, altijd, eeuwig, voor altijd.

Een sprankje voldoening licht zijn ogen op als hij zich terugtrekt om naar me te kijken. "Je Russische lessen werpen hun vruchten af."

Lethargisch leun ik tegen hem aan en laat hem mijn gewicht dragen. "Mm."

"Kom op," zegt hij, zijn stem teder. "Laat me voor je zorgen."

Nadat hij mijn lichaam en mijn haar heeft gewassen, wikkelt hij me in een pluizige handdoek en wrijft me droog voordat hij me naar bed brengt. Hij serveert me daar eten, voedt me met kleine hapjes en aait mijn haar alsof ik de kiska ben — het kitten — die hij me noemt.

Als ik verzadigd ben, schenkt hij voor ons een glas wijn in. Na een paar slokjes laat hij me een dutje doen. Het is bijna middernacht als hij me met een kus op mijn schouder wakker maakt.

"Katyusha." Zijn diepe stem dringt door in mijn slaap. "Wakker worden, mijn liefste."

Knipperend wrijf ik in mijn ogen. "Is het al ochtend?"

"Nee," zegt hij met een eigenaardige beweging van zijn lippen. "Het is bijna middernacht. Kom."

Hij helpt me uit bed en houdt mijn badjas voor me open. Als ik tegen de koelere lucht van de nacht beschermd ben, pakt hij mijn hand en leidt me naar het dakterras.

Hij vouwt zijn armen van achteren om me heen en laat zijn kin op de kruin van mijn hoofd rusten.

"Kijk," zegt hij.

Ik geniet van het uitzicht. De kleurrijke koepels van de barokke gebouwen schijnen in het koperen licht van de zonsondergang. Als een bal van goud hangt de zon aan de horizon. Daarboven is de hemel een fragiel, delicaat wit, als de sluier van een bruid.

"Een witte nacht," zeg ik met ontzag.

Hij kust de bovenkant van mijn hoofd. "Een middernachtelijke dag."

Terwijl ik me in zijn omhelzing omdraai, kijk ik omhoog naar de scherpe hoeken van zijn gezicht.

Hij grinnikt. "Het uitzicht is daar."

"Nee." Ik pak zijn wang. "Wat ik wil zien, is hier, voor me."

"Ja," zegt hij zachtjes. "Zo is het. Jij. Jij bent het altijd voor me geweest."

Als hij zijn hoofd laat zakken, bied ik mijn lippen aan en laat hem me onder de middernachtzon kussen.

VOORPROEFJES

De reis van Alex en Kate eindigt hier. Bedankt voor het volgen van hun epische liefdesverhaal!

Om op de hoogte te worden gehouden van onze volgende boeken, meld je dan aan voor onze nieuwsbrieven op www.annazaires.com/book-series/nederlands/ en www.charmainepauls.com.

Zin in meer spannende romantiek? Bekijk *Mijn Kwelling* van Anna Zaires. En mis onze actievolle samenwerking van vijanden naar geliefden niet, *Duisterder dan liefde*!

Sla de bladzijde om om een fragment uit *Mijn Kwelling* ten *Duisterder dan liefde* te lezen en meer te weten te komen over onze boeken.

FRAGMENT UIT MIJN KWELLING

Hij kwam me 's nachts halen, een wrede, aantrekkelijke vreemdeling uit een van Ruslands gevaarlijkste gebieden. Hij martelde me, vernietigde me en verwoestte mijn wereld tijdens zijn zucht naar wraak.

Nu is hij terug, maar het zijn niet mijn geheimen die hij wil.

De man uit mijn nachtmerries wil mij.

Met een krijtwit gezicht wankelt ze achteruit. Ik pak haar andere arm om te voorkomen dat ze in elkaar zakt. Het is duidelijk dat ze me heeft herkend. 'Ga nou niet gillen,' zeg ik. 'Ik ben hier niet om je pijn te doen.'

Haar bruine ogen hebben een wilde blik in zich en

het is duidelijk dat mijn woorden niet aankomen. Het enige wat zij ziet, is een bedreiging voor haar leven, en daar reageert ze op. Over een paar seconden valt ze flauw of zet ze het op een schreeuwen. Geen van die dingen is een goed idee. 'Sara.' Mijn stem klinkt scherp. 'Ik ben hier niet om iemand iets aan te doen, maar als het moet, dan doe ik het. Begrepen? Als je de aandacht trekt, dan zullen er mensen sterven.'

De hersenloze paniek in haar blik zwakt iets af en wordt vervangen door een rationelere angst, al is die even intens. Ik begin tot haar door te dringen. Dat ik niet bluf, draagt daar waarschijnlijk ook aan bij.

'Wat wil je?' Onder de lipgloss zijn haar bevende lippen bleek. 'Waarom ben je hier?'

'Ik wilde je zien,' zeg ik. Ik trek haar met me mee de menigte door, weg bij de camera's die rond de bar hangen. Sara's blote arm spant zich. Haar huid voelt koud aan, maar zoals ik al verwacht had, zet ze het niet op een schreeuwen. Inmiddels ken ik haar goed genoeg om te weten dat ze liever zou sterven dan een stel vreemden in gevaar te brengen.

'Dans met me,' herhaal ik als ik haar heb waar ik haar hebben wil: naast een muur in een donker hoekje, waar de menigte ons tegen andere blikken beschermt. Om het haar makkelijker te maken, laat ik haar armen los en leg mijn handen om haar middel, zacht en vriendelijk.

Haar lichaam is zo stijf als een stuk ijs, maar de mensen om ons heen zien gewoon een stel dat samen op de muziek danst. Als ze haar handen tegen mijn borst legt, versterkt dat die illusie alleen maar. Ze probeert me weg te duwen, maar is ze te geschokt om echt kracht te kunnen zetten. Niet dat het enig verschil zou maken als ze dat wel deed. Ik kan de meeste mannen met weinig moeite de baas, dus laat staan een tengere vrouw als zij. 'Wees niet bang,' prevel ik als ze mijn blik vangt.

Zelfs op een volle dansvloer kan ik haar delicate, bloemige geur ruiken. Mijn lichaam reageert op haar nabijheid en mijn penis wordt stijf nu ik haar slanke middel tussen mijn handen houd. Ik wil haar tegen me aan trekken en haar hele lichaam tegen het mijne voelen, maar ik dwing mezelf iets van ruimte tussen ons te laten. Ik wil niet dat de intensiteit van mijn verlangen haar bang maakt. Sara ziet er al uit als een klein diertje in een val, een en al blinde angst en wanhoop. Het liefst zou ik haar dicht tegen me aan houden en knuffelen, maar dat zou haar nog banger maken. Alles wat ik doe, maakt haar bang; al zou ik haar uitnodigen voor een potje karaoke, dan zou ze nog een paniekaanval krijgen.

'Wat wil je van me?' Haar ademhaling is snel en oppervlakkig. 'Ik weet niets...'

'Dat weet ik.' Ik houd mijn stem vriendelijk. 'Maak je geen zorgen, Sara. Dat is voorbij.'

Verwarring verdrijft iets van de doodsangst uit haar blik. 'Maar waarom...'

'Waarom ik hier ben?'

Ze knikt voorzichtig.

'Dat weet ik niet precies,' zeg ik. Dat is de waarheid. De afgelopen vijfenhalf jaar heeft mijn leven in het teken van wraak gestaan. Alles wat ik deed, was voor dat ene doel. Maar nu mijn lijst bijna leeg is, ziet de toekomst er bleek en leeg uit. Het pad dat voor me ligt, is in een schimmige mist gehuld. Zodra ik de laatste persoon die verantwoordelijk was voor de dood van mijn gezin omgebracht heb, heb ik geen doel meer. Mijn reden van bestaan is er niet meer.

Tenminste, dat dacht ik... tot ik haar ontmoette en de pijn in haar reebruine ogen zag. Nu beheerst zij mijn dromen en kwelt me als ik wakker ben. Als ik aan Sara denk, zie ik eindelijk niet het kapotte lichaam van mijn zoontje of Tamila's bebloede gezicht voor me. Ik zie alleen haar.

'Ga je me doden?'

Ze probeert haar stem kalm te houden, maar dat lukt niet. Toch bewonder ik haar poging om beheerst over te komen. Ik heb haar in een openbare locatie benaderd om haar zich veiliger te laten voelen, maar ze is te intelligent om daarin te trappen. Als ze haar iets over mijn achtergrond verteld hebben, dan weet ze dat ik haar nek sneller kan breken dan dat zij om hulp kan schreeuwen. 'Nee,' antwoord ik. Ik leun naar haar toe als de muziek weer aanzwelt. 'Ik ga je niet doden.'

'Wat wil je dan van me?'

Ze beeft en dat intrigeert me, hoewel ik het tegelijkertijd niet fijn vind. Ik wil niet dat ze me vreest, maar tegelijkertijd vind ik het fijn als ze aan me overgeleverd is. Haar angst bevalt het roofdier in mij wel en wakkert een duister verlangen in me aan. Ze is een gevangen prooi: zacht, zoet en de mijne om te verscheuren. Ik verberg mijn neus in haar lekker ruikende haren en fluister in haar oor: 'Kom morgen om 12.00 uur naar de Starbucks die het dichtst bij jouw huis zit, dan praten we daar. Ik zal je vertellen wat je maar wilt weten.'

Ik kijk weer op en haar ogen staan groot in haar hartvormige gezicht als ze me aanstaart. Ik weet wat ze denkt, dus buig ik me nogmaals naar haar toe. 'Als je contact opneemt met de FBI, zullen ze proberen je voor me te verbergen, net zoals ze geprobeerd hebben je man en de anderen op mijn lijst voor me te verbergen. Ze zullen je dwingen te verhuizen, weg van je ouders en je werk... en het zal allemaal voor niets zijn. Waar je ook bent, ik zal je vinden, Sara.... wat ze ook doen om jou voor mij te verbergen.' Als mijn lippen het randje van haar oorschelp raken, stokt haar adem. 'Ze zouden je ook als lokaas kunnen gebruiken. Als dat zo is, als ze een val zetten, dan zal ik het weten. En dan praten we niet onder het genot van een kopje koffie.' Ze rilt en ik haal diep adem om haar delicate geur nog even op te snuiven voor ik haar loslaat.

Dan stap ik achteruit en verdwijn in de menigte. Intussen laat ik Anton weten dat hij het team in positie moet brengen. Ik wil dat ze veilig thuiskomt; niemand zal haar iets aandoen, alleen ik.

Bezoek www.annazaires.com/book-series/nederlands/
om jouw exemplaar van *Mijn Kwelling* vandaag nog te
bestellen!

FRAGMENT UIT DUISTERDER
DAN LIEFDE

Op een koude, donkere nacht had een Russische
moordenaar me uit een steegje ontvoerd.
Ik ben gevaarlijk, maar hij is dodelijk.
Ik ben een keer ontsnapt.
Hij laat het me geen tweede keer doen.

De wraak is van hem.
Het verraad is van mij.
Maar dat geldt ook voor de leugens om degenen van
wie ik hou te beschermen.

We zijn uit hetzelfde verknipte hout gesneden. Beiden
genadeloos. Beiden beschadigd.
In zijn omhelzing vind ik de hel en de hemel, zijn
wreed tedere aanraking vernietigt en verheft me
meteen.

Ze zeggen dat een kat negen levens heeft, maar een huurmoordenaar heeft er maar één.
En Yan Ivanov bezit nu de mijne.

~

"Ik werk er nu een paar maanden," antwoord ik met trillende stem. Het is gemakkelijk om doodsbang te klinken, want dat ben ik ook.

Ik ben met twee mannen die me misschien willen vermoorden en ik ben niet in staat om mezelf te verdedigen.

Het enige dat me hoop geeft, is dat ze dat nog niet hebben gedaan. Ze hadden me met gemak in de steeg kunnen vermoorden, daarvoor hadden ze me niet hierheen hoeven te brengen. Natuurlijk is er nog een andere mogelijkheid, een die elke vrouw moet overwegen.

Ze zijn misschien van plan om me te verkrachten voordat ze me vermoorden, in welk geval me hierheen brengen volkomen logisch is.

De gedachte laat mijn maag zich omdraaien, de oude herinneringen dreigen naar boven te komen, maar onder de angst en walging is er iets duisterders, iets dat oneindig veel meer verknipt is. Het korte gevoel van opwinding dat ik aan de bar had ervaren, was niets vergeleken met hoe het had gevoeld toen de gevaarlijke vreemdeling me tegen de muur had geklemd en hij mijn gezicht met die wrede zachtheid had gestreeld. Mijn lichaam — het zwakke, geruïneerde lichaam waar ik het afgelopen jaar een hekel aan heb gehad — was met zo'n kracht tot leven gekomen, dat het was alsof er vuurwerk onder mijn huid was ontstoken, die mijn kern vloeibaar maakte en mijn remmingen wegbrandde.

Kon hij het voelen?

Wist hij hoe graag ik wilde dat hij me aan bleef raken?

Ik denk dat hij het wist. En meer dan dat, ik denk dat hij dat wilde. Zijn ogen — een hard, edelsteenachtig groen — hadden me met de duistere intensiteit van een roofdier gadegeslagen, elke beweging van mijn wimpers, elke hapering van mijn adem in zich opnemend. Als we alleen waren geweest, dan had hij me misschien gekust... of me ter plekke vermoord.

Het is met hem moeilijk te zeggen.

"Vind je het leuk? In de bar werken, bedoel ik?" vraagt de getatoeëerde man, mijn aandacht weer op hem vestigend. *Hij* is gemakkelijk te lezen. Er is onmiskenbare mannelijke interesse in de manier waarop hij naar me kijkt, een duidelijke glans in zijn groene ogen.

Wacht eens even. *Groene ogen?*

"Zijn jullie twee broers?" flap ik eruit en vervloek mezelf dan in stilte. Ik ben zo moe dat ik niet helder denk. Het laatste wat ik nodig heb, is dat deze twee zich indenken dat ik informatie over hen verzamel, of

—

"Dat zijn we." Een glimlach verlicht zijn brede gezicht en verzacht zijn harde trekken. "We zijn zelfs een tweeling."

Shit. Dat had ik *niet* hoeven te weten. Voor ik het weet, vertelt hij me straks zijn —

"Ik ben trouwens Ilya," zegt hij en hij steekt een grote klauw naar me uit. "En de naam van mijn broer is Yan."

Oh, fuck. Ik ben zo de pineut. Ze gaan me vermoorden. "Aangenaam kennis met je te maken," zeg ik zwakjes en schud op de automatische piloot zijn hand. Mijn greep is even slap als mijn stem, maar dat geeft niet. Ik speel een jonkvrouw in nood, en hoe overtuigender ik ben, hoe beter.

Jammer dat de act tegenwoordig meestal echt is.

Ilya knijpt behoedzaam in mijn hand, alsof hij bang is om per ongeluk mijn botten te verpletteren, en ik voel een greintje hoop. Hij zou niet zo voorzichtig met me zijn als ze van plan waren me op brute wijze te verkrachten en te vermoorden, toch?

Alsof hij mijn gedachten leest, schenkt hij me nog een glimlach, een nog vriendelijkere deze keer, en zegt nors, "Het spijt me van mijn broer. Hij is gewend om in elke hoek vijanden te zien. Je zult hier ongedeerd vandaan komen, dat beloof ik je, *malyshka*. We moeten je uit voorzorg een nachtje hier houden, meer niet."

Vreemd genoeg geloof ik hem. Of ik geloof tenminste dat *hij* me geen kwaad wil doen. De jury is er wat betreft zijn broer nog steeds niet uit — die precies dat moment kiest om naar binnen te lopen, met een kopje thee in de ene hand en twee biertjes in de andere.

Mijn adem stokt in mijn keel terwijl hij — Yan — de drankjes voor ons op de salontafel zet en tussen mij en Ilya in gaat zitten, zich onbeschaamd in de te kleine ruimte proppend. Instinctief schuif ik opzij, voor zover de bank dat toelaat, maar dat is slechts ongeveer zes centimeter, en mijn been komt uiteindelijk tegen het zijne aan, de hitte van zijn lichaam brandt me zelfs door de lagen van onze kleding heen.

Hij heeft het suède winterjack dat hij eerder droeg uitgedaan en is nu gekleed zoals hij in de bar was, in de stijlvolle geklede broek en het overhemd met knoopjes. Alleen zijn zijn mouwen opgerold, waardoor zijn gespierde onderarmen zichtbaar zijn die licht met donker haar bestrooid zijn.

Hij is sterk, deze gijzelnemer van me. Sterk en superfit, zijn lichaam is onder die perfect op maat gemaakte kleding een dodelijk wapen.

"Thee," zegt hij met die zachte, diepe stem van hem, zo anders dan de ruwere klanken van zijn broer. "Volgens het verzoek van de prinses."

"Dank je," mompel ik, terwijl ik naar het kopje grijp. Mijn handen trillen zichtbaar, mijn ademhaling is oppervlakkig en ik zweet — en niets van dat alles is gespeeld. Ik ruik de zuivere, mannelijke geur van zijn eau de cologne — iets sensueels en luchtigs, zoals peper en sandelhout — en zijn nabijheid maakt me onrustig, waardoor mijn binnenste met een verwarrende mengeling van angst en verlangen op hol slaat. Zelfs als hij niet de personificatie van gevaar was, zou ik door zijn magnetische knappe uiterlijk aangetrokken worden, maar wetende wat ik over hem weet — over wat hij doet en wat hij me zou kunnen aandoen — kan ik mijn hulpeloze reactie op hem toch niet onder controle houden.

Zelfs mijn vermoeidheid neemt af, waardoor ik zenuwachtig en high word, alsof ik twee liter espresso heb gedronken.

Ik ben me terdege bewust van zijn blik op mij terwijl ik het kopje naar mijn lippen breng en een slok neem, terwijl ik bij de kokende temperatuur van het water een sis onderdruk. Ik probeer niet naar hem te kijken, me alleen op mijn thee te concentreren, maar ik kan het niet helpen om naar zijn handen te staren terwijl hij naar voren reikt en een biertje pakt. Zijn vingers zijn lang en mannelijk en hoewel zijn nagels netjes verzorgd zijn, verloochenen de eeltplekken aan de randen van zijn duimen de elegantie van zijn uiterlijk.

Dit is een man die gewend is om dingen met zijn handen te doen.

Vreselijke, gewelddadige dingen.

Een normale vrouw zou bij die gedachte walgen, maar mijn hart bonst sneller, en tussen mijn benen begint het pijnlijk te pulseren, mijn ondergoed wordt vochtig van de vloeibare warmte. De duisternis in hem roept me, waardoor ik me levend voel op een manier die ik nog nooit eerder heb ervaren.

Het is alsof het gelijke het gelijke herkent, de fout in mij die naar hetzelfde in hem verlangt.

Ilya pakt de overgebleven fles, zijn handen dik en ruw, met een paar tatoeages op de rug. Er zit geen pretentie in hem, geen poging om achter een elegant masker te verbergen wat hij is. "Op nieuwe vrienden," zegt hij, terwijl hij met zijn fles tegen die van zijn broer tikt en dan, zachter, tegen mijn kopje thee. Ik waag het om een blik op hem te werpen, maar in plaats daarvan kijk ik in Yans harde groene ogen.

Ik kijk snel weg, maar niet voordat een verradende blos in mijn nek kruipt en mijn gezicht bedekt. "Op nieuwe vrienden," herhaal ik, terwijl ik in mijn kopje staar alsof ik mijn lot in de theeblaadjes zou kunnen zien staan. Ik weet niet zeker of ik wil dat Yan weet wat voor effect hij op me heeft, hoewel hij dat waarschijnlijk al weet.

Ik ben vanavond niet echt op mijn best.

"Ja, op nieuwe vrienden," mompelt Yan, terwijl zijn grote hand op mijn knie landt om er licht in te knijpen.

Geschrokken kijk ik naar hem en zie hem het bier achteroverslaan. Zijn sterke keel beweegt terwijl hij slikt. Het is een vreemd sensueel aanzicht en mijn ingewanden verkrampen als hij de fles laat zakken en mijn blik ontmoet. Zijn ogen hebben een duistere intentie, terwijl de hand op mijn knie een paar centimeter omhooggaat langs mijn dij, dichter bij waar ik nat en pijnlijk ben.

Oh God.

Hij weet het.

Hij weet het absoluut.

"Ilya," zegt hij zacht, terwijl hij mijn blik nog steeds vasthoudt. "Kun je voor ons een paar boterhammen maken? Ik denk dat Mina hier honger heeft."

"Heeft ze dat?" Ilya klinkt verward als hij opstaat, en ik kijk op en zie hem fronsend naar ons kijken — in het bijzonder naar mijn dij, waar Yans hand zo bezitterig ligt. Langzaam straalt er spanning van zijn grote lichaam af, zijn handen ballen langs zijn zijden terwijl zijn blik naar het gezicht van zijn broer gaat.

"Ik denk niet dat ze honger heeft," zegt hij met een sneer, zijn stem is laag en hard. Zijn ogen gaan naar mij. "Ofwel Mina?"

Ik slik moeizaam, niet wetend wat het juiste antwoord is. Als ik het goed lees, heeft Yan zojuist een soort exclusieve claim op me gezet, een claim die ik zou versterken als ik deze verzonnen honger toe zou geven.

Is dat wat ik wil?

Om de broer weg te sturen die aardig tegen me is geweest, zodat ik alleen kan zijn met de man die voorstelde om mijn lichaam in de rivier te dumpen?

"Een... een broodje zou lekker zijn." De woorden lijken niet van mij te zijn, maar het is mijn stem die ze uitspreekt, zelfs terwijl mijn brein zich inspant om de implicaties te doorgronden. "Dat wil zeggen, als het niet te veel moeite is."

Ilya's mond wordt smaller. "Goed dan. Ik zal eens kijken wat we in de koelkast hebben."

En hij draait zich om, loopt weg en laat me met zijn broer op de bank achter.

∿

Bezoek www.annazaires.com/book-series/nederlands/ om jouw exemplaar van *Duisterder dan liefde* vandaag nog te bestellen!

BOEKEN DOOR ANNA ZAIRES & CHARMAINE PAULS

Als je van *Middernachtdagen* hebt genoten, bekijk dan de volgende titels van Anna en Charmaine!

Andere samenwerkingen van Anna & Charmaine:

- *Duisterder dan liefde* – Yan en Mina's actievolle van vijand-naar-geliefden-romance

Sci-Fi romantiek van Anna Zaires:

- *The Mia & Korum Trilogie* – een epische sci-fi romance met de ultieme alfaman
- *De Krinar gevangene* – Emily & Zaron gevangene romance, net voor de Krinar invasie

- *De Krinar onthulling* – Anna's verzengende hete samenwerking met Hettie Ivers, met Amy & Vair - en hun seksclub spellen

OVER DE AUTEUR

Anna Zaires is verslaafd aan boeken sinds ze op vijfjarige leeftijd van haar grootmoeder leerde lezen. Haar eerste korte verhaal schreef ze niet lang daarna. Sindsdien leeft ze gedeeltelijk in een fantasiewereld waarin alleen haar eigen verbeelding de grenzen bepaalt. Momenteel woont Anna in Florida. Ze is gelukkig getrouwd met Dima Zales (een auteur van science fiction- en fantasyboeken). Al hun boeken komen door nauwe samenwerking tot stand.

Voor meer informatie, zie www.annazaires.com/book-series/nederlands/.

Charmaine Pauls is in Bloemfontein, Zuid-Afrika, geboren. Ze behaalde haar diploma in Communicatie aan de Universiteit van Potchestroom en volgde een divers carrièrepad in journalistiek, public relations, reclame, communicatie, fotografie, grafisch ontwerp en merkmarketing. Voor haar is schrijven altijd een integraal onderdeel van haar beroepen geweest.

Als ze niet schrijft, houdt ze van reizen, lezen en het redden van katten. Charmaine woont momenteel met haar man en kinderen in Montpellier. Hun huishouden is een taalkundige mengeling van Afrikaans, Engels, Frans en Spaans. Ga voor meer informatie naar www.charmainepauls.com.